Als Sandy Shortt zehn Jahre alt ist, verschwindet ein Mädchen aus ihrer Klasse. Seit dieser Zeit sucht sie leidenschaftlich nach allem, was vermisst wird: nach Socken, Schlüsseln und später auch nach Menschen. In ihrer Suchagentur macht sie Angehörigen Mut, denn sie gibt niemals auf. Doch als Sandy den Auftrag bekommt, den Bruder von Jack Ruttle wiederzufinden, verirrt sie sich im Wald und verschwindet selbst – an einen geheimnisvollen Ort, den alle nur »Hier« nennen. Dort trifft sie auf Menschen, die sie schon lange gesucht hat – und auf jemanden, den sie fast vergessen hatte: sich selbst. Währenddessen macht Jack sich auf die Suche nach Sandy ...

»Ein Schicksalsroman über die Liebe und das Leben – tief berührend.« *Lea*

Cecelia Ahern, geboren 1981, ist in Dublin zu Hause. Schon als Kind schrieb die Tochter des irischen Ministerpräsidenten Geschichten. Direkt nach dem Uni-Abschluss in Journalistik und Medienkunde begann sie mit dem Roman ›P. S. Ich liebe Dich‹, der sie berühmt machte und mit Hilary Swank verfilmt wurde. Auch ihre weiteren Bücher sind in mehr als 20 Sprachen übersetzt und viele Millionen Mal verkauft. www.ceceliaahern.ie

Cecelia Ahern im Fischer Taschenbuch Verlag: ›P. S. Ich liebe Dich‹ (Bd. 16133), ›Für immer vielleicht‹ (Bd. 16134), ›Zwischen Himmel und Liebe‹ (Bd. 16734) und ›Vermiss mein nicht‹ (Bd. 16735)

Cecelia Aherns neuer großer Roman im Krüger Verlag: ›Ich hab dich im Gefühl‹

Unsere Adresse im Internet: www.fischerverlage.de

Cecelia Ahern

Vermiss mein nicht

Roman

Aus dem Englischen von
Christine Strüh

Fischer Taschenbuch Verlag

Veröffentlicht im Fischer Taschenbuch Verlag,
einem Unternehmen der S. Fischer Verlag GmbH,
Frankfurt am Main, August 2008

Die Originalausgabe erschien 2006
unter dem Titel ›A place called here‹
im Verlag HarperCollins, London
Die deutsche Erstausgabe erschien 2007
bei Krüger, einem Verlag der S. Fischer Verlag GmbH
© Cecelia Ahern 2006
Für die deutsche Ausgabe:
© S. Fischer Verlag GmbH 2007
Satz: Pinkuin Satz und Datentechnik, Berlin
Druck und Bindung: Clausen & Bosse, Leck
Printed in Germany
ISBN 978-3-596-16735-7

Für dich, Dad, mit Liebe.
Per ardua surgo.

»Als vermisst gilt eine Person, deren Aufenthaltsort unbekannt ist. Dabei ist es unerheblich, unter welchen Umständen sie verschwunden ist.

Die betreffende Person gilt so lange als vermisst, bis sie gefunden ist und klare Angaben über ihre Befindlichkeit gemacht werden können.«

Eins

Jenny-May Butler, die in der gleichen Straße wohnte wie ich, verschwand, als ich noch ein Kind war.

Die Polizei strengte umfassende Ermittlungen an, die in eine endlose Suche nach dem kleinen Mädchen mündeten. Monatelang war die Geschichte jeden Abend in den Fernsehnachrichten, prangte morgens auf der Titelseite der Zeitungen und war überall Gesprächsthema Nummer eins. Das ganze Land beteiligte sich – es war die größte Vermissten-Suchaktion, die ich je erlebt habe, und aus irgendeinem Grund schien jeder sich davon betroffen zu fühlen.

Tag für Tag lächelte Jenny-May Butler, ein hübsches blauäugiges Blondchen, in jedem Wohnzimmer des Landes von der Mattscheibe, rührte die Menschen zu Tränen und brachte Eltern reihenweise dazu, ihre Kinder beim Gutenachtsagen ein bisschen fester und länger an sich zu drücken. Alle träumten von Jenny-May, alle schlossen sie in ihre Gebete mit ein.

Sie war zehn Jahre alt, genau wie ich, ging in die gleiche Klasse, und jeden Tag sah ich ihr hübsches Foto in den Nachrichten. Die Leute sprachen von ihr, als wäre sie ein Engel. Wenn man ihre Gespräche hörte, wäre man nie auf die Idee gekommen, dass Jenny-May in der Pause, wenn die Lehrerin gerade mal nicht hinschaute, mit Steinen nach Fiona Brady warf oder dass sie mich gern als »blödes Kraushaarschaf« betitelte, vor allem, wenn Stephen Spencer in der Nähe war, und das nur, weil sie mit ihm gehen und mich als Konkurrentin ausstechen wollte. Nein, in diesen Monaten der Suche nach ihr war sie schlicht perfekt, und ich hätte es auch nicht fair gefunden, dieses Bild zu zerstören. Nach einer Weile vergaß ich sogar ihre ganzen Gemeinheiten, weil das Mädchen, das gesucht wurde, eigentlich gar nicht mehr die normale Jenny-May war, sondern die liebe süße Jenny-May Butler, die vermisst wurde und deren furchtbar nette Eltern jeden Abend in den Neun-Uhr-Nachrichten um sie weinten.

Sie blieb verschwunden. Man fand weder ihre Leiche noch sonst irgendeine Spur – es war, als hätte sie sich in Luft aufgelöst. Niemand hatte in der Gegend irgendwelche zwielichtigen Subjekte bemerkt, auf keiner Überwachungskamera war zu sehen, was sie zuletzt getan hatte, es gab keine Zeugen, keine Verdächtigen, und das, obwohl die Polizei wirklich jeden Möglichen und Unmöglichen verhörte. Allmählich breitete sich ein gewisses Misstrauen unter den Menschen aus. Wenn man den Nachbarn morgens auf dem Weg zur Arbeit ein freundliches Hallo zurief, machte man sich plötzlich ungewohnte und unerfreuliche Gedanken. Gegen diese Phantasien war kein Kraut gewachsen – bei ganz normalen Samstagmorgenbeschäftigungen wie Autowaschen, Gartenzaunstreichen, Unkrautjäten und Rasenmähen blickte man sich verstohlen um, stellte sich im Stillen unangenehme Fragen und hing Spekulationen nach, die einen zutiefst beschämten. Schockiert und wütend stellten die Menschen fest, dass sie sich gegenseitig verdächtigten und dieser Vorfall sie auf völlig abwegige Ideen brachte. Sie schrubbten emsig, drehten den Gartenschlauch unerbittlich auf und versuchten alle vermeintlichen Schweinereien zusammen mit dem Seifenschaum von der Kühlerhaube zu spülen, bis der Lack glänzte und auch die Gartenzäune in makellosem Weiß erstrahlten. In dieser Gegend, wo ein grüner Daumen zur Grundausstattung gehörte, wusste man, dass die Blumenzwiebeln nicht lange unter der Erde ausharrten, sondern dass die Triebe bald durch die Oberfläche dringen würden. Das war auch nur richtig so, es entsprach schließlich ihrer Natur.

Doch die hinter verschlossenen Türen angedeuteten Vorwürfe waren für die Polizei nutzlos, ihr einziger Hinweis war ein hübsches Bild. So blieb Jenny-May Butlers Verschwinden ein unlösbares Rätsel.

Ich fragte mich, wo sie jetzt wohl sein mochte. Wie um alles in der Welt konnte sich ein Mensch einfach in Luft auflösen, ohne die geringste Spur zu hinterlassen, ohne dass *irgendwer irgendwas* darüber wusste? Nachts starrte ich aus meinem Schlafzimmerfenster zu ihrem Haus hinüber, wo immer Licht brannte. Anscheinend schlief auch Mrs. Butler nicht besonders gut, denn ich sah sie oft auf der Sofakante sitzen, als kauerte sie in den Startlöchern und wartete darauf, endlich einen Startschuss zu hören. Sie wartete auf Neuigkeiten. Manchmal winkte ich ihr zu, und sie winkte traurig zurück. Durch den Tränenschleier konnte sie mich wahrscheinlich kaum erkennen.

Genau wie Mrs. Butler war auch ich unglücklich darüber, dass wir keine Antworten auf all unsere Fragen hatten. Seit Jenny-May weg war, konnte ich sie viel besser leiden, und auch das erschien mir bemerkenswert. Ich vermisste sie, ich vermisste die *Vorstellung* von Jenny-May Butler und überlegte, ob sie wohl irgendwo in der Nähe war, andere Kinder mit Steinen bewarf und dabei laut und gehässig lachte. Aber wir fanden sie nicht, und ich hörte sie auch nicht lachen. Nach ihrem Verschwinden fing ich an, nach allem Möglichen zu suchen. Wenn eine meiner Lieblingssocken fehlte, stellte ich das ganze Haus auf den Kopf, suchte und suchte, während meine besorgten Eltern mich ratlos beobachteten. Meistens endete es damit, dass sie mir beim Suchen halfen.

Es beunruhigte mich, wenn ich Sachen verlor und nicht finden konnte, und wenn dann doch einmal etwas wieder auftauchte, war es meist nur eine einzelne poplige Socke, was ich ebenfalls irritierend fand. Dann stellte ich mir wieder vor, wie Jenny-May Butler irgendwo mit Steinen warf, gehässig lachte und dabei meine Lieblingssocken anhatte.

Ich wollte nie etwas Neues für meine verschwundenen Sachen haben. Schon mit zehn Jahren war ich überzeugt, dass man etwas Verlorenes nicht ersetzen kann. Ich beharrte darauf, dass es wiedergefunden werden musste.

Vermutlich machte ich mir noch mehr Gedanken über Jenny-May Butler und die einzelnen Socken als Mrs. Butler. Aber wir waren beide nachts wach und grübelten.

Vielleicht ist mir alles deshalb passiert. Vielleicht habe ich, weil ich so viele Jahre damit verbracht habe, in meinem Leben das Oberste zuunterst zu kehren und krampfhaft nach allem Möglichen zu suchen, irgendwann vergessen, mich um mich selbst zu kümmern, mich zu fragen, wer und wo ich eigentlich war.

Vierundzwanzig Jahre nach Jenny-May Butlers Verschwinden verschwand ich ebenfalls.

Hier ist meine Geschichte.

Zwei

In meinem Leben hat das Schicksal eine Menge Ironie bewiesen, und dass ich verschwunden bin, ist nur einer von vielen absurden und aberwitzigen Vorfällen. Ich würde gern darüber lachen, wenn ich nicht meinen Sinn für Humor verloren hätte, als ich selbst verloren gegangen bin.

Zuerst einmal bin ich einen Meter fünfundachtzig groß. Schon als Kind habe ich fast immer alle um mich herum überragt. Im Einkaufszentrum konnte ich nicht unauffällig in der Menge untertauchen wie andere Kids, beim Versteckspielen wurde ich immer als Erste gefunden. In der Disco forderte mich keiner zum Tanzen auf, und ich war vermutlich der einzige weibliche Teenager, der nicht den dringenden Wunsch verspürte, endlich hochhackige Schuhe tragen zu dürfen. Jenny-May Butler nannte mich gern eine blöde Bohnenstange und zwang mich regelmäßig jeden Dienstag um zehn, vor aller Augen ein Buch für sie aus der obersten Reihe der Schulbibliothek zu angeln. Glaubt mir, ich weiß, wovon ich spreche. Ich war diejenige, die man meilenweit sehen konnte, ich war diejenige, die auf dem Tanzparkett ungelenk rumhampelte, ich war diejenige, hinter der im Kino niemand sitzen wollte, ich war die, die im Jeansgeschäft nach Hosen mit Überlänge fragen musste. Kurz gesagt, ich falle auf wie ein bunter Hund, und jeder, der an mir vorbeigeht, bemerkt mich und erinnert sich später an mich. Lassen wir die vereinzelten Socken und ausnahmsweise auch Jenny-May Butler beiseite – die Krönung all dieser unerklärlichen Vorkommnisse war eindeutig, dass ausgerechnet ich, das schwarze Schaf in einer durchgängig weißen Herde, plötzlich unsichtbar war. Das Rätsel, das ich mir selbst aufgab, übertraf alle anderen bei weitem.

Die zweite große Ironie meines Lebens besteht darin, dass ich beruflich nach vermissten Personen suchte. Nach dem Schulabschluss wurde ich Polizistin und arbeitete am liebsten an Fällen, in denen jemand vermisst wurde. Aber da es dafür keine eigene Abteilung gab, spielte mir der Zufall nur gelegentlich etwas nach meinem Geschmack in die Hände. Wisst ihr, die Situation mit Jenny-May Butler brachte in mir echt etwas in Bewegung. Ich wollte Antworten, Lösungen, und ich wollte sie alle selbst finden. Vermutlich mutierte meine Sucherei dabei zu einer Art Besessenheit, und ich war so damit beschäftigt, in der Außenwelt nach Hinweisen zu forschen, dass ich nicht ein einziges Mal überlegte, was eigentlich in meinem eigenen Kopf vor sich ging.

Bei der Polizei fanden wir manchmal Leute in einem Zustand wieder, den ich für den Rest meines Lebens und noch weit ins nächste hinein nicht vergessen werde, und es gab auch Menschen, die einfach nicht gefunden werden wollten. Doch viel zu oft fanden wir Vermisste gar nicht, keine Spur. Solche Fälle machten mich wahnsinnig, so sehr, dass ich oft einfach auf eigene Faust weitersuchte. Ich ermittelte in Fällen, die längst abgeschlossen waren, ich blieb mit den Familien in Kontakt, nachdem die offizielle Suche längst abgeblasen war. Bis man mir irgendwann mitteilte, ich solle gefälligst mit diesen Sperenzchen aufhören. Es gab dringendere Fälle, bei denen meine Arbeitskraft gebraucht wurde. Nach einer ganzen Serie von solchen und ähnlichen Ermahnungen wurde mir klar, dass es für mich schlicht nicht möglich war, mich einem neuen Fall zuzuwenden, bevor ich den vorhergehenden hundertprozentig gelöst hatte.

Man warf mir vor, ich würde den Leuten falsche Hoffnungen machen, und meine ständige Sucherei hindere die Familien daran, sich damit abzufinden, dass die gesuchte Person einfach verschwunden war und man nie etwas Genaues über ihren Verbleib in Erfahrung bringen würde. Aber ich konnte einfach keinen Schlussstrich ziehen, denn für mich galt als Schlussstrich nur, wenn ich die vermisste Person wiederfand. Ich akzeptierte keine Zwischenlösung. Deshalb schmiss ich meinen Job bei der Polizei eines Tages hin, machte mich selbständig und das Suchen zu meinem Beruf. Ihr würdet nicht glauben, wie vielen Menschen das genauso am Herzen lag wie mir. Allerdings fragten sich meine Klienten oft, aus welchem Grund ich eigentlich suchte. Sie selbst hatten ja eine Beziehung zu den Vermissten, sie liebten sie und wollten sie wiederhaben. Wenn es mir also nicht ums Geld ging – und darum ging es mir ganz offensichtlich nicht –, worin bestand dann meine Motivation? Vermutlich ging es mir um meinen Seelenfrieden. Das Suchen half mir, abends einzuschlafen.

Aber wie kann jemand wie ich, mit meinen körperlichen Eigenschaften und meiner inneren Einstellung, verloren gehen?

Dabei fällt mir ein, dass ich euch noch gar nicht meinen Namen gesagt habe. Ich heiße Sandy Shortt. »Short« wie »klein«. Ja, es darf gelacht werden. Wenn es mir nicht das Herz brechen würde, würde ich auch darüber lachen. Meine Eltern haben mich Sandy genannt, weil ich mit dichten sandfarbenen Haaren auf die Welt gekommen bin. Leider konnten sie nicht wissen, dass meine Haare pechschwarz werden würden und dass meine niedlichen feisten Beinchen bald nicht mehr strampeln, sondern viel zu schnell wachsen und viel zu lang werden würden. Also nochmal: Mein Name ist Sandy Shortt. Sandhell und klein sollte ich sein, so definiert mich mein Name für alle Zeiten, aber leider trifft das genaue Gegenteil auf mich zu. Dieser Widerspruch bringt die Leute fast immer zum Lachen, wenn ich mich vorstelle, aber ich hoffe, ihr könnt mir verzeihen, wenn ich selbst unter diesen Umständen keine Miene verziehe. Wisst ihr, es ist nicht lustig, verschwunden zu sein, aber ich habe gemerkt, dass es auch nicht viel anders ist als vorher – ich mache eigentlich genau dasselbe wie immer.

Ich suche. Nur suche ich jetzt nach einer Möglichkeit, gefunden zu werden.

Eines hab ich allerdings gelernt, und das ist durchaus erwähnenswert: Auf einmal sehne ich mich nach Hause zurück. Und das ist vollkommen neu.

Was für ein miserables Timing. Dass mir das ausgerechnet jetzt klar wird, ist wahrscheinlich die größte Ironie an der ganzen Geschichte.

Drei

Geboren und aufgewachsen bin ich im County Leitrim, dem mit ungefähr 25 000 Einwohnern kleinsten irischen County. Da meine Heimatstadt früher die Hauptstadt war, sind dort die Überreste einer Festung und noch ein paar andere altehrwürdige Gebäude zu bewundern. Heute hat das Städtchen allerdings seine Bedeutung verloren und ist praktisch zu einem Dorf geschrumpft. Die Gegend ist hauptsächlich hügelig, aber es gibt auch richtige Berge mit tief eingeschnittenen Tälern und pittoresken Seen. Der Boden kann besonders gut Wasser speichern, und es ist ein stehender Witz, dass man die Grundstücke in Leitrim nach Litern und nicht nach Hektar verkauft. Leitrim grenzt nirgends ans Meer, sondern im Westen an Sligo und Roscommon, im Süden an Roscommon und Longford, im Osten an Cavan und Fermanagh und im Norden an Donegal. Wenn ich dort bin, werde ich jedes Mal von klaustrophobischen Gefühlen überfallen.

Besonders bezeichnend für Leitrim aber ist der Spruch, dass das Beste an dieser Grafschaft die Straße ist, die nach Dublin führt. Mit siebzehn war ich mit der Schule fertig und landete tatsächlich auf ebendieser Straße, als ich meinen Ausbildungsplatz bei der Polizei bekam. Seither habe ich den Ort meiner Herkunft nur äußerst selten mit meiner Gegenwart beglückt. Ungefähr alle zwei Monate besuche ich meine Eltern in ihrem Reihenhäuschen, das in der kleinen Sackgasse mit zwölf Häusern steht, in der ich aufgewachsen bin. Gewöhnlich nehme ich mir vor, übers Wochenende zu bleiben, aber meistens halte ich es nur einen Tag dort aus und muss einen dringenden Notfall bei der Arbeit vorschützen, um mir so schnell wie möglich meine Tasche zu schnappen, die ich vorsorglich immer unausgepackt neben der Tür stehen lasse, und in Windeseile auf der Straße, die das Beste an Leitrim ist, das Weite zu suchen.

Nicht dass ich je eine schlechte Beziehung zu meinen Eltern gehabt hätte. Sie waren immer sehr nett zu mir, haben mich unterstützt, wären jederzeit für mich durchs Feuer gegangen oder von einem Berg gesprungen und hätten mich mit ihren Leibern vor heransausenden Pistolenkugeln beschützt. Aber die Wahrheit ist, dass mir ihre Gesellschaft unbehaglich war. In ihren Augen konnte ich sehen, was sie sahen, und das gefiel mir nicht. Ich sah meine Reflektion in ihren Gesichtern deutlicher als in jedem Spiegel. Manche Menschen können das – sie schauen einen an und teilen einem mit ihrem Gesichtsausdruck unmissverständlich mit, wie man sich soeben verhalten hat. Vermutlich verfügten meine Eltern über diese Fähigkeit, weil sie mich liebten, aber ich konnte einfach nicht lange mit Leuten zusammen sein, die mich liebten – wegen dieser Augen, wegen dieses Spiegelbilds.

Schon als ich noch ein Kind war, sind sie auf Zehenspitzen um mich herumgeschlichen, haben mich in dieser selbst erzeugten Stille argwöhnisch beobachtet, Pseudogespräche geführt und gekünsteltes Gelächter produziert, das überall im ganzen Haus widerhallte. Sie versuchten, meine Gedanken abzulenken und eine entspannte Atmosphäre von Normalität zu schaffen. Aber ich durchschaute sie. Ich wusste auch, warum sie sich so aufführten, und so schafften sie letztlich nur, mir bewusst zu machen, dass etwas nicht stimmte.

Sie waren so hilfsbereit, sie liebten mich so sehr, und jedes Mal, wenn ich wieder einmal das Haus auf den Kopf stellte, um etwas zu suchen, gab es die gleichen netten Abwehrmechanismen. Milch und Kekse am Küchentisch, Musik aus dem Radio, das Brummen der Waschmaschine im Hintergrund – alles nur, um die unbehagliche Stille zu übertünchen, die unweigerlich über uns hereinbrach.

Mum betrachtete mich mit einem Lächeln, das nie ihre Augen erreichte, diesem Lächeln, bei dem sie, wenn sie dachte, ich würde nicht hinsehen, die Lippen fest zusammenkniff und leise mit den Zähnen knirschte. Die gezwungene Lockerheit ihrer Stimme, das verbissen glückliche Gesicht, wenn sie neckisch den Kopf schief legte – wobei sie sich alle Mühe gab, mich nicht merken zu lassen, dass sie mich durchdringend musterte – und fragte: »Warum möchtest du denn das Haus wieder durchsuchen, Honey?« Immer nannte sie mich Honey, als wüsste sie, dass ich genauso wenig Sandy Shortt war wie Jenny-May Butler ein Engelchen.

Ganz egal, wie viel Lärm und Geschäftigkeit in der Küche heraufbeschworen wurde, um die Stille zu füllen, es funktionierte nie. Die Stille überschwemmte alles.

»Weil wieder eine Socke weg ist«, beantwortete ich ihre Frage wahrheitsgemäß.

»Von welchem Paar denn diesmal?«, hakte sie nach, mit diesem unecht entspannten Lächeln, mit dem sie mir vorzugaukeln versuchte, dass es sich um ein ganz beiläufiges Gespräch handelte und nicht etwa einen verzweifelten Versuch herauszufinden, wie ich eigentlich tickte.

»Von dem blauen mit den weißen Streifen.« Ich zog grundsätzlich nur farbenfrohe Socken an, weil sie gut zu identifizieren waren und sich im Allgemeinen leicht finden ließen.

»Hmm, vielleicht hast du sie nicht beide in den Wäschekorb getan, vielleicht ist eine noch bei dir im Zimmer.« Erneut das aufgesetzt entspannte Lächeln, das unterdrückte nervöse Gezappel, das mühsame Schlucken.

Ich schüttelte den Kopf. »Ich hab beide in den Korb geworfen, und ich hab auch gesehen, wie du beide in die Waschmaschine gesteckt hast. Aber es ist nur eine wieder rausgekommen. Sie ist nicht in der Maschine und auch nicht im Korb.«

Der Plan, als Ablenkung die Waschmaschine anzustellen,

erwies sich als Schuss in den Ofen, denn stattdessen rückte die Maschine jetzt ins Zentrum der Aufmerksamkeit. Trotzdem bemühte sich meine Mum, auch beim Anblick des umgekippten Wäschekorbs ihr gelassenes Lächeln aufrechtzuerhalten. Alle säuberlich zusammengefalteten Sachen lagen chaotisch auf dem Boden herum. Für eine kurze Sekunde konnte ich hinter die Fassade blicken. Wenn ich geblinzelt hätte, wäre es mir entgangen, aber ich sah den Ausdruck auf ihrem Gesicht, als sie rasch und verstohlen nach unten schaute. Es war die nackte Angst. Nicht wegen der vermissten Socke, nein, meine Mutter hatte Angst um *mich*. Doch unverzüglich klebte sie ihr Lächeln wieder an und zuckte die Achseln, als wäre nichts geschehen.

»Vielleicht hat der Wind sie weggeblasen, ich hab vorhin die Verandatür aufgemacht«, meinte sie lächelnd.

Ich schüttelte entschieden den Kopf.

»Sie könnte auch aus dem Korb gefallen sein, als ich ihn rübergetragen habe.«

Erneutes Kopfschütteln meinerseits.

Sie schluckte, und ihr Lächeln wurde noch verkniffener. »Vielleicht hat sie sich zwischen den Laken verfangen. Die sind riesig, da übersieht man so eine kleine Socke schon mal.«

»Ich hab aber nachgeschaut.«

Sie nahm sich einen Keks vom Tisch und biss viel zu heftig hinein, weil ihr Gesicht vom Lächeln schmerzte und sie sich irgendeine Erleichterung verschaffen musste. Dann kaute sie eine Weile, tat so, als würde sie nicht nachdenken, sondern dem Radio lauschen, summte dabei aber einen ganz anderen Song. Sie wollte mir unbedingt weismachen, dass ich mir keine Sorgen zu machen brauchte.

»Honey«, lächelte sie schließlich wieder. »Manchmal gehen Dinge einfach verloren.«

»Aber wo kommen sie denn hin, wenn sie verloren gegangen sind?«

»Sie *kommen* nirgendwohin«, lächelte sie. »Sie bleiben einfach dort, wo die Person sie fallen lassen oder vergessen hat. Wir suchen einfach nur nicht an der richtigen Stelle, wenn wir etwas nicht finden können.«

»Aber ich hab *überall* gesucht, Mum. Das tu ich *immer*.«

Das stimmte. Ich drehte jeden Stein um, ich kehrte das Unterste zuoberst, und in unserem kleinen Haus gab es garantiert keinen Winkel, den ich vergaß.

»Eine Socke kann ja ohne Fuß nicht einfach so wegmarschieren«, pseudolachte sie.

Seht ihr, genau an diesem Punkt, an dem Mum aufgab, hören auch die meisten anderen Leute auf zu überlegen. Auf einmal kümmert es sie nicht mehr, was eigentlich los ist. Man findet etwas nicht, man weiß, es muss irgendwo sein, aber obwohl man *überall* nachgeschaut hat, bleibt es verschwunden, spurlos. Von einem Moment zum andern gibt man sich damit zufrieden, hält sich vielleicht für verrückt, gibt sich die Schuld, dass man das Betreffende verloren hat, und vergisst den Vorfall irgendwann. Aber genau das konnte ich nicht.

Ich weiß noch, wie mein Dad an diesem Abend von der Arbeit zurückkam, in ein Haus, in dem buchstäblich nichts mehr an seinem angestammten Platz war.

»Hast du was verloren, Honey?«

»Eine von meinen blau-weiß gestreiften Socken«, ertönte gedämpft meine Antwort von unter dem Sofa.

»Wieder nur die eine?«

Ich kam zum Vorschein und nickte.

»Die linke oder die rechte?«

»Die linke.«

»Okay, ich schau mal oben nach.« Er hängte seinen Mantel an die Garderobe neben der Tür, stellte den Schirm in den Schirmständer, gab seiner nervösen Frau einen zärtlichen Kuss auf die Wange und strich ihr beruhigend mit der Hand über den Rücken. Dann ging er die Treppe hinauf. Zwei Stunden lang verschanzte er sich im Elternschlafzimmer und suchte. Aber ich hörte ihn nicht umhergehen, und als ich nach einer Weile einen Blick durchs Schlüsselloch riskierte, sah ich, dass er mit einem nassen Waschlappen über dem Gesicht auf dem Bett lag.

Bei meinen Besuchen in späteren Jahren stellten meine Eltern stets dieselben entspannten Fragen, die niemals übergriffig sein sollten, sich für jemanden, der schon bis zur Nasenspitze mit Argwohn gewappnet war, aber so anhörten.

»Irgendwelche interessanten Fälle bei der Arbeit?«

»Was gibt's Neues in Dublin?«

»Wie ist die Wohnung?«

»Fester Freund in Sicht?«

Es war nie ein fester Freund in Sicht; ich hatte keine Lust, mich tagaus, tagein von einem weiteren durchdringenden Augenpaar piesacken zu lassen. Ich hatte Liebhaber und Kontrahenten, Jungs, Männer, Freundinnen, verheiratete Freunde und Bekannte. Ich hatte genug ausprobiert, um zu wissen, dass bei mir auf Dauer keine Beziehung funktionieren würde, denn ich ertrug keine Nähe, war nicht anhänglich genug, konnte nicht genug geben und brauchte auch nicht genug. Ich hatte keinen Bedarf für das, was diese Menschen mir anzubieten hatten, sie hatten kein Verständnis für meine Wünsche, also gab es rundum verkniffenes Lächeln, wenn ich meinen Eltern erzählte, dass bei der Arbeit alles gut lief, dass in Dublin viel los war, dass meine Wohnung mir gefiel und dass ich keinen festen Freund hatte, nein.

Jedes Mal, wenn ich das Haus verließ – selbst dann, wenn ich meinen Aufenthalt abkürzte –, verkündete Dad mit stolzgeschwellter Brust, dass *ich* das Beste sei, was Leitrim je hervorgebracht hatte.

Sie unterstützten mich, wo sie nur konnten, und das begreife ich erst jetzt.

Mit jedem Tag, der vergeht, wird mir klarer, dass diese Erkenntnis weit frustrierender ist, als irgendetwas nicht wiederzufinden.

Vier

Als Jenny-May Butler verschwunden ist, hat sie einen Teil von mir mitgenommen – sozusagen als letzte Gemeinheit mir gegenüber.

Ich glaube, es ist kein Wunder, dass danach ein Teil von mir einfach nicht mehr da war. Je älter ich wurde, je größer ich wurde, desto tiefer wurde auch dieses Loch in mir, bis es überall in meinem erwachsenen Leben klaffte, wie das aufgerissene Maul eines starräugigen Fischs auf dem Trockenen. Aber was ist mit meinem körperlichen Selbst? Wie bin ich dorthin gekommen, wo ich jetzt bin? Zuerst und vor allem: *Wo* bin ich überhaupt?

Ich bin hier, das ist alles, was ich weiß.

Ich sehe mich um, ob ich irgendwo etwas entdecke, was mir bekannt vorkommt. Ich wandere durch die Gegend und suche den Weg hinaus, aber es gibt keinen. Verwirrung und Geheimnis allüberall, die Luft dick von verlorenen Gerüchen, vermischt mit persönlichen Aromen, einige davon tröstlich wie der längst vergessene Duft eines Hauses aus der Kindheit, einer Küche, in der gerade gebacken wurde. Babypuder und Penatencreme, Gerüche, die eine Mutter vergisst, wenn ihr Kind erwachsen ist. Ältere, muffige Gerüche von Lieblingsgroßeltern – Lavendel für Grandma, Zigarren-, Zigaretten- oder Pfeifenrauch für Granddad. Der Duft ehemaliger Liebhaber, süßes Parfüm und Aftershave. All die Gerüche, die im Leben der Menschen verloren gegangen sind, haben sich anscheinend hierher verzogen.

Aber wo ist dieses *Hier*? Wenn ich das wüsste! Ein Chaos von persönlichen Gegenständen umgibt mich, Autoschlüssel, Hausschlüssel, Handys, Handtaschen, Jacken, Koffer mit Gepäckaufklebern, einzelne Schuhe, wichtig aussehende Akten, Fotos, Dosenöffner, Scheren, Ohrringe, die gelegentlich zwischen anderen verlorenen Gegenständen aufblitzen, wenn das Licht sie trifft. Und Socken. Jede Menge einzelner Socken.

Wo ich auch hingehe, stolpere ich über Sachen, die irgendwelche Leute wahrscheinlich immer noch suchen, händeringend, aber vergeblich.

Auch Tiere gibt es hier. Hunde und Katzen mit kleinen verlorenen Gesichtern und schütteren Schnurrhaaren. Garantiert besteht zwischen ihnen und den Fotos, die ihre Besitzer einst an kleinstädtische Telefonmasten geklebt haben, nicht mehr viel Ähnlichkeit. Keine noch so hohe Belohnung wird ihnen die ehemaligen kleinen Lieblinge zurückbringen.

Wie es hier aussieht und riecht, wisst ihr jetzt, aber nun kommen wir zu den Geräuschen. Wenn man einen geliebten Menschen verliert, hält man die Erinnerung an ihn fest, an den Klang des Lachens, an das Gefühl und den Geruch von Haut und Haaren. Aber wenn genug Zeit verstrichen ist, gehen auch diese Erinnerungen allmählich verloren, man kann den Geruch nicht mehr heraufbeschwören, das Lachen und das Weinen nicht mehr hören. Auch bleibt nicht alles genau so in Erinnerung, wie es wirklich einmal war. Gesichter und Stimmen verschwimmen, und gerade die Dinge, die uns unverwechselbar machen, verblassen mit der Zeit. Jede verlorene Erinnerung taucht hier wieder auf, hier, wo ich jetzt bin. Wir hören den Klang jedes vergessenen Lachens, jedes Weinen, Rufen, Schreien und Singen, sobald es in unsere Atmosphäre eintritt. Wenn ein Mensch sehr lange Zeit verschwunden ist, taucht die gesamte Erinnerung an ihn irgendwann hier auf.

Stellt euch vor, wie die Leute hier sich fühlen, wenn sie plötzlich ihr eigenes Lachen hören! Denn das kann ja nur eines bedeuten. Nämlich dass man sie vergessen hat.

Wie soll ich diesen Ort, dieses Hier am besten beschreiben? Es ist eine Art Zwischenwelt. Wie ein großer Korridor, der nirgendwo hinführt, ein Bankett aus Resten von gestern, ein Sportteam aus lauter Leuten, die niemand ausgesucht hat, eine Mutter ohne ihr Kind, ein Körper ohne Herz. Dieser Ort ist nur halb da, nicht ganz. Randvoll mit persönlichen Gegenständen, aber doch leer, weil die Menschen, denen sie gehören, nicht hier sind, um sie zu lieben.

Wie ich hergekommen bin? Ich bin eine von diesen verschwundenen Joggerinnen. Erbärmlich, oder? Früher hab ich mir die ganzen B-Movies reingezogen und jedes Mal laut gestöhnt, wenn nach dem Vorspann gleich der Tatort gezeigt wurde, wo am frühen Morgen wieder mal eine Joggerin ermordet worden war. Es war doch strohdoof, dass Frauen sich unbedingt in stockdunkler Nacht oder in aller Herrgottsfrühe auf einsamen Gassen herumtrieben, *vor allem*, wenn jeder wusste, dass dort ein bekannter Serienkiller auf der Lauer lag. Aber genau das ist mir passiert – ich war eine berechenbare, bemitleidenswerte, tragisch naive Joggerin in einem grauen Trainingsanzug, die mit plärrenden Kopfhörern in den frühen Morgenstunden an einem Kanal entlangrannte. Allerdings hat mich niemand entführt, ich bin nur auf den falschen Weg geraten.

Ich joggte also vor mich hin, und meine Füße schlugen wie immer wütend auf den Boden, sodass mein ganzer Körper vibrierte. Ich weiß noch, dass mir der Schweiß über Stirn, Brust und Rücken lief, und dass irgendwann eine kühle Brise aufkam, die mich, verschwitzt wie ich war, zum Frösteln brachte. Jedes Mal, wenn ich mir diesen Morgen durch den Kopf gehen lasse, muss ich gegen die Hoffnung ankämpfen, dass ich diesmal meinen verhängnisvollen Fehler vielleicht vermeiden kann. Natürlich komme ich trotzdem wieder vom Weg ab. Es passierte um Viertel vor sechs an einem hellen Sommermorgen, und abgesehen vom Titelsong aus Rocky, der in meinen Ohren dröhnte und mich anspornte, war alles still. Obwohl ich es nicht hören konnte, wusste ich, dass ich schwer atmete, denn ich legte mich beim Joggen immer ziemlich ins Zeug. Sobald ich Lust auf eine Pause bekam, zwang ich mich, noch schneller zu laufen. Keine Ahnung, was mich dazu trieb, meinem Körper stets neue Höchstleistungen abzuverlangen – ob es eine Strafe war, die ich mir tagtäglich auferlegte, oder ob beim Joggen einfach der Teil meiner Persönlichkeit die Oberhand gewann, der Dinge erforschen und zu unbekannten Orten vorstoßen wollte.

Im Dunkel des grün-schwarzen Grabens neben mir entdeckte ich eine Blume, eine Water-Violet, auch Sumpfwasserfeder genannt. Auf einmal erinnerte ich mich daran, wie mein Vater mir als dünnem schwarzhaarigen Mädchen, das sich seines widersprüchlichen Namens schämte, einmal erzählt hatte, wie seltsam unpassend der Name dieser helllila-rosafarbigen Bachblüte mit dem gelben Punkt in der Mitte doch war, denn sie war weder violett, noch hatte sie Ähnlichkeit mit einer Feder. War sie nicht wunderschön? Und war der verquere Name nicht sehr lustig? Kopfschüttelnd hatte ich ihm geantwortet, dass ich unpassende Namen überhaupt nicht zum Lachen fand. Jetzt sah ich die Blume an und sagte ihr in Gedanken: *Ich weiß genau, wie du dich fühlst.* Aber im Weiterlaufen merkte ich plötzlich, wie mir meine Armbanduhr vom Handgelenk glitt und zwischen den Bäumen links von mir auf den Boden fiel. Als ich die Uhr das allererste Mal umgelegt hatte, war der Verschluss kaputt gegangen, und seither machte sie sich gelegentlich selbständig. Ich blieb stehen, drehte mich um und sah die Uhr unter einem Blutweiderich auf dem feuchten Boden der Kanalböschung liegen. Atemlos lehnte ich mich einen Moment an die raue Rinde einer Erle, und da entdeckte ich einen schmalen Trampelpfad, der nach links abbog. Nicht besonders einladend, sicher auch nicht unbedingt für Jogger gedacht, aber mein Forscherdrang befahl mir nachzusehen, wohin dieser Weg führte.

Er führte mich hierher.

Ich rannte so weit und so schnell, dass ich, als mein iPod seinen Vorrat an Songs aufgebraucht hatte, nicht mehr wusste, wo ich war. Von dicken Nebelschwaden umwabert, stand ich hoch oben an einem von Nadelbäumen überwucherten Berghang, der mir völlig unbekannt vorkam. Die Bäume standen kerzengerade in Habachtstellung, stachlig und abweisend wie Igel, die sich bedroht fühlten. Langsam nahm ich die Kopfhörer ab, hörte, wie mein Keuchen von den majestätischen Bergen widerhallte, und wusste, dass ich mich nicht mehr in der Kleinstadt Glin, ja wahrscheinlich nicht einmal mehr in Irland befand.

Ich war hier, an diesem seltsamen Ort. Das war vor anderthalb Tagen, und ich bin immer noch hier.

Ich arbeite als Ermittlerin, ich weiß, wie man bei einer Suche vorgeht. Gelegentlich packe ich meine Sachen und verziehe mich einfach mal für eine Woche, ohne einem Menschen Bescheid zu sagen. Genau genommen verschwinde ich regelmäßig, breche für eine Weile den Kontakt zu meiner Umgebung ab, und niemand kümmert sich darum, was mir gerade recht ist. Ich mag es, wenn ich kommen und gehen kann, wie es mir gefällt, und dann reise ich oft zu den Stellen, wo man eine vermisste Person zuletzt gesehen hat, um die Gegend auszukundschaften und ein bisschen herumzufragen. Nur war das Problem jetzt, dass ich frühmorgens in diese Stadt gekommen und direkt zum Joggen ins Mündungsgebiet des Shannon, das Shannon Estuary, gefahren war. Bisher hatte ich mit niemandem gesprochen, mir noch keine Unterkunft gesucht, war noch über keine belebte Straße gegangen und hatte noch keinerlei Aufmerksamkeit auf mich gezogen. Mir ist klar, was die Leute sagen werden, ich weiß, dass ich für die Polizei nicht einmal ein richtiger Fall bin, sondern nur eine weitere Aussteigerin aus dem Alltag, die nicht gefunden werden will. So etwas passiert andauernd, und letzte Woche um diese Zeit hätte man mit dieser Annahme vielleicht sogar recht gehabt.

Ich weiß, dass ich in den Augen der anderen nicht als vermisst gelten werde. Irgendwann werde ich der Kategorie C zugeordnet, in der Leute landen, die zwar verschwinden, aber keine Gefahr für sich selbst oder für ihre Mitmenschen darstellen. Beispielsweise Menschen über achtzehn, die beschlossen haben, ein ganz neues Leben anzufangen. Ich bin vierunddreißig, und nach Meinung meiner Bekannten bin ich bestimmt schon lange, lange scharf darauf, auszusteigen.

Alles läuft darauf hinaus, dass momentan niemand da draußen auf die Idee kommen wird, mich zu suchen.

Wie lange wird das so bleiben? Was passiert, wenn jemand den ramponierten 1991er roten Ford Fiesta am Kanal findet, mit der gepackten Reisetasche im Kofferraum, einer Vermisstenakte auf dem Armaturenbrett, einem bis dahin kalten, aber unberührten Kaffee und einem Handy auf dem Beifahrersitz?

Was dann?

Fünf

Moment mal.

Der Kaffee. Gerade ist mir der Kaffee wieder eingefallen.

Auf der Fahrt von Dublin habe ich an einer Tankstelle gehalten, die noch zu war, und mir aus dem Automaten einen Kaffee geholt; dabei hat er mich gesehen, der Mann, der an seinem Wagen den Reifendruck überprüft hat.

Ich war mitten in der Pampa, morgens um Viertel nach fünf auf dem Land, wo die Vögel sangen und die Kühe so laut muhten, dass ich mich kaum denken hören konnte. Überall roch es nach Mist, zum Glück etwas gemildert vom süßen Duft der Geißblattranken, die in der leichten Morgenbrise schaukelten, als wären sie Lufterfrischer am Autorückspiegel.

Dieser Fremde und ich waren gleichzeitig von allem losgelöst und doch mittendrin. In diesem Augenblick hatten wir beide keinerlei Kontakt zum sogenannten normalen Leben, und das reichte, dass unsere Blicke sich begegneten und wir uns unwillkürlich miteinander verbunden fühlten.

Der Mann war groß, wenn auch nicht ganz so groß wie ich – aber das sind bekanntlich die wenigsten. Um die einsachtzig, mit einem runden Gesicht, roten Wangen, rotblonden Haaren und blauen Augen, die mir irgendwie bekannt vorkamen und schon um diese frühe Stunde müde wirkten. Er trug ziemlich abgewetzte Jeans, das blau-weiß karierte Hemd war von der Fahrt zerknittert, die Haare zerzaust, das Kinn unrasiert, und der Bauch hatte im Lauf der Jahre offenbar eine Tendenz nach vorn entwickelt. Ich schätzte ihn auf Mitte bis Ende dreißig, obwohl er älter aussah. Wahrscheinlich wegen der Falten auf der Stirn und um die Augen … das waren keine Lachfalten, er wirkte eher traurig. Und gestresst. An den Schläfen hatten sich ein paar graue Haare eingeschlichen, noch ganz ungewohnt auf dem jungen Kopf. Vermutlich war jede Strähne das Ergebnis einer harten Lektion, die das Leben ihn gelehrt hatte. Trotz des Bäuchleins wirkte er kräftig und muskulös, wie jemand, der körperlich arbeitet – ein Eindruck, der von den schweren Stiefeln an seinen Füßen noch untermauert wurde. Seine Hände waren groß, vom Wetter gegerbt und konnten ganz offensichtlich zupacken. Als er die Luftpumpe vom Ständer hob, konnte ich sehen, wie die Adern auf seinen Unterarmen hervortraten, denn er hatte die Ärmel seines Hemds unordentlich bis zum Ellbogen aufgekrempelt. Aber in diesem Hemd arbeitete er ganz sicher nicht, das war für ihn Sonntagskleidung.

Ich ging zum Auto zurück, ohne ihn aus den Augen zu lassen.

»Entschuldigen Sie, Sie haben grade was verloren!«, rief er plötzlich.

Sofort blieb ich stehen und sah mich um. Tatsächlich – hinter mir auf dem Asphalt lag meine Uhr und glitzerte in der Morgensonne. Blödes Ding, murmelte ich, während ich nachsah, ob sie beschädigt war.

»Danke«, sagte ich und lächelte, während ich die zum Glück völlig intakte Uhr wieder ums Handgelenk legte.

»Kein Problem. Schöner Tag heute, was?«

Eine vertraute Stimme, die zu den vertrauten Augen passte. Bevor ich antwortete, inspizierte ich ihn noch eine Weile. Hatte ich ihn in einer Kneipe schon mal gesehen, war ich irgendwann mal betrunken mit ihm ins Bett gegangen, war er ein Ex-Liebhaber, ein Ex-Kollege, Klient, Nachbar oder Schulfreund? Gewissenhaft ging ich die Liste durch, wie ich es mir angewöhnt hatte, wenn ich jemandem begegnete. Falls ich noch nicht mit ihm im Bett gewesen war, zog ich es jetzt durchaus in Erwägung.

»Super«, antwortete ich schließlich anerkennend und erwiderte sein Lächeln.

Seine Augenbrauen hoben sich und senkten sich wieder, dann hatte er meinen Blick anscheinend verstanden, denn sein Gesicht fing vor Freude über das Kompliment an zu strahlen. Aber so gern ich geblieben wäre, so gern ich mit ihm geplaudert und vielleicht für irgendwann demnächst ein Date vereinbart hätte, war das leider nicht möglich, denn ich hatte eine Verabredung mit Jack Ruttle. Mit dem netten Mann, dem ich zu helfen versprochen hatte. Eigens zu diesem Treffen war ich ja von Dublin nach Limerick gekommen.

Oh, bitte, du attraktiver Mann von der Tankstelle, bitte erinnere dich an mich, frag dich, wo ich geblieben bin, suche mich – und finde mich.

Ja, ich weiß, das ist schon wieder ganz schön ironisch. Ausgerechnet ich wünsche mir, dass ein Mann mich sucht und findet? Meine Eltern wären wirklich stolz auf mich.

Sechs

Auf der N 69, der Küstenstraße, die von North Kerry nach Foynes im County Limerick führt, hing Jack Ruttle hinter einem Lastwagen fest, der gemächlich vor ihm hertuckerte. Jack wohnte in Foynes, es war fünf Uhr morgens, und dies war die einzige Straße zum Shannon Foynes Port, dem einzigen Seehafen von Limerick. Immer wieder starrte er auf den Tacho und versuchte den Laster telepathisch schneller zu machen, während er das Lenkrad so fest umklammerte, dass seine Knöchel schon ganz weiß waren. Trotz aller gut gemeinten Ratschläge seines Zahnarztes in Tralee, bei dem er erst gestern gewesen war, knirschte er heftig mit den Zähnen. Durch das ständige Zusammenbeißen waren vor allem die Backenzähne und das Zahnfleisch ziemlich lädiert, und sein ganzer Mund schmerzte. Seine Wangen waren gerötet und angeschwollen, und er konnte vor Müdigkeit kaum aus den Augen sehen. Statt bei seinem Freund in Tralee, auf dessen Couch er übernachtete, gründlich auszuschlafen, war er in aller Herrgottsfrühe aufgestanden und hatte beschlossen heimzufahren, solange es noch dunkel war. Zurzeit konnte er sowieso nicht gut schlafen.

»Stehen Sie unter Stress?«, hatte der Zahnarzt gefragt.

Jack hatte einen Fluch und den Impuls unterdrückt, seinen weit aufgerissenen Mund, mit dem er sowieso nicht antworten konnte, zuzuklappen und seine Zähne in die weißen Medizinerfinger zu schlagen, die beflissen an ihm herumwerkelten. Dass er Stress hatte, war die Untertreibung des Jahrhunderts.

Jacks Bruder Donal war nach einem Kneipenbummel mit seinen Freunden in der Nacht seines vierundzwanzigsten Geburtstags in Limerick City spurlos verschwunden. Die Jungs hatten sich in den frühen Morgenstunden noch Burger und Pommes zu Gemüte geführt, und Donal war einfach aus der Imbissbude spaziert. Da das Etablissement sehr voll war, fiel ein Gast mehr oder weniger nicht auf, und Donals fünf Freunde waren zu betrunken, um überhaupt irgendetwas zu bemerken. Außerdem waren sie stark damit beschäftigt, ein paar Mädchen anzubaggern.

Die Videokamera am Geldautomaten in der Henry Street hatte aufgenommen, wie Donal um 3 Uhr 08 in der besagten Freitagnacht dreißig Euro abhob, eine weitere Kamera, wie er um 3 Uhr 30 Harvey's Quay hinunterstolperte. Danach verlor sich seine Spur im Nichts. Als hätte er sich in Luft aufgelöst oder wäre einfach in den Himmel emporgeschwebt. Inzwischen machte sich Jack mit dem Gedanken vertraut, dass das vielleicht so war. Wenn man einen stichhaltigen Beweis dafür finden würde, dass sein Bruder tot war, könnte er sich irgendwann damit abfinden, das wusste er.

Es war die Unsicherheit, die ihn quälte. Die Sorge um Donal hielt ihn wach, die Angst trieb ihn nachts aus dem Bett, und oft rannte er dann zur Toilette, um sich zu übergeben. Dass die Polizei seinen Bruder nicht finden konnte, spornte ihn auf seiner Suche nur noch weiter an. Er hatte den Zahnarzttermin mit einem Besuch bei einem Freund von Donal verbunden, der in der bewussten Nacht bei ihm gewesen war. Wie die anderen der Gruppe gehörte auch er zu den Leuten, die Jack gleichzeitig gerne verprügelt und in die Arme geschlossen hätte. Er wollte ihn anschreien und gleichzeitig trösten, weil er einen Freund verloren hatte, er wollte ihn nie wiedersehen und gleichzeitig nicht von seiner Seite weichen, für den Fall, dass er sich doch noch an etwas erinnerte, was ihnen weiterhalf. An etwas, was alle bisher vergessen hatten und plötzlich alle offenen Fragen beantwortete.

Er verbrachte die Nächte damit, Landkarten zu studieren, Berichte zum hundertsten Mal durchzulesen, Zeitangaben und Aussagen doppelt und dreifach zu überprüfen. Gloria lag neben ihm, ihre Brust hob und senkte sich sanft, und ihr süßer Atem brachte manchmal die Papiere zum Flattern, während ihre schlafende Welt sich leise an seine heranschlich.

Gloria, die seit acht Jahren seine Freundin war, schlief ständig. Sie hatte dieses ganze grässliche Jahr verschlafen, und doch träumte sie noch und hoffte auf morgen.

Sie war eingeschlafen, nachdem sie stundenlang auf dem Polizeirevier gesessen hatten, jenes erste Mal, als sie sich ernsthaft Sorgen zu machen begannen, weil sie seit vier Tagen kein Lebenszeichen von Donal gehört hatten. Sie war eingeschlafen, nachdem die Polizisten den ganzen Tag den Fluss nach ihm abgesucht hatten. Sie schlief in der Nacht, nachdem sie Fotos von Donal in den Schaufenstern, am Schwarzen Brett im Supermarkt und an Laternenpfählen befestigt hatten. Sie schlief in der Nacht, nachdem man in einer Gasse angeblich Donals Leiche gefunden hatte, und sie schlief auch in der nächsten Nacht, als man herausfand, dass er es doch nicht gewesen war. Sie schlief, nachdem die Polizei verkündet hatte, man könne leider nach mehreren Monaten der Suche nichts mehr für Donal tun. Sie schlief in der Nacht nach der Beerdigung von Jacks Mutter, die an ihrem gebrochenen Herz gestorben war, sie schlief, nachdem der Sarg dieser Frau in die Erde gesenkt worden war, zu ihrem Ehemann, ohne den sie volle zwanzig Jahre ihres Lebens hatte verbringen müssen.

Obwohl Jack genau wusste, dass Gloria nicht deshalb so gut schlief, weil ihr das alles gleichgültig war, irritierte es ihn trotzdem. Ihm war klar, dass sie mit ihm fühlte, das erkannte er daran, wie sie seine Hand gehalten hatte, als sie zusammen auf dem Revier saßen und die ganzen Fragen über sich ergehen ließen, daran, wie sie neben ihm am Fluss stand, während der Wind ihnen den Regen ins Gesicht peitschte und sie voller Entsetzen beobachteten, wie die Taucher wieder an die Oberfläche des trüben grauen Wassers kamen und ihre Gesichter noch finsterer waren als beim Abtauchen. Sie half ihm ganz selbstverständlich beim Verteilen der Fotos von Donal, sie hielt ihn im Arm und ließ ihn weinen, als die Nachricht kam, dass die Polizei die Suche einstellte, und sie wartete in der ersten Reihe auf ihn, während er den Sarg seiner Mutter durch die Kirche zum Altar trug.

Das alles ließ sie nicht kalt, aber trotzdem schlief sie, obwohl Donal nun schon ein ganzes Jahr verschwunden war, schlief in den Stunden, die Jack die längsten seines Lebens zu sein schienen. In den Nächten litt er am meisten. Aber wie hätte Gloria das mitkriegen sollen, wenn sie doch schlief? Jede Nacht spürte er, wie die Distanz zwischen ihrer schlafenden Welt und seiner eigenen immer größer wurde.

Er erzählte ihr nicht, dass er in den gelben Seiten die Adresse einer Agentur für Personensuche gefunden hatte. Auch nicht, dass er dort angerufen und mit einer Frau namens Sandy Shortt geredet hatte. Die Telefongespräche, die sie die ganze letzte Woche oft mitten in der Nacht geführt hatten, ließ er ebenso unerwähnt wie die Tatsache, dass die Entschlossenheit und der unerschütterliche Glaube dieser Frau seinen Kopf und sein Herz mit neuer Hoffnung erfüllt hatten.

Und er sagte ihr auch nichts davon, dass er für den heutigen Tag im Nachbarort Glin mit der Frau verabredet war, weil … nun ja, weil sie eben schlief.

Endlich, kurz bevor er zu Hause war, schaffte Jack es, den Laster zu überholen, und auf einmal war er mit seinem alten rostigen Nissan allein auf der Landstraße. Auch im Auto war es ganz still. Im Lauf des letzten Jahres hatte er gemerkt, dass er gegen unerwünschte Geräusche sehr empfindlich war. Wenn im Hintergrund ein Fernseher oder ein Radio lief, lenkte ihn das nur von seiner Suche nach Antworten ab. In seinem Kopf ging es schon aufgeregt genug zu: Rufen, Schreien, endlose Wiederholungen früherer Gespräche, Phantasien von zukünftigen Unterhaltungen, alles sprang dort herum wie die Affen im Käfig.

Draußen dröhnte der Motor, die Karosserie rappelte, die Räder hüpften über Schlaglöcher und Unebenheiten. Seine Gedanken lärmten im stillen Auto, sein Auto lärmte in der stillen Umgebung. Es war Viertel nach fünf an einem sonnigen Julimorgen, und er musste haltmachen, weil nicht nur seine Vorderreifen, sondern auch seine Lungen frische Luft brauchten.

Also fuhr er an die menschenleere Tankstelle, die dank der frühen Morgenstunde noch geschlossen war, und parkte neben der Luftpumpe. Während er die Glieder streckte, die nach der langen Fahrt ganz steif waren, lauschte er dem Vogelgezwitscher, ließ es die Gedanken aus seinem Kopf vertreiben und krempelte die Ärmel auf. Für den Augenblick kamen die Affen etwas zur Ruhe.

Neben ihm hielt ein Auto. Die Gegend war so dünn besiedelt, dass er schon aus einer Meile Entfernung ein fremdes Auto erkennen konnte … und die Dubliner Nummer bestätigte seine Vermutung. Als Erstes erschienen aus der winzigen, ramponierten Blechbüchse zwei lange Beine, gefolgt von einem langen Körper in einem grauen Jogginganzug. Jack bemühte sich, nicht zu starren, beobachtete aber aus dem Augenwinkel, wie die Frau mit weit ausholenden Schritten zum Kaffeeautomaten neben der Tür der verrammelten Werkstatt marschierte. Erstaunlich, dass jemand ihrer Größe überhaupt in das kleine Auto passte, vorausgesetzt, sie war kein Schlangenmensch. Ihm fiel sofort auf, wie hübsch sie war mit ihren schwarzen Locken, und es kam ihm vor, als würde sie ihre Schönheit in dem kleinen Auto verstecken wie ein Juwel in einer rostigen alten Keksdose. Sosehr er sich auch vornahm, nicht zu glotzen, war es, als hätten seine und ihre Augen einander erfasst wie eine Rakete das Ziel, und nun gab es kein Zurück mehr. Dann hörte er, wie Metall auf den Boden klimperte, und sah, dass ihr etwas aus der Hand fiel.

»Entschuldigen Sie, Sie haben da was verloren«, rief er.

Verwirrt schaute sie sich um und ging zu der Stelle zurück, wo das Metall auf dem Boden glitzerte.

»Danke«, lächelte sie, während sie etwas, was aussah wie ein Armband oder eine Uhr, wieder um ihr Handgelenk schlang.

»Kein Problem. Schöner Tag heute, was?« Jack fühlte, wie der Schmerz in seinen geschwollenen Wangen zunahm, als er ihr Lächeln erwiderte.

Er fühlte sich ihrem Blick auf Gedeih und Verderb ausgeliefert, während sie ihn freundlich, aber durchdringend von oben bis unten musterte, als wollte sie jeden Zentimeter seines Körpers analysieren. Ihre grünen Augen funkelten wie Smaragde, als die Sonne durch die Blätter der hohen Bäume fiel, die porzellanweiße Haut schimmerte, die pechschwarzen Locken bildeten einen perfekten Rahmen für ein Gesicht, aus dem die Energie nur so sprühte.

Schließlich zog sie die Augenbrauen hoch. »Super«, antwortete sie und erwiderte sein Lächeln. Dann verschwanden sie, ihre schwarzen Locken, der Styroporbecher mit dem Kaffee, samt den Beinen und allem anderen in dem winzigen Auto wie in einer Venusfliegenfalle.

Während er dem davonfahrenden Ford Fiesta nachsah, wünschte er sich, sie wäre geblieben. Und wieder spürte er, wie sich die Dinge zwischen ihm und Gloria verändert hatten – oder vielleicht waren es auch nur seine Gefühle für sie. Langsam ging er zu seinem Auto zurück und blätterte als Vorbereitung für das Treffen mit Sandy Shortt noch ein bisschen in seinen Unterlagen.

Jack war nicht religiös, seit zwanzig Jahren hatte er keine Kirche mehr von innen gesehen. In den letzten zwölf Monaten hatte er dreimal gebetet. Einmal darum, dass man Donal nicht tot aus dem Fluss fischte, das zweite Mal, dass es nicht Donals Leiche war, die man in der Gasse gefunden hatte, und das dritte Mal, dass seine Mutter ihren zweiten Schlaganfall innerhalb von sechs

Jahren überleben würde. Zwei dieser drei Gebete waren erhört worden.

Heute betete er zum vierten Mal. Er betete, dass Sandy Shortt ihn dort wegholen würde, wo er gestrandet war, und ihm die Antworten geben, die er so dringend brauchte.

Sieben

Um Gloria nicht aufzuwecken, die ihr sonntägliches Ausschlafen offensichtlich sehr genoss, schlich Jack auf Zehenspitzen durch die Wohnung. Behutsam durchwühlte er den Korb mit der Schmutzwäsche, zupfte das am wenigsten zerknitterte Karohemd heraus und tauschte es gegen das aus, das er trug. Er hatte nicht geduscht, weil er Gloria nicht mit dem Rauschen des Boilers und dem Schwirren des Deckenventilators stören wollte. Nicht einmal die Klospülung hatte er betätigt. Zwar war er sich bewusst, dass es nicht nur seine überbordende Großherzigkeit war, die ihn dazu bewog, aber er konnte sich auch nicht wirklich eingestehen, dass er aus genau den entgegengesetzten Beweggründen handelte. Er hielt sein Treffen mit Sandy Shortt nämlich in voller Absicht vor Gloria und dem Rest der Familie geheim.

Allerdings ging es ihm dabei nicht nur um sich selbst. Die anderen begannen sich allmählich von der Trauer um die beiden Familienmitglieder zu lösen, die sie in diesem schrecklichen Jahr verloren hatten, und bemühten sich, ins normale Leben zurückzukehren. Natürlich verstand Jack dieses Bestreben, denn sie waren inzwischen alle an einem Punkt angekommen, wo es bei der Arbeit nicht mehr als selbstverständlich galt, wenn sie sich einfach mal einen Tag freinahmen, und wo das mitfühlende Lächeln immer mehr einer gewöhnlichen Begrüßung Platz machte. Ihre Arbeitgeber hatten lange genug mit flexiblen Arbeitszeiten jongliert, die Gespräche der Nachbarn drehten sich wieder um die üblichen Themen, die Leute stellten keine Fragen und gaben keine gut gemeinten Ratschläge mehr, die tröstlichen Postkartengrüße blieben aus, und alle kümmerten sich wieder um ihr eigenes Leben. Aber für Jack fühlte es sich einfach nicht richtig an, dass das Leben ohne Donal in den alten Trott überging.

In Wahrheit war es nicht so sehr Donals Abwesenheit, die Jack daran hinderte, zusammen mit seiner Familie in den Alltag zurückzukehren. Natürlich vermisste er ihn, aber die Trauer würde er irgendwann überwinden, genau wie den Tod seiner Mutter. Es war das Geheimnis, das Donals Verschwinden umgab, die Unsicherheit, die Fragezeichen, die vor seinen Augen tanzten wie die Lichtpunkte, die zurückbleiben, wenn man fotografiert wird und dabei ins Blitzlicht schaut.

Sacht schloss er die Tür des chaotischen kleinen Bungalows hinter sich, in dem er nun schon seit fünf Jahren mit Gloria lebte. Foynes war ein kleiner Ort mit um die fünfhundert Einwohnern, ungefähr eine halbe Autostunde von Limerick City entfernt. Genau wie sein Vater arbeitete Jack im Shannon Foynes Port, wo er genau wie dieser Fracht verlud.

Für das Treffen mit Sandy Shortt hatte er sich Glin ausgesucht, eine Ortschaft dreizehn Kilometer westlich von Foynes. Glin besitzt einige architektonisch recht interessante Gebäude, unter anderem Glin Castle, in dem bis heute der Knight of Glin residiert. Im Zentrum des Städtchens liegt ein großer Platz, der sich zum Shannon Estuary hin absenkt. Aber für Jack war am wichtigsten, dass kein Mitglied seiner Familie in diesem Dorf wohnte.

Um neun Uhr, eine halbe Stunde vor dem vereinbarten Termin, saß er bereits in dem kleinen Café, in dem sie sich verabredet hatten. Am Telefon hatte Sandy erzählt, dass sie zu Verabredungen immer zu früh erschien, und Jack war sowieso schon zappelig und brannte darauf, dieser neuen Suchidee endlich aktiv nachzugehen. Je mehr Zeit sie also miteinander hatten, desto besser. Er bestellte einen Kaffee und starrte auf das letzte Bild von Donal, das vor ihm auf dem Tisch lag. Es war in jeder irischen Tageszeitung veröffentlicht worden und hatte das letzte Jahr sicher an jedem Schwarzen Brett und in jedem Schaufenster des Landes gehangen. Im Hintergrund sah man den weißen Plastikweihnachtsbaum, den seine Mutter jedes Jahr im Wohnzimmer aufstellte; der Schein des Blitzlichts wurde von den Kugeln reflektiert und brachte das Lametta zum Glitzern. Schelmisch grinste Donal zu ihm empor, als wollte er seinen Bruder ärgern, weil er ihn nicht finden konnte. Donal hatte schon als Kind mit Leidenschaft Verstecken gespielt, und um zu gewinnen, manchmal stundenlang in irgendeinem finsteren Loch ausgeharrt. Irgendwann wurden die anderen ungeduldig und erklärten ihn zum Sieger, nur damit er sich endlich zeigte. Die jetzige Suche jedoch war die längste, die Jack je mitgemacht hatte, und er wünschte sich sehr, dass sein Bruder endlich mit dem alten stolzen Lächeln auftauchen und das Spiel beenden würde.

Donals blaue Augen, die einzige Ähnlichkeit zwischen den Brüdern, strahlten ihn so lebendig an, dass Jack fast erwartete, er würde ihm gleich verschmitzt zuzwinkern. Aber ganz gleich, wie lang und intensiv er das Foto anstarrte, er konnte ihm kein Leben einhauchen, er konnte nicht hineingreifen und seinen Bruder herausholen, er konnte das Aftershave nicht riechen, mit dem Donal sich immer einnebelte, er konnte ihm nicht die braunen Haare zerzausen und die Frisur ruinieren, was ihn immer so ärgerte, und er konnte seine Stimme nicht hören, wie sie liebevoll mit ihrer Mutter sprach. Nach einem Jahr erinnerte er sich noch gut an seine Berührung und seinen Geruch, aber diese Erinnerung genügte ihm nicht – im Gegensatz zum Rest der Familie.

Das Foto stammte vom vorletzten Weihnachtsfest, sechs Monate, bevor er verschwunden war. Gewöhnlich besuchte Jack seine Mutter einmal pro Woche zu Hause, wo Donal als Einziger der sechs Geschwister immer noch wohnte. Dann plauderten sie zwar ein, zwei Minuten miteinander, aber an diesem Weihnachten hatte Jack sich das letzte Mal ausführlicher mit Donal unterhalten. Donal hatte ihm die üblichen Socken geschenkt, Jack hatte ihm die Taschentücher überreicht, die er selbst im Jahr davor von seiner ältesten Schwester bekommen hatte, und beide hatten gemeinsam über ihre einfallslosen Geschenke gelacht.

Donal war sehr munter gewesen, denn er hatte seit September einen neuen Job als Computertechniker. Es war seine erste richtige Arbeitsstelle, nachdem er seinen Abschluss an der Limerick University gemacht hatte, und bei der Feier wäre ihre Mutter vor lauter Stolz auf ihren Jüngsten fast geplatzt. Donal hatte selbstbewusst berichtet, wie viel Spaß ihm die Arbeit machte, und auch Jack vermerkte sehr positiv, dass er viel reifer geworden war, sich immer mehr an seine neue Rolle gewöhnte und das Studentenleben allmählich hinter sich ließ.

Jack und Donal hatten sich nie sehr nahegestanden. Die Familie hatte sechs Kinder, und Donal war ein völlig unerwarteter Nachzügler – keiner war überraschter gewesen als ihre Mutter Frances, als sie mit siebenundvierzig von ihrer erneuten Schwangerschaft erfuhr. Jack, der zwölf Jahre älter war als Donal, verließ das Haus, als der Kleine sechs war, so war ihm sein kleiner Bruder nie wirklich vertraut geworden. Die letzten neunzehn Jahre waren sie Brüder, aber nie Freunde gewesen.

Nicht zum ersten Mal fragte Jack sich, ob seine Chancen, Donal zu finden, größer wären, wenn er ihn besser gekannt hätte. Wenn er sich mehr um seinen kleinen Bruder bemüht, ihn öfter besucht oder sich ausgiebiger mit ihm unterhalten hätte, wäre er vielleicht in der Nacht nach seinem Geburtstag zusammen mit ihm durch die Kneipen gezogen. Vielleicht hätte er ihn daran hindern können, den Imbissschuppen zu verlassen, oder er hätte ihn begleiten und sich mit ihm zusammen ein Taxi nehmen können.

Vielleicht wäre Jack dann aber auch zusammen mit Donal verschwunden und dort gelandet, wo er jetzt war. Wo immer das sein mochte.

Acht

Jack schüttete die dritte Tasse Kaffee hinunter.

Viertel nach zehn.

Sandy Shortt war spät dran. Nervös zappelte er mit den Beinen unter dem Tisch herum, seine linke Hand trommelte aufs Holz der Tischplatte, und mit der rechten signalisierte er der Kellnerin, dass er noch einen Kaffee brauchte. Trotzdem bemühte er sich, positiv zu denken. Sie würde kommen. Er wusste es.

Um elf versuchte er es zum fünften Mal auf ihrem Handy. Es klingelte und klingelte, dann kam die Ansage: »Hallo, hier ist Sandy Shortt. Tut mir leid, aber ich bin im Moment nicht erreichbar. Wenn Sie mir eine Nachricht hinterlassen, rufe ich so bald wie möglich zurück.« Biep.

Jack legte auf.

Halb zwölf. Jetzt war sie schon zwei Stunden überfällig. Jack hörte sich noch einmal die Nachricht an, die Sandy am Vorabend auf seine Mailbox gesprochen hatte.

»Hi, Jack, hier ist Sandy Shortt. Ich wollte nur schnell unseren Termin morgen um 9 Uhr 30 in Kitty's Café in Glin bestätigen. Ich fahre heute Nacht«, erklärte sie und fügte mit weicherer Stimme hinzu: »Wie Sie wissen, schlafe ich ja für gewöhnlich sowieso nicht.« Ein leises Lachen. »Deshalb werde ich sicher schon früh da sein, und ich freue ich mich sehr, Sie endlich persönlich kennenzulernen, nachdem wir so oft miteinander telefoniert haben.

Und Jack« – sie machte eine Pause –, »ich verspreche Ihnen, dass ich mein Bestes tun werde, um Ihnen zu helfen. Wir lassen Donal nicht im Stich.«

Um zwölf hörte Jack die Nachricht noch einmal ab.

Um eins hörten seine Finger nach zahllosen Tassen Kaffee zu trommeln auf und ballten sich stattdessen zur Faust, auf die er sein Kinn stützte. Im Verlauf der letzten Stunden hatte er wiederholt den Blick des Cafébesitzers im Rücken gespürt, während er nervös auf seinem Stuhl herumrutschte und die Uhr beobachtete, statt endlich seinen Tisch für eine Gruppe frei zu machen, die bestimmt mehr Geld ausgegeben hätte als er. Um ihn herum füllten und leerten sich die Tische, und jedes Mal, wenn das Türglöckchen klingelte und einen neuen Gast ankündigte, fuhr sein Kopf in die Höhe. Er wusste nicht, wie Sandy Shortt aussah; sie hatte nur in halb scherzhaftem Ton gesagt, sie sei nicht zu übersehen. So füllte sich sein Herz bei jedem Bimmeln mit neuer Hoffnung und wurde schwer, wenn der Blick des Neuankömmlings ihn achtlos streifte und sich jemand anderem zuwandte.

Um halb zwei klingelt das Glöckchen wieder einmal.

Nach vier Stunden Warten schloss sich die Tür hinter Jack.

Neun

Fast zwei Tage blieb ich im Wald, joggte hin und her und versuchte, meinen Weg zurückzuverfolgen und meine Anwesenheit hier irgendwie rückgängig zu machen. Ich rannte den Berg hinauf und hinunter, probierte verschiedene Geschwindigkeiten aus, während ich mich zu erinnern versuchte, wie schnell ich gelaufen war, welchen Song ich gerade gehört, woran ich gerade gedacht hatte und wo genau ich gewesen war, als mir der Ortswechsel zum ersten Mal aufgefallen war. Als hätte das irgendeine Rolle gespielt. Hinauf und hinunter, hinunter und hinauf. Wo war der Eingang – und noch viel wichtiger, wo war der Ausgang? Ich wollte mich beschäftigen, ich wollte mich hier nicht niederlassen wie die überall verstreuten persönlichen Gegenstände. Ich wollte nicht enden wie die kaputten Ohrringe, die im langen Gras glitzerten.

Es ist ziemlich seltsam, zu dem Schluss zu kommen, dass man verschwunden ist, und ich landete beileibe nicht überstürzt bei dieser Erkenntnis, das könnt ihr mir glauben. Anfangs war ich total verwirrt und frustriert, aber mir war ziemlich schnell klar, dass ich nicht einfach nur falsch abgebogen war, sondern dass mir etwas Außergewöhnliches zugestoßen war. Schließlich konnte nicht innerhalb von ein paar Sekunden ein Berg oder ein Wald aus dem Boden schießen, und das auch noch mit Bäumen, die in Irland gar nicht heimisch sind. Das Shannon Estuary konnte nicht von jetzt auf nachher ausgetrocknet und verschwunden sein. Kein Zweifel, ich war irgendwo anders.

Natürlich überlegte ich, ob ich vielleicht träumte oder ob ich gestürzt war, mir den Kopf angeschlagen hatte und jetzt im Koma lag. Mir ging auch der Gedanke durch den Kopf, die seltsame Beschaffenheit meiner Umgebung könnte darauf zurückzuführen sein, dass das Ende der Welt nahte, und ich stellte kurz auch meine geographischen Kenntnisse über West Limerick in Frage. Nummer eins auf der Liste der möglichen Lösungen war jedoch, dass ich schlicht und einfach den Verstand verloren hatte.

Aber als ich eine Weile allein dagesessen hatte, fing ich wieder an, rational zu denken, und erkannte, dass ich nicht nur von der schönsten Landschaft umgeben war, die ich je gesehen hatte, sondern auch ganz eindeutig noch am Leben war, dass die Welt außerdem nicht untergegangen, keine Massenpanik ausgebrochen und ich nicht auf einem Müllplatz gelandet war. Doch ich begriff, dass meine Suche nach einem Fluchtweg mir die Sicht darauf versperrte, wo ich mich eigentlich befand. Ich beschloss, mich nicht länger der Illusion hinzugeben, dass ich einen Weg hinaus finden würde, indem ich den Berg hinauf und hinunter rannte. Keine Ablenkungen mehr, die nur die optimale Funktionsfähigkeit meines Verstands blockierten. Ich bin ein logischer Mensch, und die logischste Erklärung unter all den unglaublichen Möglichkeiten war die, dass ich am Leben und gesund, aber schlicht verloren gegangen war.

Die Dinge sind, wie sie sind.

Als es an meinem zweiten Tag dunkel zu werden begann, beschloss ich, die außergewöhnliche Umgebung zu erkunden und tiefer in den kiefernnadligen Wald vorzudringen. Zweige knackten unter meinen Turnschuhen, der Boden war weich und federnd, bedeckt von vermoderten Blättern, Baumrinde, Kiefernzapfen und samtigem Moos. Über meinem Kopf waberte Wattenebel um die Baumwipfel. Die hohen dünnen Stämme reckten sich zum Himmel wie Buntstifte – tagsüber malten sie den Himmel hellblau mit Federwölkchen und einer Spur Orange, und jetzt bei Nacht färbten ihre von der heißen Sonne verbrannten Spitzen das Firmament fast schwarz. Millionen Sterne zwinkerten mir zu, und alle kannten sie das Geheimnis dieser Welt. Nur ich nicht.

Eigentlich hätte ich Angst haben müssen, während ich so ganz allein im Dunkeln durch einen Bergwald wanderte. Aber merkwürdigerweise fühlte ich mich vollkommen sicher, umgeben vom Lied der Vögel, umschwebt vom süßen Duft nach Moos und Kiefernnadeln, eingehüllt in einen magischen Nebel. Ich hatte mich schon häufig in ungewöhnlichen, gefährlichen oder einfach grotesken Situationen befunden. Zu meiner Arbeit gehörte es, dass ich allen Hinweisen nachging, allen Wegen folgte und niemals zuließ, dass ich aus Furcht eine Richtung nicht einschlug, in der ich womöglich jemanden finden konnte. Ich hatte keine Angst, jeden Stein umzudrehen, der auf meinem Weg lag, und ihn mitsamt meinen Fragen in die Luft zu werfen, auch wenn meine Umgebung so instabil war wie ein Glashaus. Wenn jemand verschwindet, geschieht dies gewöhnlich unter Umständen, von denen die meisten Menschen nichts wissen wollen. Im Vergleich zu meinen bisherigen Erfahrungen, bei denen ich oft in die Unterwelt hatte vordringen müssen, war dieses neue Projekt buchstäblich ein Sonntagsspaziergang im Park. Ja, ihr habt richtig gehört – mein Plan war es, einen Weg zurück in mein Leben zu finden.

Plötzlich hörte ich murmelnde Stimmen vor mir und blieb wie angewurzelt stehen. Seit Tagen hatte ich keinen Kontakt mehr mit Menschen gehabt, und ich konnte ja nicht sicher sein, ob diese hier mir wohlgesinnt waren. Durch die Bäume sah ich das flackernde Licht und die tanzenden Schatten eines Lagerfeuers, und als ich behutsam darauf zuging, entdeckte ich vor mir eine Lichtung. Die Bäume umrahmten einen großen freien Kreis, in dem fünf Menschen saßen, lachten, plauderten und sangen. Ich blieb ein Stück außerhalb des Kreises stehen, unsichtbar im Schatten der riesigen Nadelbäume, wie eine Motte, die sich zögernd dem Licht nähert. Irische Stimmen drangen an meine Ohren, und ich fragte mich, ob ich meine Einschätzung, dass ich mich nicht mehr in Irland und nicht mehr in meinem bisherigen Leben befand, vielleicht doch verwerfen musste. In diesen wenigen Augenblicken zweifelte ich allerdings so ziemlich an allem.

Da knackte ein Zweig so laut unter meinem Fuß, dass es überall im Wald widerhallte. Sofort brach die Musik ab, und die Stimmen verstummten.

»Da ist jemand!«, flüsterte eine Frau.

Alle Köpfe wandten sich mir zu.

»Hallo!«, rief ein Mann, und seine Stimme klang sehr herzlich, wenn auch etwas aufgeregt. »Kommen Sie! Wir wollten gerade zusammen ›This Little Light of Mine‹ singen.« Die Gruppe quittierte das mit einem kollektiven Ächzen, aber der Mann sprang von dem umgefallenen Baumstamm, auf dem er gesessen hatte, und kam mit ausgebreiteten Armen auf mich zu. Sein Haar war schütter, und von den sorgsam über den Kopf gekämmten Strähnen hatten sich ein paar gelöst und hingen herunter wie zu weich gekochte Spaghetti. Doch er hatte ein freundliches Mondgesicht, daher wagte ich mich beherzt ins Licht und spürte sofort die Wärme des Feuers auf meiner Haut.

»Es ist eine Frau!«, ertönte wieder das laute Flüstern.

Ich war nicht sicher, was ich sagen sollte, und jetzt blickte auch der Mann, der auf mich zugegangen war, unsicher zu der Gruppe zurück.

»Vielleicht kann sie kein Englisch«, zischte die Frau.

»Ah«, meinte der Mann, drehte sich um und erkundigte sich in Zeitlupe: »Spreeechen Siiiie Eeeeengliiiiisch?«

Von der Gruppe antwortete ihm ein Brummen: »Das würde nicht mal das Oxford English Dictionary verstehen, Bernard.«

Ich grinste und nickte. Jetzt waren alle ganz still, musterten mich, und ich wusste, was sie dachten. *Ist die aber groß!*

»Oh, gut!«, rief der Mann und klatschte in die Hände, hielt sie dabei allerdings eng an der Brust. Auf seinem Gesicht erschien

50

ein noch freundlicheres Lächeln als zuvor. »Wo kommen Sie denn her?«

Einen Moment zögerte ich, ob ich Erde, Irland oder Leitrim sagen sollte. War ich noch in Irland? Wie kam ich auf den Gedanken, dass ich es nicht war? Aber dann ging ich nach meinem Bauchgefühl und antwortete: »Irland.« Mehr kam nicht aus meinem Mund. Ich hatte ja seit Tagen kein Wort mehr gesprochen.

»Wunderbar!«, jubelte der Mann, und sein Lächeln wurde so strahlend, dass ich nicht anders konnte, als es zu erwidern. »Was für ein Zufall! Bitte setzen Sie sich doch zu uns.« Aufgeregt hüpfte er neben mir her zurück zu der Gruppe.

»Ich heiße Bernard«, verkündete er, mit einem Lächeln so breit wie das der Grinsekatze. »Herzlich willkommen beim irischen Kontingent. Wir sind hier schrecklich in der Minderzahl«, setzte er stirnrunzelnd hinzu. »Obgleich es ganz danach aussieht, als könnten wir einen Zugewinn verzeichnen.«

»Wie man's nimmt«, kam wieder die grummelige Stimme von der Gruppe.

»Oh, entschuldigen Sie, wo hab ich denn meine Manieren gelassen?« Das Mondgesicht errötete.

»Unter der Socke da drüben.«

Unwillkürlich drehte ich mich nach der Quelle der ironischen Bemerkungen um und sah eine attraktive Frau um die fünfzig mit grauen Strähnen und einem zartlila Pashminaschal um die Schultern. Sie starrte ins Feuer, die tanzenden Flammen spiegelten sich in ihren Augen, und die Kommentare kamen aus ihrem Mund wie per Autopilot.

»Mit wem habe ich denn die Ehre?«, fragte Bernard und reckte den Hals zu mir empor.

»Ich heiße Sandy«, antwortete ich. »Sandy Shortt.«

»Großartig«, antwortete er, errötete von neuem und schüttelte hektisch meine Hand, die ich ihm hingestreckt hatte. »Freut mich sehr, Sie kennenzulernen. Erlauben Sie mir, Sie mit dem Rest der Gang bekannt zu machen, wie wir uns immer nennen.«

»Wer nennt uns denn so?«, grummelte die Frau.

»Das ist Helena, sie liebt die gepflegte Plauderei. Hat immer was zu sagen, nicht wahr, Helena?« Er blickte sie an und wartete auf eine Antwort.

Aber die Frau kniff nur die Lippen zusammen, wodurch sich die Falten um ihren Mund vertieften.

»Ah«, machte Bernard wieder und wandte sich um, um mir eine Frau namens Joan vorzustellen. Der langhaarige Hippie mit der Gitarre hieß Derek, und ganz still in der Ecke saß Marcus. Ich betrachtete einen nach dem anderen. Sie waren alle ungefähr im gleichen Alter und schienen sehr entspannt miteinander umzugehen. Nicht einmal Helenas Sarkasmus sorgte für Missstimmung, fast so, als erfüllte sie mit ihren Kommentaren lediglich eine bestimmte Rolle.

»Warum setzen Sie sich nicht, dann hole ich Ihnen was zu trinken …«

»Wo sind wir eigentlich?«, fiel ich ihm ins Wort, denn ich hielt seine umständlichen Freundlichkeiten nicht mehr aus.

Sofort verstummten alle, und sogar Helena hob den Kopf, um mich kurz anzustarren. Mit einem raschen Blick taxierte sie mich vom Scheitel bis zur Sohle, und ich hatte das Gefühl, dass sie mir mitten ins Herz schaute. Derek unterbrach das Gitarreklimpern, Marcus lächelte und sah dann weg, Joan und Bernard glotzten mich mit weit aufgerissenen, ängstlichen Bambiaugen an. Hier im Wald war es so still, dass man nur das Lagerfeuer hörte, das knisterte und knackte, wenn ein Funken in die Höhe sprang und zum Himmel emporzusteigen versuchte. Eulen riefen, und in der Ferne hörte man Zweige unter den Füßen später Wanderer knacken.

Aber um das Lagerfeuer herum herrschte Totenstille.

»Will nicht irgendwer der jungen Frau antworten?«, fragte Helena und schaute in die Runde. Noch immer sagte keiner ein Wort.

»Na, wenn hier niemand den Mund aufmacht, werde ich eben

meine Meinung kundtun«, verkündete sie, zog den Schal enger um sich und schlang ihn vor der Brust zusammen.

Protestgemurmel erhob sich, was dazu führte, dass mich Helenas Ansicht umso mehr interessierte. Ihre Augen funkelten, und sie genoss ganz offensichtlich den Chor der Missbilligung.

»Sagen Sie es mir, Helena«, rief ich und spürte, wie meine übliche Ungeduld gegenüber anderen Menschen zurückkehrte. Wie immer wollte ich so schnell wie möglich zum Punkt kommen und hasste es, wenn Leute um den heißen Brei herumredeten.

»Oh, das sollten Sie sich aber gut überlegen!«, plusterte Bernard sich auf, dass sein Doppelkinn bebte.

Trotzig hob Helena ihr silberhaariges Haupt und sah mir ins Gesicht. Ihre dunklen Augen blitzten, ihr Mund verzog sich spöttisch. »Wir sind tot.«

Drei Worte, kühl, ruhig, energisch.

»Also, Sie sollten ehrlich nicht auf sie hören«, mischte sich Bernard ein und tat sein Bestes, ärgerlich zu klingen.

»Helena!«, mahnte auch Joan. »Wir haben doch schon so oft darüber geredet. Du darfst Sandy doch nicht erschrecken.«

»Ich finde aber, sie sieht überhaupt nicht erschrocken aus«, entgegnete Helena mit amüsiertem Gesicht und festem Blick.

»Na ja«, schaltete sich Markus jetzt ein und brach damit zum ersten Mal, seit ich zu der Gruppe gestoßen war, sein Schweigen. »Möglicherweise hat Helena nicht ganz Unrecht. Könnte doch gut sein, dass wir tot sind.«

Bernard und Joan stöhnten, Derek begann wieder auf seiner Gitarre zu klimpern und leise vor sich hin zu singen: »Wir sind tot, wir sind tot, wir sehn nicht mehr das Morgenrot.«

Bernard schnalzte tadelnd mit der Zunge und goss etwas Tee aus einer Porzellankanne in eine Tasse, die er mir samt Untertasse überreichte. Und das mitten im Wald! Ich konnte mir ein Lächeln nicht verkneifen.

»Wenn wir tot sind, wo sind dann bitte meine Eltern, Helena?«, schimpfte Joan, schüttete eine Packung Kekse auf einen

Porzellanteller und stellte diesen vor mich. »Und wo sind all die anderen toten Menschen?«, legte sie nach.

»In der Hölle«, antwortete Helena mit singender Stimme.

Markus grinste und schaute schnell weg, damit Joan es nicht sehen konnte.

»Und was bringt dich zu der Annahme, dass wir im Himmel sind? Vor allem du?«, ereiferte sich Joan, während sie ihren Keks in den Tee tunkte und gerade rechtzeitig wieder herauszog, bevor er sich in Wohlgefallen auflöste.

Derek klimperte weiter und sang schlecht gereimt: »Ist das hier der Himmel oder die Hölle? Ich kann's dir nicht sagen so ganz auf die Schnölle!«

»Hat außer mir keiner das goldene Tor und die Engelschöre bemerkt, als wir reingekommen sind?«, schmunzelte Helena.

»Du bist durch kein goldenes Tor gekommen, von wegen«, widersprach Bernard und schüttelte heftig den Kopf. Dann sah er mich an, aber sein Hals zitterte weiter, als er wiederholte: »Sie ist nicht durch ein goldenes Tor gekommen.«

Munter sang und klimperte Derek weiter: »Ich kam nicht durch ein goldnes Tor und hört' auch keinen Engelschor.«

»Ach, sei still«, fuhr Joan ihn an.

»Sei still«, echote er singend.

»Das ist unerträglich.«

»Das ist unerträglich, und ich such die Tür ganz kläglich.«

»Ich werd *dich* gleich vor die Tür setzen«, wies ihn Helena zurecht, aber schon mit weniger Nachdruck.

Er klimperte weiter, aber die anderen verfielen in Schweigen, während sie über seine letzten Textzeilen nachdachten.

»Die kleine June, Pauline O'Haras Tochter, war erst zehn, als sie gestorben ist«, fuhr Bernard schließlich in seiner Argumentation fort. »Ein Engelchen wie sie würde bestimmt in den Himmel kommen, und sie ist nicht hier, damit ist deine Theorie ja wohl vom Tisch«, verkündete er hoch erhobenen Hauptes. »Also sind wir nicht tot.«

»Entschuldige, aber hier sind bloß die über Achtzehnjährigen«, entgegnete Helena gelangweilt. »Petrus steht mit verschränkten Armen und Kopfhörer unten am Tor und kriegt seine Anweisungen direkt von Gott.«

»So was kannst du doch nicht behaupten!«, fauchte Joan.

»Ich kann nicht raus, ich kann nicht rein, Sankt Petrus, das ist aber gar nicht fein«, sang Derek mit heiserer Stimme. Auf einmal hielt er inne und sagte endlich etwas normal: »Hier ist nicht der Himmel, sonst wäre Elvis da.«

»Oh, na *dann*«, meinte Helena sarkastisch und verdrehte die Augen.

»Tja, aber wir haben unseren eigenen Elvis, oder nicht?«, kicherte Bernard mit einem gekonnten Themenwechsel. »Sandy, wussten Sie, dass Derek früher in einer Band gespielt hat?«

»Woher sollte sie das wohl wissen, Bernard?«, erwiderte Helena genervt.

Aber Bernard achtete nicht auf sie. »Derek Cummings«, stellte er den Klimperer vor. »In den Sechzigern der heißeste Tipp von St. Kevin's.« Alle lachten.

Aber mich überlief es eiskalt.

»Wie habt ihr euch nochmal genannt? Ich hab's leider mal wieder vergessen«, erkundigte sich Joan lachend.

The Wonder Boys, dachte ich mit klopfendem Herzen.

»The Wonder Boys, Joan, The Wonder Boys«, antwortete Derek fröhlich.

»Erinnert ihr euch an die Feten freitagsabends?«, fragte Bernard aufgeregt. »Da stand Derek auf der Bühne und hat Rock 'n' Roll gespielt, und Father Martin hätte fast eine Herzattacke gekriegt, weil er dermaßen mit den Hüften gewackelt hat.« Wieder lachten alle.

»Wie hieß der Tanzschuppen nochmal?«, überlegte Joan laut.

»Oje.« Bernard schloss die Augen und versuchte daraufzukommen.

Auch Derek hörte auf zu klimpern und dachte angestrengt nach.

Aber Helena kümmerte sich nicht um sie, sondern sah mich unverwandt an. »Ist Ihnen kalt, Sandy?« Ihre Stimme klang weit weg.

Finbar's Hall. Einfach so tauchte der Name in meinem Kopf auf. Jeden Freitagabend gingen alle dorthin.

»Finbar's Hall«, fiel es endlich auch Markus ein.

»Ah, genau!« Alle waren erleichtert, und Derek klimperte wieder los.

Doch meine Gänsehaut hielt sich hartnäckig. Ich fröstelte.

Auf einmal sah ich die fünf Freunde mit ganz anderen Augen an, studierte die Gesichter, erkannte vertraute Züge und ließ zu, dass das, was ich als kleines Mädchen gehört hatte, in meine Erinnerung zurückkehrte. Auf einmal war es wieder so deutlich wie damals, als ich bei der Recherche für ein Schulprojekt im Computerarchiv auf die Geschichte gestoßen war. Sie hatte mich natürlich sofort interessiert, und ich hatte weitere Nachforschungen angestellt. Von der Titelseite einer Zeitung blickten fünf Teenager mich lächelnd an, und wenn ich mich umschaute, erkannte ich die gleichen Gesichter.

Derek Cummings, Joan Hatchard, Bernard Lynch, Marcus Flynn und Helena Dickens. Fünf Schüler des Internats St. Kevin's. In den sechziger Jahren waren sie bei einem Campingausflug mit der Schule verschwunden, und man hatte sie nie wiedergefunden. Aber hier standen sie vor mir, älter, klüger und wahrscheinlich nicht mehr so naiv.

Ich hatte sie gefunden.

Zehn

Als ich vierzehn war, überredeten meine Eltern mich dazu, montags nach der Schule einen Therapeuten aufzusuchen. Sie mussten sich nicht sonderlich anstrengen, denn sobald sie mir sagten, dass dieser Mensch ein langes Studium absolviert hatte und mir bestimmt alle meine Fragen beantworten konnte, gab es für mich kein Halten mehr.

Mir war inzwischen klar, dass meine Eltern glaubten, sie hätten versagt. Das merkte ich an ihren Gesichtern, als sie mich zu sich an den Küchentisch holten, auf dem mal wieder Milch und Kekse standen, während im Hintergrund zur Ablenkung die Waschmaschine lief. Mum hielt ein zusammengerolltes Taschentuch in der Hand, als hätte sie es gerade noch benutzt, um sich die Tränen abzuwischen. Das war das Ding mit meinen Eltern – sie wollten mich ihre Schwächen nicht sehen lassen, aber sie vergaßen regelmäßig, die entsprechenden Indizien wegzuräumen. Sie verbargen die Tränen, aber nicht das zusammengeknüllte Taschentuch. Dad brachte seinen Ärger und seine Enttäuschung darüber, dass er mir nicht helfen konnte, nie in meiner Gegenwart zum Ausdruck, aber ich sah beides in seinen Augen. Überall hinterließen sie Beweise.

»Ist alles okay?«, fragte ich und blickte vom einen zum anderen. Nur wenn etwas Schlimmes passiert, sehen Leute so bewusst zuversichtlich aus, so, als könnte nichts sie schrecken. »Ist was passiert?«

»Nein, nein, Honey«, lächelte mein Vater. »Mach dir keine Sorgen, es ist nichts Schlimmes passiert.«

Während er das sagte, sah ich, wie Mum eine Augenbraue hochzog, und wusste, dass sie nicht seiner Meinung war. Mehr als einmal hatte ich ihre endlosen Diskussionen darüber gehört, was die richtige Methode war, mit meinem sonderbaren Verhalten umzugehen. Sie hatten mir geholfen, wo und wie sie dazu fähig waren, und jetzt spürte ich, wie enttäuscht sie von sich waren. Ich hasste mich dafür, dass sie sich meinetwegen so fühlten. Ich hasste es, dass sie so tun mussten, als wäre alles in Ordnung, obwohl sie sich insgeheim so schreckliche Sorgen machten. Ich hasste es, dass meine Fragen daran schuld waren.

»Es geht darum, dass du immer so viele Fragen stellst, verstehst du, Honey?«, erklärte Dad.

Ich nickte.

»Nun, deine Mum und ich«, begann er, sah sie hilfesuchend an, und sofort wurde ihr Blick sanfter. »Tja, deine Mum und ich haben jemanden gefunden, mit dem du über all deine Fragen reden kannst.«

»Einen Menschen, der mir alle Fragen beantworten kann?« Ich riss die Augen auf, und mein Herz begann zu pochen. Womöglich würde ich jetzt endlich alle Geheimnisse des Lebens erfahren!

»Ich hoffe es, Honey«, antwortete Mum. »Ich hoffe, dass du, wenn du eine Weile mit ihm redest, irgendwann keine so schwierigen Fragen mehr hast. Er weiß viel mehr über die Dinge, wegen denen du dir Sorgen machst, als wir.«

Jetzt machte Dad ein trauriges Gesicht. Wussten sie denn nicht, dass mein Röntgenblick auch dann auf ihnen ruhte, wenn sie gerade nicht mit Reden an der Reihe waren? Zeit für die Blitzfragen. Nur nicht den Finger vom Drücker nehmen.

»Wer ist es denn?«

»Mr. Burton.« Ein Punkt für Dad.

»Wie heißt er mit Vornamen?«

»Gregory.« Einer für Mum.

»Wo arbeitet er?«

»In der Schule.« Schon wieder Mum.

»Wann geh ich zu ihm?«

»Montags nach der Schule. Eine Stunde.« Mum. Sie beherrschte das Spiel besser als Dad, denn sie war schon daran gewöhnt, während Dad oft nicht da war, weil er arbeitete.

»Er ist Psychologe, stimmt's?« Ich konnte mich darauf verlassen, dass sie mich nicht anlogen.

»Ja, Honey.« Dad.

Ich glaube, in diesem Moment fing ich an, es zu hassen, dass ich mich in ihren Augen sehen konnte, und leider fühlte ich mich seit diesem Augenblick in Gegenwart meiner Eltern nicht mehr wohl.

Mr. Burtons Praxis war ein kleines Kabuff, gerade groß genug, dass zwei Sessel darin Platz hatten. Mir war der mit dem schmutzigen olivgrünen Samtbezug und den Armlehnen aus dunklem Holz lieber als der fleckig-braune. Allerdings sahen beide aus, als stammten sie aus den Fünfzigern und wären weder gereinigt noch überhaupt jemals aus dem winzigen Zimmer entfernt worden, seit die Schule gebaut worden war. An der hinteren Wand gab es ein kleines Fenster, so weit oben, dass man nur den Himmel sehen konnte. Bei meinem ersten Termin war er strahlend blau. Gelegentlich segelte eine Wolke vorbei und füllte das gesamte Fenster mit ihrem Weiß.

An der Wand hingen Plakate von fröhlich aussehenden Schülern und Schülerinnen, die zu Drogen nein sagten, sich gegen Mobbing durchsetzten, den Prüfungsstress bewältigten, erfolgreich gegen Essstörungen kämpften, mit traurigen Ereignissen umgehen konnten und obendrein klug genug waren, auf Sex zu verzichten, um nicht im Teenageralter schwanger zu werden. Auch für den Ausnahmefall, dass jemand doch Sex hatte, gab es Plakate, auf dem das gleiche Mädchen und der gleiche Junge verkündeten, dass sie Kondome benutzten. Allesamt Heilige also. Der ganze Raum war so positiv, dass ich dachte, jemand wie ich müsste eigentlich mit Raketengeschwindigkeit von seinem Sessel abgeworfen werden. Und der großartige Mr. Burton hatte all diesen jungen Menschen geholfen!

Daher ging ich davon aus, dass er ein weiser alter Mann sein müsste, mit einem grauen Wuschelkopf, einer Taschenuhr in der Westentasche und einem Hirn, das nach jahrelanger Erforschung der menschlichen Psyche vor Erfahrung förmlich explodierte. Ich erwartete einen Yoda der westlichen Welt, der über unerschöpfliches Wissen verfügte, in Rätseln sprach und mich davon zu überzeugen versuchte, dass die Macht stark in mir war.

Als der echte Mr. Burton das Kabuff betrat, hatte ich zunächst gemischte Gefühle. Meine wissbegierige Forscherseite war enttäuscht, die Vierzehnjährige in mir dagegen äußerst angenehm überrascht. Er war eher Gregory als Mr. Burton, jung, sexy und extrem attraktiv. In Jeans und T-Shirt und mit seinem modischen Haarschnitt wirkte er, als hätte er gerade eben seinen College-Abschluss gemacht. Sofort stellte ich meine üblichen Berechnungen an und kam zu dem Ergebnis, dass er aller Wahrscheinlichkeit nach ungefähr doppelt so alt war wie ich. Aber in ein paar Jahren war ich aus der Schule und alt genug, eine Beziehung zu ihm zu haben. Bevor er auch nur die Tür hinter sich zugemacht hatte, war mein gesamtes weiteres Leben bereits durchgeplant.

»Hallo, Sandy«, begrüßte er mich freundlich, schüttelte mir die Hand, und ich schwor mir auf der Stelle, sie nie wieder zu waschen und zu Hause erst mal gründlich abzulecken. Dann nahm er mir gegenüber Platz. Garantiert hatten die Mädchen auf den Plakaten ihre Probleme erfunden, nur um hierherkommen zu dürfen.

»Hoffentlich findest du unser schickes Designermobiliar bequem«, meinte er naserümpfend, während er sich in dem braunen Samtsessel niederließ, dessen Polster an der Seite aufgeplatzt war, sodass der Schaumgummi hervorquoll.

Ich lachte. Oh, war dieser Mensch cool! »Ja, danke. Ich hab mir schon überlegt, was Ihnen die Wahl des Sessels über mich sagt.«

»Na ja«, grinste er. »Da gibt es zwei Möglichkeiten.«

Ich lauschte gespannt.

»Erstens, dass du Braun nicht magst, oder zweitens, dass du Grün magst.«

»Keins von beidem.« Auch ich lächelte. »Ich wollte mit dem Gesicht zum Fenster sitzen.«

»Aha«, rief er. »Dann gehörst du also zu den Leuten, die wir im Labor ›Fenstergucker‹ nennen.«

»Ah, zu denen gehöre ich also.«

Er blickte mich amüsiert an, dann legte er einen Notizblock plus Stift auf die Knie und stellte einen Kassettenrekorder auf die Armlehne. »Stört es dich, wenn ich unser Gespräch aufnehme?«

»Warum?«

»Damit ich mich später an alles erinnern kann, was du gesagt hast. Manchmal kriege ich was erst richtig mit, wenn ich es mir nochmal anhöre.«

»Okay, aber wofür sind dann der Block und der Stift?«

»Damit ich kritzeln kann, falls ich mich langweile.« Er drückte auf den Aufnahmeknopf und sagte Datum und Uhrzeit an.

»Ich hab das Gefühl, ich bin beim Verhör auf dem Polizeirevier.«

»Ist dir so was schon mal passiert?«

Ich nickte. »Ja, als Jenny-May Butler verschwunden ist, sind wir alle zur Polizei gegangen, um zu erzählen, was wir wussten.« Wie schnell wir auf das Thema Jenny-May Butler gekommen waren. Sie wäre bestimmt begeistert gewesen über so viel Aufmerksamkeit.

»Aha.« Er nickte. »Jenny-May war deine Freundin, richtig?«

Einen Moment überlegte ich, sah mir die Anti-Mobbing-Plakate an und fragte mich, was ich darauf antworten sollte. Ich wollte auf gar keinen Fall, dass dieser tolle Mann mich unsensibel fand, wenn ich nein sagte. Aber Jenny-May war nicht meine Freundin. Sie hasste mich. Aber jetzt war sie verschwunden, und ich sollte wahrscheinlich nicht schlecht über sie sprechen – schließlich hielten sie nun alle für einen Engel. Mr. Burton deutete mein Schweigen als Betroffenheit, was mir peinlich war, und er stellte die nächste Frage so sanft und vorsichtig, dass ich fast laut losgelacht hätte.

»Vermisst du sie?«

Auch diese Frage ließ ich mir erst einmal durch den Kopf gehen. Am liebsten hätte ich ihn gefragt, ob er es vielleicht vermissen würde, jeden Tag eine Ohrfeige zu kriegen. Aber wieder hatte ich Angst, er könnte mich herzlos finden, wenn ich ihm wahrheitsgemäß antwortete. Dann würde er sich niemals in mich verlieben und mich aus Leitrim herausholen.

Er beugte sich vor. Ach, seine Augen waren so wunderschön blau!

»Deine Mum und dein Dad haben mir gesagt, du willst Jenny-May unbedingt wiederfinden, stimmt das?«

Hoppla. So schnell entstehen Missverständnisse. Ich rollte mit den Augen. Okay, Schluss mit dem Quatsch. »Mr. Burton, ich möchte nicht gemein oder gefühllos wirken, denn Jenny-May ist nicht mehr da, und alle sind traurig, aber ...« Ich ließ den Satz unvollendet.

»Mach ruhig weiter«, ermunterte er mich, und ich wäre ihm am liebsten auf den Schoß gehopst und hätte ihn abgeknutscht.

»Na ja, ich und Jenny-May waren nie Freundinnen. Sie hat mich gehasst. Natürlich vermisse ich sie irgendwie. Ich merke, dass sie nicht mehr da ist, aber ich möchte nicht, dass sie wiederkommt. Ich würde nur furchtbar gern wissen, wo sie ist.«

Mr. Burton zog die Augenbrauen hoch.

»Also, ich weiß, Sie dachten wahrscheinlich, ich würde mich deshalb so aufregen, wenn ich was verloren habe – weil ich mit Jenny-May befreundet war und weil sie jetzt verschwunden ist. Als könnte ich sie dadurch zurückholen, dass ich meine einzelnen verlorenen Socken wiederfinde oder so.«

Ihm fiel die Kinnlade herunter.

»Na ja, das ist sicher eine ganz vernünftige Überlegung, Mr. Burton, aber so kompliziert bin ich nicht. Es ärgert mich bloß, dass ich nicht weiß, wo die Dinge sind, die man nicht wiederfindet. Zum Beispiel unser Tesafilm. Gestern Abend wollte Mum ein Geschenk für Tante Deirdre einpacken, die demnächst Geburtstag hat, und konnte partout den Tesafilm nicht finden. Also, bei uns liegt die Rolle immer in der Schublade unter dem Besteck. Wir verstauen sie nie woanders, denn meine Eltern wissen ja, wie ich reagiere, wenn was nicht da ist, deshalb achten sie genau darauf, dass alles seinen Platz hat. Ehrlich, unser Haus ist ziemlich ordentlich, bei uns gehen nicht dauernd irgendwelche Sachen flöten. Jedenfalls habe ich den Tesafilm am Samstag benutzt, als ich meine Hausaufgaben in Kunst gemacht habe, für die ich heute übrigens eine beschissene Drei gekriegt habe, obwohl Cynthia Tinsletown eine Eins eingesackt hat, für ein Bild, das aussieht wie eine zerquetschte Fliege auf der Windschutzscheibe. Und so was gilt dann als ›richtige Kunst‹! Aber ich schwöre, ich hab den Tesafilm in die Schublade zurückgelegt. Dad hat ihn nicht benutzt, Mum hat ihn nicht benutzt, und ich bin beinahe hundertprozentig sicher, dass niemand bei uns eingebrochen ist, um den Tesafilm zu klauen. Den ganzen Abend hab ich danach gesucht, aber ich konnte ihn nicht finden. Also, wo ist er jetzt?«

Schweigend lehnte Mr. Burton sich in seinem Sessel zurück.

»Verstehe ich das richtig?«, sagte er nachdenklich. »Du vermisst Jenny-May Butler nicht wirklich?«

Auf einmal mussten wir beide lachen, und zum ersten Mal fühlte ich mich nicht schlecht, weil mir das Engelchen nicht fehlte.

Schließlich wurde Mr. Burton wieder ernst. »Was denkst du, warum deine Eltern dich zu mir geschickt haben?«

»Weil ich Antworten brauche.«

»Worauf zum Beispiel?«

Ich dachte kurz nach. »Wo ist der Tesafilm, den wir heute

Morgen immer noch nicht gefunden haben? Wo ist Jenny-May Butler? Wo sind die fünf Teenager, die 1966 auf einem Campingtrip verschwunden sind? Warum geht immer wieder eine einzelne Socke von mir in der Waschmaschine verloren und taucht nicht wieder auf?«

»Du glaubst also, ich kann dir sagen, wo all diese Sachen sind?«

»Vielleicht nicht ganz genau, Mr. Burton, aber ein allgemeiner Hinweis wäre schon schön.«

Er lächelte mich an. »Dann lass mich doch eine Weile die Fragen stellen, vielleicht finden wir mit Hilfe deiner Antworten die Lösungen, die du suchst.«

»Na gut, wenn Sie meinen, das funktioniert.« Sonderbarer Typ.

»Warum hast du das Gefühl, du musst wissen, wo die Sachen sind?«

»Das ist einfach so.«

»Warum?«

»Warum haben Sie das Gefühl, Sie müssen mir Fragen stellen?«

Mr. Burton blinzelte und schwieg. Länger, als er eigentlich vorgehabt hatte, das sah ich genau. Dann antwortete er: »Das ist mein Job, dafür werde ich bezahlt.«

»Dafür werden Sie bezahlt«, wiederholte ich und verdrehte die Augen. »Mr. Burton, Sie könnten auch meinen Samstags-Job machen und sich fürs Klopapierrollenstapeln bezahlen lassen, aber Sie haben, soweit ich weiß, aus freien Stücken rund zehn Millionen Jahre studiert, um sich die ganzen Urkunden an die Wand hängen zu können« – ich warf einen vielsagenden Blick auf seine Zeugnisse und Zusatzqualifikationen –, »also würde ich doch mal behaupten, Sie haben sich für das Studium und die ganzen Prüfungen nicht nur zum Spaß angestrengt und stellen Ihre Fragen auch nicht nur deshalb, weil Sie dafür bezahlt werden.«

Er lächelte schwach und betrachtete mich nachdenklich. Ich

glaube, er wusste nichts zu sagen. Also machten wir fünf Minuten Pause.

Als er wieder ins Zimmer kam, machte er sich gar nicht erst die Mühe, Stift und Papier zur Hand zu nehmen. Stattdessen stützte er die Ellbogen auf die Knie und beugte sich zu mir.

»Ich unterhalte mich gern mit Leuten, das war schon immer so. Wenn man über sich selbst redet, lernt man Dinge, die man vorher nicht wusste. Es ist eine Art Selbstheilung. Ich stelle Fragen, weil ich den Leuten gerne helfe.«

»Ich auch.«

»Und du hast das Gefühl, wenn du Fragen über Jenny-May stellst, hilfst du ihr oder vielleicht ihren Eltern?«, hakte er nach und versuchte, sich seine Verwirrung möglichst wenig anmerken zu lassen.

»Nein, ich helfe mir selbst.«

»Wie hilft dir das denn? Frustriert es dich nicht noch mehr, wenn du keine Antwort bekommst?«

»Manchmal finde ich ja auch etwas, Mr. Burton. Ich finde Sachen, die gerade erst verlegt worden sind.«

»Ist nicht alles verlegt, was man verliert?«

»Wenn man etwas verlegt, dann ist es vorübergehend verloren, weil man vergessen hat, wo man es hingetan hat. Aber ich weiß immer, wo ich Sachen hintue. Es geht mir um die Dinge, die ich *nicht* verlegt habe, die will ich finden. Die Dinge, die Beine kriegen und von alleine weglaufen – die ärgern mich.«

»Glaubst du denn, es ist möglich, dass jemand diese Dinge an einen anderen Platz räumt?«

»Wer denn?«

»Das frage ich dich.«

»Na ja, im Fall des Tesafilms lautet die Antwort eindeutig nein. Im Fall der Socken ebenfalls – es sei denn, jemand holt zu seinem Privatvergnügen meine Socken aus der Waschmaschine. Mr. Burton, meine Eltern wollen mir helfen. Deshalb glaube ich wirklich nicht, dass sie einfach etwas wegräumen und es dann vergessen. Wenn überhaupt, dann passen sie mir zuliebe besser auf, wo sie etwas hintun.«

»Was glaubst du denn dann? Was meinst du selbst, wo all die verlorenen Sachen sind?«

»Mr. Burton, wenn ich dazu eine Meinung hätte, wäre ich doch nicht hier.«

»Dann hast du also keine Ahnung? Nicht mal in deinen wildesten Träumen, nicht mal, wenn du total frustriert bist, weil du bis in die Puppen gesucht und wieder mal nichts gefunden hast – nicht mal dann hast du eine Idee, eine Hypothese, wo die verlorenen Sachen sein könnten?«

Offensichtlich hatte er von meinen Eltern mehr über mich erfahren, als ich erwartet hatte, aber ich saß schon wieder in der Zwickmühle. Denn auch jetzt würde mich eine ehrliche Antwort in seinen Augen garantiert nicht verliebenswert erscheinen lassen. Trotzdem holte ich tief Luft und sagte: »In solchen Fällen denke ich, dass sie dort sind, wo alle verlorenen Sachen hinkommen.«

Er hakte sofort nach. »Glaubst du, Jenny-May ist auch dort? Fühlst du dich besser, wenn du dir das vorstellst?«

»O Gott«, stöhnte ich. »Wenn jemand sie umgebracht hat, Mr. Burton, dann hat jemand sie umgebracht. Ich versuche nicht, mir eine Phantasiewelt zu erschaffen, damit ich besser damit umgehen kann.«

Er bemühte sich sehr, ein neutrales Gesicht zu machen.

»Aber ob sie nun noch lebt oder nicht – warum hat die Polizei sie nicht gefunden? Schließlich gibt es in unserem County nicht unendlich viele Verstecke.«

»Würdest du dich besser fühlen, wenn du akzeptieren könntest, dass es manchmal einfach ungelöste Rätsel gibt?«

»Sie akzeptieren das doch auch nicht, warum sollte ich es dann tun?«

»Was bringt dich auf die Idee, dass ich das nicht akzeptiere?«

»Sie sind Therapeut. Sie glauben, dass jede Aktion eine Reaktion hervorruft und jede Reaktion wieder eine Aktion. Alles, was ich jetzt tue, tue ich aufgrund dessen, was vorher passiert ist, wegen etwas, was jemand gesagt oder getan hat. Sie glauben, dass es auf alles eine Antwort oder eine Lösung gibt.«

»Das stimmt nicht unbedingt. Man kann nicht alles in Ordnung bringen.«

»Können Sie mich in Ordnung bringen?«

»Du bist nicht kaputt.«

»Ist das Ihre medizinische Diagnose?«

»Ich bin kein Arzt.«

»Sind Sie etwa kein ›Seelendoktor‹?« Ich deutete die Anführungszeichen mit erhobenen Fingern an und verdrehte die Augen.

Schweigen.

»Wie fühlst du dich, wenn du etwas suchst und suchst und es trotzdem nicht findest?«

Mir war klar, dass er so ein seltsames Gespräch noch nie geführt hatte.

»Haben Sie eine Freundin, Mr. Burton?«

Er runzelte die Stirn. »Sandy, ich denke nicht, dass das irgendeine Rolle spielt.« Als ich nicht darauf reagierte, antwortete er seufzend: »Nein, ich habe keine Freundin.«

»Hätten Sie gern eine?«

Er dachte einen Moment nach. »Willst du damit sagen, dass das Gefühl, wenn man eine Socke sucht, das gleiche ist, wie wenn man nach Liebe sucht?« Zwar strengte er sich sichtlich an, die Frage so zu formulieren, dass ich mir nicht dumm vorkommen musste, aber er scheiterte kläglich.

Ich verdrehte wieder die Augen. Aus irgendeinem Grund brachte er mich des Öfteren dazu. »Nein, es ist das Gefühl, dass man weiß, es fehlt einem etwas im Leben, aber man findet es nicht, ganz gleich, wie intensiv man auch danach sucht.«

Mit einem unbehaglichen Räuspern nahm er Stift und Papier zur Hand und tat so, als würde er sich etwas notieren.

Zeit zum Kritzeln also. »Ich langweile Sie wohl, was?«

Er musste lachen, und die Spannung zwischen uns verflog wieder.

Trotzdem versuchte ich noch einmal zu erklären, was ich meinte. »Vielleicht ist es leichter, wenn ich sage, etwas zu verlieren ist so, als würde man sich plötzlich nicht mehr an den Text seines Lieblingssongs erinnern, den man immer auswendig konnte. Oder als würde man den Namen eines Menschen vergessen, den man sehr gut kennt. Oder den Namen einer Band, die einen Superhit hatte. Es ist frustrierend und geht einem nicht mehr aus dem Kopf, denn man weiß ja, dass es eine Antwort gibt. Aber niemand kann sie einem geben. So was lässt mir keine Ruhe, bis ich irgendwann die Lösung finde.«

»Das versteh ich«, meinte er leise.

»Na, dann multiplizieren Sie dieses Gefühl nochmal mit hundert.«

»Du bist ganz schön erwachsen für dein Alter, Sandy.«

»Das ist komisch, denn ich hab gehofft, in Ihrem würden sie viel mehr wissen.«

Da fing er an zu lachen und hörte nicht mehr auf, bis unsere gemeinsame Zeit vorbei war.

Beim Abendessen erkundigte sich mein Vater, wie es bei Mr. Burton gelaufen war.

»Er konnte meine Fragen auch nicht beantworten«, antwortete ich kauend.

Dad sah aus, als würde ihm gleich das Herz brechen. »Dann möchtest du wahrscheinlich nicht mehr hingehen.«

»Doch!«, sagte ich schnell, und meine Mum versuchte ihr erleichtertes Lächeln zu verbergen, indem sie schnell einen Schluck Wasser trank.

Dad sah fragend zwischen ihr und mir hin und her.

»Er hat hübsche Augen«, verkündete ich, als würde das irgendetwas erklären, während ich mir eine Gabel Kartoffeln in den Mund stopfte.

Dad hob die Augenbrauen und sah zu meiner Mum, die von einem Ohr zum andern grinste und rote Bäckchen hatte. »Das stimmt, Harold. Mr. Burton hat sehr hübsche Augen.«

»Na dann!«, rief er und warf hilflos die Arme in die Luft. »Wenn der Mann hübsche Augen hat, was kann ich da noch sagen?«

Später lag ich im Bett und dachte über mein Gespräch mit Mr. Burton nach. Vielleicht hatte er keine Antworten für mich gehabt, aber von einem hatte er mich bereits erfolgreich kuriert.

Und zwar davon, nach Liebe zu suchen.

Elf

Solange ich auf dem Gymnasium St. Mary's war, ging ich jede Woche zu Mr. Burton, sogar in den Sommermonaten, denn für außerschulische Aktivitäten blieb die Schule geöffnet. Bei unserer letzten Sitzung war ich gerade achtzehn geworden, hatte meinen Abschluss in der Tasche und soeben erfahren, dass ich bei der Polizei angenommen worden war. In ein paar Wochen sollte ich nach Cork umziehen, um in Templemore meine Ausbildung zu machen.

»Hallo, Mr. Burton«, sagte ich, als ich den kleinen Raum betrat, der sich seit dem ersten Tag nicht verändert hatte. Auch Mr. Burton war so jung und attraktiv wie eh und je, und ich liebte ihn mit Haut und Haaren.

»Sandy, hör auf, mich Mr. Burton zu nennen, da komme ich mir vor wie ein alter Mann.«

»Aber du bist ja auch ein alter Mann«, neckte ich ihn.

»Dann bist du eine alte Frau«, meinte er leichthin. Dann schwiegen wir eine Weile. »Also«, begann er in nüchternem Ton, »was hast du diese Woche auf dem Herzen?«

»Ich bin heute bei der Polizei angenommen worden.«

Er riss die Augen auf. Vor Freude? Oder Betroffenheit? Aufregung? Schreck? »Wow, Sandy, herzlichen Glückwunsch, du hast es geschafft!« Er umarmte mich, und wir hielten uns eine Sekunde länger aneinander fest, als gut für uns war.

»Wie finden es deine Eltern?«

»Die wissen noch nichts davon.«

»Bestimmt sind sie traurig, dass du weggehst.«

»Aber es ist das Beste«, sagte ich und schaute weg.

»Du wirst deine Probleme nicht einfach alle in Leitrim zurücklassen können, weißt du«, sagte er leise.

»Nein, aber ich lasse die Leute hier, die über sie Bescheid wissen.«

»Hast du vor, gelegentlich vorbeizuschauen?«

Ich starrte ihm direkt ins Gesicht. Sprachen wir immer noch über meine Eltern? »So oft ich eben kann.«

»Wie oft wird das sein?«

Ich zuckte die Achseln.

»Sie haben dich immer unterstützt, Sandy.«

»Aber ich kann nicht so sein, wie sie mich haben wollen, Mr. Burton. Ich bin ihnen unangenehm.«

Er verdrehte die Augen, weil ich ihn schon wieder so nannte und absichtlich versuchte, zwischen uns eine Mauer zu errichten. »Sie wollen nur, dass du bist, wie du bist, und das weißt du auch. Schäm dich doch nicht. Sie lieben dich so, wie du bist.«

Als ich merkte, wie er mich ansah, fragte ich mich wieder, ob wir wirklich über meine Eltern redeten. Mr. Burton wusste alles über mich. Absolut alles. Und ich verstand ihn intuitiv. Obwohl jede Frau in Leitrim ihm nachstellte, war er immer noch Single. Woche um Woche erzählte er mir, ich sollte die Dinge akzeptieren, wie sie waren, und mein Leben leben, aber wenn es einen Menschen gab, der sein Leben auf Warteschleife gelegt hatte, dann er.

»Ich hab gehört, dass du dieses Wochenende mit Andy McCarthy ausgegangen bist«, bemerkte er und räusperte sich.

»Und?«

Müde rieb er sich übers Gesicht, und wir schwiegen wieder eine Weile. Das konnten wir gut.

»Na komm schon, sprich mit mir«, sagte er leise.

Unser letzter Termin, und mir fiel einfach nichts ein. Aber er hatte immer noch keine Antworten für mich.

»Gehst du zu dem Kostümball nächsten Freitag?«, fragte er, an die Stimmung des Augenblicks anknüpfend.

»Ja.« Ich lächelte. »Ich kann mir keine bessere Art denken, von hier Abschied zu nehmen, als in voller Verkleidung.«

»Als was gehst du denn?«

»Als Socke.«

Er lachte laut. »Kommt Andy mit?«

»Habe ich jemals über längere Zeit ein Paar zusammenpassender Socken besessen?«

Er zog die Brauen hoch, um mir zu zeigen, dass ihm diese Antwort nicht reichte.

»Er hat nicht kapiert, warum ich seine Wohnung auf den Kopf gestellt habe, als ich die Einladung nicht finden konnte.«

»Was denkst du, wo sie ist?«

»Bei all dem anderen Zeug. Samt meinem Verstand«, antwortete ich und rieb mir müde die Augen.

»Du hast den Verstand nicht verloren, Sandy. Du gehst also zur Polizei«, stellte er noch einmal mit einem zittrigen Lächeln fest.

»Machst du dir Sorgen um die Zukunft unseres Landes?«

»Nein«, grinste er. »Wenigstens weiß ich, dass wir bald in sicheren Händen sind. Du wirst jeden Verbrecher zu Tode verhören.«

»Ich bin eben bei dem Besten in die Lehre gegangen«, antwortete ich und zwang mich zu lächeln.

Mr. Burton kam zur Kostümparty am Freitagabend. Er war auch als Socke verkleidet, was mich zum Lachen brachte. Nach dem Ball fuhr er mich nach Hause, und eine Weile saßen wir schweigend nebeneinander. Jahrelang hatten wir uns regelmäßig und ausführlich unterhalten, und nun wussten wir auf einmal nicht mehr, was wir sagen sollten. Vor meinem Haus beugte er sich über mich und küsste mich gierig auf den Mund, lang und leidenschaftlich. Es war gleichzeitig ein Anfang und ein Abschied.

»Schade, dass wir nicht dieselbe Farbe haben, Gregory, wir hätten ein gutes Paar abgegeben«, sagte ich traurig.

Ich hätte schrecklich gern von ihm gehört, dass wir doch das perfekte ungleiche Paar waren, aber ich glaube, er war auch dieser Meinung. Als er wegfuhr, sah ich ihm nach.

Je mehr Affären ich hatte, desto klarer wurde mir, dass Gregory und ich das beste ungleiche Paar waren, das mir je begegnet war. Aber in meinem Bestreben, die schwierigen Fragen meines Lebens zu lösen, übersah ich die Antworten, die ganz offensichtlich auf der Hand lagen.

Zwölf

Helena betrachtete mich neugierig durch die bernsteinfarbenen Flammen des Lagerfeuers, die um ihr Gesicht tanzten. Die übrigen Mitglieder der Gruppe schwelgten immer noch in Erinnerungen an Dereks wilde Rock-and-Roll-Zeiten, froh darüber, das Thema nicht weiterverfolgen zu müssen, bei dem wir uns eigentlich befanden. Aber ich mischte mich in die angeregte Plauderei genauso wenig ein wie Helena. Schließlich hob ich die Augen, und unsere Blicke kreuzten sich. Sie wartete eine Gesprächspause ab und fragte dann: »Was machen Sie eigentlich beruflich, Sandy?«

»Au ja!«, rief Joan aufgeregt und legte die Hände an ihre Teetasse, um sie zu wärmen. »Erzählen Sie doch, bitte!«

Sofort hatte ich die volle Aufmerksamkeit aller Anwesenden. Ich überlegte. Aber warum sollte ich lügen?

»Ich leite eine Agentur«, begann ich und stockte.

»Was denn für eine Agentur?«, fragte Bernard.

»Bestimmt eine Model-Agentur, richtig?«, fragte Joan leise. »Mit Ihren langen Beinen …« Dabei hielt sie sich die Teetasse mit abgespreiztem kleinen Finger in der hohlen Hand dicht unter die Lippen.

»Joan, sie hat gesagt, dass sie eine Agentur *leitet*, nicht dass sie da mitarbeitet«, meinte Bernard und schüttelte den Kopf so heftig, dass sein Kinn wieder wogte.

»Genauer gesagt ist es eine Agentur für Personensuche.«

Schweigend musterten sie mich, dann sahen sie einander an,

und kaum dass ihre Blicke sich trafen, brachen alle in lautes Gelächter aus. Alle außer Helena.

»Oh, Sandy, der war echt gelungen«, rief Bernard und wischte sich mit dem Taschentuchzipfel die Tränen aus den Augen. »Aber mal im Ernst – was ist das für eine Agentur?«

»Eine Schauspielagentur«, schaltete Helena sich ein, ehe ich antworten konnte.

»Woher weißt du das?«, fragte Bernard, ungehalten, dass sie etwas früher wusste als er. »Du hast die Frage doch überhaupt erst aufgebracht.«

»Sie hat es mir erzählt, als ihr alle so gelacht habt«, erklärte sie mit einer wegwerfenden Handbewegung.

»Eine Schauspielagentur«, wiederholte Joan und sah mich mit großen runden Augen an. »Wie wundervoll. Wir hatten ein paar echt gute Stücke in Finbar's Hall – erinnert ihr euch?«, fuhr sie fort und blickte in die Runde ihrer Freunde, »*Julius Cäsar*, *Romeo und Julia*, um nur ein paar von den besten Shakespearestücken zu nennen. Bernard war …«

Der Angesprochene hustete laut.

»Oh, tut mir leid«, lenkte Joan sofort ein und errötete. »Bernard *ist* ein großartiger Schauspieler. Er hat den Esel im *Sommernachtstraum* sehr überzeugend dargestellt. Für Ihre Agentur wäre er bestimmt ein großer Zugewinn.«

Und schon verfielen sie wieder in ihren gewohnten Plauderton und tauschten alte Anekdoten aus. Aber Helena kam ums Feuer herum und setzte sich neben mich.

»Ich muss sagen, Sie machen Ihren Job ganz hervorragend«, schmunzelte sie, und in ihren Augen erschien wieder das Funkeln, das ich inzwischen schon so gut kannte.

»Warum haben Sie das eben gesagt?« Damit meinte ich ihren Einwurf hinsichtlich meines Berufs.

»Oh, Sie sollten den anderen nicht erzählen, was Sie wirklich machen, vor allem Joan nicht. Joan redet so leise, dass sie das Gefühl hat, sie muss jedem alles sagen, nur um sicherzustellen, dass man sie trotzdem hört«, antwortete sie mit freundlichem Spott, während sie ihre Freundin voller Zuneigung beobachtete. »Wenn jemand herausfindet, dass Sie wirklich eine Agentur für Personensuche haben, wird man Sie mit Fragen überschütten. Alle werden denken, Sie sind gekommen, um uns nach Hause zu führen.« Ich war nicht sicher, ob sie einen Witz machte oder mir eine Frage stellte. Wie auch immer – sie lachte nicht, aber ich antwortete ihr auch nicht.

»Wem könnte sie es denn sonst noch weitersagen?«, erkundigte ich mich und schaute mich im stillen, dunklen Wald um. Die letzten zwei Tagen war ich niemandem begegnet.

Wieder sah Helena mich seltsam an. »Es gibt noch andere, Sandy.«

Mir fiel es schwer zu glauben, dass irgendjemand in dieser Gegend wohnte – außer vielleicht ein paar Ewoks.

»Sie kennen unsere Geschichte, oder nicht?«, fragte sie so leise, dass die anderen sie nicht hören konnten.

Ich nickte, holte tief Luft und antwortete: »Fünf Schüler werden nach einem Campingtrip in Roundwood, County Wicklow, vermisst. Derek Cummings, Helena Dickens, Marcus Flynn, Joan Hatchard und Bernard Lynch, alle sechzehn Jahre alt und Schüler an der St. Kevin's Boarding School for Girls and Boys in Blackrock, waren am Morgen vor dem geplanten Besuch in Glendalough nicht mehr in ihren Zelten. Helena Dickens ist die Tochter von Rory Dickens, Richter am Obersten Gerichtshof. Mr. Dickens versicherte gestern, er werde alles Menschenmögliche tun, um seine Tochter wiederzufinden.«

Ich hielt einen Moment inne. Helena starrte mich mit fast kindlicher Faszination an und hatte Tränen in den Augen, was mich bewog, auch den Rest des Zeitungsartikels zum Besten zu geben. Auf einmal hatte ich das dringende Bedürfnis, ihr in allen Einzelheiten nahezubringen, wie die Menschen auf das Verschwinden der fünf Schüler reagiert hatten. Überall im ganzen Land hatten wildfremde Menschen bei der Suche geholfen, für die Rückkehr der fünf Teenager gebetet und den Angehörigen alle nur mögliche Unterstützung zukommen lassen. Ich fand, dass ich es sowohl diesen Menschen als auch Helena schuldig war, die ganze Geschichte zu erzählen.

»Die Polizei erklärte heute, dass jede Spur verfolgt wird. Bisher kann ein krimineller Hintergrund des Vorfalls allerdings weder bestätigt noch ausgeschlossen werden. Sachdienliche Hinweise nehmen die Polizeidienststellen in Roundwood und Blackrock entgegen. Alle Schüler von St. Kevin's haben sich versammelt, um für ihre vermissten Mitschüler zu beten. Die Einwohner von Blackrock haben den Campingplatz, an dem sie verschwunden sind, mit Blumen geschmückt.«

Ich schwieg.

»Was ist mit deinen Augen los, Helena?«, fragte Bernard besorgt.

»Ach nichts«, wehrte Helena ab. »Bloß ein bisschen Asche vom Feuer«, fügte sie hinzu und tupfte sich mit ihrem Pashminaschal die Augen.

»Ach je«, rief Joan, kam zu uns herüber und spähte Helena ins Auge. »Sieht aber nicht schlimm aus, nur ein bisschen rot, und es tränt. Wahrscheinlich brennt es ein bisschen.«

»Ist schon gut, alles okay, danke«, beteuerte Helena, und sie ließen von ihr ab.

»Mit Ihren schauspielerischen Fähigkeiten sollten Sie sich meiner Agentur anschließen«, lächelte ich.

Helena lachte und schwieg dann wieder. Aber ich musste weitererzählen.

»Man hat nie aufgehört, nach Ihnen zu suchen, wissen Sie.«

Helena stieß ein Geräusch aus, das sie nicht unterdrücken konnte und das direkt aus ihrem Herzen kam.

»Ihr Vater hat sich bei sämtlichen Polizeirevieren, bei jedem neuen Polizeichef und jedem neuen Justizminister eingesetzt, er hat an alle Türen geklopft und jeden Stein umgedreht. Er hat dafür gesorgt, dass überall Suchtrupps gebildet wurden, die Berg und Tal genauestens durchkämmt haben. Und Ihre Mutter, sie war wirklich toll ...«

Bei der Erwähnung ihrer Mutter erschien ein Lächeln auf Helenas Gesicht.

»... sie hat eine Wohlfahrtsorganisation namens ›Licht im Dunkeln‹ ins Leben gerufen. Überall in ganz Irland hat sie Beratungsstellen für Familien eingerichtet, die ein Kind vermissen. Die beiden haben Sie nie aufgegeben, Ihre Mutter bis heute nicht.«

»Sie lebt noch?« Helenas Augen wurden groß und füllten sich erneut mit Tränen.

»Ihr Vater ist leider vor einigen Jahren verstorben.« Ich gab ihr einen Moment Zeit, um diese Information zu verarbeiten. »Ihre Mutter ist nach wie vor bei ›Licht im Dunkeln‹ aktiv. Letztes Jahr habe ich am jährlichen Wohltätigkeitslunch der Organisation teilgenommen und ihr gesagt, wie sehr ich sie und ihre Arbeit bewundere.« Jetzt kam der schwierige Teil. Ich schlug die Augen nieder und räusperte mich. »Sie hat mir aufgetragen, meine Bemühungen fortzusetzen, und mir gesagt, ihr größter Wunsch sei es, dass ich ihre geliebte Tochter finde.«

»Erzählen Sie mir von ihr«, hauchte Helena kaum hörbar.

So vergaß ich meine eigenen Sorgen und machte es mir am Lagerfeuer bequem, um Helena von ihrer Mutter zu erzählen.

»Ich wollte damals überhaupt nicht mit zum Campen«, erklärte Helena, und es war ihr anzumerken, wie sehr sie sich über meinen Bericht freute. »Ich hab meine Eltern angebettelt, zu Hause bleiben zu dürfen.«

Das wusste ich alles, aber ich lauschte ihr aufmerksam, völlig fasziniert, dass ich die Geschichte, die ich so gut kannte, jetzt von einer ihrer Hauptpersonen erzählt bekam. Es war, als würde mein Lieblingsbuch plötzlich auf der Bühne zum Leben erwachen.

»Ich wollte an diesem Wochenende viel lieber nach Hause

fahren. Da war dieser Junge …« Sie lachte und sah mich an. »Es geht doch immer um Jungs, stimmt's?«

Obwohl ich das nicht wirklich nachvollziehen konnte, lächelte ich sie an.

»Ins Haus neben uns war ein neuer Junge eingezogen. Er hieß Samuel James und war das hübscheste Wesen, das ich je gesehen hatte.« Ihre Augen strahlten, als wäre ein Funke vom Feuer übergesprungen. »Ich hab ihn in diesem Sommer kennengelernt, mich in ihn verliebt, und wir hatten eine wundervolle Zeit zusammen. Sündhaft schön.« Sie grinste und hob vielsagend die Augenbrauen. »Seit zwei Monaten war ich wieder im Internat und vermisste ihn schrecklich. Aber so sehr ich auch bettelte und jammerte, meine Eltern ließen mich nicht nach Hause kommen. Sie wollten mich bestrafen«, setzte sie mit einem traurigen Lächeln hinzu, »weil ich in der gleichen Woche dabei erwischt worden war, wie ich in der Geschichtsklausur geschummelt und hinter der Turnhalle geraucht habe. Unakzeptabel, selbst für meine Maßstäbe.«

Sie hielt inne und warf einen kurzen Blick in die Runde. »Deshalb musste ich mit der Truppe hier wegfahren, als würde ich mich spontan in einen Engel verwandeln, wenn man mich von meinen besten Freunden trennt. Aber wie dem auch sei – letzten Endes war es eine Strafe, die ich meiner Meinung nach wirklich nicht verdient habe.«

»Natürlich nicht«, antwortete ich voller Verständnis. »Wie sind Sie denn hierhergekommen?«

Helena seufzte. »Wir wollten eine Zigarette rauchen – sogar Joan und Bernard«, fügte sie lachend hinzu. »Damit die Lehrer die brennenden Zigaretten nicht sehen und den Rauch nicht riechen konnten, haben wir uns ein Stück vom Camp weggeschlichen. Eigentlich sind wir gar nicht weit gegangen, nur ein paar Minuten – aber dann waren wir auf einmal hier.« Sie zuckte die Achseln. »Besser kann ich es nicht erklären.«

»Sie haben doch bestimmt alle einen Riesenschrecken gekriegt.«

»Genau wie Sie vermutlich.« Sie sah mich nachdenklich an. »Wenigstens waren wir nicht allein, sonst wäre es für mich wesentlich schlimmer gewesen.«

Sie wollte mich ganz subtil zum Reden bringen, aber das liegt nicht in meiner Natur. Ich schütte niemandem so schnell mein Herz aus. Höchstens Gregory.

»Sie können doch noch nicht mal auf der Welt gewesen sein, als wir verschwunden sind. Wie kommt es, dass Sie trotzdem so viel über uns wissen?«

»Ich war ein sehr wissbegieriges Kind, könnte man sagen.«

»Allerdings.« Wieder musterte sie mich, und ich sah weg, weil ich mich durch ihren Blick bedrängt fühlte. »Wissen Sie auch, was mit den Familien der anderen passiert ist?«, erkundigte sie sich mit einer Kopfbewegung zum Rest der Gruppe.

»Ja.« Ich blickte in die Runde und erkannte in jedem Einzelnen die Gesichter seiner Eltern wieder. »Das hab ich mir zur Aufgabe gemacht. Jedes Jahr habe ich mich über die Entwicklungen in der jeweiligen Familie informiert, weil ich wissen wollte, ob jemand wieder aufgetaucht war.«

»Nun, ich danke Ihnen dafür, dass Sie mir geholfen haben, mich jetzt einen Schritt näher an zu Hause zu fühlen.«

Wir schwiegen, Helena ohne Zweifel in Erinnerungen versunken. Schließlich sagte sie: »Meine Großmutter war eine stolze Frau, Sandy. Sie hat meinen Großvater mit achtzehn Jahren geheiratet, und sie hatten sechs Kinder zusammen. Ihre jüngere Schwester, die irgendwie keinen Mann fand, ließ sich auf eine mysteriöse Affäre mit einem Mann ein, dessen Identität sie nie preisgeben wollte, und dann bekam sie zum großen Entsetzen ihrer gesamten Umgebung einen kleinen Jungen.« Helena kicherte leise. »Dass das Kind meinem Großvater erstaunlich ähnlich sah, entging meiner Großmutter genauso wenig wie das langsame Abschmelzen ihrer gemeinsamen Ersparnisse im gleichen Moment, wenn der Kleine etwas Neues zum Anziehen bekam. Natürlich war alles reiner Zufall«, setzte sie ironisch hinzu und streckte die Beine vor sich aus. »Es gibt ja viele braunhaarige, blauäugige Männer in Irland, und der Umstand, dass mein Großvater gern trank, war eine genauso gute Erklärung für die dahinschwindenden Ersparnisse.« Ihre Augen funkelten mich verschmitzt an.

Verwirrt erwiderte ich ihren Blick, denn ich wusste nicht, worauf sie hinauswollte. »Tut mir leid, Helena, aber ich weiß nicht recht, warum Sie mir das erzählen.«

»Weil es auch reiner Zufall sein könnte, dass Sie hier aufgetaucht sind«, lachte sie.

Ich nickte.

»Aber meine Großmutter hat nicht an Zufälle geglaubt. Und ich glaube auch nicht daran. Sie sind nicht ohne Grund hier, Sandy.«

Dreizehn

Helena legte noch ein großes Stück Holz aufs Feuer, und sofort stob ein Funkenschwarm in die Höhe. Flammen erwachten aus der Glut, begannen schläfrig um das Holz zu züngeln und schickten ihre Wärme zu Helena und mir herüber.

Inzwischen hatte ich schon mehrere Stunden geredet und ihr alle mir bekannten Details über ihre Familie mitgeteilt. Ein ganz ungewohntes Gefühl regte sich in mir – ein Gefühl, das sich ausbreitete, seit ich wusste, wem ich hier begegnet war. Es überkam mich in Wellen, und jede Welle entspannte mich ein bisschen mehr, machte meine Lider ein wenig schwerer, bremste das Karussell meiner Gedanken, löste meine Muskeln. Nur ein ganz kleines bisschen, wohlgemerkt, aber immerhin.

Mein ganzes Leben lang hatte man mir eingeredet, meine Fragen wären unwichtig, mein Interesse für angeblich verlorene Menschen unnütz, aber nun saß ich hier im Wald, und jede dumme, peinliche, nebensächliche und unnötige Frage, die ich je über Helena Dickens gestellt hatte, war für sie von weltbewegender Bedeutung. Ich wusste, dass ich nicht ohne Grund so vom Suchen und Fragen besessen sein konnte. Und das Tollste war, dass es nicht nur einen einzigen Grund dafür gab, nein, neben mir am Lagerfeuer saßen noch vier weitere.

Es war eine unglaubliche Erleichterung. Ein Gefühl, das ich eigentlich nicht mehr kannte, seit ich zehn Jahre alt war.

Der Himmel wurde allmählich heller; die Baumwipfel, die tagsüber von der Sonne erhitzt worden und in der Nacht abgekühlt waren, zauberten nun ein kühles Blau an den Himmel. Die Vögel, die in den dunklen Stunden den Schnabel gehalten hatten, probierten jetzt ihre Stimmbänder, wie ein Orchester, das vor der Aufführung die Instrumente stimmt. Bernard, Derek, Marcus und Joan lagen warm zugedeckt in ihren Schlafsäcken und schliefen – wahrscheinlich ein ähnliches Bild wie in der Nacht des Campingausflugs. Unwillkürlich fragte ich mich, was wohl passiert wäre, wenn sie damals nicht zum Rauchen in den Wald geschlichen wären, sondern tief und fest bis in den Morgen hinein geschlafen hätten. Ob sie dann jetzt wohl ganz normal im Schoß ihrer Familien leben würden? Oder hätten sie trotzdem das geheime Tor zu dieser Welt durchschritten?

War es ein Unfall, der uns hierhergeführt hatte, waren wir in eine Leerstelle der Schöpfung gestolpert, hatte uns ein schwarzes Loch in der Erdoberfläche verschlungen? Oder war dies nur ein Teil des Lebens, über den jahrhundertelang nie jemand gesprochen hatte? Waren wir auf unerklärliche Weise verloren gegangen, oder gehörten wir wirklich hierher? War unser bisheriges Leben vielleicht der eigentliche Irrtum gewesen? War dies ein Ort, wo Menschen, die gemeinhin als Außenseiter galten, sich zugehörig fühlen und endlich entspannen konnten? Meine Fragen wurden nicht weniger.

»Waren Sie glücklich?« Ich schaute zu den Schlafenden. »Waren Sie alle glücklich?«

Mit einem leisen Lächeln antwortete Helena: »Wir haben uns alle schon oft die Frage nach dem Warum gestellt und keine Antwort gefunden. Ja, wir waren glücklich. Wir waren alle sehr, sehr glücklich mit unserem Leben. Und Sandy«, fuhr sie fort, während sie mich mit amüsiertem Gesicht betrachtete, als freute sie sich über einen Witz, den ich gar nicht mitgekriegt hatte, »ob Sie es glauben oder nicht – wir sind auch hier glücklich. Wir sind schon länger hier, als wir je irgendwo anders gewesen sind. Die Vergangenheit ist eine ferne, aber angenehme Erinnerung für uns.«

Ich blickte mich am Lagerfeuer um. Diese Menschen besaßen nichts. Nichts als kleine, mit Teebeuteln, unnötigem Porzellan und Keksen vollgestopfte Reisetaschen, ein paar Decken und Schlafsäcke, Umhänge und Pullover gegen die Kälte – zweifellos alles aus den Beständen, die in der Umgebung herumlagen. Diese fünf Leute schliefen in Decken gehüllt unter dem Sternenhimmel, ein Feuer und die Sonne als einzige Licht- und Wärmequellen. Und das seit vierzig Jahren! Wie konnten sie glücklich sein? Wie war es möglich, dass sie nicht Himmel und Hölle in Bewegung setzten, um in ihre frühere Existenz zurückzukehren, zu materiellen Besitztümern, zu anderen, neuen Menschen?

Verwundert schüttelte ich den Kopf.

Helena lachte. »Warum wundert Sie das?«

»Tut mir leid.« Irgendwie war es mir peinlich, dabei erwischt zu werden, wie ich diese Menschen, die doch ganz zufrieden zu sein schienen, bemitleidete. »Es ist nur, dass es mir vorkommt, als wären vierzig Jahre eine schrecklich lange Zeit, um sich, na ja …« – ich schaute wieder über die Lichtung – »… um sich mit diesem Leben hier zufriedenzugeben.«

Helena machte ein erstauntes Gesicht.

»Oh, entschuldigen Sie«, ruderte ich sofort zurück. »Ich wollte Sie wirklich nicht kränken …«

»Sandy, Sandy«, fiel sie mir ins Wort. »Das hier ist doch nicht unsere ganze Welt!«

»Ich weiß, ich weiß, Sie haben einander und …«

»Nein!« Jetzt lachte Helena laut. »Tut mir leid, aber ich habe gedacht, Sie wüssten, dass wir nicht permanent so unterwegs sind. Einmal im Jahr, am Jahrestag unseres Verschwindens, machen wir gemeinsam einen Ausflug. Auf dieser Lichtung hier sind wir vor vierzig Jahren angekommen, es ist der Ort, an dem uns zum ersten Mal klar wurde, dass wir nicht mehr zu Hause sind. Sonst bleiben wir zwar in Kontakt, führen aber mehr oder weniger getrennte Leben.«

»Was?« Jetzt war ich verwirrt.

»Menschen verschwinden dauernd, das wissen Sie ja. Wenn sie hier zusammenkommen, beginnt Leben, entwickelt sich Zivilisation. Eine Viertelstunde Fußweg von hier hört der Wald auf, und ein ganz neues Leben fängt an.«

Ich war sprachlos. Mein Mund öffnete und schloss sich, aber es kam kein Wort heraus.

»Ich bringe Sie gern hin«, bot Helena mir lachend an.

Sofort rappelte ich mich auf. »Gut, gehen wir. Wir brauchen die anderen ja nicht zu stören.«

»Nein.« Auf einmal war Helenas Stimme hart, ihr Lächeln verblasste. Sie packte meinen Arm, so fest, dass ich mich kaum bewegen konnte, obwohl ich mich zu wehren versuchte. Ihr Gesicht war wie Stein. »Wir gehen nicht einfach voneinander weg, wir verschwinden nicht. Wir bleiben hier sitzen, bis die anderen aufwachen.«

Dann ließ sie meinen Arm abrupt los und zog den Pashminaschal enger um sich. Plötzlich war sie wieder ganz auf der Hut, wie vorhin, als ich angekommen war. Sie beobachtete ihre Freunde so aufmerksam, als würde sie Wache schieben, und mir wurde klar, dass es nicht nur meine Gegenwart gewesen war, die sie wach gehalten hatte. Sie war an der Reihe aufzupassen.

»Wir bleiben, bis sie aufwachen«, wiederholte sie mit fester Stimme, ohne ihre Freunde aus den Augen zu lassen.

* * *

Jack saß auf der Bettkante und sah Gloria zu, die mit einem sanften Lächeln auf dem Gesicht friedlich schlief. Es war früh am Montagmorgen, und er war gerade nach Hause gekommen. Nachdem Sandy Shortt nicht erschienen war, war er den ganzen Tag durch die Bed & Breakfasts und Hotels in den umliegenden Ortschaften gezogen, um nachzufragen, ob sie irgendwo eingecheckt hatte. Er redete sich ein, dass ihr Fernbleiben keineswegs das Ende ihrer gemeinsamen Suche nach Donal war – es gab doch so vieles, was sie daran gehindert haben konnte, ins Café zu kommen! Vielleicht hatte sie verschlafen und deshalb den Termin verpasst, vielleicht war sie durch irgendetwas in Dublin aufgehalten worden und hatte nicht nach Limerick aufbrechen können. Vielleicht hatte es einen Todesfall in ihrer Familie gegeben, oder es war plötzlich eine Spur in einem anderen Fall aufgetaucht, der sie nachgehen musste. Vielleicht war sie genau in diesem Augenblick schon unterwegs nach Glin. Er hatte sich endlose Möglichkeiten ausgedacht, aber keine davon enthielt den Gedanken, dass sie ihn absichtlich versetzt hatte.

Irgendetwas war einfach nicht nach Plan gelaufen. Morgen würde er in der Mittagspause noch einmal nach Glin fahren und sehen, ob er sie erwischte. Die ganze Woche hatte er sich auf das Treffen gefreut, da konnte er jetzt doch nicht aufgeben. Schließlich hatten ihm die Telefonate mit Sandy in einer Woche mehr Hoffnung eingeflößt als alles andere, was im ganzen letzten Jahr unternommen worden war. Ihre Gespräche hatten ihm gezeigt, dass sie ihn nicht im Stich lassen würde.

Irgendwann würde er Gloria alles erzählen, ganz bestimmt. Vorsichtig streckte er die Hand aus, um ihre Schulter zu berühren und sie sanft zu schütteln, aber auf halbem Weg blieb seine Hand in der Luft hängen. Vielleicht war es besser zu warten, bis er wieder etwas von Sandy hörte. Gloria seufzte schläfrig und räkelte sich.

Dann drehte sie sich auf die Seite und wandte Jack und seiner noch immer ausgestreckten Hand den Rücken zu.

Vierzehn

Eine Woche vor dem geplatzten Treffen mit Sandy hatte Jack leise die Schlafzimmertür hinter sich zugezogen, durch die man direkt ins Wohnzimmer kam, um Gloria nicht zu stören. Die Gelben Seiten, die aufgeschlagen auf der Couch lagen, starrten ihn an, während er durchs Zimmer wanderte, ein Auge aufs Telefonbuch, das andere auf die Tür gerichtet. Er fuhr mit dem Finger die Seite entlang bis zum Eintrag von »Licht im Dunkeln«. Seine Schwester Judith und er hatten versucht, ihre Mutter zu einem Beratungsgespräch für Angehörige bei »Licht im Dunkeln« zu bewegen, doch sie hatte sich geweigert, mit Fremden über ihre Gefühle und ihren Kummer zu sprechen. Direkt unter der Anzeige war die Nummer von Sandy Shortts Agentur für Personensuche aufgelistet. Schließlich fasste er einen Entschluss, nahm sein Handy, stellte den Fernseher an, damit man seine Stimme nebenan nicht hörte, und wählte die Nummer, die sich ihm auf den ersten Blick ins Gedächtnis eingebrannt hatte. Es klingelte zweimal, dann meldete sich eine Frauenstimme.

»Hallo?«

Auf einmal wusste Jack nicht mehr, was er sagen wollte.

»Hallo?«, wiederholte die Frau etwas sanfter. »Gregory, bist du das?«

»Nein.« Endlich fand Jack seine Stimme wieder. »Ich heiße Jack, Jack Ruttle. Ich hab Ihre Nummer aus den Gelben Seiten.«

»Oh, tut mir leid«, entschuldigte sich die Frau, jetzt wieder in ihrem ursprünglichen nüchternen Tonfall. »Ich hatte jemand anderes erwartet. Ich bin Sandy Shortt«, fügte sie erklärend hinzu.

»Hallo, Sandy.« Nervös wanderte Jack in dem kleinen unordentlichen Zimmer hin und her, wobei er gelegentlich über eine Falte in den ungleichmäßig ausgerollten, nicht zueinander passenden Teppichen stolperte, die den alten Holzboden schmückten. »Entschuldigen Sie, dass ich so spät anrufe.« Komm zur Sache, ermahnte er sich, während er seine Schritte noch beschleunigte, dabei aber die Schlafzimmertür keine Sekunde aus den Augen ließ.

»Ach, machen Sie sich deswegen keine Sorgen. Ein Anruf um diese Zeit ist der Traum jedes schlaflosen Menschen. Was kann ich für Sie tun?«

Er blieb stehen und stützte den Kopf in die Hand. Was machte er da bloß?

Sandys Stimme klang auf einmal wieder ganz sanft. »Ist jemand aus Ihrem Bekanntenkreis verschwunden?«

»Ja.« Mehr bekam Jack nicht heraus.

»Wie lange ist es her?« Er hörte ein Rascheln, als suchte sie sich etwas zu schreiben.

»Ein Jahr«, antwortete er und kauerte sich auf die Armlehne des Sofas.

»Wie heißt die Person, die vermisst wird?«

»Donal Ruttle.« Er musste schlucken, ein dicker Kloß saß ihm in der Kehle.

Nach einer kurzen Pause fragte sie: »Also offenbar ein Verwandter, ja?«

»Mein Bruder.« Seine Stimme versagte, und er wusste, dass er nicht weitermachen konnte. Er musste damit aufhören, er musste die Sache endlich ad acta legen und ruhen lassen, so wie der Rest der Familie. Das zeigte ihm dieses Telefonat. Wie sollte irgendeine Frau aus dem Telefonbuch, die nicht schlafen konnte und zu viel Zeit zum Verplempern hatte, bei etwas Erfolg haben, bei dem sogar die Polizei gescheitert war? »Es tut mir leid, es tut mir sehr, sehr leid, dieser Anruf war ein Fehler«, stieß er, von seinen Gefühlen überwältigt, hervor. »Es tut mir leid, dass ich Ihre Zeit vergeudet habe.« Dann legte er schnell auf, sank schluchzend aufs Sofa zurück und stieß dabei seine dort herumliegenden Aktenordner herunter. Fotos mit einem lächelnden Donal darauf segelten auf den Boden.

Kurz darauf klingelte sein Handy. Er beeilte sich, weil er nicht wollte, dass Gloria aufwachte.

»Donal?«, hauchte er atemlos und sprang auf die Füße.

»Jack, hier ist Sandy Shortt.«

Schweigen.

»Ist das Ihre Art, sich am Telefon zu melden?«, fragte sie leise.

Wieder brachte er kein Wort heraus.

»Wenn das nämlich so ist, und wenn Sie immer noch erwarten, dass Ihr Bruder Sie anruft«, fuhr sie unbeirrt fort, »dann glaube ich nicht, dass Ihr Anruf bei mir ein Fehler war. Sie etwa?«

Sein Herz hämmerte in seiner Brust. »Woher haben Sie meine Nummer?«

»Nummernerkennung.«

»Aber meine Nummer ist blockiert.«

»Mein Job ist es, Leute zu finden, Jack. Und es besteht durchaus die Chance, dass ich auch Donal für Sie finde.«

Da verabschiedete sich Jack von seinem Entschluss, die Suche aufzugeben. Nachdenklich betrachtete er die ganzen Fotos und Akten, die um ihn herumlagen, das freche Grinsen seines kleinen Bruders, der zu ihm aufblickte und ihn stumm dazu aufforderte, ihn zu suchen, wie er das schon als Kind so gern getan hatte.

»Sind Sie also wieder dabei?«, fragte Sandy Shortt am Telefon, und er brauchte gar nicht mehr darüber nachzudenken.

»Ja, ich bin dabei«, antwortete er und ging in die Küche, um sich als Vorbereitung für die lange Nacht, die vor ihm lag, einen Kaffee zu kochen.

Um zwei Uhr in der folgenden Nacht lag Gloria im Bett und schlief, während Jack auf der Couch saß und mit Sandy telefonierte, um sich herum Hunderte von Seiten Polizeiberichte.

»Ich nehme an, Sie haben schon ausführlich mit Donals Freunden gesprochen«, sagte Sandy, und Jack hörte, wie sie die Faxe durchblätterte, die er ihr im Lauf des Tages geschickt hatte.

»Tausendmal mindestens«, antwortete er müde. »Wenn ich am Samstag in Tralee bin, will ich mich nochmal mit einem von ihnen treffen. Ich hab einen Termin beim Zahnarzt«, fügte er beiläufig hinzu und fragte sich sofort, warum er das getan hatte.

»Zahnarzt, igitt, da lass ich mir lieber die Augen ausstechen«, murmelte sie.

Jack lachte.

»Gibt es in Foynes denn keinen Zahnarzt?«

»Ich muss zu einem Spezialisten.«

In ihrer Stimme hörte er das Lächeln, als sie weiterfragte: »Gibt es in Limerick denn keine Spezialisten?«

»Okay, okay, ich wollte noch ein paar Sachen von Donals Freund wissen.«

»Tralee, Tralee«, wiederholte sie, begleitet von raschelndem Papier. »Aha.« Das Rascheln hörte auf. »Andrew in Tralee, Freund aus dem College, arbeitet als Webdesigner.«

»Genau der.«

»Ich glaube nicht, dass Andrew noch was weiß, Jack.«

»Wie kommen Sie darauf?«

»Wegen dem, was er schon alles beim Verhör gesagt hat.«

»Die Akte hab ich Ihnen aber gar nicht gegeben.« Jack setzte sich kerzengerade auf.

»Ich war früher bei der Polizei, und praktischerweise war das der einzige Ort, an dem ich es geschafft habe, Freunde zu finden.«

»Ich muss diese Akten unbedingt sehen.« Jacks Herz raste. Er war auf etwas Neues gestoßen, was er nachts analysieren konnte, statt zu schlafen.

»Wir können uns gern bald mal treffen«, wimmelte sie ihn freundlich ab. »Ich denke, mit Andrew zu sprechen kann nicht schaden.« Dann hörte er sie wieder blättern und rascheln, und eine ganze Weile kehrte Schweigen ein.

»Was sehen Sie sich gerade an?«, fragte Jack schließlich.

»Das Foto von Donal.«

Auch Jack holte sich das Bild von seinem Stapel und starrte es an. Allmählich wurde es ihm allzu vertraut; mit jedem Tag wurde es ein bisschen mehr zu einem x-beliebigen Foto und hatte immer weniger mit seinem Bruder zu tun.

»Gut aussehender junger Mann«, bemerkte Sandy anerkennend. »Schöne Augen. Sehen Sie beide sich ähnlich?«

»Die Frage möchte ich natürlich gern bejahen«, lachte Jack.

Sie studierten weiter die Berichte.

»Sie können nicht schlafen, oder?«

»Ja, seit Donal weg ist. Und Sie?«

»Ich hab noch nie viel geschlafen«, meinte sie leichthin.

Er lachte.

»Was ist?«, fragte sie abwehrend.

»Nichts. Mir gefällt Ihre Antwort«, meinte er und ließ seine Papiere in den Schoß sinken. In der Totenstille des Cottages lauschte er auf Sandys Atem und ihre Stimme und versuchte sich vorzustellen, wie sie wohl aussah, wo sie wohnte und was sie dachte.

Nach einer ganzen Weile sagte sie in deutlich sanfterem Ton: »Ich hab so viele verschwundene Menschen im Kopf. Wie soll man schlafen, wenn man nachdenken muss? Schließlich gibt es unendlich viele Stellen, wo man suchen kann, und im Traum kann man nichts und niemanden finden.«

Jack war ganz ihrer Meinung. Verstohlen warf er einen Blick zu der geschlossenen Schlafzimmertür.

»Aber warum ich Ihnen das erzähle, weiß ich auch nicht«, brummelte sie, während sie wieder in ihren Papieren wühlte.

»Wie hoch ist eigentlich Ihre Erfolgsrate, Sandy? Ehrlich.«

Abrupt hörte das Geraschel auf. »Ich finde Leute in dreißig

93

bis vierzig Prozent der Fälle, aber Sie müssen wissen, dass nicht alle, die ich finde, zu ihren Familien zurückkehren. Darauf sollten Sie sich von Anfang an einstellen.«

»Ja, damit rechne ich. Aber wenn Donal irgendwo in einem Graben liegt, möchte ich ihn zurückhaben, damit er ein richtiges Begräbnis bekommt.«

»Das habe ich nicht gemeint. Manchmal verschwinden Menschen absichtlich.«

»So was würde Donal nicht tun«, erwiderte er im Brustton der Überzeugung.

»Vielleicht nicht. Aber es hat schon Fälle gegeben, in denen genausolche Menschen wie Donal, aus genausolchen Familien wie Ihrer sich absichtlich aus ihrem bisherigen Leben zurückziehen, ohne jemandem, der ihnen nahesteht, ein Wort davon zu sagen.«

Jack verdaute ihren Einwand, obwohl er ihn für nicht sehr fundiert hielt. »Würden Sie mir sagen, wo er ist, wenn Sie ihn finden?«

»Wenn er nicht gefunden werden wollte? Nein, das könnte ich nicht.«

»Würden Sie mir sagen, *dass* Sie ihn gefunden haben?«

»Das hängt davon ab, ob Sie bereit wären zu akzeptieren, dass Sie nicht wissen dürften, wo er ist.«

»Ich würde nur wissen wollen, ob er glücklich und gesund ist, ganz gleich, wo er sich aufhält.«

»Dann würde ich es Ihnen sagen.«

Nach einem weiteren langen Schweigen fragte Jack: »Haben Sie in Ihrem Beruf eigentlich viel zu tun? Ich könnte mir vorstellen, dass Leute eher zur Polizei gehen, wenn jemand verschwindet.«

»Das stimmt. Es gibt nicht viele Fälle wie den von Donal, aber es gibt immer etwas oder jemanden zu suchen. In bestimmten Kategorien von Vermissten kann und will die Polizei nicht ermitteln.«

»Zum Beispiel?«

»Wollen Sie das wirklich wissen?«

»Ich möchte alles darüber wissen.« Jack sah zur Uhr. Halb drei, mitten in der Nacht. »Und außerdem habe ich um diese Zeit nichts Besseres vor.«

»Tja«, meinte sie, und er hörte, wie sie einen Schluck Kaffee trank. Er konnte ihn beinahe riechen, so vertraut fühlte er sich ihr in diesem nächtlichen Gespräch. »Manchmal finde ich Menschen, mit denen jemand einfach nur den Kontakt verloren hat, lange verschwundene Verwandte, alte Schulfreunde oder adoptierte Kinder, die ihre leiblichen Eltern suchen. Solche Sachen. Ich arbeite ziemlich oft mit der Heilsarmee zusammen. Dann gibt es noch die ernsteren Fälle, in denen Menschen aus eigenem Entschluss verschwunden sind und die Familie wissen möchte, wo sie geblieben sind.«

»Aber woher weiß die Polizei, dass diese Leute verschwinden *wollten*?«

»Manche hinterlassen einen Brief, dass sie nicht zurückkommen wollen«, antwortete sie, während sie den Geräuschen nach etwas auspackte. »Manchmal nehmen sie ihre Habseligkeiten mit, manchmal haben sie auch schon lange vorher darüber gesprochen, wie unzufrieden sie mit ihrem Leben sind.«

»Was essen Sie?«

»Einen Schokomuffin«, antwortete sie mit vollem Mund. Dann schluckte sie und fragte: »Entschuldigung, haben Sie mich jetzt überhaupt verstanden?«

»Ja, Sie essen einen Schokomuffin.«

»Nein, das hab ich nicht gemeint.« Sie lachte.

Auch Jack grinste. »Also kommen die Familien zu Ihnen, um nach den Menschen zu suchen, um die sich die Polizei nicht kümmern kann?«

»So ist es. Viel von meiner Arbeit besteht darin, nach Menschen zu forschen, die nicht als hochgefährdet eingestuft sind, oft mit Hilfe anderer Agenturen in ganz Irland. Wenn jemand freiwillig weggeht, wird er nicht als vermisst klassifiziert, aber das ändert natürlich nichts an den Sorgen seiner Angehörigen.«

»Diese Menschen werden also einfach so vergessen?«

»Nein, es wird schon ein Bericht angelegt, aber wie intensiv die Nachforschungen betrieben werden, bleibt dem einzelnen Polizeirevier überlassen.«

»Was ist zum Beispiel, wenn jemand, der mit seinem Leben total unglücklich war, die Koffer packt, um eine Weile allein zu sein, und dann verschwindet? Niemand würde nach ihm suchen, und das nur, weil die oder der Betreffende vorher ihre oder seine Unzufriedenheit geäußert hat?«

Sandy schwieg.

»Habe ich etwa unrecht? Würden Sie nicht auch wollen, dass man Sie findet, wenn Sie verschwunden wären?«

»Jack, ich kann mir nur eine einzige Sache vorstellen, die noch frustrierender ist, als jemanden nicht finden zu können, und das ist, nicht gefunden zu werden. Ich würde ganz bestimmt wollen, dass man mich findet. Mehr als alles auf der Welt«, sagte sie fest.

Sie dachten beide eine Weile nach.

»Ich glaube, ich mache jetzt lieber Schluss«, meinte Jack und gähnte. »Ich muss in ein paar Stunden schon wieder aufstehen und arbeiten gehen. Legen Sie sich jetzt auch noch eine Runde auf Ohr?«, fragte er leise.

»Wenn ich die Akten hier nochmal durchgegangen bin.«

Er schüttelte verwundert den Kopf. »Nur damit Sie Bescheid wissen«, sagte er, »wenn Ihre Erfolgsquote gleich null wäre, würde ich trotzdem weiter mit Ihnen telefonieren.«

Nach kurzem Schweigen antwortete sie: »Ich auch. Selbst wenn ich noch nie irgendjemanden wiedergefunden hätte.«

Fünfzehn

Wie üblich war Jack vor Gloria wach. Ihr Kopf lag auf seiner Brust, ihre langen braunen Haare kitzelten ihn, vor allem dort, wo sie über seine Rippen fielen. Behutsam schlängelte er sich unter ihr hervor und glitt aus dem Bett. Gloria seufzte schläfrig und kuschelte sich mit friedlichem Gesichtsausdruck wieder in die Kissen. Er war geduscht, angezogen und unterwegs zur Arbeit, bevor sie sich auch nur noch einmal gerührt hatte.

Er verließ das Haus morgens vor ihr, denn er musste um acht bei der Arbeit sein. Gloria begann erst um zehn als Fremdenführerin im Foynes Flying Boat Museum. Das Museum für Flugboote war Foynes' wichtigste Touristenattraktion; zwischen 1939 und 1945 war die Stadt ein wichtiges Zentrum für den Flugverkehr zwischen den Vereinigten Staaten und Europa gewesen. Gloria, die sehr hilfsbereit und gern mit Menschen zusammen war, gab hier von März bis Oktober mehrsprachige Führungen. Außer wegen des Museums war Foynes aber auch noch deshalb berühmt, weil hier angeblich der Irish Coffee erfunden worden war, und zwar für die Leute, die bei nassem kalten Wetter in der Flughalle warten mussten und etwas brauchten, um warm zu bleiben. So war der Irish Coffee geboren. In wenigen Tagen begann das Irish Coffee Sommerfestival, mit Musik auf der Festivalbühne, einem großen Bauernmarkt im Museum, einer Regatta und allerlei Straßenkunst für Kinder. Jedes Jahr war die ganze Stadt in dieser Zeit wie verzaubert, und am Ende sponserte die Shannon Foynes Port Company, bei der Jack arbeitete, ein fulminantes Feuerwerk, das den Himmel über Foynes in hellem Licht erstrahlen ließ.

Nachdem Jack seine Kollegen begrüßt und sich mit ihnen besprochen hatte, nahm er seinen Platz auf dem riesigen Metallkran ein, wo er Frachtgüter durch die Luft schweben ließ und langsam wieder absetzte. Sein Job machte ihm Spaß, und es erfüllte ihn mit großer Befriedigung zu wissen, dass irgendwo auf der Welt ein anderer Mensch die Kisten, die er aufgeladen hatte, auf ähnliche Weise wieder abladen würde. Er genoss es, Dinge an den Ort zu schaffen, wo sie hingehörten. Schließlich wusste er, dass alles im Leben einen Platz hat, das Frachtgut auf dem Dock ebenso wie die Frauen und Männer, mit denen er zusammenarbeitete. Jeden Tag verfolgte er das gleiche Ziel – Dinge zu finden und an ihren Bestimmungsort zu bringen.

Aber heute ging ihm das, was Sandy gesagt hatte, nicht aus dem Kopf: »*Ich kann mir nur eine einzige Sache vorstellen, die noch frustrierender ist, als jemanden nicht finden zu können, und das ist, nicht gefunden zu werden. Ich würde ganz bestimmt wollen, dass man mich findet. Mehr als alles auf der Welt.*«

Sorgfältig platzierte er das Frachtstück auf dem Schiff. Dann stieg er unter den erstaunten Blicken seiner Kollegen vom Kran, schleuderte seinen Helm von sich und rannte davon. Ein paar der Umstehenden waren verwirrt, andere ärgerten sich über diese mangelnde Arbeitsmoral, aber die meisten beobachteten Jacks Abgang mit Sympathie. Irgendwie konnten sie verstehen, dass er es nicht mehr aushielt, dort oben zu sitzen, so hoch, dass er fast das ganze Land überblicken und alles darin sehen konnte, nur nicht seinen Bruder.

Während Jack zu seinem Auto lief, hatte er keinen anderen Gedanken im Kopf, als dass er Sandy suchen musste, damit sie Donal dorthin zurückbringen konnte, wohin er gehörte.

Allmählich stieß Jack in den Hotels und Gasthäusern von Glin mit seiner ständigen Fragerei nach Sandy Shortt auf argwöhnisch gehobene Augenbrauen. In die Stimmen ausgesucht zuvorkommender Angestellter schlich sich eine unverkennbare Ungeduld, und immer öfter leitete man auch seine Anrufe gleich zu den diensthabenden Managern um. Irgendwann zog er sich ziemlich erschöpft und immer noch ohne jeden Hinweis auf Sandys Verbleib ins Shannon Estuary zurück und atmete die frische Luft gierig ein. Der Shannon hatte in Jacks Leben immer eine wichtige Rolle gespielt. Schon als Kind wollte er im Hafen arbeiten. Er liebte den Trubel der geschäftigen Docks, die monströsen Maschinen, die am Flussufer entlangstaksten wie Reiher auf langen stählernen Beinen, den Schnabel immer wachsam über dem Wasser gezückt.

Schon als kleiner Junge hatte Jack sich mit dem Fluss verbunden gefühlt und sich für alles interessiert, was er auf seinem Rücken transportierte. Einmal hatte die Familie die Sommerferien in Leitrim verbracht, und diese Sommerferien waren Jack noch so lebendig im Gedächtnis wie keine anderen. Donal war noch nicht auf der Welt gewesen, und Jack noch keine zehn Jahre alt. In diesen Ferien hatte er gelernt, wo der große Fluss entsprang, wie er langsam und still das County Cavan durchquerte, ehe er Tempo zulegte, und wie er mit jedem bisschen Erde, das er auswusch, die Geheimnisse und den Geist der jeweiligen Gegend aufnahm. Jeder Nebenarm war wie eine Arterie, die das Herz des Landes zu ihm ausschickte und die ihre Geheimnisse gedämpft vor sich hin plapperte und schließlich in den Atlantik trug, wo sie mit den stillen Hoffnungen und dem Bedauern der ganzen Welt verloren gingen. Es war wie eine besondere Art stille Post, bei der man ganz leise beginnt, dann aber immer lauter wird, bis die Worte schließlich fast übertrieben wirken. So war es auch mit den frisch gestrichenen Holzbooten, die in Carrick-on-Shannon auf dem Wasser tanzten, bis zu den metallenen Frachtern neben den Kränen und Lagerhäusern und dem ganzen Trubel von Shannon Foynes Port.

Ziellos schlenderte Jack am Shannon Estuary entlang, dankbar für die Ruhe und den Frieden. Immer weiter wanderte er, und Glin Castle verschwand hinter den Bäumen. Auf einmal sah er durch das Gebüsch auf einem ehemaligen Parkplatz, der jetzt verwildert war und eigentlich nur noch von Wanderern und Vogelbeobachtern betreten wurde, etwas Rotes leuchten. Der Kiesboden war uneben, die weißen Linien konnte man kaum noch erkennen, Unkraut wucherte in allen Ritzen. Mittendrin stand ein alter roter Fiesta, verbeult und verrostet, der Lack seit langem matt und glanzlos. Jack blieb stehen wie angewurzelt, denn er erkannte das Auto sofort als die Venusfliegenfalle, in der die langbeinige Schönheit von der Tankstelle gestern früh verschwunden war.

Mit klopfendem Herzen schaute er sich nach ihr um, konnte aber nirgends eine Menschenseele entdecken. Auf dem Armaturenbrett des Autochens stand ein noch fast voller Styroporbecher mit Kaffee, auf dem Beifahrersitz stapelten sich Zeitungen, und daneben lag ein Handtuch, das seine sowieso schon überaktive Phantasie zu der Überzeugung kommen ließ, dass die Besitzerin irgendwo in der Nähe joggen musste. Schnell wich er ein paar Schritte zurück, denn er wollte nicht von ihr dabei erwischt werden, wie er durchs Autofenster schielte. Aber der Zufall, dass sie sich wieder in so einer gottverlassenen Gegend begegneten, machte ihn viel zu neugierig, er konnte nicht einfach das Weite suchen. Seiner Tankstellenbekanntschaft hallo zu sagen, wäre an diesem Tag, an dem so wenig klappte, eine willkommene Freude.

Nach einer Dreiviertelstunde Warterei fing Jack an, sich zu langweilen, und kam sich zunehmend blöd vor. Das Auto sah aus, als stünde es schon seit Jahren in dieser gottverlassenen Gegend herum. Aber Jack wusste doch genau, dass es noch gestern Morgen gefahren worden war! Langsam näherte er sich ihm noch einmal und drückte mutig das Gesicht an die Scheibe.

Fast wäre ihm das Herz stehengeblieben. Ein Schauer durchlief ihn, und er bekam eine dicke Gänsehaut.

Neben dem Kaffeebecher und einem Handy, auf dem er rund fünfzig Anrufe in Abwesenheit blinken sah, lag auf dem Armaturenbrett eine dicke braune Akte, auf der in ordentlicher Schrift *Donal Ruttle* stand.

Sechzehn

Ich klopfte mit dem Schuh gegen den Teller, auf dem die Schokokekse gelegen hatten, was ein lautes Klimpern verursachte und in der ganzen Lichtung widerhallte. Um mich herum lagen vier schlafende Menschen auf dem Waldboden, und Bernards Schnarchen schien mit jeder Minute lauter zu werden. Ich seufzte noch einmal laut und kam mir dabei vor wie ein dämlicher pubertärer Teenager, der seinen Willen nicht kriegt. Prompt sah Helena, mit der ich eine Stunde lang nicht gesprochen hatte, mich mit hochgezogenen Augenbrauen an, um mir zu zeigen, dass sie nicht amüsiert war. Mir war sonnenklar, dass sie jede Sekunde meiner Qual von Herzen genoss. In den letzten sechzig Minuten hatte ich bereits »aus Versehen« das Porzellan umgeschmissen, ein Päckchen Kekse auf Joans schlummernde Gestalt fallen lassen und einen ziemlich geräuschvollen Hustenanfall gehabt. Aber die anderen schliefen immer noch, und Helena weigerte sich standhaft, mich aus dem Wald und in das andere Leben, von dem sie gesprochen hatte, zu führen – oder mir auch nur eine Wegbeschreibung zu geben.

Einmal hatte ich in der Ferne Gelächter vernommen und versucht, auf eigene Faust loszuziehen, aber der Weg war von Tausenden identischen Kiefern versperrt, und ich kam zu dem Schluss, dass es schlicht idiotisch wäre, mich unter diesen ohnehin ungewöhnlichen Umständen noch ein zweites Mal zu verlaufen.

»Wie lange schlafen die denn normalerweise?«, fragte ich laut und gelangweilt, in der Hoffnung, sie vielleicht damit aufzuwecken.

»Sie legen Wert auf mindestens acht Stunden.«

»Essen sie auch was?«

»Dreimal täglich, gewöhnlich feste Nahrung. Außerdem führe ich sie zweimal täglich aus, und vor allem Bernard liebt die Leine«, antwortete Helena und lächelte in die Ferne, als erinnerte sie sich plötzlich an etwas. »Und dann gibt es natürlich gelegentlich auch noch die persönliche Körperpflege«, setzte sie abschließend hinzu.

»Ich meine: Esst ihr hier?« Angeekelt schaute ich mich auf der Lichtung um, und es war mir ganz egal, ob ich damit den jährlichen Campingplatz verunglimpfte. Ich konnte meine Nervosität nicht länger unterdrücken, denn ich hasste es, irgendwo festzusitzen. Nicht umsonst hatte ich mein Leben so eingerichtet, dass ich kommen und gehen konnte, wie es mir beliebte. Auch in und aus dem Leben anderer Menschen. Ich hielt es ja nicht mal im Haus meiner Eltern lange aus, sondern ließ meine Tasche in weiser Voraussicht neben der Tür stehen, um schnell davonlaufen zu können. Aber hier gab es kein Entkommen.

Wieder drang Lachen an mein Ohr.

»Was ist das für ein Lärm?«

»Ich glaube, so was nennt man gemeinhin ein Lachen.« Gemütlich und selbstzufrieden kuschelte Helena sich in ihren Schlafsack.

»Haben Sie schon länger ein Problem mit Ihrer Einstellung?«, fragte ich frech.

»Sie etwa auch?«

»Ja«, antwortete ich fest, und Helena lachte. Jetzt entledigte auch ich mich meines Stirnrunzelns und grinste. »Es ist nur, weil ich jetzt schon drei Tage hier im Wald hocke.«

»Soll das vielleicht eine Entschuldigung sein?«

»Ich entschuldige mich nie.«

»Ich auch nicht. Sie erinnern mich sowieso an mich selbst in jungen Jahren. In jüngeren Jahren. Eigentlich bin ich ja immer noch jung. Warum sind Sie in Ihrem Alter schon so reizbar?«

»Ich hab's nicht so mit Menschen.« Schon wieder hörte ich das Lachen und sah mich irritiert um.

Helena dagegen fuhr fort, als hätte sie nichts gehört. »Klar. Sie haben sich ja auch nur den Arsch abgearbeitet, um Menschen zu finden.«

Ich registrierte ihre Bemerkung, beschloss aber, nicht darauf einzugehen. »Hören Sie das denn nicht?«

»Ich bin neben einem Bahnhof aufgewachsen. Wenn ich über Nacht Freunde zu Besuch hatte, konnten die nie schlafen, wegen des Krachs und weil die Wände gewackelt haben. Aber ich war so daran gewöhnt, dass ich nichts davon mitgekriegt habe. Das Knarren der Treppe, wenn meine Eltern ins Bett gegangen sind, hat mich allerdings jedes Mal aufgeweckt. Sind Sie verheiratet?«

Ich rollte nur die Augen.

»Ich nehme das als ein Nein. Haben Sie einen Freund?«

»Manchmal.«

»Haben Sie Kinder?«

»Ich interessiere mich nicht für Kinder«, antwortete ich und hielt schnuppernd die Nase in die Luft. »Was ist das für ein Geruch? Und wer lacht da die ganze Zeit? Ist irgendjemand in der Nähe?«

Ich drehte den Kopf hin und her, so schnell wie ein Hund, der versucht, eine Fliege zu schnappen. Aber ich konnte einfach nicht orten, wo das Geräusch herkam. Einmal war es hinter mir, aber wenn ich mich umwandte, schien es aus der anderen Richtung viel lauter zu werden.

»Es ist überall«, erklärte Helena träge. »Die Leute, die hier neu sind, sagen Surround-Sound dazu. Das verstehen Sie wahrscheinlich.«

»Aber wer veranstaltet denn diesen ganzen Krawall? Und raucht hier etwa jemand Zigarre?« Ich schnüffelte wieder.

»Sie stellen wirklich eine Menge Fragen.«

»Haben Sie das etwa nicht getan, als Sie neu hier waren? Helena, ich weiß nicht, wo ich bin und was los ist, und Sie sind keine große Hilfe.«

Immerhin hatte sie den Anstand, verlegen auszusehen. »Tut mir leid, ich hab ganz vergessen, wie das damals war.« Sie hielt inne und lauschte. »Das Lachen und der Geruch kommen grade in die Atmosphäre rein. Was wissen Sie bisher über die Leute, die hier sind?«

»Dass sie verschwunden sind.«

»Genau. Genau wie sie sind auch Geräusche und Gerüche verschwunden.«

»Wie kann das sein?«, fragte ich total verwirrt.

»Manchmal verlieren Menschen mehr als nur ihre Socken, Sandy. Man kann ja auch vergessen, wo man sie hingetan hat. Sachen zu vergessen bedeutet doch nur, dass etwas aus dem Gedächtnis verschwunden ist.«

»Aber man kann sich auch wieder daran erinnern.«

»Ja, manchmal findet man auch die Socken wieder, was dann heißt, dass man sie verlegt hatte. Aber man erinnert sich nicht an *alles*, und man findet auch nicht *alles*. Und das, was nicht gefunden wird und an das man sich auch nicht wieder erinnert, landet hier, beispielsweise die Berührung oder der Geruch eines Menschen, die exakte Erinnerung an sein Gesicht oder den Klang seiner Stimme.«

»Seltsam.« Ich schüttelte den Kopf. Es fiel mir schwer, das alles zu verdauen.

»Eigentlich ist es ganz einfach, wenn Sie es sich folgendermaßen vorstellen: Alles im Leben hat seinen Platz, und wenn sich etwas von diesem Platz wegbewegt, muss es anderswohin. Und hier ist der Ort, wo es landet«, endete sie mit einer Geste in die Runde.

Auf einmal kam mir ein Gedanke. »Haben Sie auch schon mal Ihr eigenes Lachen oder Ihre eigene Stimme gehört?«

»Ja, schon oft«, antwortete Helena mit einem traurigen Nicken.

»Schon oft?«, hakte ich überrascht nach.

Sie lächelte. »Na ja, ich hatte das Privileg, dass viele Leute mich mochten. Je mehr Leute einen mögen, desto mehr Leute gibt es da draußen, die Erinnerungen verlieren können. Machen Sie nicht so ein Gesicht, Sandy, das ist nicht so schlimm, wie es sich erst mal anhört. Schließlich verlieren die Menschen ihre Erinnerungen ja nicht absichtlich. Obwohl, es gibt ja immer was, das man lieber vergessen würde.« Helena zwinkerte mir zu. »Es kann gut sein, dass der ursprüngliche Klang meines Lachens durch eine neue Erinnerung ersetzt ist. Ich bin sicher, auch die Erinnerung, die ich an das Gesicht meiner Mutter habe, unterscheidet sich davon, wie sie wirklich aussah; aber wie soll mein Gehirn das nach vierzig Jahren ohne Gedankenstütze auch noch genau wissen? Man kann die Dinge nicht für immer bewahren, egal, wie gut man sie festhält.«

Ich dachte an den Tag, an dem ich mein eigenes Lachen über meinen Kopf hinwegziehen hören würde, und ich wusste, das würde nur einmal passieren, weil es nur einen einzigen Menschen gab, der den wahren Klang meines Lachens und meiner Stimme kannte.

»Trotzdem möchte man diese Erinnerungen manchmal gern einfangen und zu den Leuten daheim zurückwerfen«, setzte Helena hinzu und sah zum Himmel empor. In ihren Augen standen Tränen. »Unsere Erinnerungen sind der einzige Kontakt, den wir zu ihnen noch haben. In Gedanken können wir sie immer wieder umarmen, küssen, mit ihnen lachen und weinen. Deshalb sind Erinnerungen sehr kostbar.«

Unermüdlich trug der Wind neues Kichern, Zischen, Schnauben und Prusten heran, die leichte Brise brachte einen zarten vergessenen Kindheitsduft, aus einer Küche, in der gebacken worden war. Es gab ältere, dumpfere Gerüche von Lieblingsgroßeltern, Lavendel für Oma, Pfeife für Opa; den Duft einer verlorenen Liebe, süßes Parfüm oder Aftershave, nach Ausschlafen am Sonntagmorgen oder einfach den einzigartigen Geruch, den eine Person in einem Raum hinterlässt. Der Duft eines Menschen ist so wertvoll wie der Mensch selbst. All diese Aromen waren aus dem Leben verschwunden und hier gelandet. Ich musste unwillkürlich die Augen schließen, die Düfte einatmen und mit dem Gelächter mitlächeln.

In diesem Moment bewegte sich Joan in ihrem Schlafsack, und mein Herz begann erwartungsvoll zu klopfen. Würde ich bald die Gegend jenseits des Waldes kennenlernen?

»Guten Morgen, Joan«, platzte Helena so laut heraus, dass sie Bernard gleich mit weckte. Mit einem Ruck hob er den Kopf, von dem die Spaghettihaare jetzt in die falsche Richtung baumelten. Verschlafen blickte er um sich und tastete mit der Hand nach seiner Brille.

»Guten Morgen, Bernard«, sagte Helena, und diesmal schaffte sie es, sowohl Marcus als auch Derek aus dem Schlaf zu holen.

Nur mit Mühe konnte ich mir ein Lachen verkneifen.

»Hier, ein bisschen schöner heißer Kaffee, damit ihr wach werdet«, sagte sie und hielt jedem einen dampfenden Becher unter die Nase.

Verwirrt und schlaftrunken sahen sie ihre Freundin an. Kaum hatten sie den ersten Schluck getrunken, warf Helena auch schon ihre Decke zurück und stand auf.

»Genug rumgehangen, machen wir uns auf die Socken!«, rief sie und begann, ihren Schlafsack zusammenzurollen und die mitgebrachten Sachen zu verstauen.

»Warum redest du so laut, und wozu die Eile?« Joan hielt sich den vom Schlaf zerzausten Kopf und sprach im Flüsterton, als hätte sie einen Kater.

»Es ist ein nagelneuer Tag, trinkt aus! Sobald ihr fertig seid, können wir losziehen.«

»Warum?«, fragte Joan, beeilte sich aber mit ihrem Kaffee.

»Was ist mit dem Frühstück?«, erkundigte sich Bernard mit weinerlicher Stimme, wie ein Kind.

»Wir frühstücken, wenn wir zurück sind«, verkündete Helena, nahm Bernard den Becher ab, schüttete den restlichen Kaffee über die Schulter und packte den Becher weg. Weil ich Angst hatte, laut loszuprusten, schaute ich lieber weg.

»Was soll denn die Hetze?«, fragte jetzt auch Marcus. »Ist irgendwas passiert?« Er sah Helena aufmerksam an, und ich hatte den Eindruck, dass meine Gegenwart ihn verunsicherte.

»Nein, nein, es ist alles in Ordnung, Marcus«, beruhigte Helena ihn und legte ihm besänftigend die Hand auf die Schulter. »Sandy muss nur etwas erledigen«, fügte sie hinzu und grinste mich an.

Davon wusste ich noch gar nichts.

»Oh, das ist ja schön! Bestimmt inszenieren Sie ein Theaterstück, ja? Es ist schon so lange her, seit wir so was gemacht haben!« Joan war ganz aufgeregt.

»Ich hoffe sehr, Sie sagen uns rechtzeitig Bescheid, wann wir zum Vorsprechen erscheinen sollen. Wir brauchen Zeit, um uns vorzubereiten, weil wir ein bisschen eingerostet sind«, meinte Bernard besorgt.

»Keine Panik«, antwortete Helena. »Sandy kümmert sich schon um alles.«

Mir blieb der Mund offen stehen, aber Helena hob schnell die Hand, damit ich nicht protestierte.

»Haben Sie schon mal dran gedacht, ein Musical auf die Bühne zu bringen?«, wollte Derek wissen, während er seine Gitarre einpackte. »Daran besteht sehr großes Interesse.«

»Das wäre sehr gut möglich«, erwiderte Helena in einem Ton, als würde sie einem Kind etwas erklären.

»Sprechen wir als Gruppe vor?«, erkundigte sich Bernard erschrocken.

»Nein, nein«, grinste Helena, und jetzt kapierte ich allmählich, was sie vorhatte. »Ich denke, Sandy wird sich mit jedem von euch unter vier Augen treffen. Na gut«, fuhr sie fort, während sie Bernard die Decke von den Schultern nahm und zusammenfaltete, der sie mit offenem Mund anstarrte, »dann machen wir uns lieber mal fertig, damit wir Sandy die Gegend zeigen können. Schließlich muss sie einen guten Ort für die Aufführung finden.«

Es war erstaunlich, wie rasch auch Bernard und Joan jetzt in die Gänge kamen.

»Ach ja, ich wollte Sie noch was fragen: Waren Sie bei der Arbeit, als Sie hierhergekommen sind?«, flüsterte Helena mir zu.

»Was meinen Sie?«

»Ob Sie gerade einer Spur gefolgt sind, als Sie hier ankamen? So eine wichtige Frage, und ich hab völlig vergessen, sie zu stellen.«

»Die Antwort ist ja und nein«, erwiderte ich. »Ich bin am Shannon Estuary gejoggt, bevor ich hier gelandet bin, aber der Grund, warum ich in Limerick war, hatte mit meiner Arbeit zu tun. Vor fünf Tagen habe ich mit einem neuen Fall angefangen.« Ich dachte an die nächtlichen Anrufe von Jack Ruttle.

»Ich wollte das nur wissen, weil ich mich frage, was von all den verschwundenen Leuten, die Sie schon gesucht haben, gerade an *diesem* Menschen dran war. Vielleicht gibt uns das einen Hinweis, warum Sie jetzt hier sind. Hatten Sie eine starke Verbindung zu ihm?«

Ich schüttelte den Kopf, obwohl mir bewusst war, dass ich ein kleines bisschen schwindelte. Die Telefongespräche mit Jack Ruttle waren ganz anders gewesen als meine sonstigen Fälle. Es hatte mir Spaß gemacht, mich mit ihm zu unterhalten, ich hatte mit ihm auch über andere Dinge sprechen können, nicht nur über Geschäftliches. Je länger ich mit dem netten Jack redete, desto mehr strengte ich mich an, seinen Bruder zu finden. In meinem Leben gab es sonst nur einen einzigen Menschen, bei dem ich mich so fühlte.

»Wie ist der Name dieser vermissten Person?«

»Donal Ruttle«, sagte ich, während ich mir die schelmischen blauen Augen auf dem Foto ins Gedächtnis rief.

Einen Moment schwieg Helena nachdenklich. »Tja, dann können wir ja gleich mit ihm anfangen. Kennt irgendjemand hier einen Donal Ruttle?«, fragte sie dann und blickte herausfordernd in die Runde.

Siebzehn

Ungeduldig und frustriert wanderte Jack neben dem roten Ford Fiesta auf und ab. Gelegentlich blieb er stehen und spähte durchs Beifahrerfenster, als könnte er mit bloßer Willenskraft die Tür öffnen, die Akte vom Armaturenbrett an sich reißen und die Informationen aufsaugen. Dann wieder beruhigte er sich etwas und wanderte weiter, sah sich um, entfernte sich ein Stück von dem kleinen Auto, aber nie weit, für den Fall, dass Sandy zurückkam.

Er konnte kaum glauben, dass Sandy Shortt und die Frau von der Tankstelle ein und dieselbe Person waren. Aber obwohl sie sich begegnet waren wie zwei Fremde, hatte er genau wie am Telefon etwas gespürt, als er sie sah, eine unmittelbare Verbindung zwischen ihnen. Was hätte er nicht darum gegeben, zu diesem Moment zurückkehren und sich mit ihr über Donal unterhalten zu können! Sie war also doch nach Glin gekommen. Er hatte gewusst, dass sie ihn nicht im Stich lassen würde. Vermutlich war sie, genau wie sie es versprochen hatte, die Nacht durch gefahren. Aber dass er ihr Auto hier an dieser verlassenen Stelle fand, warf mehr Fragen auf, als er sowieso schon hatte. Wenn sie in Glin war, warum war sie dann am Sonntag nicht zu ihrer Verabredung erschienen?

Er schaute auf die Uhr. Seit er den Ford gefunden hatte, waren schon drei Stunden vergangen, und noch immer keine Spur von Sandy. Was zu einer noch viel wichtigeren Frage führte: Wo war sie jetzt?

Er setzte sich auf die bröckelige Steinkante neben dem Auto und tat das, was ihm im Lauf des letzten Jahres zur Gewohnheit geworden war. Er wartete. Und nahm sich vor, nicht von der Stelle zu weichen, bis Sandy Shortt zu ihrem Wagen zurückkehrte.

* * *

Als ich der Gruppe durch die Bäume folgte, klopfte mein Herz so laut, dass ich mich nur schwer auf Bernard konzentrieren konnte, der mich munter mit seinen Anekdoten zutextete. Hie und da nickte ich, weil ich merkte, dass er mich erwartungsvoll ansah. Leider konnte keiner der Gruppe etwas mit Donals Namen anfangen, sie hatten alle nur die Schultern gezuckt und »nie gehört« gemurmelt. Aber in mir hatte der Name etwas in Bewegung gesetzt, und plötzlich wurde mir klar, dass ich auf dem besten Weg war, Menschen zu begegnen, die ich seit Jahren suchte!

Mir kam es vor, als gipfelte die Arbeit meines ganzen Lebens in diesem einen Moment. Da ich nachts kaum schlief und mich tagsüber nach Möglichkeit von meinen Mitmenschen abkapselte, war ich immer eine Einzelgängerin gewesen. Nicht, dass ich damit nicht zufrieden gewesen wäre, aber meine engsten Beziehungen hatte ich zu Leuten, denen ich nie begegnet war, über die ich jedoch alles wusste – von ihrer Lieblingsfarbe über die Namen ihrer besten Freunde bis zu ihrer Lieblingsband. Und nun brachte mich jeder Schritt dem Moment näher, in dem ich diesen lang verlorenen Freunden, Eltern, Onkeln, Tanten und allen möglichen anderen Verwandten gegenübertreten würde.

Als mir diese Gefühle bewusst wurden, spürte ich plötzlich auch meine Einsamkeit, denn keiner von diesen Menschen kannte mich ja. Wenn wir uns begegneten, würden sie den Blick gleich wieder abwenden, während ich mich an Familienfotos vergangener Weihnachtsfeste, Geburtstage, Hochzeiten, erster Schultage und Debütantinnenbälle erinnerte. Schließlich hatte ich mit unzähligen weinenden Eltern unzählige Fotoalben durchgeblättert. Ob meine eigenen Eltern wohl auch eines von mir hatten?

Die Menschen, für die ich lebte, wussten nichts von meiner Existenz, und die Existenz der Menschen, die für mich lebten, war mir nie wichtig gewesen.

Schon konnte ich den Waldrand erkennen, und vor uns gab es immer mehr Bewegung, Lärm und Farbe. So viele Menschen. Ich blieb stehen und streckte zitternd die Hand aus, um mich am nächstbesten Baumstamm festzuhalten.

»Alles klar, Sandy?«, fragte Bernard.

Auch die übrige Gruppe hielt inne, und alle blickten mich besorgt an. Ich brachte nicht mal ein Lächeln zustande, ich konnte einfach nicht so tun, als wäre alles in Ordnung. Auf einmal war die Meisterin der Lügen in ihrem eigenen Lügennetz gefangen. Helena, die die Gruppe anführte, stürzte zu mir.

»Geht ruhig weiter, wir kommen nach«, rief sie, und als die anderen zögerten, wurde sie energisch: »Los, haut schon ab!« Unschlüssig wandten sie sich um und zuckelten aus dem Schatten hinaus ins helle Licht.

»Sandy«, sagte Helena leise und legte mir die Hand auf die Schulter. Doch ihre Berührung beruhigte mich nicht, und ich konnte einfach nicht aufhören zu zittern.

»Du zitterst ja«, meinte sie sanft, legte den Arm um mich und zog mich an sich. Ich nahm zur Kenntnis, wie fürsorglich sie plötzlich klang und dass sie mich duzte. »Es ist alles okay, du brauchst keine Angst zu haben. Hier bist du in Sicherheit.«

Aber mangelnde Sicherheit war nicht der Grund meines Zitterns, sondern die Tatsache, dass ich nie das Gefühl gehabt hatte, irgendwohin zu gehören. Mein Leben lang hatte ich alle auf Distanz gehalten, die mir nahe sein wollten, egal ob Freunde, Verwandte oder Geliebte, denn sie konnten meine Fragen nicht beantworten und meine Suche weder tolerieren noch verstehen. Immer hatte man mir den Eindruck vermittelt, dass mit mir etwas nicht ganz stimmte, dass meine Leidenschaft zu suchen und zu finden verrückt war. Dieser Ort hier erschien mir wie die Antwort auf eine Frage, die mich mein Leben lang umgetrieben und der ich alles geopfert hatte. Die Menschen hier waren die, an die ich mich geklammert hatte. Wenn ich mir im Haus meiner Eltern in Leitrim schnell die Tasche neben der Tür geschnappt hatte und weggelaufen war, wenn ich Beziehungen abgebrochen und Einladungen ausgeschlagen hatte, dann war das wegen dieser Leute geschehen, denen ich nun entgegenging.

Aber jetzt, wo ich sie gefunden hatte, wusste ich nicht, was ich tun sollte.

Achtzehn

Sobald wir aus dem Wald kamen, wurde die Welt schlagartig bunt. Mir stockte der Atem. Es war, als ob ein riesiger roter Vorhang über einer so detailreichen Szenerie aufgegangen wäre, dass ich kaum wusste, wo ich zuerst hinschauen sollte. Vor uns lag ein Dorf, in dem offensichtlich Menschen aller Nationalitäten wohnten. Manche schlenderten allein einher, andere gingen zu zweit, zu dritt oder in Gruppen herum. Ich sah Trachten, hörte ein Gewirr von Sprachen, roch den Duft von Spezialitäten aus aller Welt. Ein prächtiges, lebendiges Bild, das vor lauter Farben aus dem Rahmen zu platzen schien. Wir waren dem Weg wie einer Arterie ins Herz des Waldes gefolgt – und hier schlug es und pumpte Menschen in alle Richtungen. Aufwendige Holzhäuser mit kunstvoll verzierten Türen und Fenstern säumten die Straße. Jedes Gebäude bestand aus einer anderen Holzart, mit unterschiedlichem Farbton und unterschiedlicher Maserung, wodurch das Dorf fast wie ein Teil des Waldes wirkte. Auf den Dächern erkannte ich Sonnenkollektoren, Windräder reckten ihre Flügel in den blauen Himmel, und ihre Schatten kreisten über Hausdächern und Straßen. Eingekuschelt lag das Dorf zwischen Wald und Hügeln, bewohnt von Menschen in traditioneller Kleidung aus allen möglichen Epochen, und alles machte einen vollkommen realen Eindruck, roch real, und wenn jemand mich im Vorbeigehen streifte, fühlte sich auch die Berührung real an. War das denn zu glauben?

Die Szenerie war gleichzeitig vertraut und fremd, denn alles, was ich sah, ähnelte dem, was ich kannte, nur in einem ganz anderen Zusammenhang. Wir waren nicht in die Vergangenheit oder in die Zukunft gereist, nein, wir befanden uns in einer vollkommen anderen Zeit. Ein riesiger Schmelztiegel der Nationen, in dem sich Kulturen, Formen und Klänge vermischten, sodass eine völlig neue Welt entstand. Kinder spielten, Marktstände schmückten die Straße, von Kundschaft umschwärmt. So viele Farben, so viele Geräusche, die ich noch in keinem anderen Land gehört hatte. Neben uns stand ein Schild mit der Aufschrift *Hier.*

Helena hakte sich bei mir unter. Normalerweise hätte ich sie abgeschüttelt, aber jetzt brauchte ich sie, um aufrecht zu bleiben. Es war überwältigend, und ich fühlte mich wie Ali Baba, der gerade in die Schatzhöhle gestolpert ist, wie Galileo mit seinem Teleskop – aber vor allem wie ein zehnjähriges Mädchen, das plötzlich alle fehlenden Socken wiedergefunden hat!

»Hier ist jeden Tag Markt«, erklärte Helena mir leise. »Viele Leute tauschen gern die Sachen, die sie gefunden haben, gegen andere, gleichwertige Dinge – oder manchmal auch gegen völlig wertloses Zeug, denn inzwischen ist das Tauschen so eine Art Sport geworden. Geld hat hier sowieso keinen Wert, weil wir alles, was wir brauchen, auf der Straße finden, sodass wir für unseren Lebensunterhalt nicht arbeiten und nicht bezahlen müssen. Allerdings haben wir im Dorf alle unsere Aufgabe, eingeteilt nach Alter, Gesundheitszustand und anderen persönlichen Faktoren. Eher ein sozialer Dienst, keine Arbeit zum eigenen Nutzen.«

Staunend blickte ich um mich. Helena redete leise weiter auf mich ein und hielt mich am Arm fest, denn ich zitterte noch immer.

»Die Turbinen um uns herum wirst du überall im ganzen Land zu sehen bekommen. Wir haben viele Windräder, die meisten in den Bergtälern, die als Windkanal funktionieren. So ein Ding produziert im Jahr genug Elektrizität für vierhundert Familien, und die Sonnenkollektoren auf den Häusern tragen auch ihren Teil bei.«

Ich hörte ihr zu, bekam aber längst nicht alles mit, denn ich lauschte nebenbei auch auf die Gespräche um mich herum, auf die Geräusche der Windräder, deren mächtige Flügel die Luft durchschnitten. Meine Nase gewöhnte sich allmählich an die frische Luft, die meine Lungen mit jedem Atemzug füllte. Dann zog eine Unterhaltung am Marktstand direkt neben uns meine Aufmerksamkeit auf sich.

»Das ist ein Handy«, erklärte ein britischer Gentleman einem älteren Standbesitzer.

»Was soll ich mit einem Handy anfangen?«, entgegnete der karibische Standbesitzer lachend. »Ich hab gehört, dass die Dinger hier sowieso nicht funktionieren.«

»Tun sie auch nicht, aber ...«

»Aber gar nichts. Ich finde, ein Telefon, das nicht funktioniert, ist keine gute Gegenleistung für die Musikbox hier.«

Sein Kunde verdrehte die Augen. »Wie lange sind Sie schon hier?«

»Fünfundvierzig Jahre, drei Monate und zehn Tage«, antwortete der andere wie aus der Pistole geschossen.

Der Brite beruhigte sich etwas und schien den anderen mit mehr Respekt zu betrachten. »Tja, ich bin erst seit vier Jahren da«, räumte er ein. »Aber ich würde Ihnen gern erklären, was man mit so einem Telefon alles machen kann.« Er hielt das Gerät in die Höhe, richtete es auf den Standbesitzer, und ein leises Klicken war zu hören. Dann streckte er das Telefon wieder dem Verkäufer entgegen.

»Ah!«, rief der und lachte wieder. »Es ist eine Kamera! Warum haben Sie das nicht gleich gesagt?«

»Ja, es ist ein Kamerahandy, aber es kommt noch besser. Der letzte Eigentümer hat eine ganze Menge Fotos von sich, von seinen Bekannten und von dem Land gemacht, in dem sie leben«, verkündete er stolz, während er wiederholt eine bestimmte Taste drückte.

Der andere nahm das Gerät behutsam entgegen.

»Vielleicht kennt jemand einen von den Leuten«, setzte er leise hinzu.

»Dann ist es ja echt wertvoll, Mann«, meinte jetzt auch der Standbesitzer und nickte.

»Komm, gehen wir«, flüsterte Helena mir ins Ohr und zog mich weiter.

Wie in Trance setzte ich mich in Bewegung, sah mich aber weiter voller Staunen nach allen Seiten um. Der Brite und der Mann aus der Karibik lächelten mir zu. »Herzlich willkommen.«

Ich konnte sie nur stumm anglotzen.

Zwei Kinder, die in der Nähe Himmel und Hölle spielten, schenkten mir, als sie auf mich aufmerksam wurden, ein Zahnlückenlächeln und begrüßten mich ebenfalls.

So führte mich Helena durch die Menge. Alle hießen mich willkommen, nickten und lächelten und wünschten mir Glück. Da ich noch immer unfähig war zu reagieren, sprang Helena mit den angemessenen Höflichkeiten für mich ein. Wir überquerten die Straße zu einem großen, zweistöckigen Holzhaus mit einer Holzveranda auf der Vorderseite. Eine kunstvolle Schnitzarbeit in Form einer Schriftrolle und einer Schreibfeder schmückte die Tür. Als Helena sie aufstieß, sah es aus, als würden Rolle und Feder sich verneigen, um uns einzulassen.

»Das ist die Registratur. Alle Neuankömmlinge werden hier aufgenommen«, erklärte Helena geduldig. »Namen und sonstige Angaben werden in diese Bücher eingetragen, damit wir einen Überblick haben, wer alles hier wohnt.«

»Falls jemand verloren geht«, meinte ich vorlaut.

»Ich denke, du wirst schnell merken, dass hier nichts verloren geht, Sandy«, entgegnete Helena ernst. »Die Dinge haben keinen anderen Platz mehr, also bleiben sie hier.«

Ich ignorierte ihren kühlen Ton und versuchte die Situation weiter mit meinen Witzchen aufzulockern. »Was soll ich bloß mit mir anfangen, wenn ich nichts mehr suchen kann?«

120

»Du kannst das machen, was du schon immer wolltest – diejenigen finden, die du gesucht hast. Deinen Job zu Ende bringen sozusagen.«

»Und dann?«

Sie schwieg.

»Dann hilfst du mir, nach Hause zu kommen, ja?«, platzte ich heraus.

Aber Helena antwortete nicht.

»Helena!«, rief in diesem Augenblick ein Mann, der hinter einem Schreibtisch saß. Neben dem Haupteingang hing eine Tafel mit allen Ländern der Welt und ihren Sprachen, von denen ich einige nicht kannte. Ein Eintrag jedoch war angenehm vertraut – *Land: Irland. Sprachen: Irisch, Englisch.*

»Hallo Terence«, antwortete Helena unterdessen, offensichtlich froh, dass unser Gespräch ein natürliches Ende gefunden hatte.

Jetzt sah ich mich zum ersten Mal richtig um. Wir waren in einem riesigen Saal, umgeben von Schreibtischen, und hinter jedem davon saß eine Person einer anderen Nationalität. Vor den Tischen hatten sich Warteschlangen gebildet, es war ganz still, und man spürte die Anspannung der Menschen, die soeben eingetroffen waren und ihre Situation noch nicht vollständig begriffen hatten. Mit großen, ängstlichen Augen schauten sie sich um, die Arme um den Körper geschlungen, als versuchten sie sich selbst Trost und Geborgenheit zu geben.

Helena war zu Terence an den Schreibtisch getreten, und ich folgte ihr.

Er blickte auf. »Willkommen«, begrüßte auch er mich mit einem freundlichen Lächeln, und ich hörte das Mitgefühl in seiner Stimme und den Akzent, der seine irische Herkunft verriet.

»Sandy, das ist Terence O'Malley, Terence, das ist Sandy. Terence ist schon seit … Himmel, wie lange bist du jetzt schon hier?«, fragte Helena.

Elf Jahre, dachte ich.

»Fast elf Jahre«, antwortete der ältere Mann mit einem Lächeln.

»Terence war früher …«

»… Bibliothekar in der Ballina Library«, fiel ich ihr ohne nachzudenken ins Wort. Auch nach zehn Jahren erkannte ich in ihm noch den vermissten alleinstehenden Bibliothekar, der auf dem Heimweg einfach verschwunden war.

Helena erstarrte, und auch Terence sah mich verwirrt an.

»Ach ja, das hab ich dir ja schon erzählt, ehe wir reingekommen sind«, rief Helena schließlich. »Ich Dummerchen. Anscheinend werde ich allmählich alt und vergesslich«, setzte sie lachend hinzu.

»Das Gefühl kenne ich gut«, bestätigte Terence und schob seine heruntergerutschte Brille wieder hoch.

»Tja.« Terence wandte sich hilfesuchend an Helena, denn mein Blick machte ihn offensichtlich hibbelig. »Dann machen wir uns mal an die Arbeit. Wären Sie wohl so nett, Platz zu nehmen, Sandy? Dann erkläre ich Ihnen das Formular. Es ist eigentlich ganz einfach.«

Während ich mich setzte, betrachtete ich noch einmal die Menschen, die um mich herum Schlange standen. Rechts von mir half eine Frau einem kleinen Jungen, auf den Stuhl vor ihrem Schreibtisch zu klettern. »Permettimi di aiutarti a sederti e mi puoi raccontare tutto su come sei arrivato fin qui. Avresti voglia di un po' di latte con biscotti?"

Er blickte sie mit seinen großen braunen Augen an wie ein verlorenes Hündchen und nickte, worauf sie einer Kollegin, die hinter dem Schreibtisch stand, einen Wink gab. Diese verschwand und kam kurz darauf mit einem Glas Milch und einem Teller Kekse zurück.

Zu meiner Linken trat jetzt ein völlig desorientiert wirkender Mann an die Spitze der Warteschlange. Der Mann am Schreibtisch, dessen Namensschildchen ihn als *Martin* zu erkennen gab, lächelte ihn ermutigend an und sagte auf Deutsch: »Nehmen Sie doch Platz, bitte, dann helfe ich Ihnen mit den Formularen.«

»Sandy!«, riefen Terence und Helena wie aus einem Mund. Anscheinend versuchten sie schon eine Weile, meine Aufmerksamkeit auf sich zu lenken.

Mit einem Ruck erwachte ich aus meiner Trance. »Was? O ja, tut mir leid!«

»Terence hat gefragt, wo du herkommst.«

»Leitrim.«

»Haben Sie dort gelebt?«, fragte Terence weiter.

»Nein. In Dublin.« Ich sah mich um. Noch mehr benommen wirkende Menschen wurden hereingeführt.

»Dann sind Sie also in Dublin verschwunden?«, hakte Terence nach.

»Nein, in Limerick«, antwortete ich mit leiser Stimme, während die Gedanken in meinem Kopf immer lauter wurden.

»… kennen Sie Jim Gannon … aus Leitrim?«

»Ja«, antwortete ich, beobachtete aber eine junge Afrikanerin, die ihr ockergelbes Tuch enger um sich zog und sich voller Angst in der fremden Umgebung umschaute. Sie war reich mit Kupferarmreifen, gewebten Bastbändern und Perlen geschmückt. Als unsere Blicke sich trafen, sah sie schnell weg, und ich redete weiter mit Terence, als wäre ich gar nicht wirklich da. »Jim gehört der Eisenwarenladen. Bei seinem Sohn hatte ich Erdkunde.«

Terence lachte und stellte erfreut fest, wie klein die Welt war.

»Na ja, die Welt ist viel größer, als ich gedacht habe«, antwortete ich, und meine Stimme klang, als käme sie aus weiter Ferne.

Während Terence das Formular mit mir durchging, sah ich in die Gesichter um mich herum. Vielleicht waren diese Menschen noch einen Augenblick zuvor auf dem Weg zur Arbeit oder unterwegs zum Einkaufen gewesen, und jetzt waren sie plötzlich hier, ohne zu wissen, wie und warum.

»… beruflich?«, drang Terences Stimme wieder in mein Bewusstsein.

»Sie arbeitet fürs Theater, Terence. Sie hat eine Schauspielagentur.«

Wieder schaltete ich ab.

»... stimmt das, Sandy? Sie haben eine eigene Agentur?«

»Ja«, antwortete ich abwesend, während ich zusah, wie die Frau den kleinen Jungen neben mir an der Hand nahm und ihn durch eine Tür hinter dem italienischen Schreibtisch führte.

Seine großen sorgenvollen Augen beobachteten mich unablässig, aber als ich ihm freundlich zulächelte, entspannte er sich ein bisschen. Dann schloss sich die Tür hinter ihm.

»Wohin führt diese Tür?«, fragte ich abrupt mitten in eine von Terences Fragen hinein.

Er hielt inne. »Welche Tür?«

Als ich mich umsah, merkte ich zum ersten Mal, dass es viele Türen gab – hinter jedem Schreibtisch befand sich eine davon.

»Alle diese Türen. Wo führen die hin?«, wiederholte ich meine Frage leise.

»Dort werden die Leute über alles informiert, was wir wissen – wo wir sind und was hier passiert. Es gibt Beratungs- und Jobangebote, und jeder Neuankömmling bekommt einen Alteingesessenen zugeteilt, der ihn willkommen heißt und herumführt, solange er das braucht.«

Ich betrachtete die dicken Eichentüren und schwieg.

»Da Sie Helena bereits kennen, kann sie Ihre Mentorin sein«, erklärte Terence sanft. »Jetzt kommen wir zu den letzten Fragen, dann sind Sie fertig und können gehen, wohin es Ihnen beliebt.«

In diesem Moment öffnete sich die Haupttür, und Sonnenlicht erfüllte den Raum. Alle blickten auf. Ein kleines Mädchen kam herein, mit wippenden blonden Locken und großen blauen Augen voller Tränen. Vor ihr her ging ein Mädchen im Teenageralter.

»Jenny-May«, flüsterte ich, und mir wurde wieder schwindlig.

»Und wie heißt Ihr Bruder?«, fragte Terence, der unermüdlich das Formular durchging.

»Nein, Moment mal, sie hat keine Schwester«, unterbrach Helena. »Sie hat mir vorhin erst erzählt, dass sie Einzelkind ist.«

»Nein, nein«, erwiderte Terence ein bisschen ärgerlich. »Ich hab sie gefragt, ob sie eine Schwester hat, und sie hat ›Jenny-May‹ geantwortet.«

»Dann hat sie dich wahrscheinlich nicht richtig verstanden, Terence«, entgegnete Helena ruhig, und wieder verwandelte sich der Rest dessen, was die beiden sagten, in meinen Ohren in einen unverständlichen Klangbrei.

Meine Augen verfolgten das kleine Mädchen, das durch den Raum geführt wurde, und mein Herz schlug schneller, wie immer, wenn Jenny-May Butler nur wenige Meter von mir entfernt war.

»Vielleicht könnten Sie das aufklären«, sagte Terence und schaute mich an. Einen Moment sah ich ihn ganz deutlich, dann verschwamm wieder alles vor meinen Augen.

»Ich glaube, sie fühlt sich nicht so gut, Terence, sie sieht ziemlich blass aus.« Helenas Stimme war ganz dicht an meinem Ohr. »Sandy, Schätzchen, möchtest du …«

In diesem Moment wurde ich ohnmächtig.

Neunzehn

»Sandy!« Ich hörte, wie mein Name gerufen wurde, und spürte warmen Atem im Gesicht. Der Geruch kam mir bekannt vor – süßer Kaffee, der wie üblich mein Herz zum Flattern brachte und mir einen wohlig aufgeregten Schauer über den Rücken jagte.

Sanft strich Gregorys Hand mir die Haare aus dem Gesicht, als würde er behutsam den Sand von einem soeben ausgegrabenen antiken Fundstück wegbürsten, das garantiert wertvoller war als ich. Aber irgendwie war das passend, denn er hatte mich ja gefunden, und er hatte alle meine verborgenen Gedanken ausgegraben. Er legte die eine Hand in meinen Nacken, als wäre ich das Zerbrechlichste, was er jemals angefasst hatte, und zog mit der anderen zärtlich die Umrisse meines Kinns nach, strich über meine Wangen und durch mein Haar.

»Sandy, Schätzchen, mach die Augen auf«, flüsterte er ganz nah an meinem Ohr.

»Bleiben Sie bitte zurück!«, rief plötzlich eine barsche Stimme. »Ist alles in Ordnung mit ihr?« Die Stimme wurde lauter und kam näher.

Die tröstliche Hand glitt von meinem Haar zu meiner Hand und hielt sie fest. Der Daumen strich beruhigend hin und her, und mein Retter antwortete: »Sie reagiert nicht, ruf einen Krankenwagen.« Es klang verzerrt und hallte unangenehm in meinem Kopf wider.

»Oh, Herr des Himmels«, brummte die barsche Stimme.

»Sean, bring die Kinder wieder in die Schule, sie sollen nicht hier rumstehen und glotzen.« Wieder mein Retter.

Sean, Sean, Sean. Ich kannte den Namen. Und die Stimme auch.

»Wo kommt das Blut her?« Das hörte sich etwas panisch an.

»Von ihrem Kopf. Schaff endlich die Leute weg.« Wieder wurde meine Hand gedrückt.

»Er hat sie ordentlich erwischt, der Mistkerl.«

»Ich weiß, ich hab's gesehen. Vom Fenster. Wir brauchen einen Notarzt.«

Seans Rufe, die Kinder sollten ins Haus gehen, entfernten sich, und ich blieb in der hallenden Stille mit meinem Engel zurück. Weiche Lippen senkten sich auf meine Hand.

»Mach die Augen auf, Sandy«, flüsterte er. »Bitte.«

Ich bemühte mich, aber es ging nicht. Meine Augenlider waren wie zusammengeklebt, eine Lotusblüte im Schlamm, die man zwingt, die Blütenblätter vor der Zeit zu entfalten. Unbeholfen und stockend bewegten sich meine Gedanken, mein Kopf war schwer, dröhnte und pulsierte unter der außergewöhnlichen Kraft der schützenden Hand, die ihn hielt. Der Boden fühlte sich kalt und grob an. Beton. Warum lag ich hier? Ich wollte aufstehen, aber mein Körper widersetzte sich, und meine Augen ließen sich noch immer nicht öffnen.

Von ferne hörte ich die Sirene der Ambulanz. Endlich schaffte ich es, die Augen wenigstens einen Schlitz zu öffnen. Aha. Mr. Burton. Mein Retter. Er hielt mich in den Armen, sah auf mich herab, als hätte er Gold im Asphalt von Leitrim gefunden. Auf seinem Hemd war Blut. War er verletzt? Jedenfalls sahen seine Augen aus, als hätte er Schmerzen. Auf einmal fiel mir der dicke Pickel auf meinem Kinn ein. Den ganzen Tag schon wünschte ich mir, ich hätte ihn heute Morgen gleich ausgedrückt. Ich versuchte, ihn mit der Hand zuzudecken, aber leider fühlte sich mein ganzer Arm an, als hätte man ihn in Beton getunkt und trocknen lassen. Er war bleischwer, tat weh und ließ sich kaum einen Millimeter vom nassen Boden heben.

»Oh, Gott sei Dank«, flüsterte Gregory, und seine Hand hielt meine noch fester. »Beweg dich nicht, der Notarzt wird gleich da sein.«

Aber ich musste den Pickel verstecken! Nach vier Jahren war ich Mr. Burton endlich so nahe, wie ich es mir immer gewünscht hatte, und ausgerechnet jetzt sah ich furchtbar aus – meine siebzehnjährigen Hormone ruinierten diesen wundervollen Augenblick! Aber Moment mal, er hatte gesagt, der Notarzt würde kommen! Was war geschehen? Als ich zu sprechen versuchte, kam mit Müh und Not ein Krächzen aus meinem Mund.

»Alles wird gut«, beruhigte er mich, und sein Gesicht schwebte ganz nah über meinem.

Ich glaubte ihm und vergaß für einen Moment meine Schmerzen, versuchte aber wieder, an den Pickel zu kommen.

»Ich weiß, was du vorhast, Sandy, also lass es lieber!«, befahl mir Gregory mit einem betont lockeren Lachen, während er behutsam meinen Arm von meinem Gesicht zog.

Ich ächzte, immer noch unfähig, Worte hervorzubringen.

»Der Pickel ist gar nicht so schrecklich, weißt du. Er heißt Henry, und er hat mir Gesellschaft geleistet, als du unhöflicherweise in Ohnmacht gefallen bist. Henry, darf ich dir Sandy vorstellen, Sandy, darf ich dich mit Henry bekannt machen? Obwohl ich befürchte, dass du hier nicht wirklich willkommen bist, Henry.« Wieder fuhr er mir mit dem Finger sanft übers Kinn, wobei er den Pickel leicht streifte, als wäre er das Allerschönste an mir.

Da lag ich nun, mit einer blutenden Wunde am Kopf, einem Pickel namens Henry am Kinn und einem Gesicht, das so rot war, dass der Mars wahrscheinlich glaubte, er hätte sein Spiegelbild gefunden. Ich wollte die Augen wieder schließen, denn der Himmel war so hell, dass er meine Pupillen durchbohrte und mir schmerzhafte Speerspitzen in die Augen und meinen sowieso schon dröhnenden Kopf trieb.

»Lass die Augen offen, Sandy«, sagte Gregory ziemlich laut.

Gehorsam tat ich, was er sagte, und sah die Sorge in seinem Gesicht, bevor er Gelegenheit hatte, sie zu verstecken.

»Ich bin müde«, flüsterte ich endlich.

»Das weiß ich«, antwortete er und hielt mich fester. »Aber bleib noch eine Weile mit mir wach, leiste mir Gesellschaft, bis der Notarzt hier ist«, flehte er. »Versprochen?«

»Versprochen«, flüsterte ich, bevor sich meine Augen ganz von selbst wieder schlossen.

Nun traf eine zweite Sirene ein, ein Auto stoppte neben uns, ich spürte die Vibrationen auf dem Beton neben meinem Kopf und bekam Angst, dass die Reifen mich überrollen würden. Türen wurden aufgerissen und zugeknallt.

»Er ist da drüben, Garda!«, rief Sean, der anscheinend zurückgekommen war. »Er ist direkt in sie reingerauscht, hat nicht mal hingesehen«, verkündete er panisch. »Der Mann hier hat alles gesehen.«

Sean wurde zum Schweigen gebracht, ich hörte einen Mann weinen. Dann Polizistenstimmen, die ihn zu beruhigen versuchten, knisternde und piepsende Funkgeräte, Sean wurde weggeführt. Dann näherten sich Schritte, über meinem Kopf hörte ich besorgte Stimmen. Die ganze Zeit flüsterte Gregory wunderschöne Worte in mein Ohr, mit Vokalen, die seinen Atem lösten und in meinen klingenden Ohren leicht und entspannt klangen. Sie übertönten die Sirenen, die Angstschreie, die Wut und die Panik, das Gefühl des kalten Betons und der klebrigen Flüssigkeit, die von meinem Ohr tropfte.

Als die Sirenen lauter wurden, wurde Gregorys Stimme eindringlicher, und ich driftete in seinen Armen weg.

* * *

»Willkommen zurück!« Als ich erwachte, sah ich als Erstes Helena, die mir mit einem Fächer vor der Nase herumwedelte und ein sehr besorgtes Gesicht machte.

Ich stöhnte und griff mir unwillkürlich mit der Hand an den Kopf.

»Du hast eine scheußliche Beule, die ich an deiner Stelle lieber nicht anfassen würde«, warnte mich Helena.

Aber mein Arm bewegte sich weiter.

»Ich sag doch, du sollst …«

»Autsch.«

»Geschieht dir ganz recht«, meinte sie von oben herab und wandte sich ab.

Mit zusammengekniffenen Augen sah ich mich im Zimmer um, während ich allen Warnungen zum Trotz die hühnereigroße Beule betastete, die sich über meiner Schläfe gebildet hatte. Ich lag auf einer Couch, Helena stand an einem Waschbecken vor dem Fenster, mitten im Licht, sodass ich nur ihre Silhouette sehen konnte.

»Wo sind wir?«

»Bei mir zu Hause«, antwortete sie, ohne sich umzudrehen, und ließ weiter das Wasser laufen.

»Warum hast du eine Couch in der Küche?«

Helena lachte leise. »Von allen Fragen, die du mir stellen könntest, ist ausgerechnet das die erste?«

Ich schwieg.

»Das ist keine Küche, sondern ein Familienzimmer«, beantwortete sie meine Frage. »Ich koche hier nicht.«

»Ich vermute, es gibt keinen Strom, oder?«

»Wenn du dich draußen umschaust, wirst du sehen, dass wir überall Sonnenkollektoren haben«, erklärte sie mir geduldig, in einem Ton, als würde sie mich ein bisschen dumm finden. »So was Ähnliches wie in einem Taschenrechner. Die Dinger erzeugen Energie aus dem Sonnenlicht. Jedes Haus produziert genug für den Eigenbedarf.«

Weil mir schon wieder schwindlig wurde, ließ ich mich auf der Couch zurücksinken und schloss die Augen. »Ich weiß, wie Sonnenkollektoren funktionieren.«

»Dann gibt es sie zu Hause also schon?«, erkundigte sie sich überrascht.

Ich überging ihre Frage, denn ich hatte überhaupt keine Lust, über Sonnenkollektoren zu diskutieren. »Wie bin ich hierhergekommen?«

»Mein Mann hat dich getragen.«

Unwillkürlich riss ich die Augen wieder auf und zuckte vor Schmerzen zusammen. Aber Helena wandte sich immer noch nicht um, das Wasser lief weiter.

»Dein Mann? Bist du verheiratet?«

»Man kann überall heiraten.«

»Mein Gott, Strom *und* Heiraten? Das ist zu viel für mich«, murmelte ich, und schon wieder fing sich alles an zu drehen.

Endlich kam Helena vom Waschbecken zurück und legte mir ein feuchtes Tuch über Stirn und Augen, was meinem dröhnenden Kopf ausgesprochen gut tat.

»Ich hatte einen grässlichen Traum, dass ich an einem Ort war, an dem sich alle verschwundenen Dinge und Menschen der ganzen Welt befinden«, brummelte ich. »Bitte sag mir, dass das ein Traum war oder wenigstens ein Nervenzusammenbruch. Damit kann ich umgehen.«

»Na, dann wirst du auch die Wahrheit verkraften können.«

»Was ist denn die Wahrheit?« Ich machte die Augen auf.

Helena starrte mich wortlos an und seufzte. »Du weißt, was die Wahrheit ist.«

Schnell schloss ich die Augen wieder und unterdrückte den Wunsch loszuheulen.

Aber Helena nahm meinen Arm, drückte ihn fest und beugte sich über mich. »Warte nur, Sandy, nach einer Weile gewöhnt man sich daran«, meinte sie fast beschwörend, was ganz untypisch für sie war.

Es fiel mir sehr schwer, das zu glauben.

»Vielleicht fühlst du dich besser, wenn ich dir sage, dass ich keinem erzählt habe, was du mir gesagt hast. *Niemandem*.«

Tatsächlich fühlte ich mich ein bisschen erleichtert. Dann konnte ich mir wenigstens Zeit lassen herauszufinden, was ich hier zu tun hatte.

»Wer ist Jenny-May?«, fragte Helena neugierig.

Ich schloss die Augen und stöhnte beim Gedanken an die Szene in der Registratur. »Niemand. Also, nicht niemand, sie ist schon jemand. Ich dachte, ich hätte sie in dem Raum gesehen, das ist alles.«

»Aber sie war es nicht?«

»Nur falls sie nicht mehr älter geworden ist, seit sie hier ankam. Keine Ahnung, was in mich gefahren ist.« Stirnrunzelnd griff ich wieder nach meinem schmerzenden Kopf.

In diesem Augenblick klopfte es leise an die Tür, und ein Mann erschien, so groß und breit, dass er fast den ganzen Türrahmen ausfüllte. Nur durch die wenigen winzigen Lücken, die er freiließ, fiel weißes Licht, das mir wie Feuerpfeile in die Augen stach. Der Mann war ungefähr im gleichen Alter wie Helena, mit glänzender Ebenholzhaut und durchdringenden schwarzen Augen, weit über einsneunzig, also ein ganzes Stück größer als ich. Schon aus diesem Grund war er mir auf Anhieb sympathisch. Mit seiner Präsenz dominierte er den ganzen Raum, wirkte dabei aber nicht einschüchternd, sondern vermittelte vielmehr ein Gefühl von Sicherheit und Geborgenheit. Beim Lächeln zeigte er schneeweiße Zähne, und seine Augen nahmen die Farbe von schwarzem Kaffee an. Sein Gesicht war hart und gleichzeitig sanft, mit stolzen, hohen Wangenknochen, einem eckigen Kinn und weichen Lippen, von denen die Worte abfederten und leicht in die Welt hineinhüpften.

»Wie geht es denn unserem *Kipepeo*-Mädchen?«, fragte er mit einem deutlichen Akzent. Kenianisch, wenn ich mich nicht irrte.

Verwundert sah ich von Helena zu dem Mann, der vermutlich ihr Ehemann war. Unsere Blicke begegneten sich, und ich war von seinem ebenso fasziniert wie er anscheinend von meinem, fast so, als zöge uns ein Magnet zueinander hin. In seinen großen Händen hielt er ein Holzbrett, seine weißen Leinenklamotten waren mit Sägemehl bedeckt.

»Was bedeutet Kipepeo?«, fragte ich laut in den Raum. Der Raum schwieg, aber er schien Bescheid zu wissen.

»Sandy, das ist Joseph, mein Mann«, stellte Helena uns einander vor. »Er ist Zimmermann«, fügte sie mit Blick auf das Brett hinzu.

Meine ungewöhnliche Begegnung mit Joseph, dem Zimmermann, wurde unterbrochen von einem kleinen Mädchen, das kichernd und mit wippenden schwarzen Locken zwischen Josephs Beinen hindurch in die Küche schlüpfte. Sie rannte zu Helena und hielt sich an ihr fest.

»Und wer ist das? Die unbefleckte Empfängnis?«, fragte ich, während das Gegacker der Kleinen schmerzhaft in meinem Kopf widerhallte.

»Beinahe«, antwortete Helena lächelnd. »Sie ist die unbefleckte Empfängnis unserer Tochter. Sag Sandy guten Tag, Wanda«, sagte sie und fuhr dem Mädchen mit der Hand durch die Haare.

Ein zahnlückiges Grinsen begrüßte mich, ehe die Kleine wieder aus dem Zimmer rannte, wie vorhin die langen Beine ihres Großvaters als Tor benutzend.

Ich sah auf und begegnete erneut Josephs Blick. Er beobachtete mich immer noch, während Helena von ihm zu mir und wieder zurück zu ihm schaute, nicht argwöhnisch, sondern … ich kam nicht recht dahinter.

»Du musst schlafen«, meinte Joseph mit einem Nicken zu mir.

Unter Helenas und Josephs strengen Blicken legte ich mir das Tuch wieder übers Gesicht und erlaubte mir wegzudämmern. Ausnahmsweise war ich zu müde, um Fragen zu stellen.

* * *

»Ah, da ist sie ja!« Die Stimme meines Vaters begrüßte mich, als würde ich unvermittelt aus dem Wasser gezogen. Gedämpfte Geräusche wurden hörbar, Gesichter zeigten sich. Es war, als würde ich wiedergeboren und erblickte zum zweiten Mal die Menschen, die ich liebte, vom Krankenhausbett aus.

»Hallo, Honey«, rief meine Mutter, stürzte zu mir und ergriff meine Hand. Ihr Gesicht kam ganz nah an meines heran, so nah, dass ich es nicht mehr klar sehen konnte, ein nach Lavendel duftender verschwommener Fleck vor meinen Augen. »Wie fühlst du dich?«

Da ich noch keine Zeit gehabt hatte, mich das selbst zu fragen, konzentrierte ich mich und kam zu dem Ergebnis, dass ich mich ziemlich mies fühlte.

»Okay«, antwortete ich unverbindlich.

»Oh, mein armes Kleines!« Jetzt hatte ich hauptsächlich ihr Dekolleté vor der Nase, denn sie beugte sich über mich, die Berührung ihrer Lippen machte meine Haut klebrig, und es kitzelte. Nachdem sie sich wieder aufgerichtet hatte, schaute ich im Zimmer umher und entdeckte meinen Vater, der seine Mütze in den Händen zerknautschte und älter aussah, als ich ihn in Erinnerung hatte. Vielleicht war ich länger unter Wasser gewesen, als ich dachte. Ich zwinkerte ihm zu, er lächelte, und Erleichterung breitete sich auf seinem Gesicht aus. Seltsam, dass es anscheinend zum Job des Patienten gehörte, dafür zu sorgen, dass sich die Besucher besser fühlten. Als stünde ich auf der Bühne und müsste für Unterhaltung sorgen. Die Krankenhausmauern hatten den anderen die Sprache geraubt, sie waren gehemmt und unbeholfen, als begegneten wir uns zum ersten Mal.

»Was ist passiert?«, fragte ich, als ich durch einen Strohhalm ein bisschen von dem Wasser aufgesaugt hatte, das mir eine Schwester kredenzte.

Nervös sahen meine Besucher einander an, bis sich Mum schließlich entschloss, die Initiative zu ergreifen.

»Ein Auto hat dich angefahren, als du von der Schule über

die Straße gehen wolltest. Es kam plötzlich um die Ecke ... ein junger Kerl mit einem provisorischen Führerschein. Seine Mutter wusste nicht, dass er das Auto genommen hatte, Gott segne sie. Zum Glück hat Mr. Burton alles gesehen und konnte der Polizei genauestens Bericht erstatten. Ein guter Mann, dieser Mr. Burton.« Sie lächelte. »Gregory«, fügte sie leise hinzu.

Auch ich lächelte.

»Er ist die ganze Zeit bei dir geblieben, als man dich in die Klinik gebracht hat.«

»Mein Kopf«, flüsterte ich, denn plötzlich waren die Schmerzen zurückgekommen, als hätte die Geschichte sie daran erinnert, dass sie noch einen Job zu erledigen hatten.

»Du hast dir den linken Arm gebrochen«, erklärte meine Mum, und ihr Lipgloss glänzte im Licht, wenn sie den Mund bewegte. »Und das linke Bein«, fügte sie mit zittriger Stimme hinzu. »Aber ansonsten hast du echt Glück gehabt.«

Erst jetzt merkte ich, dass mein Arm in einer Schlinge lag und mein Bein eingegipst war. Irgendwie fand ich es lustig, dass sie meinten, ich hätte Glück gehabt. Immerhin hatte mich ein Auto überfahren. Ich begann zu lachen, aber da wurden die Schmerzen so heftig, dass ich lieber wieder aufhörte.

»Ach ja, du hast dir auch noch eine Rippe gebrochen«, stieß mein Vater seltsam schuldbewusst hervor.

Als sie weg waren, klopfte Gregory leise an die Tür. Mit seinen müden, besorgten Augen und den zerzausten Haaren sah er noch attraktiver aus als sonst. Bestimmt war er beim Warten auf und ab getigert und hatte sich die Haare gerauft. Das tat er immer, wenn er nervös war.

»Hi«, sagte er lächelnd und küsste mich auf die Stirn.

»Hi«, flüsterte ich.

»Wie geht es dir?«

»Als hätte mich ein Bus überrollt.«

»Nein, es war nur ein Skoda. Du solltest es lieber nicht darauf anlegen, Mitleid zu schinden«, meinte er verschmitzt, und ein kleines Lächeln tanzte um seine Lippen. »Du hast die schlechten Neuigkeiten wahrscheinlich schon gehört, oder?«

»Dass ich meine Abschlussprüfung mündlich ablegen muss?« Ich hob meinen linken eingegipsten Arm in der Schlinge. »Aber ich glaube, die Polizei nimmt mich trotzdem«, grinste ich.

»Nein, das meine ich nicht«, erwiderte er todernst und setzte sich zu mir auf die Bettkante. »Wir haben Henry im Krankenwagen verloren. Ich glaube, die Sauerstoffmaske hat ihm den Rest gegeben.«

Wieder fing ich an zu lachen und brach wieder ab, weil es so wehtat.

»Oh, Scheiße, tut mir leid!«, entschuldigte er sich.

»Danke, dass du bei mir geblieben bist.«

»Danke, dass *du* bei *mir* geblieben bist«, antwortete er.

»Na ja, ich hab's versprochen«, lächelte ich. »Und ich hab nicht vor, in nächster Zeit zu verschwinden.«

Zwanzig

Jack hockte auf dem Kies neben dem verlassenen Auto. Seine überaktive Phantasie spielte jedes mögliche und unmögliche Szenario durch, wo Sandy Shortt sich in diesem Moment aufhalten könnte, warum ihr Auto auf einem nicht mehr benutzten Parkplatz im Gebüsch stand, warum sie gestern nicht zu ihrem Treffen erschienen war und warum sie den ganzen Tag nicht zu ihrem Wagen zurückgekehrt war. Auf nichts konnte er sich wirklich einen Reim machen. Er war den ganzen Tag in der Nähe geblieben, eine kurze Suche in der Umgebung hatte keine Spur von ihr oder sonst einem Menschen zutage gefördert. Jetzt war es schon ziemlich spät, der Wald war pechschwarz, das einzige Licht kam von den Schiffen, die in der Ferne übers Meer zogen, und von Glin Castle, das sich hinter hohen Bäumen verbarg. Er konnte kaum die Hand vor Augen sehen, die Nacht hüllte ihn unerbittlich ein, aber er hatte Angst wegzugehen. Was, wenn er Sandy verpasste? Was, wenn jemand das Auto abschleppen ließ und ihm damit Donal und alle möglichen Hinweise auf seinen Verbleib wegnahm?

Die Akte lag auf dem Armaturenbrett, das Handy daneben leuchtete alle paar Sekunden auf, um anzuzeigen, dass die Batterie schwach war. Wenn Sandy nicht bald auftauchte, musste Jack das Gerät irgendwie in die Finger bekommen, damit er sich die Anruferliste anschauen und – hoffentlich – jemanden aus ihrem Telefonbuch erreichen konnte, der ihm half, sie zu finden. Wenn die Batterie leer war, konnte er das Gerät ohne den Pincode nicht mehr anschalten.

Wieder klingelte sein eigenes Handy. Bestimmt war es Gloria, die ihn suchte. Es war elf Uhr nachts, aber er konnte sich nicht dazu durchringen zu antworten, denn er hätte nicht gewusst, was er ihr sagen sollte. In letzter Zeit hatte er es vermieden, mit ihr zu sprechen, weil er nicht lügen wollte. Er hatte das Haus verlassen, ehe sie wach wurde, und war heimgekommen, wenn sie schon längst schlief. Natürlich wusste er, dass sein Verhalten ziemlich schwer zu ertragen war – aber Gloria war immer so nett und geduldig, sie beschwerte sich nie, sie war ganz anders als die Partnerinnen seiner Freunde. Sie ließ ihm so viel Raum, wie er brauchte, sie hatte genug innere Sicherheit, um nicht ständig zu fürchten, dass er sie hintergehen könnte. Aber tat er das nicht, gerade jetzt, in diesem Moment? Er nutzte ihre Geduld aus, und möglicherweise trieb er sie in die Flucht. Vielleicht wollte er das ja. Vielleicht aber auch nicht. Momentan wusste er nur, dass Donals Verschwinden ihre gemeinsamen Pläne in punkto Familie und Heirat auf Eis gelegt hatte, obwohl sie ihnen beiden davor so wichtig gewesen waren. Jetzt war die Beziehung zu Gloria auf Jacks Prioritätenliste nach unten gerutscht, und er steckte seine ganze Energie in die Suche nach seinem verschwundenen Bruder. Irgendwie hatte er das Gefühl, wenn er Sandy fand, würde ihn das bei der Suche nach Donal einen Schritt weiterbringen, aber vielleicht war das alles auch nur eine Ausrede, eine Möglichkeit, den notwendigen Veränderungen und der längst fälligen Auseinandersetzung mit Gloria auszuweichen. Sie mussten dringend über ihre Beziehung reden, denn er wusste seit einiger Zeit nicht mehr, ob er sie überhaupt noch wollte.

Schließlich tat er das Einzige, was ihm in den Kopf kam: Er nahm sein Handy und rief Graham Turner an, den Polizisten, der bei der Suche nach Donal der Ansprechpartner für ihn und seine Familie gewesen war.

»Hallo?«, antwortete Grahams Stimme. Im Hintergrund hörte man Lärm, Rufe, plaudernde Stimmen und Gelächter. Pubgeräusche.

»Graham, hier ist Jack«, meldete sich Jack, und seine Stimme dröhnte durch den stillen Wald.

»Hallo?«, wiederholte Graham.

»Hier ist Jack!«, rief Jack noch lauter und erschreckte damit wahrscheinlich alle Tiere, die unter den Bäumen Zuflucht gesucht hatten.

»Moment mal, ich gehe lieber nach draußen«, rief Graham. Stimmen und Lärm wurden noch lauter, während er mit dem Handy durch den Pub ging, aber dann kehrte Stille ein.

»Hallo?«, sagte Graham noch einmal, jetzt in normaler Lautstärke.

»Graham, hier ist Jack«, erwiderte er, jetzt ebenfalls mit gedämpfter Stimme. »Entschuldige, dass ich so spät noch störe.«

»Kein Problem. Ist alles in Ordnung?«, erkundigte sich der Polizist besorgt. Er war Jacks späte Anrufe gewohnt.

»Ja, alles ist soweit okay«, log er.

»Irgendwas Neues von Donal?«

»Nein, nichts. Eigentlich rufe ich aus einem anderen Grund an, Graham.«

»Und? Was gibt's?«

Wie sollte er das bloß erklären? »Ich mach mir Sorgen um jemanden. Wir wollten uns gestern Vormittag in Glin treffen, aber er ist nicht aufgetaucht.«

Schweigen.

»Aha.«

»Er hat auf meinem AB eine Nachricht hinterlassen, bevor er in Dublin abgefahren ist, um mir mitzuteilen, dass er unterwegs ist, aber er ist nicht gekommen. Und das Auto ist unten am Estuary abgestellt.«

Schweigen.

»Ja.«

»Und jetzt mach ich mir allmählich Sorgen, verstehst du?«

»Ja, klar. Das ist unter den Umständen ja verständlich.«

Auf einmal fühlte Jack sich wie ein paranoider Irrer.

»Ich weiß, das klingt blöd, aber ich habe das Gefühl, da stimmt was nicht.«

»Ja, ja, klar«, pflichtete Graham ihm hastig bei. »Entschuldige, warte mal einen Moment.« Gedämpfte Stimmen waren zu hören, offenbar hielt er die Hand über den Hörer. »Ja, noch ein Pint Guinness. Danke, Damien, ich bin gleich wieder da, sobald ich meine Zigarette fertig geraucht habe«, sagte er, dann wurde seine Stimme wieder normal. »Entschuldige die Unterbrechung.«

»Kein Problem. Ich weiß, es ist spät, und du bist im Pub, ich entschuldige mich, dass ich angerufen habe.« Jack stützte den Kopf in die Hand und kam sich vor wie ein Idiot. Klar, seine Geschichte klang bescheuert und seine Sorge um Sandy absurd und völlig unnötig, wenn er sie in Worte fasste. Aber im Innern wusste er trotzdem, dass etwas nicht stimmte.

»Hör mal, mach dir keine Sorgen. Was soll ich tun? Wie heißt der Typ denn, dann kann ich mich mal ein bisschen umhören.«

»Sandy Shortt.«

»*Sandy* Shortt.« Ja, der Typ war eine Frau!

»Ja.«

»Richtig.«

»Und wo wolltest du dich mit ihr treffen …?«

»Gestern, in Glin. Wir sind uns bei Lloyds Tankstelle begegnet, du weißt schon, die …«

»Ja, die kenne ich.«

»Na ja, da waren wir zufällig beide um halb sechs Uhr früh, aber später ist sie dann nicht erschienen.«

»Und als ihr euch begegnet seid, hat sie nicht gesagt, wo sie hin will?«

»Nein, wir haben nicht miteinander geredet.«

»Dann habt ihr euch also nicht kennengelernt, du hast sie nur gesehen.«

»Ja.«

»Wie sieht sie denn aus?«

»Sehr groß, schwarze lockige Haare ...« Er verstummte, weil er plötzlich merkte, dass er genau genommen keine Ahnung hatte, wie Sandy Shortt aussah. Es war nur eine wilde Spekulation, dass die Frau an der Tankstelle Sandy Shortt gewesen war. Sein einziger Beweis war eine Akte auf dem Armaturenbrett, auf der Donals Name stand, aber das Auto konnte irgendwem gehören. Er hatte die Puzzleteile zusammengefügt, ohne ihren Sinn in Frage zu stellen, der sich jetzt als Unsinn zu entpuppen schien.

»Jack?«, fragte Graham.

»Ja?«

»Sie ist also groß und hat schwarze lockige Haare. Sonst noch irgendwas? Ihr Alter oder wo sie herkommt oder so?«

»Nein.« Er hielt inne. »Keine Ahnung, Graham. Ich bin mir nicht sicher, wie sie aussieht, wir haben nur am Telefon miteinander gesprochen, und wer weiß, ob sie die Frau an der Tankstelle war.« Aber auf einmal fiel ihm etwas ein. »Ach ja, sie hat früher bei der Polizei gearbeitet. In Dublin. Vor vier Jahren hat sie aufgehört. Mehr hat sie nicht erzählt«, fügte er abschließend hinzu.

»Okay, dann mach ich mal ein paar Anrufe und melde mich später wieder bei dir.«

»Danke.« Die ganze Sache war Jack auf einmal schrecklich peinlich, seine Geschichte war voller Lücken, er klang wie ein Verrückter, wie einer, der immer noch unter den Nachwirkungen des Schocks litt, den das Verschwinden seines Bruders bei ihm ausgelöst hatte. Vielleicht war es ja auch so. »Das bleibt aber unter uns, ja?«, fügte er leise hinzu.

»Na klar. Geht es Gloria gut?« Grahams Frage hörte sich an wie ein Vorwurf.

»Ja, alles in Butter.«

»Gut. Sag ihr viele Grüße. Deine Freundin ist echt eine Heilige, Jack.«

»Ja, ich weiß«, antwortete er abwehrend.

Schweigen. Dann wieder Pubgeräusche.

»Ich ruf dich zurück, Jack«, rief Graham noch, dann war die Verbindung unterbrochen.

Jack ließ den Kopf sinken.

Zwei Stunden später tigerte er immer noch neben dem verlassenen Auto auf und ab, die Hand auf dem kalten Metall, als sein Handy klingelte. Da er Gloria bereits eine SMS geschickt und ihr geschrieben hatte, dass er spät nach Hause kommen würde, wusste er, dass sie es um diese späte Stunde nicht sein konnte, und nahm den Anruf an.

»Jack, hier ist Graham.« Die Stimme klang freundlicher als vorhin. »Hör mal, ich hab ein paar Leute angerufen und mich bei den Jungs umgehört, ob einer Sandy Shortt kennt.«

»Schieß los«, sagte Jack, und sein Herz klopfte laut.

»Du hättest mich genauer informieren sollen, Jack«, begann Graham.

Jack nickte in die Dunkelheit, obwohl Graham ihn natürlich nicht sehen konnte. Der legte trotzdem los. »Wie's aussieht, musst du dir um sie bestimmt keine Sorgen machen. Eine ganze Reihe von den Jungs kennt sie.« Er lachte, unterbrach sich aber gleich und fuhr fort: »Anscheinend verschwindet sie immer mal wieder, ohne jemandem Bescheid zu sagen. Sie ist eine Einzelgängerin, kommt und geht, wie es ihr grade passt, taucht aber normalerweise nach einer Woche oder so wieder auf. Ich würde mir ihretwegen an deiner Stelle echt keine Gedanken machen, denn es passt anscheinend genau in ihr übliches Verhalten.«

»Aber was ist mit dem Auto?«

»Ist es ein roter Ford Fiesta, Baujahr 1991?«

»Ja.«

»Das ist ihrer. Wahrscheinlich ist sie irgendwo in der Gegend. Die Jungs haben erzählt, dass sie gerne joggt. Vermutlich hat sie da geparkt und ist laufen gegangen, oder der Tank war leer, oder der Motor wollte nicht anspringen oder sonst was. Jedenfalls ist es grade mal gut vierundzwanzig Stunden her, dass du dich mit ihr treffen wolltest – kein Grund zur Panik.«

»Ich dachte, die ersten vierundzwanzig Stunden sind meistens die wichtigsten«, stieß Jack zwischen zusammengebissenen Zähnen hervor.

»Wenn jemand vermisst wird, Jack, dann schon, aber Sandy Shortt wird nicht wirklich vermisst. Sie verschwindet gern mal für eine Zeit. Nach dem, was ihre ehemaligen Kollegen sagen, kannst du davon ausgehen, dass sie sich in den nächsten paar Tagen bei dir meldet. Anscheinend ist das normal für sie. Meistens weiß nicht mal ihre eigene Familie, wo sie ist.«

Jack schwieg.

»Wenn ich dir einen Rat geben darf – sei vorsichtig mit solchen Leuten, Jack. Agenturen wie die von Sandy Shortt haben es nur darauf abgesehen, dir dein Geld aus der Tasche zu ziehen, weißt du. Mich würde es nicht wundern, wenn sie sich einfach abgeseilt hat. Sie kann ohnehin nicht mehr tun, als wir schon getan haben. Wo will sie denn noch suchen? Wir waren doch schon so gut wie überall.«

Sandy hatte überhaupt kein Geld von Jack genommen, denn sie wusste, dass Jack keines hatte.

»Ich musste irgendwas machen«, antwortete er halbherzig. Ihm gefiel es nicht, wie Graham über Sandy sprach. Er glaubte nicht, dass sie es darauf abgesehen hatte, ihn über den Tisch zu ziehen, er glaubte nicht, dass sie ohne ihr Handy, ohne ihre Akte, ohne ihr Notizbuch und vor allem ohne ihr Auto zu weiteren Ermittlungen losgezogen war, er glaubte auch nicht, dass sie mitten in der Nacht joggte. Nichts von dem, was Graham ihm erzählte, ergab für ihn einen Sinn, aber auch nichts von dem, was Jack erzählt hatte, schien sonderlich einleuchtend. Er hatte sich ganz von seinen Gefühlen leiten lassen, von Gefühlen, die natürlich von Donals Verschwinden beeinflusst waren, und auch davon, dass er eine Woche lang mit einer Frau, die er nicht kannte, nächtliche Telefongespräche geführt hatte.

»Verstehe«, erwiderte Graham. »Vermutlich hätte ich an deiner Stelle das Gleiche getan.«

»Was ist mit dem Zeug in ihrem Auto?«, entschied Jack sich zu bluffen.

»Mit welchem Zeug?«

»Ich hab ihr Donals Akte und noch ein paar Dinge geschickt, und die hab ich in ihrem Auto liegen sehen. Wenn sie mit meinem Geld abhauen will, dann hätte ich wenigstens gern meine Sachen zurück.«

»Richtig«, pflichtete Graham ihm sofort bei. »Ich geb dir die Nummer von einem Freund in der Gegend, der macht dir den Wagen auf, ohne Fragen zu stellen.«

»Danke, Graham.«

»Gern geschehen.«

Ein paar Stunden später, als die Sonne über dem Estuary aufging und orangerote Farbstreifen auf schwarze Wellen malte, saß Jack in Sandys Auto, blätterte Jacks Akte und die Polizeiberichte durch, die Sandy mit Hilfe ihrer Polizeikontakte beschafft hatte. Ihr Notizbuch zeigte, dass sie geplant hatte, am folgenden Tag nach Limerick zu fahren, um einen von Donals Freunden zu besuchen – Alan O'Connor, der in der Nacht, als Donal verschwunden war, zu seinen Begleitern gehört hatte. Beim Gedanken, sie womöglich dort zu finden, schöpfte er wieder Hoffnung. In der winzigen Schrottkiste roch es wegen des Wunderbaums, der vom Rückspiegel hing, durchdringend nach Vanille, gemischt mit dem abgestandenen Kaffeeduft aus dem Pappbecher, der darunter stand. Allerdings fand er in dem Auto nichts, was ihm sonst noch irgendwelche Hinweise darauf vermittelte, was für ein Mensch Sandy war. Keine Verpackungsreste, keine CDs oder Kassetten, die ihren Musikgeschmack offenbarten. Nur ein altes, kaltes Auto, in dem sie Arbeitsmaterial und abgestandenen Kaffee hinterlassen hatte.

Keine Seele – die hatte sie offensichtlich mitgenommen.

Einundzwanzig

Ich erwachte auf derselben Couch, hatte aber keine Ahnung, wie lange ich geschlafen hatte. Auf der Armlehne kauerte das kleine Mädchen mit dem wilden schwarzen Lockenkopf und betrachtete mich mit den gleichen durchdringenden kaffeeschwarzen Augen wie ihr Großvater.

Ich fuhr auf.

Das Mädchen lächelte, Grübchen erschienen in ihrer gelblichbraunen Haut, und die Farbe ihrer Augen wechselte zu einem etwas weicheren Braun. »Hi«, zwitscherte sie.

Ich sah mich im Zimmer um. Abgesehen von dem orangefarbenen Licht, das unter der Küchentür durchschimmerte und den Fußboden so weit erhellte, dass ich meine Umgebung halbwegs ausmachen konnte, war es dunkel. Der Himmel vor dem Fenster über dem Waschbecken war schwarz. Sterne – die gleichen Sterne, die ich zu Hause kaum je zur Kenntnis nahm – glitzerten wie Weihnachtslichter über einem Spielzeugdorf.

»Na, willst du mir nicht auch hi sagen?«, zwitscherte die Stimme fröhlich weiter.

Ich seufzte. Für Kinder hatte ich nie Zeit gehabt, und als ich selbst eines gewesen war, hatte ich mich dafür verachtet.

»Hi«, antwortete ich deshalb ohne großes Interesse.

»Siehst du? War doch gar nicht so schwer, oder?«

»Grauenvoll«, gab ich zurück, gähnte und streckte mich.

Die Kleine hüpfte von der Lehne und zu mir herab, wobei sie mir fast die Füße zerquetschte.

»Autsch«, jammerte ich und zog die Beine an.

»Das kann doch nicht wehgetan haben«, meinte das Mädchen, senkte den Kopf und betrachtete mich zweifelnd.

»Wie alt bist du, hundertneunzig?«, fragte ich und zog die Decke enger um mich, als würde sie mich beschützen.

»Wenn ich hundertneunzig wäre, wäre ich längst tot«, erwiderte sie und verdrehte die Augen.

»Und das wäre echt schade.«

»Du magst mich wohl nicht, was?«

Ich überlegte kurz. »Nein, eigentlich nicht.«

»Warum nicht?«

»Weil du dich auf meine Füße gesetzt hast.«

»Bevor ich auf deinen Füßen gelandet bin, mochtest du mich auch schon nicht.«

»Stimmt.«

»Die meisten Leute finden mich süß«, verkündete sie und seufzte tief.

»Ach wirklich?«, fragte ich und heuchelte Überraschung. »Nein, den Eindruck hab ich nicht von dir.«

Sie schien nicht beleidigt, sondern interessiert.

»Warum nicht?«

»Weil du kaum einen Meter groß bist und keine Schneidezähne hast.« Ich schloss die Augen, lehnte den Kopf an die Rückwand des Sofas und wünschte mir, die Kleine würde verschwinden. Zwar dröhnte mein Kopf nicht mehr, aber garantiert würde das Zwitschern irgendwann einen Rückfall bewirken.

»Ich bleib nicht immer so, weißt du«, sagte sie, wahrscheinlich um sich bei mir einzuschmeicheln.

»Das hoffe ich für dich.«

»Ich auch.« Sie seufzte erneut und lehnte den Kopf ebenfalls an die Couch.

Schweigend starrte ich sie an, in der Hoffnung, sie würde es als Wink mit dem Zaunpfahl verstehen und endlich das Weite suchen. Aber sie blieb sitzen und grinste mich an.

»Von mir denken die meisten Leute, dass ich nicht mit ihnen sprechen möchte«, versuchte ich es etwas deutlicher.

»Ach wirklich? Den Eindruck hab ich nicht von dir«, imitierte sie mich, auch wenn sie ohne Zähne bei der Aussprache gewisse Schwierigkeiten hatte.

Ich lachte. »Wie alt bist du?«

Sie streckte die Hand hoch, vier Finger und ein Daumen.

»Vier Finger und ein Daumen?«, erkundigte ich mich.

Sie verzog das Gesicht und starrte ihre Hand an. Ich sah, wie sich ihre Lippen beim Zählen bewegten.

»Gibt es eine Schule, in der Kinder so was beigebracht kriegen?«, fragte ich. »Kannst du denn nicht einfach sagen, du bist fünf?«

»Natürlich kann ich sagen, dass ich fünf bin.«

»Warum hältst du mir dann deine Finger hin? Meinst du, das ist süßer?«

Sie zuckte die Achseln.

»Wo sind denn die anderen?«

»Die schlafen. Hattest du einen Fernseher? Wir haben welche, aber die funktionieren nicht.«

»Da hast du ja wirklich Pech.«

»Ja, da hab ich Pech.« Wieder ein theatralisches Seufzen, obwohl es mir nicht vorkam, als wäre sie wirklich unglücklich darüber, dass sie nicht fernsehen konnte. »Meine Grandma sagt, ich stelle eine Menge Fragen, aber ich glaube, du fragst noch viel mehr.«

»Stellst du gerne Fragen?« Das interessierte mich. »Was denn für welche?«

»Normale Fragen«, antwortete sie achselzuckend.

»Worüber?«

»Alles.«

»Wenn du immer weiterfragst, kommst du vielleicht eines Tages hier raus.«

»Okay.«

Schweigen.

»Warum sollte ich hier rauswollen?«

Anscheinend waren ihre Fragen doch nicht ganz so normal. »Gefällt es dir hier?«

Sie schaute sich um. »Mein eigenes Zimmer gefällt mir besser.«

»Nein, ich meine hier im Dorf«, entgegnete ich und deutete nach draußen. »Wo du wohnst.«

Sie nickte.

»Was machst du denn so den ganzen Tag?«

»Ich spiele.«

»Wie langweilig.«

Wieder nickte sie. »Ja, manchmal schon. Aber bald komme ich in die Schule.«

»Es gibt also eine Schule hier?«

»Nicht hier drin, nein.«

Offenbar reichte ihr Vorstellungsvermögen nicht aus diesem Raum hinaus. »Und was machen deine Eltern den ganzen Tag?«

»Mama arbeitet bei Granddad.«

»Ist sie auch Zimmermann?«

Die Kleine schüttelte den Kopf. »Wir haben schon genug Zimmer.«

»Was macht dein Dad?«, fragte ich weiter, ohne über sie zu lachen.

Wieder zuckte sie die Achseln. »Mama und Daddy haben aufgehört sich zu mögen. Hast du einen Freund?«

»Nein.«

»Hattest du schon mal einen?«

»Mehr als einen.«

»Gleichzeitig?«

Ich antwortete nicht.

»Warum bist du jetzt mit keinem mehr zusammen?«

»Weil ich aufgehört habe, sie zu mögen.«

»Alle?«

»Fast alle.«

»Oh. Das ist aber nicht schön.«

»Nein«, räumte ich nachdenklich ein. »Wahrscheinlich nicht.«

»Macht es dich traurig? Mama macht es traurig.«

»Nein, mich macht es nicht traurig«, entgegnete ich mit einem gezwungenen Lachen, denn ihr Blick und ihr loses Mundwerk waren mir unbehaglich.

»Du siehst aber traurig aus.«

»Wie kann ich traurig aussehen, wenn ich lache?«

Wieder zuckte sie die Achseln. Genau deshalb mochte ich Kinder nicht – in ihren Köpfen gibt es so viele Leerstellen und nicht genug Antworten. Genau aus diesem Grund hatte ich mich ja selbst als Kind nicht leiden mögen. Nie wusste man genug über das, was in der Welt vorging, und ich war nur äußerst selten einem erwachsenen Menschen begegnet, der mir weiterhelfen konnte.

»Wanda, für ein Mädchen, das viele Fragen stellt, weißt du nicht sehr viele Antworten.«

»Ich stelle eben andere Fragen als du«, konterte sie mit einem Stirnrunzeln. »Ich weiß nämlich eine Menge Antworten.«

»Zum Beispiel?«

»Zum Beispiel …« Sie zögerte und dachte angestrengt nach. »Der Grund dafür, dass Mr. Ngambo von nebenan nicht auf den Feldern arbeitet, ist, dass er einen kaputten Rücken hat.«

»Wo sind die Felder?«

Sie deutete aus dem Fenster. »Da lang. Da wächst unser Essen, und wir gehen alle dreimal am Tag ins Speisehaus und essen es.«

»Das ganze Dorf isst gemeinsam?«

Sie nickte. »Petras Mama arbeitet da, aber ich möchte nicht da arbeiten, wenn ich älter bin, und auch nicht auf den Feldern. Ich möchte bei Bobby arbeiten«, erklärte sie mit einem verträumten Seufzer. Dann fuhr sie fort: »Der Vater von meiner Freundin Lacey arbeitet in der Bibliothek.«

Ich überlegte, welchen Informationswert dieser letzte Satz hatte, konnte aber keinen entdecken. »Kommt denn manchmal jemand auf die Idee, seine Zeit etwas intelligenter zu verbringen, beispielsweise damit, zu überlegen, wie man hier rauskommt?«, fragte ich, mehr mich selbst als die Kleine.

»Manche Leuten versuchen wegzugehen«, antwortete sie prompt. »Aber es klappt nicht. Es gibt keinen Weg hinaus, aber mir gefällt es hier, deshalb ist es mir egal.« Sie gähnte. »Ich bin müde, ich geh jetzt ins Bett. Nacht.« Damit kletterte sie von der Couch und ging zur Tür, eine kaputte Decke nachschleifend. »Gehört das dir?«, fragte sie, blieb stehen und hob etwas vom Boden auf. Als sie die Hand hochhielt, sah ich den Gegenstand kurz im Licht aufblitzen.

»Ja«, antwortete ich mit einem Seufzer und nahm meine Uhr entgegen.

Die Tür ging auf, orangegelbes Licht erfüllte den Raum, dann schloss sie sich wieder, und ich war allein in der Dunkelheit. Die Worte einer Fünfjährigen klangen mir in den Ohren. *Manche Leute versuchen wegzugehen, aber es klappt nicht. Es gibt keinen Weg hinaus …*

Das war das andere, was ich an Kindern nicht leiden konnte: Sie sagten immer genau das, was man selbst tief innen wusste, aber nicht zugeben und ganz bestimmt nicht hören wollte.

Zweiundzwanzig

»Joseph ist also Zimmermann, und was machst du so, Maria?«,
fragte ich Helena ironisch, als wir auf der staubigen Landstraße
entlangschlenderten.

Helena grinste.

Wir waren durchs Dorf gewandert und gingen jetzt durch
Felder in prächtigem Gold und Grün, auf denen sich Menschen
aller Nationalitäten bei der Farmarbeit bückten und aufrichteten
und anscheinend alles anbauten, was ich kannte oder auch nicht
kannte. Genau wie die verschiedenen Nationalitäten und Rassen
zeigte sich auch das Wetter in seiner ganzen Formenvielfalt. In der
kurzen Zeit hatte ich hier bereits sengende Hitze, ein Gewitter,
eine laue Frühlingsbrise und einen abrupten Kälteeinbruch erlebt,
abwechslungsreiches Wetter, das meiner Vermutung nach auch
für die ungewöhnliche Mischung aus Pflanzen, Bäumen, Blumen,
Obstsorten und Feldfrüchten verantwortlich war, die hier allesamt
in trauter Gemeinschaft gediehen. Wie dieses Zusammenleben
bei den Menschen klappte, hatte ich noch nicht herausgefunden.
Jetzt gerade war es wieder warm, wir schlenderten nebeneinander
her, und ich fühlte mich wie neu geboren, nachdem ich in der
letzten Nacht mehr geschlafen hatte als wahrscheinlich in meinem
gesamten Erwachsenenleben. Seit Jenny-May genau genommen.

»Seit Jenny-May *was*?«, fragte Gregory mich immer. »Meinst
du, seit sie verschwunden ist?«

»Nein, seit Jenny-May. Punkt«, erwiderte ich mit schläfrigem
Gähnen.

An diesem Morgen begegnete ich jemandem, den ich seit zwölf Jahren suchte. Helena hatte mich weitergezerrt, mich daran gehindert, ständig Mund und Nase aufzusperren, und vor meinen Augen mit den Fingern geschnippt, damit ich nicht so glotzte. Ihre Präsenz überwältigte mich, dabei war ich sonst nie überwältigt. Ich war sprachlos, dabei wusste ich sonst immer etwas zu sagen. Auf einmal fühlte ich mich einsam, dabei hatte ich mit dem Alleinsein nie ein Problem. Nach so vielen Jahren des Suchens konnte ich doch unmöglich so ruhig und gelassen reagieren wie Helena, wenn mir plötzlich am helllichten Tag die Gesichter begegneten, die ich bisher nur in meinen Träumen gesehen hatte.

»Beruhige dich«, murmelte Helena mir mehr als einmal ins Ohr.

Robin Geraghty war der erste meiner Geister, der vorbeischwebte. Wir saßen gerade im Speisehaus, einem hinreißenden Holzbau mit zwei Stockwerken und einem rundlaufenden Balkon, von dem man einen wundervollen Blick über Wald, Berge und Felder hatte. Anders als ich befürchtet hatte, besaß das Lokal keinerlei Ähnlichkeit mit einer dränglichen Schulkantine, obwohl alle Dorfbewohner zu den Mahlzeiten herkamen – eine Methode, die eingeführt worden war, um die Lebensmittel, die gesammelt und angebaut wurden, besser einteilen zu können. Geld hatte hier keinen Wert, nicht einmal, wenn dicke Brieftaschen irgendwo auf der Schwelle lagen. »Warum sollten wir Geld für etwas ausgeben, was wir jeden Tag im Überfluss umsonst kriegen?«, meinte Helena als Erklärung.

Auf der Vorderseite des Gebäudes gab es ähnlich kunstvolle Schnitzereien wie an der Registratur. Wegen der vielen verschiedenen Sprachen, erklärte Helena, eigneten sich Schnitzereien am besten, um den Zweck eines Hauses deutlich zu machen, und außerdem waren sie wunderschön. Übergroße Traubenbündel, Wein und Brot schmückten den Eingang, und die Sachen sahen selbst in hölzerner Form so lecker aus, dass ich nicht umhinkonnte, mit der Hand über die seidenglatte Wölbung einer Beere zu streichen.

Als ich vom Büfett zurückkam, entdeckte ich Robin, und um ein Haar wäre mir mein Frühstückstablett mit Doughnuts und Frappuccino aus der Hand gerutscht. (Zu meiner großen Freude war anscheinend eine Kiste mit lauter leckeren Sachen von einem Krispy-Kreme-Lieferwagen gefallen und am Dorfrand aufgetaucht. Unwillkürlich stellte ich mir vor, wie der Fahrer des Wagens sich verwundert am Kopf kratzte, auf sein Klemmbrett starrte, das Zetern des gestressten Ladenbesitzers zu ignorieren versuchte und immer wieder den Inhalt seines Vans kontrollierte, der auf einem hektischen Lieferparkplatz vor einem Laden in Downtown New York stand, während hier eine ganze Schlange hungriger Menschen die verschwundenen Köstlichkeiten nach Herzenslust genoss.) Dank Robins unerwartetem Auftauchen hüpfte mein Frappuccino in die Höhe, als hätte er ebenfalls einen Schreck gekriegt, und ich hätte mir fast die Hand verbrüht.

Robin Geraghty war mit sechs Jahren verschwunden, als sie um elf Uhr vormittags in einer Vorstadt nördlich von Dublin zum Spielen in den Garten ging. Fünf nach elf wollte ihre Mutter nach ihr sehen, aber sie war wie vom Erdboden verschluckt. Alle, wirklich alle – die Familie, das ganze Land, die Polizei, zu der ich damals auch noch gehörte – waren der Überzeugung gewesen, ihr Nachbar hätte sie entführt. Der fünfundfünfzigjährige Dennis Fairman war ein seltsamer Mensch, ein Einzelgänger, der mit niemandem sprach außer mit Robin, was Robins Eltern schon lange Sorgen machte.

Er schwor, nichts mit ihrem Verschwinden zu tun zu haben, und beteuerte seine Unschuld, indem er immer wieder vorbrachte, Robin sei doch seine Freundin, und er könne seiner Freundin niemals etwas zuleide tun. Aber niemand glaubte ihm, ich inbegriffen. Seine Schuld konnte nie bewiesen werden, es gab ja nicht einmal eine Leiche. Doch der arme Mr. Fairman wurde von seinen Nachbarn so gequält, dass er schließlich seinem Leben selbst ein Ende setzte. Für Robins Eltern und alle anderen war das natürlich ein Eingeständnis seiner Schuld. Doch als mir jetzt eine achtzehnjährige Robin entgegenkam und zur Essenstheke ging, wurde mir regelrecht übel. Fairman hatte wirklich nichts mit ihrem Verschwinden zu tun gehabt!

Obgleich Robin damals erst sechs gewesen war, erkannte ich sie sofort, als ich meinen gierigen Blick von den Krispy Kremes hob. Damals war per Computer ein Phantombild von dem Mädchen erstellt worden, das man Jahr für Jahr aktualisierte. Ich hatte es mir fest eingeprägt, um es mir bei Bedarf jederzeit vor Augen rufen zu können. Und jetzt kam es beschwingten Schritts leibhaftig auf mich zu, unverkennbar Robin Geraghty, nur das Gesicht etwas voller, die Haare dunkler. Doch die eigentliche Veränderung lag in ihren Augen, die zwar noch die gleiche Farbe hatten, jedoch so abgeklärt und erwachsen wirkten, als hätten die Erfahrungen, die Robin hier gemacht hatte, ihre Persönlichkeit zutiefst geprägt.

Nach diesem Erlebnis konnte ich nichts mehr essen und saß nur benommen neben Helenas Familie am Tisch. Wanda beobachtete mich und äffte aus irgendeinem unerfindlichen Grund jede meiner Bewegungen nach, was ich ebenso zu ignorieren versuchte wie ihr ständiges Geplapper über einen gewissen Bobby. Doch ich konnte die Augen nicht von Robin abwenden. Dass diese junge Frau seit zwölf Jahren hier lebte, erfüllte mich mit allen möglichen widersprüchlichen Gefühlen. Natürlich freute ich mich, dass ich in ihr einem Menschen begegnete, den ich jahrelang gesucht hatte, aber diese Freude hatte einen bitteren Beigeschmack. Mir wurde klar, dass ich einen großen Teil meines Lebens damit vergeudet hatte, an den falschen Stellen zu suchen. Wie manchmal, wenn sich ein lange gehegter Wunsch endlich erfüllt, mischte sich in das Glück auch jetzt eine heimliche Enttäuschung.

Neben einem unbestellten Feld mit strahlend gelben Butterblumen, blauen und malvenfarbigen Kreuzblümchen, Gänseblümchen, Löwenzahn und allerlei langen Gräsern machten

Helena und ich halt; der süße Duft erinnerte mich an Glin, kurz bevor ich verschwunden war.

»Was ist da vorn?«, fragte ich, denn ich hatte gesehen, dass hinter einem kleinen Birkenwäldchen weitere Gebäude aus Eichenholz hervorlugten, die man zwischen der abblätternden, papierartigen schwarzweißen Rinde der Birkenstämme deutlich erkannte.

»Das nächste Dorf«, erklärte Helena. »Jeden Tag kommen so viele neue Menschen, die passen unmöglich alle in unsere kleine Siedlung. Außerdem gibt es einige Kulturen, die sich niemals in einer Umgebung wie dieser niederlassen könnten und wollten. Die wohnen dann weiter draußen«, fügte sie mit einer Kopfbewegung auf die hohen Bäume und Berge hinzu.

Daran hatte ich noch gar nicht gedacht. »Dann gibt es dort bestimmt noch mehr Leute, die ich gesucht habe, richtig?«

»Möglicherweise«, bestätigte sie. »In jeder Ortschaft gibt es eine Registratur, genau wie bei uns, und dort werden alle Namen dokumentiert. Allerdings bin ich nicht sicher, ob die Daten einfach so weitergegeben werden. Normalerweise werden sie vertraulich behandelt, es sei denn, es liegt ein Notfall vor. Ich hoffe ja, dass die Leute von alleine zu dir kommen, ohne dass wir sie suchen müssen.«

Unwillkürlich musste ich bei dieser Vorstellung grinsen. »Was heckst du da eigentlich für einen Plan aus?«

»Tja«, meinte sie mit einem verschmitzten Schmunzeln, »dank der Liste, die du mir gegeben hast, kann man sich zurzeit bei Joan für einen privaten Vorsprechtermin eintragen lassen. Die Veranstaltung beginnt in ungefähr ...« – sie packte mein Handgelenk und schielte auf meine Uhr – »... in ungefähr zwei Stunden. Wir bereiten ein neues irisches Theaterstück vor.«

Der Gedanke, ich könnte noch mehr Leute wie Robin treffen, machte mich nervös, andererseits fand ich Helenas Plan wirklich lustig. »Hätte es keine einfachere Methode gegeben, die Leute herzulocken?«

»Selbstverständlich«, antwortete Helena und warf ihren gelben Pashminaschal über die rechte Schulter »Aber so macht es viel mehr Spaß.«

»Was bringt dich zu der Annahme, dass die Leute auf der Liste zum Vorsprechen erscheinen?«

»Machst du Witze?« Helena schien ehrlich überrascht. »Hast du Bernard und Joan nicht gesehen? Die meisten Leute sind total scharf darauf, sich an solchen Aktionen zu beteiligen, vor allem wenn sie von ihren Landsleuten organisiert werden.«

»Werden die Nicht-Iren dann nicht neidisch?«, gab ich halb im Spaß zu bedenken. »Ich möchte nicht, dass die anderen denken, ich will sie nicht bei meiner Großproduktion dabeihaben.«

»Aber nein«, grinste Helena. »Bei der Aufführung haben dann ja alle die Chance, sich auf unsere Kosten schiefzulachen.«

»Bei der Aufführung? Du meinst, wir machen das in echt?«, fragte ich und riss die Augen auf.

»Natürlich! Wir lassen doch nicht zwanzig Leute zum Vorsprechen antanzen und sagen ihnen dann, oh, Entschuldigung, aber es gibt gar kein Theaterstück. Allerdings müssen wir uns noch Gedanken darüber machen, was für ein Stück es sein soll.«

Prompt kehrten meine Kopfschmerzen zurück. »Sobald ich heute mit ihnen rede, merken doch alle, dass ich genauso wenig eine Schauspielagentur leite wie Bernard eine Chance hat, jemals eine Hauptrolle zu ergattern.«

Aber Helena winkte ab. »Keine Sorge, die werden keinen Verdacht schöpfen, und wenn doch, ist es ihnen egal. Die Leute erfinden sich gern selbst immer wieder neu, für sie ist ihr Aufenthalt hier so etwas wie eine zweite Chance im Leben. Wenn du zu Hause keine Schauspielagentin warst, heißt das noch lange nicht, dass du hier keine sein kannst. Je länger du hier bist, desto mehr wirst du merken, dass die Atmosphäre richtig gut ist.«

Das war mir sogar schon aufgefallen. Entspannte Stimmung, friedliche Menschen, die ihren täglichen Pflichten effizient, aber ohne Stress und Hetze nachgingen. Man hatte Luft zum Atmen, Raum zum Denken und die Chance, neue Erfahrungen zu machen. Einst verlorene Menschen nahmen sich Zeit innezuhalten, zu lieben, zu vermissen und sich zu erinnern. Dazuzugehören war wichtig, selbst wenn es bedeutete, bei einem albernen Theaterstück mitzumachen

»Wird es Joseph nicht stören, dass er nicht mitmachen kann?«

Helena lachte laut. »O nein, das macht ihm garantiert nicht das Geringste aus.«

»Kommt Joseph eigentlich aus Kenia?«

»Ja.« Wir machten kehrt und wanderten zum Dorf zurück. »Er hat an der Küste von Watamu gelebt.«

»Wie hat er mich gestern genannt?«

Sofort veränderte sich Helenas Gesicht, und sie spielte die Unwissende. »Was meinst du?«

»Ach komm, Helena, ich hab dich gesehen, als er das gesagt hat. Du warst total überrascht. Aber ich kann mich nicht mehr richtig an das Wort erinnern, Killa … Kappa irgendwas. Was heißt das denn?«

In gespielter Verwirrung legte sie die Stirn in Falten. »Tut mir leid, Sandy, ich erinnere mich ehrlich nicht.«

Ich glaubte ihr keine Sekunde. »Hast du ihm erzählt, womit ich meinen Lebensunterhalt verdiene?«

Jetzt nahm ihr Gesicht den gleichen neugierigen Ausdruck an wie gestern. »Natürlich weiß er es jetzt, aber da noch nicht.«

»Was meinst du mit *da*?«

»Als er dich kennengelernt hat.«

»Natürlich nicht, er hat ja vermutlich keine übersinnlichen Fähigkeiten. Ich will nur wissen, was er gesagt hat.« Vor lauter Frust blieb ich stehen. »Helena, bitte, sei ehrlich, ich kann Geheimnisse nicht leiden.«

Sie wurde rot. »Dann musst du ihn fragen, Sandy, ich weiß

es nämlich wirklich nicht. Was immer er gesagt hat, es war bestimmt Kisuaheli, und damit kenne ich mich nicht aus.«

Ich wusste, dass sie schwindelte. Schweigend gingen wir weiter. Ich sah wieder auf meine Uhr, und auf einmal machte mich die Aussicht darauf, demnächst einer Reihe von verloren geglaubten Menschen Neuigkeiten von ihren Familien zu überbringen, wieder nervös. Jeden Abend schickten die Zurückgebliebenen ihre Gebete und guten Wünsche hierher, aber ich hatte Angst, dass ich diese Gefühle nicht angemessen übermitteln konnte. Was ich Helena gestern gesagt hatte, stimmte – ich war kein geselliger Mensch. Dass ich die Leute, die ich gesucht hatte, hier fand, bedeutete noch lange nicht, dass ich auch Zeit mit ihnen verbringen wollte. Wenn ich wissen wollte, wo Jenny-May geblieben war, hieß das nicht, dass ich mir wünschte, sie würde zurückkommen.

Wie üblich hatte Helena meine Empfindungen instinktiv gespürt. »Es war schön, dass ich Joseph endlich etwas über meine Familie erzählen konnte«, sagte sie leise. »Wir haben über sie gesprochen, bis mir vor Müdigkeit die Augen zugefallen sind. Dann habe ich von ihnen geträumt, bis die Sonne aufging. Von meiner Mutter und ihrer Organisation, von meinem Vater.« Sie schloss einen Moment die Augen. »Und als ich heute Morgen aufgewacht bin, wusste ich gar nicht, wo ich war, so lange war ich im Traum dort, wo ich aufgewachsen bin.«

»Tut mir leid, wenn ich dich mit meinem Bericht aus der Fassung gebracht habe«, entschuldigte ich mich. »Ich bin total unsicher, wie ich den Leuten das nahebringen soll, was ihre Familien ihnen so gern sagen möchten.« Im Gehen fummelte ich an meiner Uhr herum. Am liebsten hätte ich die Zeit zurückgedreht, die unerbittlich weitertickte.

Jetzt machte Helena die Augen wieder auf, und ich sah, dass sie voller Tränen waren. »So was solltest du gar nicht erst denken, Sandy. Für mich waren deine Worte ein großer Trost. Kannst du dir das nicht vorstellen?« Ihr Gesicht hellte sich auf. »Und heute früh bin ich aufgewacht und *wusste*, dass ich eine Mutter habe, die irgendwo da draußen immer noch an mich denkt. Ich fühle mich geborgen, als wäre ich in eine Zauberdecke gehüllt. Weißt du, du bist nicht die Einzige, deren Lebensfragen beantwortet worden sind. Ich habe jetzt ganz neue Bilder im Kopf, einen ganzen Katalog – und das nach einem einzigen Abend mit dir.«

Ich nickte nur. Was hätte ich darauf erwidern sollen?

»Es wird alles gutgehen, ganz sicher. Besser als gut. Wie lange haben wir noch, bis die Leute von der Liste eintrudeln?«

Ich sah auf meine Uhr. »Anderthalb Stunden.«

»Und alle werden mit der festen Absicht erscheinen, ihre Schauspielkunst unter Beweis zu stellen, indem sie von einem Balkon nach Romeo schmachten oder uns eine Neuauflage von Steve McQueen in ›Gesprengte Ketten‹ liefern.«

Ich musste lachen.

»Was du ihnen sonst noch zu sagen hast, ist der Bonus, eine wunderschöne Dreingabe, ganz egal, wie du es rüberbringst.«

»Danke, Helena.«

»Gern geschehen.« Sie tätschelte meinen Arm, und ich bemühte mich, die Sache etwas entspannter zu sehen.

»Ich hab da aber noch ein Problem«, sagte ich und blickte an mir herunter. »Jetzt lauf ich schon seit Tagen in diesem Jogginganzug hier rum, und allmählich würde ich mich echt gern umziehen. Kann ich mir irgendwas von dir leihen?«

»Oh, nichts leichter als das, warte hier«, rief Helena, bog abrupt vom Weg ab und eilte auf die Bäume zu.

»Wo gehst du hin?«

»Bin gleich wieder da!« Und schon waren ihre kurzen silbernen Haare und ihr wallender zitronengelber Pashminaschal im Wald verschwunden.

Ungeduldig trat ich von einem Fuß auf den anderen. Wo war sie geblieben? Ich machte mir Sorgen. Ohne Helena war ich verloren. Da entdeckte ich Joseph, der aus dem Wald kam, in der einen Hand ein Bündel Holz, in der anderen eine Axt.

»Joseph!«, rief ich.

Er blickte auf und winkte mir mit der Axt, eine Geste, die eigentlich nicht sonderlich herzlich wirkte. Dann kam er auf mich zu. Sein kahler Schädel glänzte wie eine polierte Murmel, seine makellose Haut ließ ihn jünger erscheinen.

»Alles klar?«, fragte er besorgt.

»Ich denke schon. Na ja, ich weiß nicht«, stammelte ich verwirrt. »Helena ist gerade im Wald verschwunden und …«

»Was?« Seine Augen verdunkelten sich.

»Ich meine natürlich nicht wirklich *verschwunden*, sie ist vor ein paar Minuten in den Wald *gegangen*«, korrigierte ich mich hastig. »Und sie hat mir gesagt, ich soll hier auf sie warten.«

Er legte die Axt ab und sah zum Wald hinüber. »Sie wird schon zurückkommen, Kipepeo-Mädchen«, versprach er mit sanfter Stimme.

»Was bedeutet das?«

»Was bedeutet was?«

»Dieses Wort.«

»Das, was du bist«, antwortete er bedächtig, ohne den Blick von den Bäumen abzuwenden.

»Und das wäre?«

Bevor er Gelegenheit hatte, meine Frage zu beantworten – was er garantiert sowieso nicht getan hätte –, tauchte Helena tatsächlich wieder auf, ein großes Gepäckstück im Schlepptau. »Schau mal, was ich für dich gefunden habe, Sandy!«, rief sie. Dann sah sie Joseph. »Oh, hallo Schatz, ich dachte doch, dass ich dich mit deiner Axt gehört habe«, begrüßte sie ihn und wandte sich dann wieder an mich. »Auf dem Namensschild steht Barbara Langley aus Ohio. Ich hoffe für dich, dass Barbara aus Ohio lange Beine hat«, grinste sie, stellte mir die Tasche vor die Füße und klopfte sich den Staub von den Händen.

»Was ist das?«, fragte ich erstaunt, während ich den Gepäckschein am Griff der Reisetasche studierte. »Das Ding sollte vor zwanzig Jahren in New York landen.«

»Großartig, dann kriegst du einen hübschen Retro-Look«, scherzte Helena.

»Ich kann doch nicht die Sachen von jemand anderem anziehen«, protestierte ich.

»Warum nicht? Du wolltest dir doch auch von mir was leihen«, kicherte Helena.

»Aber dich kenne ich wenigstens!«

»Ja, aber die Person, die die Sachen vor mir getragen hat, kennst du auch nicht«, neckte sie mich, während wir uns wieder auf den Weg machten. »Komm jetzt, wir müssen weiter. Wie viel Zeit haben wir noch? Wir sind unterwegs zum Vorsprechen«, erklärte sie Joseph, der mit ernstem Gesicht nickte und seine Axt wieder aufhob.

Ich sah auf mein Handgelenk hinunter. Meine Uhr war weg!

»O verdammt!«, brummte ich, ließ die Reisetasche fallen und suchte den Boden um meine Füße ab.

»Was ist los?« Auch Helena und Joseph blieben stehen und sahen sich um.

»Meine Uhr ist mir mal wieder vom Handgelenk gerutscht«, knurrte ich, immer noch mit Suchen beschäftigt.

»Mal wieder?«

»Der Verschluss ist hinüber, er geht manchmal einfach auf, und dann ist die Uhr weg.« Inzwischen war ich auf die Knie gegangen, um besser suchen zu können.

»Na, vor einer Minute hattest du sie noch, also kann sie nicht weit weg sein. Heb mal die Tasche hoch«, sagte Helena ruhig.

Ich sah unter der Reisetasche nach.

»Komisch.« Helena kam zu mir zurück und bückte sich ebenfalls.

»Bist du weggegangen, als ich im Wald war?«

»Nein, ich hab direkt hier gewartet, mit Joseph.« Ich ging auf die Knie und krabbelte auf dem staubigen Weg herum. »Wenn die Uhr weg ist, fang ich an zu heulen«, sagte ich, mehr zu mir selbst als zu den beiden anderen.

Zu dritt suchten wir die Stelle ab, von der ich mich seit fünf Minuten nicht entfernt hatte. Die Uhr konnte nirgendwo anders sein! Ich schüttelte meine Ärmel aus, leerte meine Taschen und inspizierte das Gepäckstück, ob die Uhr daran hängen geblieben war. Nichts, keine Spur, nirgends.

»Wo in aller Welt ist sie geblieben?«, murmelte Helena, während sie den Boden inspizierte.

Nur Joseph, der kaum ein Wort gesprochen hatte, seit er zu uns gestoßen war, rührte sich nicht vom Fleck. Seine Augen, die jetzt so schwarz waren wie Kohlen und alles Licht absorbiert zu haben schienen, ruhten die ganze Zeit auf mir.

Er beobachtete mich, unablässig.

Dreiundzwanzig

Die nächste halbe Stunde suchte ich den Weg nach meiner Uhr ab. Zwanghaft wie üblich verfolgte ich meine Schritte mehrmals zurück, durchkämmte das lange Gras am Wegrand und grub mit den Händen tief in den Waldboden. Die Uhr war nirgends zu finden, aber irgendwie war das Suchen auch tröstlich, denn endlich fühlte ich mich wieder wie ich selbst. Solange ich suchte, vergaß ich völlig, wo ich mich befand und was mit mir passiert war. Ich hatte nur einen einzigen Gedanken im Kopf – das Verlorene wiederzufinden. Als Zehnjährige hatte ich meine Socken gesucht, als wären sie die seltensten Diamanten der Welt, aber jetzt ging es um etwas viel Wertvolleres – meine Uhr.

Besorgt sahen Joseph und Helena zu, wie ich Gras und Erdreich aushob, auf der verzweifelten Suche nach dem kostbaren Juwel, das seit dreizehn Jahren mein Handgelenk schmückte. Dass die Uhr nie lange an Ort und Stelle blieb, passte gut zu meiner wechselvollen Beziehung mit dem Menschen, der sie mir geschenkt hatte. Aber jedes Mal, wenn sie sich losmachte, sehnte ich mich sofort nach ihr und wollte sie wiederhaben. Auch das war symptomatisch für die Beziehung.

Helena und Joseph überspielten meinen Suchanfall nicht, wie meine Eltern es immer getan hatten. Wahrscheinlich sind sie auch deswegen beunruhigt, weil sie ja behauptet haben, dass hier nichts verloren gehen kann, dachte der zwanghafte Teil in mir. Bestimmt hatten sie Schwierigkeiten, zu verdauen, was sich da vor ihren Augen abspielte. Meine vernünftige Seite aber sagte mir, dass sie sich vornehmlich um mich Sorgen machen, wie ich da auf allen vieren völlig verdreckt und aufgelöst im Staub kauerte.

»Ich glaube, du solltest jetzt aufhören zu suchen«, sagte Helena schließlich in leicht amüsiertem Ton. »In der Gemeinschaftshalle warten bestimmt schon eine Menge Leute auf dich, ganz zu schweigen davon, dass du eine Dusche nötig hast und dich umziehen musst.«

»Sollen die Leute ruhig warten«, entgegnete ich, während ich weiter mit den Händen im Schlamm wühlte.

»Sie haben inzwischen lange genug gewartet«, widersprach Helena entschieden. »Und du offen gesagt auch. Also hör jetzt bitte auf mit deinen Ausweichmanövern, die bringen sowieso nichts. Gehen wir.«

Ich hielt inne. Da war das Wort, das ich von Gregory so oft gehört hatte. *Ausweichmanöver. Hör auf, ständig der Realität auszuweichen, Sandy.* War es das, was ich da tat? Warum sollte es ein Ausweichmanöver sein, wenn ich mich voll und ganz auf etwas konzentrierte? Das hatte mir noch nie richtig eingeleuchtet. Wenn man ausweichen oder etwas gezielt vermeiden wollte, drehte man sich um und ging in die andere Richtung, oder etwa nicht? Leute wie Gregory, meine Eltern und jetzt auch Helena und Joseph vermieden es, sich der Tatsache zu stellen, dass etwas verloren gegangen und nicht mehr zu finden war. Ich sah zu Helena empor, die neben Josephs riesiger Gestalt wie ein Püppchen wirkte. »Ich muss die Uhr finden, unbedingt.«

»Und das wirst du auch«, erwiderte sie mit einer solchen Selbstverständlichkeit, dass ich ihr glaubte. »Hier findet sich alles wieder. Joseph hat gesagt, er hält die Augen offen, und vielleicht weiß ja auch Bobby irgendwas.«

»Wer ist denn dieser Bobby, von dem ihr dauernd redet?«, fragte ich, stand aber gehorsam auf.

»Er arbeitet im Fundbüro«, erklärte Helena und reichte mir die Reisetasche, die ich mitten auf dem Weg hatte stehen lassen.

»Im Fundbüro?«, wiederholte ich lachend und schüttelte erstaunt den Kopf.

»So heißt sein Laden, und es wundert mich, dass du noch nicht im Schaufenster gelandet bist«, bemerkte Helena leise.

»Das verwechselst du wahrscheinlich mit den Etablissements in Amsterdam«, grinste ich.

»Amsterdam? Was meinst du denn damit?«, entgegnete sie stirnrunzelnd.

»Helena, du musst noch viel lernen«, meinte ich geheimnisvoll, während ich mir den Staub aus den Kleidern klopfte und die Szene meiner zwanghaften Suche verließ.

»Ein guter Tipp von einer Frau, die die letzten dreißig Minuten auf Händen und Knien im Dreck gewühlt hat.«

Wir gingen weiter und ließen Joseph allein, der mitten auf dem Weg stehen geblieben war, die Hände in den Hüften, Holz und Axt neben sich, und unverwandt das staubige Sträßchen beobachtete.

Angezogen wie Barbara Langley aus Ohio, traf ich in der Gemeinschaftshalle ein. Anscheinend waren ihre Beine alles andere als lang. Außerdem hatte sie eine Vorliebe für Miniröcke und Leggings, eine Kombination, die ich lieber gar nicht erst ausprobierte. Die anderen Sachen, die sie leider nicht auf ihrer Reise nach New York hatte tragen können, waren hauptsächlich gestreifte Pullover mit Schulterpolstern, die mir bis an die Ohrläppchen reichten, und Jacken mit Verzierungen in Form von Peace-Zeichen, Yin-Yang-Emblemen, gelben Smileys und amerikanischen Flaggen. Schon beim ersten Durchgang waren mir die Achtziger unsympathisch gewesen, und ich hatte nicht den Drang, sie zu wiederholen.

Als Helena mich in hautengen Stone-washed-Jeans, die mir bis knapp über die Knöchel reichten, weißen Socken und einem schwarzen T-Shirt mit gelbem Smiley sah, hatte sie herzlich gelacht.

»Meinst du, Barbara Langley war im *Breakfast Club*?«, fragte ich, während ich aus dem Bad trottete wie ein Kind, das man gezwungen hat, seine normalen Sachen zum Sonntagsessen mit jeder Menge grünem Gemüse gegen ein Kleidchen und Strumpfhosen auszutauschen.

Helena machte ein verständnisloses Gesicht. »Ich hab keine Ahnung, in welchen Clubs sie war, aber ich sehe manchmal Leute mit solchen Klamotten rumlaufen.«

Am Ende tat ich etwas, was ich mir nie zugetraut hätte: Ich sammelte auf dem Weg zum Dorf etwas weniger groteske Kleidungsstücke vom Straßenrand auf.

»Nachher können wir zu Bobby gehen«, versuchte Helena mich aufzuheitern. »Er hat eine riesige Kleidersammlung, aus der du dir was aussuchen kannst. Außerdem gibt es auch ein paar Schneider hier.«

»Ich nehme mir lieber ein paar Secondhandsachen«, entgegnete ich. »Ich bin hier längst wieder weg, bevor mir jemand was nähen kann.«

Zu meinem Ärger schnaubte Helena nur verächtlich.

Die Gemeinschaftshalle war ein prächtiges Gebäude aus Eichenholz mit einer zweiflügligen, sicher dreieinhalb Meter hohen Eingangstür, mit ähnlich kunstvollen Ornamenten wie bei den anderen öffentlichen Gebäuden. Hier gab es überlebensgroße Schnitzarbeiten von Menschen, die sich an den Händen hielten und deren Haare und Gewänder in einem unsichtbaren Wind flatterten. Helena drückte die riesigen Türflügel auf.

An der Vorderseite des zwölf Meter langen Saals befand sich eine Bühne, an den Seiten und auf der Galerie standen lange Reihen robuster Eichenstühle. Der rote Samtvorhang war offen und wurde rechts und links von einer dicken Goldkordel gehalten. An der Wand hinter der Bühne hing eine große Leinwand mit zahllosen schwarzen Handabdrücken in allen möglichen Größen, stellvertretend für die verschiedenen Altersgruppen vom Baby bis zum Greis. Darüber standen zwei Wörter, in allen möglichen Sprachen: Kraft und Hoffnung. Ein Motto, das ich mehr als gut kannte.

»Das sind die Handabdrücke aller Menschen, die hier in den letzten drei Jahren gewohnt haben oder immer noch wohnen«, erklärte mir Helena. »Jedes Dorf hat so ein Banner in der Gemeinschaftshalle. Inzwischen ist es zu einer Art Symbol für uns hier geworden.«

»Ich kenne das«, sprach ich meinen Gedanken laut aus.

»Das kann nicht sein«, widersprach Helen kopfschüttelnd. »Man sieht es sonst nirgends im Dorf.«

»Nein, ich kenne es von zu Hause. Am Kilkenny Castle gibt es ein Nationaldenkmal, das genauso aussieht. Jede Hand ist von einem Verwandten einer vermissten Person. Daneben steht ein Stein mit der Inschrift« – ich schloss die Augen und rezitierte die Worte, über die ich so oft meine Finger hatte gleiten lassen – »*Diese Skulptur und dieser Ort des Gedenkens ist allen vermissten Menschen gewidmet. Mögen ihre Verwandten und Freunde, die hierherkommen, stets von neuem Kraft und Hoffnung finden.*‹ Dort ist auch ein Abdruck von der Hand deiner Mutter.«

Helena musterte mich mit angehaltenem Atem. Vielleicht wartete sie darauf, dass ich zugab, einen Scherz gemacht zu haben. Aber als ich das nicht tat, atmete sie ganz langsam wieder aus.

»Hmm, ich weiß nicht, was ich sagen soll«, meinte sie mit zitternder Stimme und wandte den Blick wieder zu den Handabdrücken. »Joseph fand, es wäre eine schöne Idee.« Dann schüttelte sie erneut ungläubig den Kopf. »Warte nur, bis er hört, was du mir gerade erzählt hast.«

»Wow«, entfuhr es mir, während ich mich weiter in dem Gebäude umschaute. Es ähnelte wesentlich mehr einem Theater als einem herkömmlichen Gemeinschaftszentrum.

»Hier haben ungefähr zweieinhalbtausend Menschen Platz«, fuhr Helena mit ihren Ausführungen fort, obwohl sie immer noch etwas abgelenkt wirkte. »Bei noch größerem Andrang nehmen wir die Stühle heraus, aber es kommt sehr selten vor, dass wirklich das ganze Dorf hier erscheint. Der Saal wird für eine Menge verschiedener Anlässe benutzt, unter anderem als Wahllokal, als Diskussionsforum für Gespräche zwischen dem gewählten Dorfrat und der Gemeinde, als Kunstgalerie und in den seltenen Fällen, wenn ein Stück inszeniert wird, natürlich auch als Theater. Du kannst die Liste beliebig fortsetzen.«

»Wer ist denn der Dorfrat?«

»Er besteht aus den Vertretern aller Nationen im Dorf. Allein in unserem Dorf haben wir über hundert verschiedene Nationalitäten, und jedes Dorf hat seinen eigenen Rat. Und es gibt Dutzende von Dörfern.«

»Was passiert denn so bei den Ratssitzungen?«, erkundigte ich mich einigermaßen amüsiert.

»Das Gleiche wie überall auf der Welt – alles, was beraten, diskutiert und entschieden werden muss, wird beraten, diskutiert und entschieden.«

»Wie hoch ist denn hier die Verbrechensrate?«

»Minimal.«

»Wie schafft ihr das? Ich kann mich nicht entsinnen, irgendwo auf den Straßen den langen Arm des Gesetzes gesehen zu haben. Wie sorgt ihr für Ordnung?«

»Es gibt hier schon seit Jahrhunderten ein funktionstüchtiges Rechtssystem. Wir haben ein Gericht, eine Rehabilitierungsanstalt und einen Sicherheitsrat. Manchmal ist es nicht ganz einfach, die verschiedenen Nationen dazu zu kriegen, sich an die gleichen Regeln zu halten. Aber der Dorfrat regt Gespräche und Debatten an.«

»Dann wird also nur geredet? Hat der Rat denn auch irgendwelche Machtbefugnisse?«

»Er hat nur die Macht, die wir ihm verliehen haben. Jeder Neuankömmling kriegt übrigens eine von diesen Broschüren in seinem Infopack.« Helena nahm eine Broschüre aus einem Ständer an der Wand. »Du müsstest eigentlich auch eine haben, wenn du dir deinen Ordner genauer anschaust. Es gibt auch eine Anleitung zum Wählen.«

Ich blätterte in der Broschüre und las: »Gebt eure Stimme denjenigen, die euch zuhören und ihre Entscheidungen im Sinne der Wahlberechtigten fällen, nach allgemeinem Konsens und zum Wohle aller.« Ich lachte. »Was predigt ihr sonst noch? Zwei Beine gut, vier Beine schlecht?«

»Diese Grundsätze bilden die Basis für eine gute Regierung.«

»Hmm, funktionieren die Tipps aus der Broschüre denn auch?« Ich grinste spöttisch.

»Ich denke schon«, antwortete Helena, während sie langsam zu Joan hinüberging, die am anderen Ende des Saals aufgetaucht war. »Zum Beispiel gehört Joseph zum Dorfrat.«

Mir blieb der Mund offen stehen. »Joseph?«

»Wundert dich das?«

»Ja, allerdings. Er wirkt so …« Ich suchte nach dem richtigen Ausdruck, der erklärte, was ich meinte, ohne Helena zu verletzen. »Er ist Zimmermann«, sagte ich schließlich.

»Der Dorfrat besteht aus lauter ganz normalen Leuten mit ganz normalen Jobs. Es geht ja nur darum, vernünftige Entscheidungen zu treffen, wenn welche anstehen.«

Aber ich konnte einfach nicht aufhören zu grinsen. »Ich werde das Gefühl nicht los, dass ihr alle hier nur im Sandkasten spielt, weißt du. Es fällt mir schwer, das ernst zu nehmen.« Ich lachte. »Wir sind hier mitten im Niemandsland, und ihr habt Dorfräte und Gerichte und wer weiß, was sonst noch alles.«

»Das findest du komisch?«

»Ja! Egal, wo ich hinsehe, verkleidet man sich mit den Sachen anderer Leute. Wie kann man an einem Ort wie hier – wo immer das genau sein mag – überhaupt irgendeine Form von Ordnung oder Regeln durchsetzen? Da fehlt doch jede Logik, jedes Gespür für praktische Anwendbarkeit.«

Zuerst machte Helena einen etwas beleidigten Eindruck, aber dann meinte sie mitfühlend – was mir überhaupt nicht passte:

»Das hier ist das Leben, Sandy, das wirkliche Leben. Früher oder später wirst du auch merken, dass niemand hier irgendwelche Spielchen spielt. Wir leben alle unser Leben und versuchen, es so gut wie möglich zu machen, genau wie jeder Mensch in jedem anderen Land, auf jeder anderen Welt.« Inzwischen hatten wir uns Joan genähert. »Wie bist du mit Sandys Liste zurechtgekommen?«, fragte Helena sie und beendete damit unser Gespräch.

Überrascht blickte Joan auf. »Oh, hallo, ich hab euch beide gar nicht kommen hören.« Dann bemerkte sie mein Outfit. »Oh, Sie sehen ja ... ganz anders aus.«

»Haben Sie denn mit allen auf der Liste Kontakt aufgenommen?«, fragte ich, ohne darauf einzugehen.

»Leider nicht mit allen«, antwortete sie mit einem Blick auf die Liste.

»Lassen Sie mich mal sehen.« Auf einmal spürte ich einen Adrenalinstoß, nahm Joan den Notizblock ab und überflog die Namen, die ich ihr gegeben hatte. Weniger als die Hälfte waren abgehakt. Joan redete unermüdlich weiter. Mein Herz klopfte wild, wenn mir ein bestimmter Name auffiel und mir wieder klar wurde, dass ich diesen Menschen gleich begegnen würde.

»Wie gesagt«, meinte Joan unterdessen etwas ärgerlich, weil ich mich eingemischt hatte, »Terence von der Registratur war keine große Hilfe, weil er ohne offiziellen Antrag von einem Mitglied des Dorfrats keine Informationen rausgeben kann.« Argwöhnisch musterte sie Helena. »Deshalb konnte ich bloß im Dorf rumfragen. Aber Sie werden sich sicher freuen, Sandy: Die irische Gemeinschaft hier ist so klein, dass sowieso jeder jeden kennt.«

»Mach es nicht so spannend«, drängte Helena.

»Na ja, ich hab eine ganze Menge Leute kontaktiert, insgesamt zwölf«, fuhr sie fort. »Acht haben Interesse am Vorsprechen gezeigt, die anderen vier meinten, sie würden sich gern an der Produktion beteiligen, aber nicht auf der Bühne. Ein paar hab ich nicht erreicht, zum Beispiel, lasst mich nachsehen ...« Sie setzte die Brille auf.

»Jenny-May Butler«, vollendete ich den Satz für sie, und mein Herz wurde schwer.

Helena sah mich an. Offensichtlich erkannte sie den Namen, wahrscheinlich weil ich ihn bei meinem Zusammenbruch erwähnt hatte.

»Bobby Stanley«, las ich weiter vor, und meine Hoffnung sank, »James Moore, Clare Steenson …« Die Liste ging weiter.

»Na ja, dass sie nicht hier sind, heißt ja nicht, dass sie nicht im nächsten Dorf sein können«, versuchte Joan mich aufzubauen.

»Wie groß ist die Wahrscheinlichkeit?«, fragte ich, schon ein wenig hoffnungsvoller.

»Ich will dich nicht anlügen, Sandy«, antwortete Helena. »Der Großteil der Iren wohnt hier bei uns. Pro Jahr treffen fünf bis fünfzehn Leute ein, und weil wir so wenige sind, bleiben wir zusammen.«

»Aber dann müsste Jenny-May Butler doch auch hier sein«, hakte ich nach.

»Was ist mit den anderen auf der Liste?«, fragte Joan leise, ohne auf meine Bemerkung einzugehen.

Hastig ging ich die angekreuzten Namen noch einmal durch. Clare und Peter, Stephanie und Simon … Mit ihren Familien hatte ich bis tief in die Nacht dagesessen, Fotoalben durchgeblättert und Tränen gestillt, ich hatte versprochen, Kinder, Brüder, Schwestern und Freunde wiederzufinden. Wenn sie nicht hier waren, bedeutete das, dass man mit dem Schlimmsten rechnen musste.

»Aber Jenny-May«, begann ich und rief mir wieder einmal die Einzelheiten ihres Verschwindens ins Gedächtnis. »Sie war eines Tages einfach weg, ohne dass jemand irgendwas gesehen oder gehört hat.«

Joan sah verwirrt aus, Helena wirkte traurig.

»Sie muss einfach hier sein. Es gab keine verdächtigen Umstände, rein gar nichts«, plapperte ich weiter, mehr zu mir selbst als zu sonst jemandem. »Wenn sie sich nicht versteckt. Oder womöglich im Ausland ist. Um andere Länder hab ich mich nicht gekümmert.«

»Na gut, Sandy, warum setzt du dich jetzt nicht erst mal hin. Ich hab das Gefühl, du steigerst dich da in etwas rein«, unterbrach Helena meine Grübeleien.

»Nein, ich steigere mich in gar nichts rein«, widersprach ich und schob ihre beruhigende Hand weg. »Jenny-May versteckt sich bestimmt nicht, und im Ausland kann sie auch nicht sein. Sie ist jetzt in meinem Alter.« Auf einmal sah ich Joan an. »Sie müssen Jenny-May Butler finden! Sagen Sie allen, dass sie in meinem Alter ist, vierunddreißig. Sie ist hier, seit sie zehn war, das weiß ich genau.«

Fast ängstlich nickte Joan. Helena streckte mir die Hände entgegen, als fürchtete sie, mich anzufassen, wollte aber um keinen Preis den Kontakt abbrechen lassen. Mir fiel auf, wie besorgt die Gesichter der beiden Frauen aussahen. Schnell setzte ich mich und nahm einen Schluck Wasser aus dem Glas, das Helena mir unter die Nase hielt.

»Ist alles in Ordnung mit ihr?«, hörte ich Joan fragen.

»Ja, ja, es geht ihr gut«, antwortete Helena gelassen. »Aber sie wollte Jenny-May unbedingt für das Stück haben, also strengen wir uns lieber mal an, sie zu finden, okay?«

»Aber ich glaube nicht, dass sie hier ist«, flüsterte Joan.

»Suchen wir sie trotzdem.«

»Warum stehen eigentlich ausgerechnet diese zwanzig Leute auf der Liste?«, erkundigte sich Joan. »Woher weiß Sandy denn, dass diese Leute gute Schauspieler sind? Als ich sie angesprochen habe, waren die meisten ganz überrascht, weil sie noch nie was mit dem Theater zu tun hatten. Was ist denn mit den anderen, die gerne mitmachen würden? Die dürfen doch auch vorsprechen, oder nicht?«

»Selbstverständlich. Jeder darf vorsprechen«, versicherte Helena. »Die Leute von der Liste waren einfach nur die erste Wahl für unser Ensemble, weiter nichts.«

Von den rund zweitausend Leuten, die in Irland im Lauf eines Jahres verschwinden, werden fünf bis fünfzehn nicht gefunden. Die zwanzig Leute, die ich ausgewählt hatte, waren diejenigen, die ich suchte, seit ich arbeitete. Andere hatte ich gefunden, wieder andere aufgegeben, weil ihnen etwas zugestoßen war oder weil sie sich aus freien Stücken aus ihrem bisherigen Leben zurückgezogen hatten. Aber die zwanzig Menschen auf meiner Liste waren spurlos und ohne jeden ersichtlichen Grund verschwunden. Diese zwanzig Menschen ließen mir keine Ruhe. Bei ihnen gab es keine verdächtigen Umstände, keinen Tatort und keine Zeugen, die ich befragen konnte.

Ich dachte an die Familien, denen ich versprochen hatte, die Verschwundenen zu finden, ich dachte an Jack Ruttle und was ich ihm letzte Woche gesagt hatte. Ich dachte daran, dass ich unser Treffen in Glin verpasst und dass ich jetzt schon wieder versagt hatte.

Denn der Liste zufolge war Donal Ruttle nicht hier.

Vierundzwanzig

Am Dienstagmorgen, genau zwei Tage, nachdem Sandy nicht zu dem abgesprochenen Termin erschienen war, trat Jack in die frische Luft des Julimorgens hinaus und zog die Tür des Cottages leise hinter sich zu. In der Stadt liefen die Vorbereitungen für das Irish Coffee Festival auf Hochtouren; neben den Telegrafenmasten standen zusammengerollte Banner und warteten darauf, aufgespannt zu werden, und als Bühne für die Bands bei den musikalischen Open-Air-Veranstaltungen hatte man die Ladefläche eines großen Lastwagens ausgeklappt. Doch im Moment war es still im Ort, denn die Menschen lagen noch gemütlich in ihren Betten und träumten von anderen Welten. Als Jack den Motor anließ, um nach Limerick aufzubrechen, weckte er wahrscheinlich die ganze Stadt. Er wollte zu Donals Freund Alan, wo er Sandy anzutreffen hoffte, und außerdem seiner Schwester Judith einen Besuch abstatten.

Judith stand ihm von allen seinen Geschwistern am nächsten. Sie war acht Jahre älter als Jack, verheiratet, hatte fünf Kinder und war eigentlich schon von dem Augenblick an, als sie selbst strampelnd und schreiend auf die Welt gekommen war, eine Mutter gewesen. An jedem Kind in der Nachbarschaft hatte sie ihr Erziehungstalent geübt, und in der Straße war es ein stehender Witz, dass es in der ganzen Stadt keine Puppe gab, die sich nicht aufrecht hinsetzte und den Mund hielt, wenn Judith in der Nähe war. Als Jack geboren wurde, hatte sie ihre Aufmerksamkeit ganz auf ihn konzentriert – ein echtes Baby, das sie bemuttern und manchmal erdrücken konnte. So war es bis heute geblieben. Wenn er einen Rat brauchte, wandte er sich an Judith, und sie fand immer Zeit ihm zuzuhören, wenn sie gerade kein Kind zur Schule bringen, wickeln oder stillen musste.

Als er vor ihrem Reihenhäuschen hielt, ging die Haustür auf, ein Geschrei wie von tausend Furien erhob sich, und ihm platzte fast das Trommelfell.

»Dääääää-dii!«, kreischte die Furie.

Kurz darauf erschien der Vater der Furie an der Tür, in einem eierschalenfarbenen Hemd und einer sehr locker gebundenen Krawatte mit schiefem Knoten. Mit der einen Hand hielt er krampfhaft einen Kaffeebecher fest, aus dem er hastig immer wieder einen großen Schluck hinunterkippte. Mit der anderen Hand umklammerte er eine ramponierte Aktenmappe, und an seinem Bein hing im Würgegriff die Furie, hellblond, im Power-Ranger-Pyjama und mit Kermit-Hausschuhen an den Füßen.

»Nich geeeeehn!!!«, jammerte sie, Beine und Arme um sein Bein geschlungen, als ginge es um Leben und Tod.

»Ich muss los, Süße, Daddy muss arbeiten.«

»Neiiiiiin!«

In diesem Moment fuhr ein langer Arm aus der Tür und streckte eine Scheibe Toast in Richtung des umklammerten Mannes. »Iss, Willie!«, erklang Judiths Stimme, die gleichzeitig noch das Geheul aus einer zweiten Quelle übertönen musste.

Willie biss ein Stück von dem Brot ab, schüttete noch einen Schluck Kaffee hinterher und befreite sanft sein Bein. Sein Kopf verschwand kurz in der Tür, um die Eigentümerin des Arms zu küssen, dann rief Willie: »Tschüss, Kinder!«, und die Tür wurde zugeknallt. Zwar hörte man das Geschrei immer noch, aber Willie lächelte tapfer weiter. Es war grade mal acht Uhr morgens, und er hatte wahrscheinlich bereits ein bis zwei Stunden pure Folter hinter sich. Und lächelte trotzdem.

»Hallo, Jack!«, rief er, und sein rundes Gesicht strahlte noch mehr.

»Guten Morgen, Willie!«, antwortete Jack, dem gleich auffiel, dass die Knöpfe über Willies Bauch ziemlich spannten, ein Kaffeefleck seine Hemdentasche zierte und ein Klecks Zahncreme auf seiner Paisley-Krawatte gelandet war.

»Entschuldige, hab keine Zeit zum Plaudern, bin auf der Flucht«, lachte er, klopfte Jack auf die Schulter, quetschte sich in sein Auto und rauschte mit knallendem Auspuff von dannen. Als Jack sich umblickte, sah er, dass sich vor jeder Haustür in der Straße ungefähr die gleiche Szene abspielte.

Zögernd klopfte er an die Tür, durch die Willie gerade entflohen war. Hoffentlich verschlang ihn das Irrenhaus nicht gleich in einem großen Happs. Die Tür ging auf wie von Geisterhand, und Jack starrte ins Leere. Erst als er den Blick senkte, entdeckte er das kleine Wesen, das ihm geöffnet hatte. Das Fläschchen zwischen die Lippen geklemmt, nackt bis auf eine dicke Windel, rannte der einjährige Nathan den Korridor hinunter, und Jack folgte ihm. Die vierjährige Katie, die noch vor wenigen Augenblicken das Bein ihres Vaters malträtiert hatte, saß im Schneidersitz in etwa dreißig Zentimetern Entfernung vor dem Fernseher, neben sich eine Schale mit Müsli, von dem die Hälfte bereits auf dem ohnehin fleckigen Teppichboden gelandet war, total fasziniert von den tanzenden Käfern, die ein Lied über den Regenwald trällerten.

»Nathan«, rief Judith freundlich aus der Küche, »komm bitte zurück, du brauchst eine frische Windel!«

Mit ihrer Engelsgeduld war Judith der ruhende Pol im brodelnden Chaos. Überall lagen Spielsachen, Gemälde und Kritzeleien waren teils an die Wand gepinnt, teils direkt auf der Tapete verwirklicht worden. Körbe mit schmutziger Wäsche waren ebenso allgegenwärtig wie solche mit sauberen Sachen, die Wände waren gesäumt mit Wäscheständern, an denen frisch gewaschene Klamotten trockneten. Der Fernseher plärrte, ein Baby heulte, irgendwo trommelte jemand auf Töpfe und Pfannen. Die Szenerie erinnerte an einen menschlichen Zoo: Drei

Mädchen und zwei Jungen im Alter von zehn, acht, vier Jahren beziehungsweise vierzehn und vier Monaten tobten herum und lechzten nach Aufmerksamkeit, während Judith in einem fleckigen Morgenmantel und mit wilden, ungewaschenen Haaren am Küchentisch saß und mitten in diesem Tohuwabohu das Inbild von Ruhe und Gelassenheit abgab.

»Hallo, Jack!«, rief sie überrascht. »Wie bist du denn reingekommen?«

»Dein Türsteher hat mich reingelassen«, antwortete Jack mit einer Kopfbewegung zu Nathan, der sich mitsamt seiner stinkenden Windel auf dem Boden niedergelassen und seine Arbeit mit Holzlöffel und Töpfen wieder aufgenommen hatte. Die viermonatige Rachel war von dem Lärm so beeindruckt, dass sie ihr Geheul eingestellt hatte und ihren Bruder mit großen Augen anstarrte, die Lippen leicht geöffnet, damit die Spuckeblasen Platz hatten. »Steh bloß nicht auf«, sagte Jack und lehnte sich großräumig über Rachel, um Judith einen Kuss zu geben.

»Nathan, Süßer, ich hab dir doch gesagt, du darfst die Tür nicht aufmachen, wenn Mummy es dir nicht ausdrücklich sagt«, erklärte sie ruhig.

Der Kleine hörte einen Moment mit seinen Schlagzeugübungen auf und sah mit großen blauen Augen zu seiner Mutter auf, während ihm die Spucke vom Doppelkinn tropfte. »Dada«, gurgelte er als Antwort.

»Ja, du siehst aus wie dein Daddy«, erwiderte Judith und stand auf. »Darf ich dir irgendwas anbieten, Bruderherz? Eine Tasse Tee, Kaffee, Ohropax?«

»Toast und Tee wären schön, ich hatte schon zu viel Kaffee«, meinte Jack und rieb sich müde das Gesicht. Er konnte den Lärm fast nicht ertragen.

»Nathan, hör jetzt bitte mal damit auf«, sagte Judith mit fester Stimme und stellte den Wasserkocher an. »Komm, du kriegst jetzt eine frische Windel.«

Ohne weiteres Aufhebens hob sie Nathan auf die Wickelunterlage in der Küche und drückte ihm zum Spielen ihren Hausschlüssel in die Hand.

Jack sah weg. Auf einmal war er gar nicht mehr hungrig.

»Warum bist du nicht bei der Arbeit?«, fragte Judith, während sie die feisten Beinchen mit einer Hand an den Waden hochzog, als wollte sie einen Truthahn füllen.

»Ich hab einen Tag freigenommen.«

»Schon wieder?«

Er antwortete nicht.

»Ich hab gestern mit Gloria gesprochen, sie hat mir schon gesagt, dass du frei hast«, erklärte Judith.

»Woher wusste sie das?«

Judith zog ein Feuchttuch aus dem Behälter. »Das ist nicht der richtige Zeitpunkt zu denken, die Frau, mit der du seit acht Jahren zusammen bist, wäre dumm. Oh, was hör ich denn da?« Sie hielt die Hand ans Ohr und sah mit leerem Blick in die Ferne. Nathan hörte auf, mit dem Schlüssel herumzuwedeln, und beobachtete sie aufmerksam. »O nein, ich hör es nicht mehr, aber bis vor kurzem hab ich aus dieser Richtung noch den Klang von Hochzeitsglocken und das Tapsen kleiner Füßchen gehört.«

Nathan lachte als Einziger und ließ die Schlüssel wieder klappern. Dann stellte Judith ihn wieder auf den Boden, wobei seine Füße ein Geräusch machten wie eine Ente, die in eine Pfütze patscht.

»Himmel, Jack, du bist ja auf einmal schrecklich still«, meinte sie sarkastisch, während sie sich in der Spüle über einem Stapel mit schmutzigem Geschirr die Hände wusch, was Jack nicht entging.

»Es ist nicht der richtige Zeitpunkt«, sagte Jack matt und nahm Nathan den Holzlöffel ab. Der Kleine fing an zu heulen, womit er Rachel aufweckte, die ebenfalls losbrüllte, was dazu führte, dass im Wohnzimmer der Fernseher bis zum Anschlag aufgedreht wurde. »Außerdem reicht mir dein Haus hier als Empfängnisschutz.«

»Na ja, wenn man einen Mann namens Willie heiratet, dann weiß man, worauf man sich einlässt.« Es dauerte keine Minute, bis Judith die Meute wieder beruhigt und für Jack eine Tasse Tee und ein Stück Toast auf den Tisch gezaubert hatte. Dann holte sie Rachel aus ihrem Bettchen, schob ihren Morgenmantel zur Seite und begann die Kleine zu stillen. Rachels winzige Finger öffneten und schlossen sich, als wollte sie mit geschlossenen Augen in der Luft auf einer unsichtbaren Harfe spielen.

»Ich hab die ganze Woche freigenommen«, erklärte Jack.

»Was?« Judith trank einen Schluck Tee. »Sie haben dir schon wieder Urlaub gegeben?«

»Mit ein bisschen Überredung.«

»Gut. Gloria und du, ihr solltet wirklich ein bisschen mehr Zeit zusammen verbringen«, meinte sie, erkannte an Jacks Gesicht aber sofort, dass das nicht seine Absicht gewesen war, und fragte: »Was ist eigentlich los, Jack?«

Er seufzte. Am liebsten hätte er ihr die ganze Geschichte erzählt, aber er hatte Angst, dass sie sein Vorhaben nicht unterstützen würde.

»Sag es mir«, sagte sie sanft.

»Ich hab jemanden kennengelernt«, begann er. »Genau genommen eine Agentur.«

»Aha.« Ihre Stimme klang leise und fragend, wie früher, wenn er in der Schule wieder mal Ärger gehabt hatte und irgendwie erklären musste, warum sie Tommy McGovern nackt ausgezogen und an den Torpfosten gebunden hatten.

»Eine Agentur für Personensuche.«

»Ach Jack«, flüsterte sie und schlug sich bestürzt die Hand vor den Mund.

»Na ja, das ist doch nicht schlimm, oder, Judith? Warum soll nicht noch jemand nach ihm suchen?«

»Das Schlimme ist, dass du schon wieder eine Woche freinimmst und dass Gloria mich anruft, weil sie nicht weiß, wo du bist.«

»Sie hat angerufen?«

»Um zehn gestern Abend.«

»Oh.«

»Also, erzähl mir von dieser Agentur.«

»Nein.« Frustriert lehnte er sich zurück. »Nein, jetzt hab ich keine Lust mehr.«

»Jack, sei doch nicht kindisch. Erzähl es mir.«

Er wartete, bis er sich ein bisschen abgeregt hatte, dann sagte er: »Ich bin in den Gelben Seiten auf eine Anzeige gestoßen und hab sie angerufen.«

»Wen?«

»Eine Frau. Sandy Shortt. Ich hab ihr die ganze Geschichte erklärt, und sie hat mir gesagt, dass sie solche Fälle schon des Öfteren gelöst hat. Wir haben uns letzte Woche jeden Abend bis spät in die Nacht unterhalten. Sie war früher bei der Polizei und konnte mit Hilfe ihrer Beziehungen ein paar Berichte auftreiben, die wir nie zu Gesicht gekriegt haben.«

Judith hob die Augenbrauen.

»Sie wollte kein Geld dafür haben, Judith, und ich hab ihr geglaubt. Ich hab ihr geglaubt, dass sie mir helfen will und dass sie Donal finden kann. Sie war seriös, dafür lege ich die Hand ins Feuer.«

»Warum sprichst du von ihr, als wäre sie tot?«, fragte seine Schwester lächelnd und hielt dann erschrocken inne. »Sie ist nicht gestorben, oder?«

»Nein«, antwortete Jack und schüttelte den Kopf. »Aber ich weiß nicht, wo sie ist. Wir haben uns am Sonntagmorgen in Glin verabredet und sind uns vorher an einer Tankstelle begegnet. Aber das ist mir erst danach klar geworden.«

Judith runzelte die Stirn.

»Wir hatten uns ja nur am Telefon unterhalten, weißt du.«

»Woher wusstest du dann, dass sie es war?«

»Ich hab ihr Auto beim Estuary gefunden.«

Jetzt sah Judith noch verwirrter aus.

»Also, wir wollten uns treffen, und sie hat mir in der Nacht davor auf den Anrufbeantworter gesprochen, dass sie in Dublin losgefahren ist, aber dann ist sie nicht aufgetaucht. Deshalb hab ich mich in der Stadt umgesehen, mich in den Bed and Breakfasts nach ihr erkundigt, und als ich sie nirgends gefunden habe, bin ich beim Estuary spazieren gegangen. Und da hab ich ihr Auto gefunden.«

»Wie kannst du so sicher sein, dass es ihres ist?«

Jack öffnete die Tasche, die er neben sich gestellt hatte. »Weil das hier auf dem Armaturenbrett lag.« Er legte die Akte auf den Küchentisch. »Und das hier auch noch«, fügte er hinzu und holte Sandys Terminkalender und ihr inzwischen wieder aufgeladenes Handy heraus. »Sie kennzeichnet alles, absolut alles. Ich hab ihre Tasche durchgesehen – sämtliche Klamotten, ihre Socken, alles hat Etiketten. Als hätte sie panische Angst, was zu verlieren.«

Judith schwieg. Nach einer Weile schüttelte sie den Kopf und fragte: »Du hast also ihre Tasche durchwühlt. Aber wie bist du denn da drangekommen? Vielleicht hat sie das Auto stehen lassen und einen Spaziergang gemacht. Was, wenn sie zurückkommt und ihr ganzes Zeug ist weg? Bist du verrückt geworden?«

»Dann muss ich mich entschuldigen, ja. Aber sie ist seit drei Tagen weg. Das ist ein ziemlich langer Spaziergang.«

Sie schwiegen beide und dachten daran, wie verzweifelt ihre Mutter gewesen war, als sie drei Tage nichts von Donal gehört hatten.

»Ich hab Graham Turner angerufen.«

»Was hat er gesagt?« Judith hatte das Gesicht in den Händen vergraben. Sie wollte das alles nicht noch einmal durchmachen.

»Er meinte, weil ich da erst gut vierundzwanzig Stunden nichts gehört hatte und das angeblich Sandys üblichem Verhalten entspricht, soll ich mir keine Sorgen machen.«

»Warum, was ist denn ihr übliches Verhalten?«

»Dass sie kommt und geht, wie es ihr gefällt, dass sie einzelgängerisch ist und manchmal keinem sagt, wo sie ist«, ratterte er Grahams Begründungen müde herunter.

»Oh.« Judith wirkte erleichtert.

»Aber dann parkt man doch sein Auto nicht unter den Bäumen am Estuary und lässt es drei Tage da stehen. Ich finde, das ist was anderes, als zu kommen und zu gehen, wie es einem beliebt.«

»Warte mal – verstehe ich das richtig?«, fragte Judith nachdenklich. »Die Frau von der Agentur für Personensuche ist selbst verschwunden?«

Schweigen.

Judith ließ sich den Gedanken sorgfältig durch den Kopf gehen, während ihr Kiefer sich versonnen von rechts nach links bewegte.

Dann schnaubte sie plötzlich und lachte laut auf.

Beleidigt lehnte Jack sich zurück und schlug die Arme übereinander. Rachel hörte auf zu trinken und betrachtete ihre lachende Mutter, die sich inzwischen die Tränen aus den Augen wischen musste. Auch Nathan hörte auf, seine Bauklötze aufeinander zu stapeln, erhob sich, grinste breit und begann dann ebenfalls zu lachen, klatschte mit seinen feisten Händchen und schüttelte sich vor Vergnügen. Auf einmal merkte Jack, wie es in seinen eigenen Mundwinkeln zuckte, und dann lachte er auch schon, hilflos und hemmungslos. Es tat gut, einmal loszulassen, auch wenn es nur für einen Moment war. Als sich alle wieder einigermaßen gefasst hatten, rieb Judith Rachel sanft den Rücken, ein Anblick, der Jack so beruhigte, dass ihm fast die Augen zugefallen wären.

»Hör mal, Judith, vielleicht hat Graham recht. Vielleicht will sie wirklich einfach eine Weile allein sein. Vielleicht hat sie gedacht, rutscht mir doch alle den Buckel runter, hat ihr Auto, das Telefon, den Terminkalender, ihr ganzes Leben, einfach stehen- und liegenlassen und sich davongemacht. Vielleicht ist sie wirklich verrückt. Aber *ich* werde sie finden, *sie* wird Donal finden, und *dann* kann sie meinetwegen endgültig verschwinden. *Dann* lass ich sie gehen. Vorher nicht.«

»Glaubst du wirklich, diese Frau kann Donal finden?«, fragte Judith.

»Ja, das hat sie jedenfalls gemeint.«

»Und meinst du das auch?«

Er nickte.

»Wenn du sie findest, dann hilfst du ihr, Donal zu finden«, konstatierte sie, tief in Gedanken. »Weißt du, Willie und ich haben uns gestern Abend mit den Kids das Fotoalbum angesehen, und Katie hat auf Donal gezeigt und gefragt, wer das ist.« Ihre Augen füllten sich mit Tränen. »Weder Katie noch Nathan erinnern sich an ihn, und Rachel ...« Sie sah auf das Baby in ihrem Arm. »Rachel weiß nicht mal, dass er existiert hat. Das Leben geht einfach weiter ohne ihn, und er verpasst alles.« Traurig schüttelte sie den Kopf.

Jack antwortete nicht, und wahrscheinlich gab es auch nichts zu sagen. Ihm gingen Tag für Tag die gleichen Gedanken durch den Kopf, die seine Schwester jetzt geäußert hatte.

»Was macht dich so sicher, dass eine Frau, die du nicht kennst und von der du so gut wie nichts weißt, die Fähigkeit hat, Donal zu finden?«

»Blindes Vertrauen«, grinste er.

»Seit wann hast du denn so was?«

»Seit ich mit Sandy am Telefon geredet habe«, antwortete er ernst.

»Es war also nichts ...« Judith unterbrach sich, stellte die Frage dann aber doch: »Zwischen euch ist nichts passiert, oder?«

»Es ist schon was passiert, aber es war nichts.«

»Wie kann das sein?«

Jack seufzte tief und beschloss, der Frage auszuweichen. »Gloria weiß nichts von Sandy. Es gibt ja auch nichts, was sie wissen müsste, aber ich möchte nicht, dass sie oder der Rest der Familie etwas von der Agentur erfährt.«

Offensichtlich war Judith darüber nicht glücklich.

»Bitte, Jude«, bettelte er und ergriff ihre Hand. »Ich möchte nicht, dass die anderen das nochmal durchmachen müssen, ich möchte das alleine durchziehen. Ich muss.«

»Okay, okay«, sie machte sich los. »Was willst du jetzt machen?«

»Ganz einfach«, antwortete er, während er die Akte, den Terminkalender und das Handy wieder in seine Tasche packte. »Ich mache mich auf die Suche nach ihr.«

Fünfundzwanzig

Ich war sechzehn, als ich wieder mal auf dem kaputten Samtsessel in Mr. Burtons Kabuff saß, in dem sich seit dem Tag, als ich zum ersten Mal hier gewesen war, nichts verändert hatte, außer vielleicht, dass noch mehr von der Polsterfüllung des Sessels herausgequollen war. Ich starrte auf die gleichen Plakate, die Wände waren unordentlich gestrichen, an manchen Stellen hatte das Weiß nicht gedeckt, an anderen pappten dicke Farbklumpen. In diesem engen Kabuff gab es nur alles oder nichts. Ein paar uralte blaue Reißnägel steckten in der Wand, und an ihnen hingen die Ecken von noch älteren Plakaten. Unwillkürlich stellte ich mir vor, dass es irgendwo in der Schule eine Abstellkammer gab, in der sich lauter eckenlose Plakate stapelten.

»Woran denkst du?«, fragte Mr. Burton angelegentlich.

»An Plakate, denen die Ecken fehlen«, antwortete ich.

»Oh, *die* olle Kamelle!«, meinte er und nickte. »Wie war die Woche?«

»Beschissen.«

»Warum beschissen?«

»Es ist nichts Aufregendes passiert.«

»Was hast du gemacht?«

»Schule, Essen, Schlafen, Schule, Essen, Schlafen, dann noch fünfmal das Gleiche und wahrscheinlich im Lauf meines Lebens immer so weiter. Meine Zukunft sieht trostlos aus.«

»Bist du am Wochenende ausgegangen? Letztes Mal hast du gesagt, ein paar Leute hätten dich eingeladen.«

Ständig ritt er darauf herum, dass ich Freunde finden sollte.
»Ja, ich war aus.«

»Und?«

»Es war ganz okay. Eine Party. Johnny Nugents Eltern waren nicht da, er hatte sturmfrei, da haben wir bei ihm gefeiert.«

»Johnny Nugent?«

Ich antwortete nicht, aber das Blut stieg mir in die Wangen.

»Konntest du Mr. Pobbs vergessen und dich amüsieren?«

Er fragte das so ernst, und ich betrachtete verlegen die blauen Reißnägel. Mr. Pobbs war ein grauer, kuschliger einäugiger Teddy in einem blaugestreiften Pyjama, den ich als Baby bekommen hatte, und er schlief noch immer bei mir im Bett, egal wo ich war. Vor ein paar Wochen war ich mit meinen Eltern ein paar Tage weg gewesen, und kaum waren wir wieder da, musste ich gleich wieder packen, weil ich das Wochenende bei meinen Großeltern verbringen wollte. Und als ich meine Sachen von einer Tasche in die andere räumte, war Mr. Pobbs anscheinend verloren gegangen. Das hatte mich natürlich mächtig aus der Fassung gebracht, und ich hatte sehr zum Leidwesen meiner Eltern zwei Wochen lang nach ihm gefahndet. Bei der letzten Sitzung hatte ich mit Mr. Burton darüber gesprochen, dass ich nicht mit Johnny Nugent ausgehen wollte, weil es mir wichtiger war, Mr. Pobbs zu suchen, der, so lächerlich das auch klingen mochte, mein bester Freund war. Mir war es sehr schwergefallen, an diesem Abend das Haus zu verlassen, in dem Wissen, dass Mr. Pobbs irgendwo darin versteckt war.

»Du bist also mit Johnny Nugent ausgegangen«, kehrte Mr. Burton zu seiner Frage zurück.

»Ja.«

Er lächelte unbeholfen. Offensichtlich waren auch ihm die Gerüchte zu Ohren gekommen. »Ist alles … bist du …« Er hielt inne und machte stattdessen mit den Lippen trompetenähnliche Geräusche, während er darüber nachdachte, wie er die Frage umformulieren konnte. Es kam selten vor, dass er verlegen wurde, sonst schien er immer alles unter Kontrolle zu haben. Jedenfalls in seinem Kabuff. Hin und wieder machte er während unserer manchmal sehr intensiven Gespräche unbewusst eine Äußerung über sich selbst, aber davon abgesehen wusste ich so gut wie nichts über sein Leben außerhalb dieser vier Wände. Mir war bewusst, dass es keinen Sinn hatte, ihm Fragen darüber zu stellen; er würde sie doch nicht beantworten. Dass ich nichts wusste, keine Fragen stellte und keine Antworten bekam, erinnerte mich daran, dass wir eigentlich Fremde waren. In diesem Raum hier waren wir es nicht, wir hatten uns eine eigene Welt mit eigenen Regeln geschaffen und einer klaren Grenzlinie, die nicht überschritten wurde, auf der man an manchen Tagen aber spielerisch herumtanzen konnte.

Bevor aus der Trompete ein ganzes Blasorchester wurde, kam ich ihm zu Hilfe. »Mr. Burton, mit mir ist alles in Ordnung, machen Sie sich bitte keine Sorgen. Ich hab etwas verloren, aber ich habe nicht die Absicht, es zu suchen oder zu erwarten, dass es zu mir zurückkommt. Ich glaube, ich bin geheilt.«

Wir lachten. Und lachten. Und als ein unbehagliches Schweigen einkehrte, weil ich mir vorstellte, wie er mich heilte, lachten wir wieder.

»Willst du ihn wiedersehen? Damit meine ich: Hat es dir Spaß gemacht auszugehen, konntest du entspannen und das ganze verlorene Zeug vergessen? Hast du dich in Gesellschaft der anderen wohl gefühlt?« Er lachte erneut. »Haben sie es geschafft, auf Scathach's Island zu landen?«

Während ich mit dem Kopf ans Kopfende des Betts von Johnny Nugents Eltern gestoßen war, hatte ich eine Erleuchtung gehabt. Mir war nämlich eingefallen, dass ich Mr. Pobbs kurz beiseite gelegt hatte, als ich im Haus meiner Großmutter meine Klamotten einpackte. Am nächsten Tag rief ich sie an, in der festen Überzeugung, dass sie Mr. Pobbs gefunden hatten, wahrscheinlich unter dem Bett, wie er mit einem Auge zu den Sprungfedern hinaufstarrte. Aber er war noch immer verschollen, und wir hatten vereinbart, dass ich am folgenden Wochenende das Haus meiner Großeltern durchsuchen würde, obwohl Johnny Nugent schon wieder um eine Verabredung gebettelt hatte. Gerade wollte ich das alles erklären, als ich plötzlich stutzte. »Warten Sie mal, was ist Scathach's Island?«

Er lachte. »Entschuldigung, das ist mir nur so rausgerutscht. Bloß eine alberne Anspielung.«

»Erklären Sie es mir!« Ich lächelte, und er wurde rot.

»Ich wollte das gar nicht sagen, es ist mir wirklich nur rausgerutscht. Egal, reden wir von was anderem.«

»Nein, Moment mal, so was lassen Sie bei mir nie durchgehen. Ich muss immer alles wiederholen, was ich mir in den Bart nuschle«, lachte ich, während ich beobachtete, wie er sich wand und zierte.

Schließlich riss er sich am Riemen. »Das ist eine alte keltische Geschichte, und es war ein blöder Vergleich.«

Ich gab ihm zu verstehen, dass mir das nicht reichte.

Verlegen rieb er sich das Gesicht. »Oh, ich kann nicht glauben, dass ich dir das erzähle. Scathach was eine große Kriegerin, die den großen Helden ihrer Zeit das Kämpfen beigebracht hat. Die Legende sagt, dass es fast unmöglich war, auf ihre Insel zu kommen, und wenn einer es schaffte, erwarb er sich damit das Anrecht, von ihr in der Kriegskunst ausgebildet zu werden.«

Mir blieb der Mund offen stehen. »Sie haben mich nach einer Kriegerin genannt, die anderen das Kämpfen beibringt?«

Lachend antwortete er: »Der Punkt ist, dass schwer an sie ranzukommen war.« Als er mein Gesicht sah, hörte er auf zu lachen, beugte sich vor und ergriff meine Hand. »Ich glaube, du hast das falsch verstanden.«

»Hoffentlich«, erwiderte ich und schüttelte langsam den Kopf.

Er stöhnte. »Nur die stärksten, mutigsten und würdigsten Menschen konnten zu ihr vordringen.«

Das gefiel mir, und ich entspannte mich ein wenig. »Wie denn?«

Auch er wurde wieder etwas lockerer. »Zuerst mussten sie die Unglücksebene überqueren, wo messerscharfe Grashalme wuchsen.« Er hielt inne und musterte mich, um zu entscheiden, ob er weitererzählen sollte oder nicht. Als er sah, dass ich nicht vorhatte, ihn zu ohrfeigen, fuhr er fort: »Dann kam das Tal des Todes mit den blutrünstigen Bestien. Und die letzte Prüfung war die Klippenbrücke, die nach oben kippte, wenn jemand sie zu überqueren versuchte.«

Ich stellte mir die Menschen in meinem Leben vor, die sich mir zu nähern versuchten und mit mir Freundschaft schließen wollten. Und wie ich sie zurückstieß.

Auf einmal überlief mich eine Gänsehaut, und ich hoffte, dass Mr. Burton sie nicht sah.

Er fuhr sich mit den Händen durch die Haare und schüttelte den Kopf. »Das gehört nicht zu meinem …« *Job*, hätte er fast gesagt. »Ich hätte das nicht sagen sollen. Entschuldige bitte, Sandy.«

»Ist schon okay«, entgegnete ich, und er sah erleichtert aus. »Beantworten Sie mir nur die eine Frage: Wo sind Sie auf dieser Abenteuerreise?«

Seine wunderbaren blauen Augen bohrten sich in meine. Er musste nicht einmal darüber nachdenken, er sah auch nicht weg. »Ich würde sagen, in diesem Moment habe ich die Unglücksebene überquert.«

Ich überlegte. »Dann werde ich bei meinen blutrünstigen Bestien mal ein gutes Wort für Sie einlegen, wenn Sie mir versprechen, dass Sie mir Bescheid sagen, wenn Sie die Brücke hinter sich haben.«

»Das wirst du merken«, lächelte er und drückte meine Hand. »Ganz sicher.«

* * *

Jack hielt vor Alans Wohnung und blätterte in Sandys Terminkalender. Für gestern hatte sie um eins noch einen anderen Termin gehabt, und er wollte unbedingt wissen, ob sie ihn wahrgenommen hatte. Hoffentlich konnte man ihm unter der Nummer, die Sandy notiert hatte, weiterhelfen. Ungewöhnlich daran war, dass es eine Dubliner Nummer war, denn Sandy hatte geplant, sich am folgenden Tag – also heute – in Limerick mit Alan zu treffen. Der Termin in Dublin musste sehr wichtig gewesen sein, wenn sie seinetwegen bereit war, die lange Strecke hin- und zurückzufahren.

Mit zitternden Fingern wählte er und hatte auch sofort eine Frau am Apparat. Sie klang etwas zerstreut. Im Hintergrund hörte man weitere Telefone klingeln.

»Hallo, hier Scathach House. Was kann ich für Sie tun?«

»Hallo, ich wollte fragen, ob Sie mir vielleicht weiterhelfen können«, sagte Jack höflich. »Ich habe Ihre Telefonnummer in meinem Terminkalender und kann mich partout nicht mehr erinnern, warum ich Sie anrufen wollte.«

»Kein Problem«, antwortete die Frau. »Sie sind mit der Praxis von Dr. Gregory Burton verbunden. Vielleicht wollten Sie einen Termin bei ihm vereinbaren?«

* * *

In meinem möblierten Zimmer in Dublin schrillte das Telefon. Ich zog mir das Kissen über den Kopf und schickte ein Stoßgebet zum Himmel, dass der Krach schnell wieder aufhörte, denn ich hatte einen höllischen Kater. Als ich vorsichtig unter dem Kissen hervorspähte, erhaschte ich einen Blick auf meine zerknitterte Polizeiuniform, die auf dem Boden lag. Ich hatte Spätschicht gehabt und war dann noch in der Kneipe gewesen. Ein bisschen zu lange offensichtlich, denn ich hatte keinerlei Erinnerung daran, wie ich nach Hause gekommen war. Endlich hörte das Klingeln auf, und ich stieß einen Seufzer der Erleichterung aus, der leider noch eine ganze Weile in meinem Kopf widerhallte. Und dann ging es schon wieder los. Verzweifelt schnappte ich mir den Hörer und hielt ihn unter dem Kopfkissen ans Ohr.

»Hallo?«, krächzte ich.

»Happy birthday to yooooou, happy birthday to yoooou, happy birthday, liebe Sandy, happy birthday to yoooou.« Es war die Stimme meiner Mutter, so süß, als wäre sie im Kirchenchor.

»Hip hip?«

»Hurra!« Das war Dad.

»Hip hip?«

»Hurra!« Er blies mit einer Papiertröte ins Telefon, und ich entfernte den Hörer schnellstmöglich von meinem Ohr, indem ich den Arm so weit es ging aus dem Bett hängen ließ. Von unter meinem Kissen hörte ich sie noch jubeln, als ich schon wieder halb wegdöste.

»Herzlichen Glückwunsch zum einundzwanzigsten Geburtstag!«, rief Mum voller Stolz.

»Honey? Bist du noch da?«

Schlaftrunken hielt ich den Hörer wieder ans Ohr. »Ja, danke, Mum«, murmelte ich.

»Wir hätten so gern eine Party für dich gegeben«, meinte sie wehmütig. »Schließlich ist mein kleines Mädchen nicht jeden Tag einundzwanzig.«

»Doch, die nächsten dreihundertvierundsechzig Tage schon«, entgegnete ich müde. »Wir haben also noch jede Menge Zeit zum Feiern.«

»Ach du weißt doch, dass das nicht das Gleiche ist.«

»Du weißt aber, was ich von solchen Veranstaltungen halte«, erwiderte ich, auf die Party bezugnehmend.

»Ich weiß, ich weiß. Du sollst deinen Tag ja genießen. Hast du Lust, zum Essen vorbeizukommen? Vielleicht am Wochenende? Wir könnten einfach zusammensitzen, nur du, dein Vater und ich, ohne das Wort Geburtstag zu erwähnen«, schlug sie schüchtern vor.

Ich überlegte. »Nein, am Wochenende kann ich nicht, tut mir leid. Ich hab momentan echt viel Stress bei der Arbeit«, log ich.

»Oh. Okay. Wie wäre es denn, wenn ich mal ein paar Stündchen nach Dublin komme? Nicht über Nacht, einfach nur auf einen Kaffee oder so. Ein bisschen plaudern, dann bin ich wieder weg, versprochen.« Sie lachte nervös. »Ich möchte nur einfach etwas Besonderes machen und würde dich schrecklich gerne sehen.«

»Ich kann nicht, tut mir leid, Mum.«

Schweigen. Viel zu lang.

Dann kam Dad ans Telefon. »Alles Gute zum Geburtstag, Liebes. Wir verstehen, dass du viel zu tun hast, also lassen wir dich jetzt wieder zurück zu dem, was du gerade gemacht hast.«

»Wo ist Mum?«

»Ach, äh, sie musste zur Tür.« Er konnte genauso schlecht lügen wie ich.

Meine Mutter weinte, ich wusste es.

»Na gut, ich wünsche dir jedenfalls einen schönen Tag, Schätzchen, amüsier dich ein bisschen, ja?«, fügte er leise hinzu.

»Okay«, antwortete ich ebenso leise, dann klickte es in der Leitung, und die Verbindung war tot.

Ich stöhnte, legte den Hörer auf, stellte das Telefon wieder auf den Nachttisch und warf das Kissen weg. Dann versuchte ich, meine Augen allmählich an das helle Licht zu gewöhnen, gegen das meine billigen Vorhänge nicht ankamen. Es war zehn Uhr an einem Montagmorgen, und ich hatte endlich einen Tag frei. Was ich mit ihm anfangen sollte, wusste ich nicht. Eigentlich hätte ich an meinem Geburtstag viel lieber gearbeitet, aber ich konnte mich ja auch mit einem Vermisstenfall beschäftigen, der vor kurzem als unlösbar abgeschlossen worden war. Ein kleines Mädchen namens Robin Geraghty war beim Spielen aus dem Vorgarten verschwunden. Alles deutete auf einen Nachbarn mittleren Alters, aber ganz egal, wie sehr wir uns auch bemühten, wir fanden einfach keine Beweise. Seit kurzem verfolgte ich solche Fälle auf eigene Faust, denn ich konnte nicht abschalten, wenn solche unerledigten Akten einfach abgelegt wurden.

Als ich mich auf den Rücken drehte, bemerkte ich aus dem Augenwinkel einen Hügel neben mir im Bett. Der Hügel lag auf der Seite, auf dem Kissen war ein zerzauster dunkelbrauner Haarschopf zu sehen. Ich fuhr hoch, packte meine Decke und hüllte mich darin ein. Aber der Hügel drehte sich zu mir um und öffnete die Augen. Rot geränderte müde Augen. »Ich dachte, du würdest den Hörer überhaupt nicht mehr abnehmen«, sagte der Hügel mit heiserer Stimme.

»Wer bist du?«, fragte ich entsetzt und stieg mitsamt der Decke aus dem Bett, sodass der Hügel nackt und alle viere von sich streckend liegen blieb. Er grinste, faltete die Hände unter dem Kopf und zwinkerte mir schelmisch zu.

Wieder stöhnte ich. Eigentlich hätte es ein stummer innerer Stoßseufzer werden sollen, aber er stahl sich einfach aus meinem Mund. »Ich gehe jetzt ins Bad, und wenn ich zurückkomme, bist du weg«, sagte ich streng, während ich die Klamotten, die vermutlich dem Hügel gehörten, aufsammelte und zu ihm aufs Bett warf. Dann packte ich meine eigenen versprengten Sachen, drückte sie an mich und knallte die Tür hinter mir zu. Im letzten Moment machte ich noch einmal kehrt und holte sehr zum Leidwesen des Hügels schnell noch meine Brieftasche. Ich wollte ihn ja nicht in Versuchung führen.

Ich blieb auf der Toilette, bis Mr. Rankin von nebenan an die Tür hämmerte und mir und allen anderen Bewohnern des Gebäudes lautstark erklärte, dass ein bestimmter Körperteil, den ich mir lieber nicht so genau vorstellen wollte, kurz davor sei zu platzen. Sofort riss ich die Tür auf und rannte zurück in meine Bude, in der Hoffnung, dass der behaarte Hügel inzwischen verschwunden war. Aber das Glück war mir nicht hold. Er kam gerade aus meinem Zimmer.

Langsam ging ich auf ihn zu, obwohl ich nicht wusste, was ich sagen sollte. Auch ihm schien nichts einzufallen, vielleicht war es ihm auch egal. Auf jeden Fall hatte er immer noch sein blödes Grinsen im Gesicht.

»Haben wir …?«, fragte ich.

»Ja, zweimal«, antwortete er zwinkernd, und mir drehte sich fast der Magen um. »Übrigens, bevor du mich rausschmeißt – da ist ein Typ vorbeigekommen, als du auf dem Klo warst. Ich hab ihm gesagt, dass er warten kann, wenn er will. Aber du wirst ihn wahrscheinlich nicht erkennen, wenn du ihn siehst.« Wieder das dämliche Grinsen.

»Was für ein Typ denn?« Ich zermarterte mir das Gehirn.

»Siehst du, ich hab ihm doch gleich gesagt, du würdest dich nicht erinnern.«

»Ist er da drin?« Ich glotzte auf die geschlossene Tür.

»Nein, vermutlich wollte er nicht mit einem nackten behaarten Mann in dieser Bude hier rumhängen.«

»Du bist nackt an die Tür gegangen?«, fragte ich wütend.

»Ich hab gedacht, du bist es«, erwiderte er achselzuckend. »Jedenfalls hat er diese Karte hier für dich dagelassen.« Er überreichte mir eine Visitenkarte. »Ich nehme nicht an, dass es einen Sinn hat, dir meine Telefonnummer aufzudrängen?«

Ich schüttelte den Kopf und nahm die Karte aus seiner Hand. »Danke, äh …«, begann ich matt.

»Steve«, stellte er sich vor und streckte mir die Hand entgegen.

»Nett, dich kennenzulernen«, lächelte ich, und auch er lachte. Irgendwie war er ja ganz süß, aber ich war trotzdem froh, als er die Treppe hinunterging.

»Wir sind uns übrigens schon mal begegnet«, rief er noch, ohne sich umzudrehen.

Schweigend durchforschte ich mein Gedächtnis.

»Bei Louise Drummonds Weihnachtsparty letztes Jahr, weißt du noch?« Hoffnungsvoll blieb er stehen und sah mich an.

Ich runzelte die Stirn.

»Na ja, macht nichts«, meinte er mit einer wegwerfenden Handbewegung. »Da hast du dich am nächsten Morgen auch nicht mehr an mich erinnert.«

Noch einmal das Grinsen, dann war er endlich weg.

Einen Moment gab ich mich meinem schlechten Gewissen hin, dann erinnerte ich mich wieder an die Visitenkarte in meiner Hand, und das unangenehme Gefühl verzog sich. Aber als ich den Namen auf der Karte las, bekam ich weiche Knie.

Anscheinend hatte Mr. Burton in Dublin eine Praxis eröffnet, das Scathach House in der Leeson Street. Moment mal, *Doktor* Burton, nannte er sich jetzt, offenbar hatte er endlich sein Examen gemacht.

Aufgeregt trat ich von einem Fuß auf den anderen. Dann hörte ich die Klospülung, Mr. Rankin kam heraus, das Toilettenpapier in der Hand, und sah mich herumtanzen.

»Müssen Sie etwa schon wieder? Also ich würde da lieber nicht gleich reingehen«, warnte er und wedelte mit seiner Zeitung.

Ich ignorierte ihn und marschierte zurück in mein Zimmer. Mr. Burton war in der Stadt, drei Jahre nach meinem Umzug hatte er mich gefunden, das war alles, was zählte. Jetzt war wenigstens *eine* verlorene Socke wieder aufgetaucht.

Sechsundzwanzig

»Ach ja, Dr. Burton«, Jack richtete sich auf und drückte das Telefon an sein Ohr. »Jetzt weiß ich wieder, warum ich mir die Notiz gemacht hatte. Aber ich wollte mich nicht meinetwegen erkundigen, sondern eine Freundin von mir hatte gestern einen Termin bei Doktor …« Er hielt inne, weil er den Namen schon wieder vergessen hatte.

»Burton«, vollendete die Frau den Satz für ihn, und er hörte, dass im Hintergrund ein anderes Telefon klingelte. »Entschuldigen Sie, aber könnten Sie bitte einen Moment dranbleiben, Sir?«

»Ja.« Jack wartete und versuchte einen Plan zu machen, während ihm Duran Duran ins Ohr dröhnte. Rasch kritzelte er Dr. Gregory Burtons Namen in sein Notizbuch. Später würde er Sandys Anrufe nochmal durchgehen, die verpassten, die angekommenen und auch die gewählten Nummern, die ihr Handy in den letzten Tagen registriert hatte, und dann versuchen, dahinterzukommen, wo sie hingefahren war, selbst wenn er dafür jeden Eintrag in ihrem Telefon durchprobieren musste.

»Tut mir leid, heute ist sehr viel los«, meinte die Sekretärin, als sie sich zurückmeldete. »Wie kann ich Ihnen helfen?«

»Wäre es möglich, dass Sie mir sagen, ob meine Freundin, Sandy Shortt, ihren Termin gestern wahrgenommen hat?«

»Entschuldigen Sie, Mr. …?«

Jack reagierte, so schnell er konnte. »Le Bon.« War das schnell genug gewesen? Aber warum war ihm ausgerechnet *Le Bon* eingefallen?

»Tut mir leid, Mr. Le Bon, aber wir dürfen keine persönlichen Informationen über unsere Klienten weitergeben.«

»Oh, natürlich, das verstehe ich, aber ich brauche ja nichts Persönliches. Meine Freundin hat sich in letzter Zeit ziemlich mies gefühlt, und sie hat Angst, es ist was Schlimmes. Deshalb wollte sie partout nicht zum Arzt. Es ist ihr Magen, der macht ihr schon seit Monaten zu schaffen. Ich hab einen Termin für sie vereinbart, und sie behauptet auch, dass sie gestern bei Dr. Burton war, aber ich traue ihr nicht recht. Die ganze Familie macht sich schon furchtbare Sorgen. Könnten Sie mir denn wenigstens verraten, ob Sandy überhaupt bei Ihnen war? Ich brauche wirklich keine persönlichen Details.«

»Es geht also um Sandy Shortt?«

Erleichtert lehnte er sich zurück. »Ja, genau. Es geht um Sandy«, antwortete er fröhlich. »Ihr Termin war um eins.«

»Aha. Nun, ich fürchte, da wir keine medizinische Einrichtung sind, sondern ein psychotherapeutisches Beratungszentrum, können Sie hier wohl kaum einen Termin wegen Magenproblemen vereinbart haben. Kann ich Ihnen sonst noch helfen?« Die Stimme klang energisch und ein bisschen ärgerlich.

»Oh.« Mehr brachte Jack nicht heraus, und er wurde knallrot vor Scham. »Nein.«

»Danke für Ihren Anruf«, meinte die Frau kurz angebunden und legte auf.

Verlegen starrte Jack auf Sandys Kalender. Auf einmal klingelte ihr Handy, und der Name *Gregory B.* erschien auf dem Display. Jacks Herz begann heftig zu klopfen. Er bemühte sich, das Klingeln zu ignorieren, war aber sehr erleichtert, als es endlich aufhörte und piepte, um eine Nachricht anzuzeigen. Schnell nahm er das Telefon und hörte sie ab.

»Hi, Sandy, hier Gregory. Ich hab schon ein paar Mal versucht, dich anzurufen, aber du gehst nie dran. Vermutlich spazierst du mal wieder irgendwo in der Wildnis herum. Ich wollte dir nur kurz sagen, dass ein Mann namens –«, er wandte sich vom Hörer ab und rief: »Carol, wie hieß der Typ nochmal?«

Aus der Ferne hörte Jack die Stimme der Sekretärin: »Mr. Le Bon.«

»Genau.« Gregory kam wieder an den Apparat. »Also, ein Mr. Le Bon, ich nehme stark an, dass das nicht sein richtiger Name ist …« – er lachte – »… hat hier angerufen und nach dir gefragt. Er wollte wissen, ob du gestern zu deinem Termin erschienen bist – weil es deinem Magen so schlecht geht. Ich dachte, ich sag dir lieber Bescheid, wir wissen ja alle, was das letzte Mal passiert ist, als ein Irrer sich an deine Fersen geheftet hat …« Er senkte die Stimme. »Pass auf dich auf, ja? Vermutlich denkst du immer noch nicht ernsthaft über einen richtigen Job nach, so was wie Kellnerin oder Ähnliches. Du könntest auch von Tür zu Tür gehen und Bibeln verkaufen. Gestern Abend hat eine nette, von Kopf bis Fuß in Tweed gekleidete Frau bei mir geklingelt, und ich musste sofort an dich denken, deshalb hab ich mir ihre Karte geben lassen. Ich überlege mir, ob ich sie mal anrufe. Die Karte ist ganz herzerfrischend, mit einem ziemlich jämmerlichen Jesus am Kreuz. Auf Recyclingpapier.« Wieder lachte er. »Jedenfalls, wenn du den Tweed nicht ertragen kannst, dann such dir wenigstens einen geregelten Job. Ich weiß nicht, ob dir das klar ist, aber so was machen die Leute normalerweise, denn dann haben sie noch ein Leben nach der Arbeit. Das ist das *Leben*, L-E-B-E-N, du kannst es gelegentlich mal im Lexikon nachschlagen. Hmm …« Er seufzte und schwieg einen Moment, als überlegte er, ob er etwas sagen wollte oder lieber nicht. Jack kannte dieses Schweigen genau. »Na gut«, fuhr er schließlich fort, und seine Stimme war auf einmal wieder lauter und sachlicher: »Wir reden bald mal in Ruhe, ja?«

In diesem Moment klopfte jemand heftig gegen die Fensterscheibe auf der Beifahrerseite, und Jack erschrak so, dass er das Telefon fallen ließ. Als er aufblickte, erkannte er Alans Mutter, die zu ihm hereinspähte. Sofort beugte er sich hinüber und kurbelte das Fenster herunter. »Hallo, Mrs. O'Connor!«

»Wer sind Sie denn?«, fragte die rundliche Frau mit gerunzelter Stirn und streckte neugierig den Kopf durchs Fenster. Ein paar drahtige Haare wuchsen auf ihrem Kinn, und wenn sie redete, lösten sich die falschen Zähne vom Zahnfleisch und bewegten sich schmatzend in ihrem Mund. »Kenn ich Sie?« Prompt landete ein Spucketropfen auf Jacks Lippe.

»Ja, Mrs. O'Connor«, antwortete er laut, aus Rücksicht auf ihre Schwerhörigkeit, und wischte sich die Spucke ab. »Ich bin Jack Ruttle, Donals Bruder.«

»Herrje, der Bruder vom kleinen Donal! Aber was sitzt du da im Auto rum, komm raus und lass dich mal anschauen!«

Damit schlurfte sie auf ihren braunen Samtpantoffeln weg vom Auto, mit dem Kiefer mahlend, sodass die losen dritten Zähne munter weiterschmatzten. Sie sah aus, als hätte sich ihre Garderobe seit den vierziger Jahren des letzten Jahrhunderts nicht mehr verändert. Ihre zwölf Kinder hatte sie praktisch allein großgezogen, da der Vater nur aus einem einzigen Grund auftauchte und danach sofort wieder verschwand. Die Devise »Nichts wird weggeworfen, was noch geflickt werden kann« war immer ein wichtiger Bestandteil des Lebensstils der O'Connors gewesen, denn damit alle etwas anzuziehen hatten, mussten die Textilien mehrmals recycelt werden. Jack erinnerte sich noch gut daran, wie Alan als kleiner Junge einmal mit Donal in weißen Shorts heimgekommen war, die unverkennbar bereits ein Leben als Kopfkissenbezug hinter sich hatten. Donal achtete nicht auf solche Dinge, und er hänselte Alan auch nie wie die anderen Kinder. Alan selbst verprügelte jeden, der ihn auch nur schief ansah, und er beschützte Donal, als wäre er sein Leibwächter. Donals Verschwinden hatte ihn besonders hart getroffen.

»Komm mal her zu mir, du bist ja richtig erwachsen geworden«, rief Mrs. O'Connor, drückte Jack die Hand und zauste ihm die Haare, als wäre er grade eben in die Pubertät gekommen. »Das Ebenbild deines Vaters, möge er in Frieden ruhen«, stellte sie nach eingehender Betrachtung fest und bekreuzigte sich.

»Danke, Mrs. O'Connor, Sie sehen auch sehr gut aus«, log Jack zuvorkommend.

»Ach was.« Mit einer wegwerfenden Geste schlappte sie zu ihrer Wohnung im Erdgeschoss des Wohnblocks zurück. Zwei Schlafzimmer für zwölf Kinder, wie schaffte sie das bloß? Kein Wunder, dass Alan so viel Zeit bei Donal verbracht und nichts dagegen gehabt hatte, wenn ihre Mutter ihn durchfütterte.

»Ist Alan da? Ich wollte kurz mit ihm reden.«

»Nein, er ist nicht hier, weil er nämlich endlich mit diesem Mädel zusammengezogen ist. In ein Haus, nur die beiden! Also, er ist garantiert bloß wegen dem Haus mit ihr zusammen, das kannst du mir glauben. Schicke Häuser haben die heutzutage, die ledigen Mütter, so was gab's zu meiner Zeit nicht. Na gut, ich war ja streng genommen auch nicht ledig, aber so gut wie, und das war auch besser so«, fuhr sie fort, während sie zur Haustür schlurfte.

Jack lachte. Alan mischte gern bei allem Möglichen mit, aber egal, was er anstellte, er landete immer auf den Füßen, sodass Donal ihn irgendwann »die Katze« getauft hatte. »Ich will Sie nicht stören, Mrs. O'Connor, dann besuch ich Alan eben gleich in seinem Haus, wenn das okay ist.«

»Von wegen, komm erst mal rein und trink 'ne Tasse Tee mit mir«, blaffte sie.

»Ich hab's leider ziemlich eilig und wollte wirklich nur ganz kurz mit Alan sprechen«, entgegnete er höflich, aber fest.

»Glaubst du, er hat Mist gebaut?«, fragte Mrs. O'Connor besorgt.

»Aber nein, jedenfalls nicht mit mir«, grinste Jack, und Alans Mutter nickte, während sich Erleichterung auf ihrem harten Gesicht breitmachte.

Anscheinend hatte Alan einen Anruf von seiner Mutter erhalten, denn er wartete bereits in der Auffahrt, als Jack eintrudelte. Er war dünn, noch dünner als sonst, und auch sein Gesicht war noch bleicher und verhärmter als üblich. Aber Donals Verschwinden hatte sie ja alle mitgenommen, es war fast, als hätte er, als er in jener Nacht aus dem Fish-and-Chips-Laden torkelte und gegen den Türrahmen stieß, die Erde aus dem Gleichgewicht gebracht, sodass sie jetzt unaufhaltsam in die falsche Richtung raste. Nichts schien mehr am richtigen Platz zu sein.

Die beiden jungen Männer umarmten einander. Alan begann zu weinen, und Jack musste sich zusammennehmen, um nicht ebenfalls in Tränen auszubrechen. Aber er riss sich zusammen und ließ Alan an seiner Schulter schluchzen, während er seine eigenen Tränen wegblinzelte und sich auf das konzentrierte, was real war, was er anfassen konnte – auf alles außer Donal.

Später saßen sie im Wohnzimmer. Mit zittriger Hand klopfte Alan die Asche von seiner Zigarette in eine der leeren Bierdosen, die sich neben der Couch häuften. Im Zimmer herrschte Totenstille, und Jack hätte am liebsten zur Ablenkung den Fernseher angemacht.

»Ich bin hergekommen, um zu fragen, ob gestern eine Frau bei dir aufgetaucht ist. Sie hilft mir, Donal zu suchen.«

Augenblicklich hellte sich Alans Gesicht auf. »Ach ja?«

»Sie wollte dir nochmal ein paar Fragen stellen, wie das alles war in der Nacht, als Donal verschwunden ist.«

»Das hab ich der Polizei doch schon tausendmal erzählt. Und ich stell mir jeden Tag selbst die gleichen Fragen.« Er sog den Rauch der Zigarette tief ein und rieb sich mit seinen nikotinfleckigen Fingern müde die Augen.

»Ich weiß, aber ich denke, es ist gut, wenn man alles nochmal mit jemandem durchgeht, der noch einen ganz unverstellten Blick hat. Vielleicht haben wir ja was übersehen.«

»Vielleicht«, meinte Alan mit leiser Stimme, aber Jack bezweifelte, dass er das wirklich meinte. Wahrscheinlich gab es keinen Moment in jener Nacht, den Alan nicht schon endlose Male auseinandergenommen, analysiert und wieder zusammengesetzt hatte. Anzudeuten, er könnte eventuell etwas vergessen haben, war womöglich eine Beleidigung.

»Dann ist sie also nicht vorbeigekommen?«

Alan schüttelte den Kopf. »Ich sitz heute den ganzen Tag hier rum, ich hab gestern den ganzen Tag rumgesessen, und morgen wird es auch nicht anders«, brummte er deprimiert.

»Was ist mit deinem Job?«

Alan verzog das Gesicht, und Jack fragte lieber nicht weiter.

»Tust du mir trotzdem einen Gefallen?«, sagte er und gab Alan sein Handy. »Könntest du bitte diese Nummer anrufen und für mich einen Termin bei Dr. Burton vereinbaren? Ich möchte nicht, dass jemand dort meine Stimme erkennt.«

Es war typisch für Alan, dass er ganz selbstverständlich das Handy nahm, sich wortlos ein Bier aufmachte und wählte. »Hi, ich möchte gern einen Termin bei Dr. Burton vereinbaren«, sagte er, als jemand abhob.

Dann sah er Jack mit hochgezogenen Augenbrauen an. »Für ein Beratungsgespräch?«

Jack nickte bestätigend.

»Wann ich am liebsten kommen möchte?« Wieder ein fragender Blick zu Jack.

»So bald wie möglich«, flüsterte der.

»So bald wie möglich«, wiederholte er, lauschte und blickte wieder zu Jack. »Nächsten Monat?«

Jack schüttelte entschieden den Kopf.

»Nein, ich möchte gern früher kommen, in meinem Kopf herrscht das totale Chaos, ich trau mir selbst nicht mehr über den Weg.«

Jack verdrehte die Augen.

Kurz darauf legte Alan auf. »Du hast am Donnerstag um zwölf einen Gesprächstermin.«

»Donnerstag?«, fragte Jack und sprang auf, als müsste er gleich aufbrechen.

»Na ja, du hast gesagt, so bald wie möglich«, erwiderte Alan und gab ihm das Telefon zurück. »Hat das vielleicht auch etwas mit der Suche nach Donal zu tun?«

Nach kurzem Nachdenken antwortete Jack: »Ja, irgendwie schon.«

»Ich hoffe, du findest ihn, Jack.« Erneut füllten sich seine Augen mit Tränen. »Ständig geht mir diese Nacht durch den Kopf, und ich wünsche mir so, ich wäre mit ihm weggegangen. Ich dachte wirklich, alles ist in Butter, wenn er sich da unten ein Taxi nimmt, weißt du.« Er schaute gequält drein, und seine Hand zitterte. Auf dem Boden lagen Aschehäufchen, und mit seinem nikotingelben Daumen ließ er stetig etwas nachrieseln.

»Woher hättest du es auch wissen sollen«, tröstete ihn Jack. »Es ist nicht deine Schuld.«

»Ich hoffe so, dass du ihn findest«, wiederholte er, widmete sich seiner Bierdose und kippte den Inhalt hinunter.

Jack ging, ließ ihn allein in dem stillen, leeren Haus sitzen und wusste, dass Alan immer wieder jene Nacht vor seinem inneren Auge vorüberziehen lassen würde, unablässig auf der Suche nach dem einen Hinweis, den sie alle bisher übersehen hatten. Mehr konnten sie nicht tun.

Siebenundzwanzig

Orla Keane, meine vermisste Person Nummer eins, betrat die Gemeinschaftshalle, und das Licht, das durch die Tür fiel, strahlte sie an wie ein Scheinwerfer. Bevor sie näher kam, zögerte sie kurz und versuchte sich zu fassen. Vor der großen Eichentür sah sie aus wie Alice im Wunderland, die gerade in einen von den kleinen Kuchen mit der Aufschrift »Iss mich« gebissen hat und geschrumpft ist. Nervös räusperte ich mich, und der Ton hallte von den Wänden und von der Decke wider wie ein losgelassener Pingpongball. Orla drehte sich nach dem Geräusch um, dann schickte sie sich an, die Halle zu durchqueren. Ihre hohen Absätze klapperten laut auf dem Holzfußboden.

Joan und Helena hatten an der hinteren Wand einen Tisch für mich aufgestellt, und Helena hatte zu Joans Enttäuschung darauf bestanden, dass sie beide hinausgingen, damit ich beim Vorsprechen meine Ruhe hatte. Fasziniert sah ich jetzt Orla entgegen. Unglaublich, dass diese Person einfach aus ihren Vermisstenfotos herausgetreten war und als lebendiger Mensch direkt auf mich zukam.

»Hallo!«, lächelte sie, und trotz der Zeit, die vergangen war, hörte man an ihrem Akzent immer noch, dass sie aus Cork stammte.

»Hallo«, brachte ich flüsternd hervor, räusperte mich wieder und versuchte es noch einmal lauter.

Dann schaute ich auf die Liste, die vor mir lag. Zwölf Vermisste musste ich heute zum Vorsprechen begrüßen, und danach noch Joan und Bernard. Der Gedanke, all diesen Leuten zu begegnen, brachte mich ganz aus dem Häuschen, und ich fühlte mich jetzt schon überfordert. Wie sollte ich das schwierige Thema nur ansprechen? Vorhin hatte ich Helena noch einmal gefragt, warum um alles in der Welt ich nicht einfach allen die Wahrheit sagen konnte und stattdessen diese Scharade durchziehen musste.

»Sandy«, hatte sie so streng erwidert, dass ich gar keine zusätzlichen Gründe mehr brauchte. »Wenn die Menschen nach Hause wollen, geraten sie leicht in Verzweiflung. Wenn sie erfahren, dass du auf der Suche nach ihnen den Weg hierher entdeckt hast, würde sie das womöglich zu der Annahme verleiten, dass sie mit dir zurückgehen können. Und du würdest hier deines Lebens nicht mehr froh werden, wenn dir ständig ein paar hundert Leute am Rockzipfel hängen.«

Damit hatte sie wahrscheinlich nicht ganz unrecht. Also spielte ich meine Rolle als Casting-Agentin und Leiterin einer Schauspielagentur, bereit, das Gespräch über die jeweiligen Familienangehörigen zur Not auch kunstvoll in einen Hamlet-Monolog einzuflechten.

Aber eine Frage musste ich Helena trotzdem noch stellen: »Glaubst du, dass ich die Menschen hier herausführen und nach Hause bringen kann?«

Mir war nämlich durch den Kopf gegangen, ob ich vielleicht genau aus diesem Grund hier war, denn ich war ja auch fest überzeugt, dass ich nicht bleiben würde. Der typische Opferglaube: *Mir kann das nicht passieren – allen anderen schon, aber mir nicht.*

Helena lächelte traurig, und wieder einmal brauchte ich ihre Antwort nicht zu hören, weil ihr Gesicht schon alles sagte. »Tut mir leid, aber nein, das glaube ich nicht.« Doch ehe ich ganz aus der Fassung geriet, fügte sie hinzu: »Trotzdem glaube ich, dass du aus einem bestimmten Grund hier bist, und dass dieser Grund momentan der ist, dass du deine Informationen mit allen teilen und ihnen von ihren Familien erzählen sollst. Wie sehr sie alle vermisst werden. Das ist deine Art, sie nach Hause zu führen.«

So schaute ich jetzt zu Orla empor, die gespannt vor mir saß und wartete. Zeit, sie nach Hause zu führen.

Sie war jetzt sechsundzwanzig und hatte sich in den sechs Jahren, seit sie verschwunden war, kaum verändert. Die ganzen sechs Jahre hatte ich sie gesucht. Ich wusste, dass ihre Eltern Clara und Jim hießen und sich vor zwei Jahren hatten scheiden lassen. Ich wusste, dass sie zwei Schwestern hatte – Ruth und Lorna – und einen Bruder namens James. Ihre besten Freundinnen waren Laura und Rebecca, die den Spitznamen »Knöpfchen« hatte, weil sie immer vergaß, den Knopf an ihrer Hose zuzumachen. Orla hatte Kunstgeschichte an der Universität in Cork studiert, als sie verschwand; ihr Ballkleid beim Debütantinnenball war lila gewesen, und die Narbe über ihrer linken Augenbraue stammte von einem Fahrradunfall, den sie mit acht Jahren gehabt hatte, als sie die Ferien in Bantry verbrachte. Mit fünfzehn hatte sie bei einer Party ihre Unschuld an Niall Kennedy verloren, den Jungen, der im Videoladen des Orts arbeitete, und sie hatte mit dem Auto ihrer Eltern einen Unfall gebaut, als diese eine Woche in Spanien Urlaub machten. Aber sie hatte es rechtzeitig reparieren lassen, sodass sie bis heute nichts davon wussten. Ihre Lieblingsfarbe war Flieder, sie liebte Popmusik und hatte bis zum Alter von vierzehn Jahren Klavierunterricht gehabt. Seit dem Alter von sechs Jahren träumte sie davon, Balletttänzerin zu werden, hatte aber nie Unterricht genommen. Seit fünfdreiviertel Jahren war sie hier.

Aber so sehr ich mir das Hirn zermarterte, mir fiel kein passender Anfang ein, deshalb sagte ich schließlich: »Nun, Orla, erzählen Sie mir doch ein bisschen von sich.«

Dabei beobachtete ich sie wie in Trance, die Lippen, die ich nur von Fotos kannte und die sich jetzt auf einmal bewegten, ihr lebhaftes Gesicht. Ihr singender Akzent, die langen blonden

Haare. Auch sie hatten sich auf den Bildern nicht bewegt. Ich lauschte ihr wie gebannt.

Als sie zu ihrem Studium am College kam, sah ich meine Chance. »Sie haben Kunstgeschichte in Cork studiert?«, wiederholte ich. »Ich kenne jemanden, der mit Ihnen im gleichen Semester war.«

»O ja? Wen denn?« Vor Erstaunen sprang sie fast vom Stuhl.

»Rebecca Grey.«

Ihr blieb der Mund offen stehen. »Nein! Rebecca Grey ist eine meiner besten Freundinnen!«

»Ach wirklich?« Mir fiel sofort auf, dass sie die Gegenwartsform benutzte. Rebecca Grey war bis heute ihre beste Freundin.

»Ja! Das ist ja ein Ding! Woher kennen Sie sie?«

»Oh, ich bin ihrem Bruder Enda ein paar Mal begegnet. Er ist mit Freunden von mir befreundet, Sie wissen ja, wie das ist.«

»Was macht er denn jetzt?«

»Vor ein paar Monaten hat er geheiratet, da hab ich ihn das letzte Mal gesehen. Möglicherweise bin ich da auch Ihren Eltern begegnet.«

Orla schwieg einen Moment, und als sie wieder sprach, klang ihre Stimme gedämpft und ergriffen. »Wie geht es ihnen?«

»Oh, sie schienen großartig in Form zu sein. Ich hab mich auch mit einer von Ihren Schwestern unterhalten, Lorna, glaube ich.«

»Ja, Lorna!«

»Sie hat mir erzählt, dass sie sich verlobt hat.«

»Mit Steven?« Aufgeregt hüpfte Orla auf ihrem Stuhl in die Höhe und klatschte vor Begeisterung in die Hände.

»Ja«, lächelte ich. »Mit Steven.«

»Oh, ich wusste doch, dass die beiden wieder zusammenkommen«, lachte sie mit Tränen in den Augen.

»Ihre ältere Schwester war mit ihrem Mann da. Und man konnte kaum übersehen, dass sie hochschwanger war.«

»Oh.« Eine Träne rollte aus ihrem Auge, und sie wischte sie hastig weg. »Wen haben Sie sonst noch gesehen? Haben Mum und Dad irgendwas gesagt? Wie haben sie ausgesehen?«

Und so führte ich Orla nach Hause.

Eine halbe Stunde später räusperte sich Joan laut und demonstrativ, um mir mitzuteilen, dass die nächste Kandidatin zum Vorsprechen eingetroffen war. Weder Orla noch ich hatten gemerkt, wie sie hereingekommen war. Ich wollte auf meine Uhr schauen, um zu sehen, wie spät es war, aber da fiel mir ein, dass sie ja immer noch irgendwo auf der Straße lag, und eine vertraute Gereiztheit breitete sich in mir aus, als ich daran dachte, dass sie irgendwo sein musste, wo ich sie nicht finden konnte. Aber dann konzentrierte ich mich auf die nächste Frau, mit der ich mich unterhalten musste. Carol Dempsey stand neben Joan und rang nervös die Hände. Sofort verflüchtigte sich meine Gereiztheit, und ich bekam es wieder mit der Angst zu tun.

»Tut mir leid, wir müssen Schluss machen«, sagte ich zu Orla.

Sie machte ein trauriges Gesicht, und ich wusste, dass sie unsanft von zu Hause weggerissen worden und wieder in der hiesigen Realität gelandet war.

»Aber ich hab doch noch gar nicht vorgesprochen«, protestierte sie panisch.

»Ist schon in Ordnung, Sie bekommen die Rolle«, flüsterte ich beruhigend und zwinkerte ihr verschwörerisch zu.

Augenblicklich hellte sich ihre Miene auf, sie erhob sich, beugte sich über den Tisch und ergriff meine Hände. »Danke, vielen, vielen Dank!«

Ich sah ihr nach, wie sie mit Helena wegging, den Kopf voller Geschichten und Bilder von zu Hause. So viel zum Grübeln, neue Ideen und neue Erinnerungen, die alle neue Fragen und neue Sehnsucht aufwarfen.

Doch nun saß Carol vor mir. Mutter von drei Kindern, Hausfrau aus Donegal, zweiundvierzig, Mitglied des heimischen Kirchenchors, vor vier Jahren auf dem Rückweg vom Chor verschwunden. Eine Woche davor hatte sie ihren Führerschein gemacht, am Abend davor hatte ihr Mann mit der ganzen Familie seinen fünfundvierzigsten Geburtstag gefeiert, und in der darauf folgenden Woche stand die Schultheateraufführung ihrer jüngsten Tochter an. Ich betrachtete ihr verschüchtertes Mausgesicht, die braunen, hinter die Ohren geklemmten strähnigen Haare, die Hände, die auf ihrem Schoß eine Handtasche umklammerten, und ich wollte nichts lieber, als sie umgehend nach Hause zu führen.

»Also, Carol«, begann ich leise. »Erzählen Sie mir doch erst einmal ein bisschen was von sich.«

Wir saßen alle im Kreis in der großen Gemeinschaftshalle, ich mit dem Gesicht zur Bühne mit den vielen Handabdrücken. *Kraft und Hoffnung*, wiederholte ich in Gedanken. Kraft und Hoffnung hatten mich durch den heutigen Tag gebracht, ich war immer noch wie berauscht von den Begegnungen, aber ich wusste, dass sich schon sehr bald die Erschöpfung breitmachen würde. Sobald alle ihre Plätze eingenommen hatten, war ich lieber wieder auf die Beobachterposition außerhalb des Kreises gewechselt. Alte Gewohnheiten sind hartnäckig. Aber Helena hatte mich zu sich gerufen, und ein Chor von fünfzehn weiteren Stimmen hatte mich ebenfalls gedrängt, mich der Gruppe anzuschließen. Also setzte ich mich zu den anderen, war mir allerdings bewusst, dass ich solche Situationen mein Leben lang tunlichst vermieden hatte. Ich musste aufpassen, dass meine Beine nicht ganz von selbst aufstanden und zur Tür rannten, während meine Lippen die passenden Ausreden formten.

Helena hatte die Idee, wir sollten einander besser kennenlernen und erzählen, wie und wann wir alle verschwunden waren. Das nannte sie einen Team-Workshop zur Unterstützung der Produktion, aber ich wusste, dass sie es in Wirklichkeit für mich

tat – damit ich besser verstand, wo wir waren und wie wir hergekommen waren.

Nacheinander erzählten alle, wie sie hier gelandet waren. Es war
eine sehr emotionale Erfahrung – manche waren erst seit wenigen
Jahren da, andere schon über ein Jahrzehnt, aber die Erkenntnis,
nie wieder nach Hause zurückkehren zu können, ging allen offensichtlich noch sehr nah. Viele weinten. Ich natürlich nicht, denn
meine Tränen schienen auf dem Weg vom Herzen zu den Augen
aus irgendeinem Grund zu verdampfen, bis nur noch ein trauriger
Nebel von ihnen übrig war, der unsichtbar in die Luft stieg. Fasziniert lauschte ich den Berichten der anderen. So oft hatte ich an
den Stellen, wo eine vermisste Person zuletzt gesehen worden war,
jeden Zentimeter akribisch untersucht, war unnützen Spuren gefolgt oder hatte völlig unschuldige Menschen verdächtigt. Dabei
war alles ganz einfach – die Vermissten waren hier!

Wenn doch nur auch Jenny-May Butler und Donal Ruttle aufgetaucht wären, die fehlenden acht auf meiner Liste und all die
anderen Menschen, die irgendwann verschwunden waren. Ich
betete, dass Jenny-May nichts Schlimmes zugestoßen war, und
falls doch, dass es schnell und schmerzlos geschehen war. Aber
vor allem betete ich, dass sie hier war, hier an diesem seltsamen
Ort.

Es war umwerfend, diese Leute zu beobachten. Ich war eine
Fremde für sie, und doch waren sie meine besten Freunde. So
viele Geschichten wollte ich ihnen erzählen, über die ich gelacht
und mit denen ich mich identifiziert hatte. Ich wollte ihnen von
ihren Bekannten berichten, mit denen ich mich unterhalten hatte. Ich wollte ihnen sagen, dass ich mich in ähnlichen Situationen
befunden hatte wie sie. So hatte ich mich in meinem früheren
Leben nie gefühlt. Auf einmal wollte ich dazugehören, wollte
persönliche Anekdoten austauschen, wollte eine von ihnen sein.

Auf einmal schwiegen alle und schauten mich an.

»Nun?«, fragte Helena und zog ihren zitronengelben Pashminaschal um die Schultern.

»Nun was?«, fragte ich und sah verwirrt in die Runde.

»Willst du uns nicht erzählen, wie du hierhergekommen bist?«

Am liebsten hätte ich damit angefangen, dass ich eigentlich schon vor ihnen allen hier gewesen war. Aber ich tat es nicht. Stattdessen stand ich auf, entschuldigte mich und verließ die Gemeinschaftshalle.

Später am Abend saß ich mit Helena und Joseph an einem ruhigen Tisch im Speisehaus. Auf allen Tischen flackerten Kerzen, und in der Mitte standen in kleinen Blechbehältern Paradiesvogelblumen. Gerade waren wir mit der Vorspeise – Pilzsuppe mit ofenwarmem braunen Brot – fertig, ich lehnte mich zurück und wartete gespannt auf den Hauptgang, obwohl ich schon beinahe satt war. An diesem Mittwochabend war das Speisehaus ziemlich leer, denn die Menschen gingen früh ins Bett, weil sie morgens zeitig aus den Federn mussten. Alle, die an der Theaterproduktion beteiligt waren, hatten Urlaub bekommen – ihr Engagement für die Kunst erschien dem Gemeinderat dafür Grund genug. Wir sollten jeden Tag von morgens bis abends proben, um in einer Woche alles unter Dach und Fach zu haben, denn diesen Termin hatte Helena sowohl der Truppe als auch der Gemeinde fest versprochen. In meinen Augen war das viel zu ehrgeizig und vollkommen unrealistisch, aber Helena versicherte mir, dass sich die Menschen hier mit enormem Enthusiasmus in die Arbeit stürzten und daher unglaublich produktiv waren. Was konnte ich dagegen einwenden? Ich wusste ja nichts von ihnen.

Zum millionsten Male sah ich auf mein Handgelenk, nur um erneut festzustellen, dass meine Uhr weg war.

»Ich muss endlich meine Uhr wiederfinden.«

»Keine Sorge«, lächelte Helena. »Es ist hier nicht so wie zu Hause, Sandy, es geht nichts dauerhaft verloren.«

»Ich weiß, ich weiß, das sagst du ja dauernd. Aber wo ist die Uhr denn dann?«

»Da, wo du sie hast fallen lassen«, lachte sie und schüttelte den Kopf über mich wie über ein dummes Kind.

Mir fiel auf, dass Joseph nicht lachte, sondern gezielt das Thema wechselte.

»Hast du dir schon Gedanken über das Stück gemacht?«, fragte er mit seiner angenehmen, tiefen Stimme.

»Ach, woher denn! Jedes Mal, wenn jemand danach gefragt hat, hat Helena das Gespräch geschickt auf andere Dinge gelenkt. Ich will euch ja nicht die Stimmung verderben, aber ich glaube, eine Woche ist viel zu knapp.«

»Es ist doch nur ein kurzes Stück«, meinte Helena etwas defensiv.

»Aber was ist mit Texten und Kostümen und dem anderen Zeug?«, fragte ich. Mir fiel immer mehr ein, was noch zu tun war.

»Sie hat bestimmt längst an alles gedacht«, beruhigte mich Joseph und lächelte seine Frau voller Zuneigung an.

»Ja, es ist schon beschlossene Sache, Schatz. Wir bringen den *Zauberer von Oz* auf die Bühne«, verkündete Helena großspurig, schwenkte ihr Rotweinglas und trank einen Schluck.

Ich fing an zu lachen.

»Warum ist das so komisch?«, erkundigte sich Joseph.

»Der Zauberer von Oz! Das ist ein Musical, kein Theaterstück! So was machen Kinder bei der Schulaufführung.«

»Ich kenne den Zauberer von Oz nicht.«

Ich sperrte die Augen auf. »Du armes vernachlässigtes Kind.«

»In Watamu hat man das sicher nicht dauernd zu sehen bekommen«, erinnerte mich Helena. »Und wenn du nicht so schnell von der Probe weggelaufen wärst, Sandy, dann wüsstest du auch, dass wir nicht die Musicalfassung aufführen, sondern dass Dennis, ein toller irischer Stückeschreiber, der seit zwei Jahren hier ist, es als Theaterstück bearbeitet hat. Als er gehört hat, was wir vorhaben, hat er mir gleich heute Morgen das Manuskript vorbeigebracht. Ich fand die Idee perfekt, deshalb haben wir auch schon die Rollen verteilt und die ersten Szenen entworfen. Ich hab den anderen übrigens gesagt, dass du das so beschlossen hast.«

»Du willst tatsächlich den Zauberer von Oz aufführen?«

»Worum geht es denn da?«, fragte Joseph interessiert.

»Sandy, erzähl du es ihm«, sagte Helena.

»Okay, eigentlich ist es ein Film für *Kinder*«, begann ich mit ironischem Blick zu Helena. »Er wurde in den dreißiger Jahren gedreht und handelt von einem kleinen Mädchen namens Dorothy Gale. Sie wird von einem Tornado in ein Zauberland geweht, und dort begibt sie sich auf die Suche nach dem Zauberer, der ihr helfen kann, wieder nach Hause zu kommen. Aber es ist albern, das von Erwachsenen darstellen zu lassen«, schloss ich lachend, bis ich merkte, dass niemand mitlachte.

»Und hilft ihr dieser Zauberer denn auch?«

»Ja«, antwortete ich zögernd. Seltsam, dass die anderen dieses Märchen so ernst nahmen. »Der Zauberer hilft ihr, und sie erkennt, dass sie die ganze Zeit über die innere Kraft gehabt hätte heimzukehren – sie hätte nur die Hacken ihrer roten Schuhe zusammenschlagen und die magischen Worte sagen müssen: ›Es ist nirgends so schön wie zu Hause.‹«

Joseph lachte immer noch nicht. »Dann ist sie am Ende also wieder zu Hause?«

Schweigen.

Dann endlich fiel bei mir der Groschen, und ich verstand, warum er so reagierte. Ich nickte langsam.

»Und was tut sie in dem Zauberland?«

»Sie hilft ihren Freunden«, antwortete ich leise.

»Das scheint mir aber ganz und gar keine alberne Geschichte zu sein«, sagte Joseph ernst. »Das würden sich die Leute bestimmt gern anschauen.«

Ich dachte darüber nach. Genau genommen dachte ich die ganze Nacht darüber nach, bis ich von roten Schuhen und Tornados und sprechenden Löwen und von Häusern träumte, die krachend auf Hexen fielen. Und irgendwann dröhnte der Satz »Es ist nirgends so schön wie zu Hause« so laut und unablässig in meinem Kopf, dass ich aufwachte, weil ich ihn vor mich hin murmelte.

Danach hatte ich Angst, wieder einzuschlafen.

Achtundzwanzig

Ich starrte an die Decke, an einen Punkt über meinem Kopf, wo die weiße Farbe auf dem Holz eine Blase gebildet hatte und abgeblättert war. Der Mond stand im Fenster des Familienraums, in dem ich schlief, wie in einem perfekten Rahmen. Blaues Licht fiel durch die Scheibe und warf eine exakte Spiegelung des Fensters auf den robusten Holztisch. Nur der Mond war darin nicht zu sehen, lediglich als gespenstischer blassblauer Widerschein.

Jetzt war ich hellwach. Wieder einmal betastete ich mein Handgelenk nach meiner Uhr, und mein Herz begann zu klopfen, wie immer, wenn ich etwas verloren hatte und nicht danach suchen konnte. Es war eine Sucht, ich brauchte das Suchen wie der Junkie seine Drogen. Ein Teil von mir war besessen und fand keine Ruhe, bis das Verlorene gefunden war. In diesem Zustand konnte man nichts mit mir anfangen – es war nahezu unmöglich, mich von meinem süchtigen Suchverhalten abzubringen. In solchen Momenten gab es für mich nichts Wichtigeres, ich ignorierte die Menschen um mich herum ebenso wie die Situation, in der ich mich befand. Wenn die Welt untergegangen wäre, hätte ich mich von der Massenpanik nicht stören lassen, und immer wieder warfen mir Bekannte vor, dass sie sich von mir im Stich gelassen fühlten. Aber warum hielten sich eigentlich alle für Opfer? Dachte denn niemand daran, dass ich mich auch einsam fühlte?

»Aber der Stift ist gar nicht das, was du vermisst«, sagte Gregory oft zu mir, wenn ich mal wieder nach meinem Kuli suchte.

»O doch«, brummte ich dann, während ich die Nase tief in meine Tasche steckte und angestrengt darin herumwühlte.

»Nein. Du jagst einem bestimmten Gefühl nach. Ob du den Stift hast oder nicht, ist vollkommen unbedeutend, Sandy.«

»Nein, das ist überhaupt nicht unbedeutend«, schrie ich ihn an. »Wenn ich meinen Kuli nicht habe, wie soll ich dann aufschreiben, was du mir Kluges sagen willst?«

Er griff in die Innentasche seines Jacketts und reichte mir seinen Stift. »Hier, bitte.«

»Aber das ist nicht *meiner*!«

Dann seufzte er und lächelte auf seine typische Art. »Das Suchen nach verlorenen Dingen ist eine *Ablenkung* ...«

»Ablenkung, Ablenkung. Vergiss mich mal einen Moment, du bist nämlich von diesem Wort besessen. Ablenkung. Wenn du das sagst, lenkst du dich davon ab, etwas anderes zu sagen«, stammelte ich wütend.

»Lass mich ausreden«, sagte er streng.

Sofort hörte ich auf zu wühlen und hörte ihm mit demonstrativ geheucheltem Interesse zu.

»Das Suchen nach verlorenen Dingen ist eine Able...« Er unterbrach sich. »Du vermeidest die Auseinandersetzung damit, dass etwas anderes in deinem Leben verloren gegangen ist, etwas *in dir*. Also, sollen wir uns auf die Suche danach machen, was das sein könnte?«

»Aha!«, rief ich und zog meinen Stift mit einem triumphierenden Grinsen aus den Abgründen meiner Tasche. »Hab ihn!«

Zu Gregorys Pech verfiel ich nie in meine Suchsucht, wenn er vorschlug, in meinem Inneren nach etwas Verlorenem zu forschen.

Wenn ich auf der Suche war, hätte ich die höchsten Mauern überwunden. Es gab für mich keine unüberwindbaren Hindernisse, sondern bestenfalls Hürden, die mit entsprechendem Einsatz genommen werden mussten. In einer Hinsicht entdeckte Gregory sogar etwas Gutes an meiner Sucht. Er sagte nämlich, er habe noch nie einen Menschen erlebt, der so viel Ausdauer und Entschlossenheit an den Tag legte wie ich, wenn ich suchte. Aber dann nahm er das schöne Kompliment auch schon wieder halb zurück, indem er meinte, es sei wirklich schade, dass ich diese Energie nicht für andere Bereiche meines Lebens nutzte. Aber wenigstens war irgendwo in seiner Bemerkung so etwas wie ein Lob enthalten.

Die Wanduhr im Familienraum zeigte Viertel vor vier, als ich entschlossen meine Decke von mir warf. Im Haus war es totenstill; ich öffnete Barbara Langleys Reisetasche und begann in ihren Horrorklamotten zu wühlen. Schließlich entschied ich mich für ein schwarzweißes Top im Matrosenlook, eine schwarze Röhrenjeans und flache schwarze Pumps. Jetzt brauchte ich nur noch eine ordentliche Ladung Armreifen, überdimensionale Ohrringe, zurückgekämmte Haare, und schon konnte ich den Time Warp tanzen. Na ja, eigentlich war ich ja schon mittendrin in der Rocky Horror Picture Show.

Joseph und Helena schienen so sicher zu sein, dass meine Uhr nicht verloren war, weil hier ja angeblich nichts wegkommen konnte, aber ich musste das überprüfen. Auf Zehenspitzen, um die Familie nicht zu wecken, schlich ich aus dem Haus. Die Luft war mild, und ich hatte das Gefühl, durch ein Spielzeugdorf in den Schweizer Alpen zu spazieren – kleine hölzerne Chalets mit Blumenkästen und Kerzen in den Fenstern, um verirrten Wanderern den Weg zu weisen. Alles war still, nur gelegentlich hörte man im Wald die Zweige rascheln, wahrscheinlich, weil gerade wieder ein Neuankömmling eingetroffen war. Menschen, die wahrscheinlich gerade auf dem Weg zum Einkaufen waren oder aus dem Pub heimkamen und sich nun unversehens hier wiederfanden. Aber ich fühlte mich sicher, beschützt von freundlichen Menschen, die das Beste aus ihrer Lage machten und weiterlebten, so gut es eben ging.

Gemächlich schlenderte ich aus dem Dorf hinaus und folgte dann der staubigen Straße, die durch die Felder führte. In der

Ferne stieg schon die Sonne über die Bäume, wie eine riesige Orange, die ihren leuchtend gelben Saft über Dörfer, Bäume, Berge und Felder auspresste, flüssiges Licht, das die Wege in glitzernde Bäche verwandelte.

Ein Stück vor mir entdeckte ich mitten auf der Straße eine gebückte Gestalt. Als sie sich aufrichtete, erkannte ich Josephs schwarze Silhouette vor der aufgehenden Sonne, die jetzt auf der Straße zu liegen schien. Wenn diese Riesenorange sich in Bewegung setzte, würde sie uns glatt überrollen.

Gerade wollte ich auf Joseph zugehen, da ließ er sich auf Hände und Knie nieder und fing an, auf dem Boden herumzutasten. Schnell sprang ich in den Wald und versteckte mich hinter einem Baum, um ihn ungesehen beobachten zu können. Er suchte meine Uhr, das war offensichtlich.

Durch die Bäume näherte sich der Schein einer Taschenlampe. Ich duckte mich. Was hatte das zu bedeuten? Auch Joseph hielt inne und sah sich um. Als das Licht wieder verschwand, setzte er seine Suche fort. Was er wohl tun würde, wenn er die Uhr tatsächlich fand? Aber er hatte keinen Erfolg, und nach einer Stunde äußerst engagierten Suchens – ich denke, Gregory hätte mir mit dieser Einschätzung recht gegeben – stand er wieder auf, stemmte die Hände in die Hüften, schüttelte ratlos den Kopf und seufzte schwer.

Ein Schauder durchlief mich. Die Uhr war nicht da, ich *wusste* es.

* * *

Bevor Jack am Mittwochabend nach Hause ging, kehrte er noch einmal zum Estuary zurück, um nach Sandys Auto zu sehen. Gloria hatte sich gefreut, als er ihr von seinem Plan erzählt hatte, einen Psychotherapeuten aufzusuchen. Zwar konnte sie nicht recht verstehen, warum es unbedingt einer in Dublin sein musste, aber trotzdem hatte Jack sie seit langem nicht mehr so fröhlich gesehen – was ihm einmal mehr zeigte, wie schlecht er sie in letzter Zeit behandelte. Als er diesen winzigen Schritt auf sie zu machte, konnte er beinahe sehen, wie sie sofort wieder anfing, sich Hochzeit, Kinder, Taufen und Gott weiß was noch auszumalen. Sie konnte ja nicht wissen, dass die psychologische Beratung nicht wirklich ihm galt und dass er keineswegs die Absicht hatte, sich von der Suche nach seinem Bruder heilen zu lassen. Für ihn war das keine Krankheit und auch keine seelische Störung.

Unter den Bäumen am Shannon Estuary war es stockdunkel, Eulen riefen, und im Unterholz tummelten sich unbekannte Kreaturen. Jack holte eine Taschenlampe aus dem Kofferraum, und als er sie anknipste, sah er, wie mehrere glühende Augenpaare vor Schreck erstarrten und sich schnell ins Gebüsch zurückzogen. Sandys Fiesta war noch an Ort und Stelle, nichts hatte sich in den letzten vierundzwanzig Stunden verändert. Er richtete den Schein der Lampe auf den Weg, der weiter am Estuary entlangführte. Ein hübscher Pfad für Vogelbeobachter und Naturfreunde, vielleicht auch Sandys Joggingroute. Obwohl er dort in den letzten Tagen schon so oft gesucht hatte, ging er in den Wald hinein, denn bisher hatte er, unerfahren, wie er war, nur nach Fußspuren Ausschau gehalten, als könnte ihm das irgendwie helfen. Diesmal ging er weiter, freute sich, wenn Tiere aus dem Lichtkegel flohen, und leuchtete in die Baumwipfel, bis das Licht zum Himmel aufstieg.

Plötzlich entdeckte er einen schmalen Pfad, der vom Hauptweg nach links abzweigte, und blieb stehen. Diese Gabelung hatte er bisher noch nie bemerkt! Vorsichtig leuchtete er hinein – noch mehr Bäume, dann nur noch Finsternis. Schaudernd wollte er sich abwenden – besser, er kam bei Tageslicht hierher zurück. Aber als er den Lichtkegel in die andere Richtung schwenkte, erhaschte er aus dem Augenwinkel ein metallisches Glitzern. Hastig lenkte er den Schein der Lampe zu der Stelle zurück. Hoffentlich war das, was immer er da gesehen haben mochte, nicht weg! Aber nein – sein Blick fiel auf eine silberne Armbanduhr, die im langen Gras links des Weges lag. Mit klopfendem Herzen bückte er sich nach ihr, denn er erinnerte sich plötzlich daran, wie Sandy ein paar Tage früher an der Tankstelle ihre Uhr vom Boden aufgehoben hatte.

Neunundzwanzig

»Hallo. Ich hoffe, ich habe die Nummer von Mary Stanley gewählt«, sagte Jack dem Anrufbeantworter. »Mein Name ist Jack
Ruttle. Sie kennen mich nicht, aber ich versuche, Kontakt mit
Sandy Shortt aufzunehmen, mit der Sie vor kurzem gesprochen
haben. Ich weiß, das klingt ein bisschen merkwürdig, aber wenn
Sie etwas von ihr hören, oder wenn Sie eine Ahnung haben, wo
sie stecken könnte, möchte ich Sie bitten, mich anzurufen unter
der Nummer ...«

Jack seufzte und probierte es bei der nächsten Adresse. Es
war ein sonniger Tag in Dublin, und überall um ihn herum lagen
Menschen im Gras von Stephen's Green. Enten watschelten um
seine Bank herum und suchten nach heruntergefallenen Brot-
krümeln. Sie schnatterten, pickten, hüpften zurück ins Wasser
und lenkten ihn für einen Augenblick von wichtigeren Dingen
ab. Nachdem er sich über eine Stunde bemüht hatte, sich in
Dublins Einbahnstraßensystem zurechtzufinden, und immer
wieder in einem Stau steckengeblieben war, hatte er schließlich
in der Nähe von Stephen's Green einen Parkplatz gefunden.
Er hatte noch eine Stunde Zeit bis zu seinem Termin bei Dr.
Burton, und der Gedanke daran machte ihn von Minute zu Minute nervöser. Selbst unter günstigen Bedingungen sprach Jack
nicht besonders gern über seine Gefühle, und wie er eine ganze
Stunde lang sein Gehirn nach eingebildeten Sorgen absuchen
sollte, überstieg schlicht seine Vorstellungskraft. Und das alles
nur, um etwas über Sandy Shortt zu erfahren. Er war nicht Co-

lumbo, und allmählich verlor er die Lust, sich auf irgendwelchen Schleichwegen Informationen zu beschaffen.

Den ganzen Vormittag war er nun schon dabei, die Nummern aus Sandys Telefonbuch anzurufen und Nachrichten bei den Leuten zu hinterlassen, die in den letzten Tagen mit ihr in Verbindung gewesen waren. Aber er kam nicht so richtig vorwärts. Bisher hatte er sechs Nachrichten auf Band gesprochen und mit zwei Leuten persönlich geredet, die mit Informationen allerdings extrem zurückhaltend gewesen waren. Außerdem hatte er sich viel zu lange die Tiraden von Sandys Vermieter angehört, der sich furchtbar darüber aufregte, dass er diesen Monat noch kein Geld von ihr bekommen hatte. Wo Sandy abgeblieben war, schien ihn daneben wenig zu stören.

»Ich warne Sie, lassen Sie sich von ihr bloß nicht das Herz brechen«, knurrte er. »Am besten brechen Sie die Beziehung zu ihr gleich ab – es sei denn, es macht Ihnen Spaß, tagelang rumzuhängen und auf sie zu warten. Und Sie sind auch nicht der Einzige, das kann ich Ihnen sagen.« Er lachte schallend. »Lassen Sie sich von ihr bloß nichts vormachen. Die ganze Zeit bringt sie Männer mit nach Hause, weil sie denkt, das hört keiner. Aber ich wohne direkt über ihr, ich kriege alles mit. Wann sie geht und wann sie kommt – verzeihen Sie das kleine Wortspiel. Aber hören Sie auf meine Worte: In ein paar Tagen wird sie wieder auftauchen und sich wundern, worüber sich alle so ereifern. Vermutlich denkt sie, sie war zwei Stunden weg und nicht zwei Wochen. Das ist so ihre Art. Aber wenn Sie sie doch schon vorher sehen, dann sagen Sie ihr, sie soll mir umgehend das Geld schicken, sonst setz ich sie an die Luft.«

Jack seufzte. Wenn er aufgeben wollte, dann war jetzt der richtige Augenblick. Aber er konnte nicht. Er war in Dublin, nur ein paar Minuten entfernt von jemandem, der – so hoffte er wenigstens – besser wusste, was in Sandys Kopf vorging, als sonst irgendwer. Nein, er wollte nicht die Segel streichen. Seine Vorstellung von Sandy veränderte sich. Durch ihre Telefongespräche hatte er sich in Gedanken ein Bild von ihr gemacht: gut organisiert, nüchtern, kompetent, verliebt in ihre Arbeit, gesprächig, sympathisch. Aber je mehr er in ihrem Leben forschte, desto mehr Facetten zeigten sich. Natürlich traf sein erster Eindruck immer noch zu, aber sie wurde realer für ihn. Er jagte kein Phantom mehr, sondern eine komplexe, vielschichtige Persönlichkeit, nicht mehr nur die hilfsbereite Fremde, mit der er ein paar Mal am Telefon gesprochen hatte. Vielleicht hatte Graham Turner ja recht, und sie hatte sich nur eine Weile aus dem ganzen Trubel der Welt zurückgezogen. Aber das wusste ihr Therapeut sicher noch besser.

Gerade als er die nächste Nummer wählen wollte, klingelte sein Telefon.

»Spreche ich mit Jack?«, fragte eine Frau leise.

»Ja«, antwortete er. »Mit wem habe ich das Vergnügen?«

»Hier ist Mary Stanley. Sie haben eine Nachricht hinterlassen, wegen Sandy Shortt.«

»O ja. Hallo Mary. Vielen Dank, dass Sie zurückrufen, obwohl meine Nachricht ein bisschen sonderbar war.«

»Ja.« Sie benahm sich genauso zurückhaltend wie die anderen. Aber es war ja durchaus verständlich, dass man einem Wildfremden mit einem gewissen Argwohn begegnete.

»Sie können mir vertrauen, Mary, ich habe keine üblen Absichten. Ich weiß nicht, wie gut Sie Sandy kennen, ob Sie mit ihr verwandt oder befreundet sind, aber lassen Sie mich zuerst etwas zu meiner Person sagen«, begann er und erzählte dann, wie er mit Sandy Verbindung aufgenommen und sich mit ihr verabredet hatte, wie er ihr an der Tankstelle begegnet war und danach den Kontakt wieder verloren hatte. Den Grund, warum er sie treffen wollte, erwähnte er nicht, denn er hatte das Gefühl, dass das unerheblich war. »Ich möchte nicht die Pferde scheu machen«, fuhr er fort, »aber ich rufe bei den Leuten an, die mit ihr in Kontakt standen, um zu sehen, ob jemand in letzter Zeit etwas von ihr gehört hat.«

»Ich habe heute Morgen einen Anruf von einem Polizisten namens Turner bekommen«, sagte Mary, und Jack war nicht ganz sicher, ob es eine Frage oder eine Feststellung war. Womöglich beides.

»Ja, ich habe mit ihm gesprochen, weil ich mir Sorgen um Sandy gemacht habe.« Nachdem Jack Sandys Uhr gefunden hatte, war er noch einmal bei Graham Turner vorstellig geworden, in der Hoffnung, ihn mit dieser Neuigkeit aus der Reserve zu locken. Anscheinend hatte es geklappt.

»Ich mache mir auch Sorgen«, sagte Mary, und Jack spitzte sofort die Ohren.

»Wieso hat Graham Turner Sie denn angerufen?«, fragte Jack, womit er eigentlich meinte: *Wer sind Sie? Woher kennen Sie Sandy?*

»Wer stand sonst noch auf der Liste der Leute, die Sie kontaktiert haben?«, antwortete sie mit einer Gegenfrage, ohne auf seine einzugehen.

Er schlug sein Notizbuch auf. »Peter Dempsey, Clara Keane, Ailish O'Brien, Tony Watts … Soll ich weitermachen?«

»Nein, das reicht. Stammt Ihre Liste von Sandy?«

»Sie hat ihr Handy und ihren Terminkalender dagelassen. Das war meine einzige Möglichkeit, nach ihr zu suchen«, erwiderte er und versuchte, sich sein schlechtes Gewissen nicht anhören zu lassen.

»Ist irgendjemand aus Ihrer Bekanntschaft verschwunden?« Ihr Ton war nicht übertrieben freundlich, aber auch nicht unfreundlich. Sie stellte einfach eine direkte Frage, als würden dauernd Menschen verschwinden.

»Ja, mein Bruder Donal«, antwortete Jack, und wie jedes Mal, wenn er über seinen Bruder sprach, hatte er einen dicken Kloß im Hals.

»Donal Ruttle. Stimmt, ich hab in der Zeitung was über ihn gelesen«, sagte sie und schwieg dann einen Moment nachdenklich. »Die ganzen Leute auf Ihrer Liste – in all diesen Familien ist jemand verschwunden. Bei mir auch. Mein Sohn Bobby ist seit drei Jahren nicht mehr da.«

»Das tut mir sehr leid«, erwiderte Jack leise. Es überraschte ihn nicht, dass Sandys Kontakte aus der letzten Zeit allesamt mit ihrer Arbeit zu tun hatten. Bisher war er noch keinem einzigen richtigen Freund begegnet.

»Ach, es braucht Ihnen nicht leid zu tun, es ist ja nicht Ihre Schuld. Damit keine Missverständnisse aufkommen: Wir alle haben Sandy angeheuert, um uns bei der Suche nach unseren Lieben zu helfen, und jetzt wollen Sie uns anheuern, dass wir helfen, Sandy zu finden?«

Obwohl er am Telefon war, wurde er rot. »Ja, ich denke, so könnte man es ausdrücken.«

»Tja, es ist mir egal, ob die anderen Ihnen schon geantwortet haben oder nicht, ich spreche trotzdem für sie. Sie können mit uns rechnen. Sandy liegt uns allen sehr am Herzen, wir tun alles, um sie zu finden. Je schneller wir es schaffen, desto schneller kann sie sich wieder um meinen Bobby kümmern.«

Offensichtlich befand sie sich genau auf Jacks Wellenlänge.

* * *

Als ich wieder auf meiner Couch lag, tat ich kein Auge mehr zu, sondern überlegte, wo meine Uhr geblieben war. Mir schwirrte der Kopf, weil mir so viele Möglichkeiten einfielen. Gerade malte ich mir eine Welt aus, in der Uhren aßen, schliefen, heirateten und Großvateruhren als Staatsführer wählten, eine Welt, in der Taschenuhren die Intellektuellen waren, wasserfeste Uhren das Meer bevölkerten, Diamantuhren die Aristokratie bildeten und Digitaluhren die Arbeiterschaft darstellten, als ich hörte, wie Joseph ins Haus schlich. Ich hatte ihn noch eine weitere Stunde lang beobachtet, wie er auf der Suche nach meiner Uhr mit großen, wilden Augen die Straße hinauf- und hinuntergewandert war. Jetzt konnte ich mir vorstellen, wie ich aussah, wenn die Suchsucht mich packte – hundertprozentig konzentriert und wie mit Scheuklappen, ohne das Geringste von der Umwelt mitzukriegen.

Ungefähr eine halbe Stunde nach mir kam er leise, aber eben nicht leise genug ins Haus zurück. Ich drückte das Ohr an die Wand zum Nebenzimmer und versuchte, das Gespräch zwischen ihm und Helena mitzuhören. Das Holz fühlte sich warm an meiner Wange an, und ich schloss für einen Moment die Augen. Auf einmal bekam ich schreckliches Heimweh und sehnte mich nach der warmen Brust, die sich sanft auf und ab bewegte und auf der ich so oft meinen Kopf ausgeruht hatte. Im Haus war es ganz still, und da ich mich plötzlich wie ein Raubtier im Käfig fühlte, beschloss ich, ins Freie zu schlüpfen, ehe sich noch jemand regte.

Draußen wurden die Marktstände gerade für einen weiteren geschäftigen Verkaufstag vorbereitet. Gesprächsfetzen mischten sich mit dem Lied der Vögel, Gelächter und Rufen, während Kisten ausgepackt und gestapelt wurden. Schon wieder überkam mich das Heimweh, und ich erinnerte mich daran, wie ich an der Hand meiner Mutter auf dem Marktplatz von Carrick-on-Shannon an den Bioständen entlanggeschlendert war, an den Duft von Obst und Gemüse, reif, farbenfroh, verführerisch.

Schließlich gelangte ich zu Bobbys Laden, dem Fundbüro. Mir fiel gleich auf, dass die Schnitzereien an diesem Gebäude noch bunter und verspielter waren als an den anderen: zwei verschiedenfarbige Socken, eine gelbe mit rosaroten Punkten und eine purpurrote mit orangefarbenen Streifen. Während ich so dastand und bei der Erinnerung an Gregory und unseren Abschiedstanz beim Schulball leise vor mich hinlachte, erschien plötzlich ein Gesicht am Fenster. Mir blieb das Lachen fast im Hals stecken, denn ich hatte das Gefühl, einen Geist vor mir zu sehen. Ich kannte dieses Gesicht! Es gehörte einem jungen Mann, der – vorausgesetzt, ich hatte mich nicht verrechnet – neunzehn Jahre alt war und mich breit angrinste, bis er endlich vom Fenster verschwand und zur Tür kam. Das war also der berühmte Bobby, dem das Fundbüro gehörte und den Helena und Wanda schon so oft erwähnt hatten.

»Hallo«, sagte er, mit der Schulter an den Türrahmen gelehnt, die Beine lässig gekreuzt, die Hände in meine Richtung gestreckt. »Willkommen im Fundbüro!«

Ich lachte. »Hallo, Mr. Stanley!«

Seine Augen wurden schmal vor Staunen, dass ich seinen Namen kannte, aber sein Grinsen wurde umso breiter. »Und wer sind Sie?«

»Sandy«, antwortete ich. Mir war bekannt, dass Bobby schon als Kind gern den Clown gespielt hatte, denn ich hatte zahllose Videos von ihm gesehen, wie er sich vor der Kamera produziert hatte. »Sie stehen auf meiner Liste«, erklärte ich. »Fürs Vorsprechen gestern. Aber Sie sind nicht erschienen.«

»Ah!« Jetzt dämmerte ihm offensichtlich, wer ich war, aber er musterte mich weiterhin voller Neugier. »Ich hab schon von Ihnen gehört«, verkündete er, löste sich vom Türrahmen und kam die Treppe herunter, betont cool, die Hände bis zu den Ellbogen in den Hosentaschen. Direkt vor mir blieb er stehen, verschränkte die Arme, legte dann eine Hand ans Kinn und begann mich langsam zu umkreisen.

Ich lachte wieder. »Was haben Sie denn von mir gehört?«

Er blieb hinter mir stehen, und ich drehte mich zu ihm um. »Man sagt, Sie wissen eine ganze Menge«, meinte er mysteriös.

»Ach ja?«

»Ach ja«, wiederholte er, ohne stehen zu bleiben. Als er den Kreis vollendet hatte, schlug er erneut die Arme übereinander, und seine blauen Augen funkelten. Er war genau so, wie seine stolze Mutter ihn beschrieben hatte. »Man sagt, Sie sind die Wahrsagerin von hier.«

»Wer ist denn *man*?«, wollte ich wissen.

»Die …« Er hielt inne und sah sich um, ob jemand lauschte, dann sagte er mit leiser Stimme: »Die Leute vom Vorsprechen, Ihr Ensemble.«

»Ach die.«

»Ja, die.« Er nickte und machte große Augen. »Wir haben viel gemeinsam«, meinte er, wieder höchst kryptisch.

»Ach ja?«

»Ach ja«, wiederholte er erneut. »Sie – also die Leute, die für das Theaterstück vorgesprochen haben«, fuhr er leise fort, nachdem er sich abermals argwöhnisch umgesehen hatte, »sie sagen, wenn man was wissen möchte, muss man nur zu Ihnen gehen.«

»Vielleicht weiß ich ja tatsächlich das eine oder andere«, erwiderte ich achselzuckend.

»Tja, und ich bin derjenige, zu dem man gehen muss, wenn man etwas haben will.«

»Genau deshalb bin ich hier«, erwiderte ich lächelnd.

Sofort wurde er ernst. Dachte ich jedenfalls. »Was denn nun? Sie sind hier, weil Sie etwas haben wollen oder weil Sie mir etwas mitteilen wollen?«

Ich dachte kurz über die Frage nach, ließ sie aber unbeantwortet und sagte nur: »Wollen Sie mich nicht reinlassen?«

»Selbstverständlich«, versicherte er, jetzt ganz natürlich. »Ich bin Bobby.« Er streckte mir die Hand entgegen. »Aber das wussten Sie ja bereits.«

»Stimmt. Ich bin Sandy Shortt.« Ich nahm seine Hand und schüttelte sie. Sie fühlte sich schlapp an, und als ich ihn ansah, war er ganz blass geworden.

»Sandy *Shortt*?«, hakte er nach.

»Ja«, antwortete ich, und mein Herz begann nervös zu pochen. »Was ist daran auszusetzen?«

»Sandy Shortt aus Leitrim in Irland?«

Ich ließ seine Hand los und schluckte. Schweigen. Ich brauchte anscheinend nichts zu sagen, denn Bobby packte mich am Arm und zog mich ins Fundbüro. »Ich hab Sie schon erwartet«, sagte er mit einem erneuten argwöhnischen Blick über die Schulter.

Dann schloss er die Ladentür hinter uns ab.

Dreißig

Die Leeson Street, die von Stephen's Green wegführt, ist eine hübsche, von größtenteils gut erhaltenen georgianischen Häusern gesäumte Straße. Die Gebäude, einst prächtige Villen für Aristokraten, beherbergen jetzt meist Geschäftsunternehmen: Hotels, Büros, Arztpraxen und im Keller Dublins »Strip«, eine Kette florierender Nachtclubs.

Die Messingplakette neben der majestätischen schwarzen Tür trug die Aufschrift »Scathach House«. Langsam stieg Jack die sieben Steinstufen hinauf und wollte gerade nach dem Messingtürklopfer in Form eines Löwenkopfs mit einem Ring zwischen den Zähnen greifen, als er rechts von der hübschen alten Tür eine Reihe hässlicher moderner Klingeln entdeckte. Dr. Burtons Praxis lag im ersten Stock, im Erdgeschoss war eine Werbeagentur, ganz oben eine Anwaltskanzlei. Als der Türöffner schnurrte, trat Jack ein, stieg die Treppe hinauf und setzte sich in den leeren Warteraum der Praxis. Die Frau am Empfang lächelte ihn an, und er hätte am liebsten geschrien: »Mit mir ist alles in Ordnung! Ich bin nur hier, weil ich Ermittlungen anstellen muss!«

Aber stattdessen erwiderte er nur stumm das Lächeln.

Auf dem Tisch stapelten sich Zeitschriften, einige ein paar Monate, andere über ein Jahr alt. Er nahm eine davon in die Hand, blätterte lustlos darin herum und landete schließlich bei einem Artikel über eine Königsfamilie irgendwo in einem obskuren Land, die auf Betten, Sofas, Küchentischen und Klavieren in ihren Lieblingszimmern und auf dem Rasen vor dem Haus posierte. Dann ging die Tür zu Dr. Burtons Sprechzimmer auf, und Jack legte die Zeitschrift schnell weg.

Dr. Burton war jünger, als Jack ihn sich vorgestellt hatte, Mitte bis Ende vierzig, mit einem gepflegten, hellbraunen, mit Silber durchsetzten Bart. Außerdem hatte er durchdringende blaue Augen, war schätzungsweise knapp einsachtzig und trug Jeans zu einem hellbraunen Cordjackett.

»Jack Ruttle?«, fragte er und sah Jack an.

»Ja«, antwortete dieser und stand auf. An der Tür schüttelten sie sich die Hände, und Jack betrat das Sprechzimmer, musste aber erneut gegen den Impuls ankämpfen, erst einmal unmissverständlich klarzustellen, dass er ein psychisch kerngesunder Mensch war und ihm der Besuch beim Therapeuten nur als Tarnung diente.

Das Zimmer war ohne einen bestimmten Stil eingerichtet, aber an dem vollgestopften Bücherregal, dem bepackten Schreibtisch, der Reihe von Aktenschränken und den akademischen Auszeichnungen an der Wand sah man, dass hier ernsthaft gearbeitet wurde. Verschiedene Teppiche, ein Sessel und eine Couch vervollständigten das Bild. Der Raum hatte Charakter und passte zu dem Mann, der jetzt vor Jack saß und sich Notizen machte.

»Nun, Jack«, sagte Dr. Burton, nachdem er das Formular ausgefüllt hatte, schlug die Beine übereinander und wandte Jack seine volle Aufmerksamkeit zu. Der wäre am liebsten weggelaufen. »Was führt Sie denn heute zu mir?«

Weil ich Sandy Shortt finden will, hätte er gern geantwortet, aber stattdessen zuckte er nur mit den Schultern und rutschte unbehaglich auf seinem Stuhl herum. Er wollte die Sache möglichst schnell hinter sich bringen, aber wie um alles in der Welt konnte er seine Lügengeschichten so formulieren, dass er dabei tatsächlich etwas über Sandy Shortt erfuhr? Vielleicht hatte er seinen Plan zu sehr auf die Hoffnung gegründet, es würde sich alles ergeben, wenn er erst mal in Dr. Burtons Praxis saß. Was sagten die Leute in Filmen immer, wenn sie gefragt werden, was sie zum Psychologen führte? Denk nach, Jack, denk nach. »Ich stehe total unter Stress«, antwortete er schließlich, und vor lauter Freude, dass es ihm eingefallen war, klang er viel zu selbstbewusst.

»Was für eine Art von Stress?«

Was für eine Art von Stress? Gab es denn mehr als eine? »Ganz normaler Stress«, erklärte er achselzuckend.

Dr. Burton runzelte die Stirn, und Jack fürchtete schon, er hätte etwas Falsches gesagt. »Kommt der Stress von der Arbeit, oder ...?«

»O ja«, fiel Jack ihm ins Wort. »Der Stress kommt von der Arbeit. Die ist echt ...« Er suchte verzweifelt nach dem richtigen Wort und beendete den Satz etwas lahm mit: »... echt stressig.«

»Aha«, meinte Dr. Burton und nickte. »Was machen Sie denn?«

»Ich bin Schauermann bei der Shannon Foynes Port Company.«

»Und warum sind Sie heute in Dublin?«

»Ihretwegen.«

»Sie haben den ganzen weiten Weg meinetwegen gemacht?«

»Ich hab hier auch einen Freund besucht«, warf Jack schnell ein.

»Oh, okay«, lächelte Dr. Burton. »Was ist es denn, was Sie an Ihrer Arbeit so stresst? Erzählen Sie mir doch ein bisschen davon.«

»Äh, vor allem die Arbeitszeiten.« Jack versuchte ein überzeugend gestresstes Gesicht aufzusetzen. »Ich muss ständig Überstunden machen.« Dann schwieg er, faltete die Hände im Schoß, nickte und mied Dr. Burtons Blick.

»Wie viele Stunden arbeiten Sie denn pro Woche?«

»Vierzig«, antwortete Jack, ohne nachzudenken.

»Aber vierzig Stunden sind doch normal, Jack. Warum haben Sie das Gefühl, dass Ihnen das zu viel ist?«

Jack wurde rot.

»Es ist okay, wenn Sie es so empfinden, Jack. Vielleicht gibt es ja einen guten Grund, weshalb Ihre Arbeit Sie so stresst – wenn es denn tatsächlich die Arbeit ist …« Dr. Burton redete weiter, aber Jack schaltete ab und sah sich im Raum um, ob er irgendwo Spuren von Sandy entdeckte – als könnte sie vielleicht ihren Namen auf die Wand gekritzelt haben, bevor sie verschwunden war. Dann merkte er auf einmal, dass Dr. Burton ihn schweigend musterte.

»Ja, ich glaube, das ist es«, nickte Jack, sah auf seine Hände hinunter und hoffte, dass seine Antwort irgendwie gepasst hatte.

»Und wie heißt sie?«

»Wie heißt wer?«

»Ihre Partnerin, die Person zu Hause, mit der Sie Schwierigkeiten haben?«

»Oh. Gloria«, sagte er und dachte daran, wie sie sich gefreut hatte, dass er endlich einem Profi das Herz ausschütten wollte. Dabei hörte er in Wirklichkeit nicht mal zu. Je mehr er darüber nachdachte, desto wütender wurde er innerlich.

»Haben Sie ihr von Ihren Gefühlen erzählt, von dem ganzen Druck, unter dem Sie stehen?«

»O nein!«, lachte Jack. »Über so was rede ich nicht mit Gloria.«

»Warum nicht?«

»Weil sie immer eine Antwort parat hat und immer genau weiß, was ich anders machen sollte.«

»Und das wollen Sie nicht?«

»Nein.« Er schüttelte den Kopf. »Mit mir ist alles in Ordnung, ich muss nichts anders machen.«

»Wer sollte denn etwas anders machen?«

Jack zuckte die Achseln. Auf diese Diskussion hatte er ganz und gar keine Lust.

Dr. Burton ließ die Frage in der Luft hängen, aber Jack hielt das Schweigen nicht aus. »Das, was um uns rum passiert, sollte anders werden«, antwortete er nach kurzer Überlegung hastig.

Anscheinend war das für Dr. Burton nicht genug.

»Und ...« Jack zögerte. »Und das versuche ich auch.«

»Sie versuchen, das zu ändern, was um Sie herum passiert«, wiederholte Dr. Burton.

»Genau, das hab ich doch grade gesagt.«

»Und das gefällt Gloria nicht.«

Jack überlegte, ob Dr. Burton wohl viel Geld verdiente. »Nein«, antwortete er kopfschüttelnd. »Sie findet, ich sollte endlich alles vergessen.« Eigentlich hatte er das gar nicht sagen wollen, aber egal, er hatte ja nichts verraten. Andererseits – was konnte es eigentlich schaden, wenn er einfach alles erzählte? Dr. Burton würde immer noch nicht wissen, warum er wirklich hier war.

»Was sollen Sie denn vergessen?«

»Donal«, antwortete Jack langsam und überlegte kurz, ob er noch mehr sagen sollte. Vielleicht würde Dr. Burton ihn ja sogar unterstützen, wenn er ihm alles erklärte. »Der Rest der Familie denkt genau wie Gloria. Alle wollen Donal vergessen und ihn gehen lassen. Na ja, ich bin da einfach anderer Meinung, wissen Sie. Er ist immerhin mein Bruder. Aber Gloria sieht mich an, als wäre ich irre, wenn ich ihr das erklären will.«

»Ist Ihr Bruder Donal gestorben?«

»Nein, nein«, sagte Jack, als wäre das eine ganz absurde Idee. »Obwohl man es denken könnte. Er wird nur vermisst. *Nur!*« Er lachte ärgerlich und rieb sich müde das Gesicht. »Manchmal glaube ich, es wäre leichter, wenn er tot wäre.«

Dr. Burton schwieg, wodurch Jack erneut unter Druck geriet, schnell etwas zu sagen. »Er ist letztes Jahr verschwunden, an seinem vierundzwanzigsten Geburtstag.« Er schlug sich mit der Faust in die offene Hand. Peng. »Er hat um 3:08 Freitagnacht noch Bargeld am Automaten in der Henry Street abgehoben ...«, peng, »... ist um halb vier morgens auf dem Harvey's Quay gesehen worden ...«, peng, »... und danach war er verschwunden, wie vom Erdboden verschluckt. Wie kann man so was denn vergessen? Wie kann man einfach weiterleben, wenn der eigene Bruder irgendwo da draußen ist? Wenn man nicht weiß, ob er vielleicht verletzt ist und Hilfe braucht? Wie zum Teufel soll da auf einmal wieder alles normal sein?« Jetzt hatte er sich richtig in Rage geredet. »Warum erwarten alle, dass ich sinnlose vierzig Stunden pro Woche schufte und blödes Zeug auf irgendwelche Schiffe verlade? Ich weiß ja nicht mal, was drin ist in den Kisten, die irgendwo in die Welt geschickt werden, wo ich noch nie war und wahrscheinlich auch nie sein werde! Warum ist das wichtiger, als meinen Bruder zu finden? Es ist mir unbegreiflich, wie man draußen rumlaufen kann, ohne sich jedes Mal nach allen Richtungen umzusehen und ihn zu suchen! Warum will mir das jeder mit den gleichen blöden Argumenten ausreden?«

Seine Stimme wurde immer lauter. »Niemand hat was gesehen, niemand hat was gehört, niemand weiß irgendwas. In diesem Land leben fünf Millionen Menschen, davon 175 000 in Limerick und 55 000 in Limerick City. Warum hat nicht wenigstens einer davon meinen Bruder gesehen, irgendwo?« Atemlos hielt er inne. Er hatte Halsschmerzen, seine Augen waren voller Tränen, aber er wollte um jeden Preis verhindern, dass sie überflossen.

Wieder schwieg Dr. Burton einfach. Er ließ Jack Zeit, sich zu sammeln und seine Gedanken zu sortieren. Unterdessen ging er zum Wasserbehälter und kam mit einem Plastikbecher für Jack zurück.

Während Jack daran nippte, überlegte er laut: »Sie schläft sehr viel, wissen Sie. Meistens auch gerade dann, wenn ich sie brauche.«

»Gloria?«

Jack nickte.

»Haben Sie Schlafstörungen?«

»Mir geht so viel durch den Kopf, ich muss so viele Berichte lesen und überdenken. Und nicht nur die Berichte, die Sachen, die mir die Leute erzählen, lassen mir auch keine Ruhe, ich kann nicht abschalten. Ich muss Donal finden, das ist wie eine Sucht. Es frisst mich auf.«

Dr. Burton nickte verständnisvoll. Nicht herablassend, wie Jack es sich vorgestellt hatte, er schien ihn wirklich zu verstehen. Es war, als hätte er Jacks Problem zu seinem eigenen gemacht, damit sie sich gemeinsam um eine Lösung kümmern konnten.

»Sie sind nicht der Einzige, der sich nach einem traumatischen Erlebnis so fühlt, wissen Sie, Jack. Eigentlich ist das vollkommen normal. Hat man Ihnen nach dem Verschwinden Ihres Bruders geraten, sich an einen Psychotherapeuten zu wenden?«

Jack verschränkte die Arme. »Ja, bei der Polizei haben die was davon erwähnt, und ich hatte auch jeden Tag Broschüren und Flyer von irgendwelchen Selbsthilfegruppen in der Post.« Er wedelte wegwerfend mit der Hand. »Kein Interesse.«

»Solche Organisationen können durchaus nützlich sein, wissen Sie. Im Austausch mit anderen wird einem klar, dass man nicht allein ist. Die meisten Menschen leiden, wenn sie jemanden verloren haben. Manche leiden sogar, wenn sie Dinge verlieren«, fügte er nachdenklich und wie zu sich selbst hinzu.

Verwirrt sah Jack ihn an. »Nein, nein, Sie verstehen das nicht richtig – ich hab kein Problem damit, wenn etwas verloren geht, damit kann ich umgehen. Aber meine Familie hat Donal verloren, und keiner von den anderen reagiert darauf so wie ich, sie können sich anscheinend alle damit abfinden, dass er weg ist. Ich kann mir kaum etwas Schlimmeres vorstellen, als in einer Gruppe zu sitzen und die gleichen Gespräche führen zu müssen wie daheim.«

»Aber wenn ich recht verstanden habe, unterstützt Gloria Sie doch, oder? Das sollten Sie nicht für selbstverständlich nehmen. Bestimmt war es auch für sie schwer, Donal zu verlieren, und denken Sie vor allem daran – sie hat nicht nur ihn, sondern auch Sie verloren. Sie sollten Gloria zeigen, wie wichtig sie für Ihr Leben ist. Ich bin sicher, das würde ihr sehr viel bedeuten.« Aus Dr. Burtons Stimme klang ehrliches emotionales Engagement.

Er stand auf, ging zum Wasserspender und holte sich ebenfalls einen Becher. Als er sich wieder setzte, hatte er sich etwas gefasst. »Lieben Sie Gloria?«

Jack zuckte schweigend die Achseln. Er wusste es nicht mehr.

»Meine Mutter hat immer gesagt, man muss auf sein Herz hören«, meinte Dr. Burton lachend, und die Stimmung wurde etwas leichter.

»War sie auch Psychologin?«, erkundigte sich Jack grinsend.

»Auf ihre eigene Art«, antwortete er. »Wissen Sie, Sie erinnern mich an jemanden, Jack, an eine Frau, die ich sehr gut kenne.« Er lächelte traurig, dann schaltete er wieder auf den Therapeutenmodus um. »Also, was sollen wir tun?« Er sah auf die Uhr. »Wobei wir nicht vergessen dürfen, dass wir nur noch ein paar Minuten Zeit haben.«

»Ich hab schon angefangen, etwas dagegen zu tun.« Auf einmal erinnerte Jack sich daran, warum er hier war.

»Erzählen Sie.« Dr. Burton beugte sich vor und stützte die Ellbogen auf seine langen Oberschenkel.

»Ich hab jemanden in den gelben Seiten gefunden, eine Agentur – für Personensuche«, setzte er hinzu.

Dr. Burton zuckte nicht mit der Wimper. »Und?«

»Ich hab zu dieser Frau Kontakt aufgenommen, wir haben uns ausführlich unterhalten, und sie wollte mir helfen, Donal zu finden. Letzten Sonntag wollten wir uns treffen, in Limerick.«

»Ja?« Burton lehnte sich zurück, ganz langsam und mit vollkommen unbewegtem Gesicht.

»Das Seltsame ist, dass wir uns unterwegs an einer Tankstelle begegnet sind, und dann ist sie nie an unserem vereinbarten Treffpunkt aufgekreuzt. Ich war am Boden zerstört, denn ich habe wirklich geglaubt, dass diese Frau mir helfen kann. Das glaube ich immer noch.«

»Wirklich«, wiederholte Dr. Burton.

»Ja, wirklich. Deshalb hab ich angefangen, nach ihr zu suchen.«

»Sie haben also die Person gesucht, die vermisste Personen sucht«, stellte er trocken fest.

»Ja.«

»Und haben Sie sie gefunden?«

»Nein, nur ihr Auto, aber in dem Auto lag die Akte meines Bruders, das Handy dieser Frau, ihr Terminkalender, ihr Portemonnaie und eine Tasche mit Klamotten, die allesamt Namensschildchen hatten. Sie etikettiert alles.«

Dr. Burton begann auf seinem Stuhl herumzurutschen.

»Ich mache mir Sorgen um diese Frau, vor allem auch deshalb, weil ich glaube, dass sie meinen Bruder finden könnte.«

»Dann sind Sie jetzt also auf diese andere Frau fixiert«, fasste Dr. Burton etwas allzu nüchtern zusammen.

Aber Jack schüttelte energisch den Kopf. »Sie hat am Telefon einmal zu mir gesagt, wenn es noch etwas Frustrierenderes gibt, als jemanden nicht zu finden, dann wäre das, nicht gefunden zu werden. Ich weiß, dass sie gefunden werden möchte.«

»Vielleicht hat sie sich aber einfach nur für ein paar Tage aus dem ganzen Trubel zurückgezogen.«

»Genau das hat der Mann von der Garda auch gesagt.« Als Jack die Polizei erwähnte, zog Dr. Burton die Augenbrauen hoch. »Ich habe mit einer Menge Leute gesprochen, die sie kennen, und auch die haben das Gleiche gesagt.« Jack zuckte die Achseln.

»Nun, dann sollten Sie darauf hören. Halten Sie sich raus, konzentrieren Sie sich lieber darauf, erst mal mit dem Verschwinden Ihres Bruders zurechtzukommen, bevor Sie sich in etwas Neues stürzen. Vielleicht hat diese Frau gute Gründe, sich nicht bei Ihnen zu melden.«

»Ich hab sie nicht belästigt, falls Sie etwas in der Richtung andeuten wollen, Dr. Burton. Ich bin auch nicht der Einzige, der sich Sorgen macht, deshalb werde ich mich demnächst auch mit ein paar anderen Leuten treffen und überlegen, was wir machen können.«

»Aber vielleicht ist es für diese Frau ganz normal, zu verschwinden«, wandte er ein. »Vielleicht möchte sie nur ein paar Tage in Ruhe gelassen werden.«

»Ja, vielleicht. Aber es ist jetzt fünf Tage her, dass ich ihr begegnet bin, und noch länger, seit jemand anderes sie gesehen hat. Wenn ich jemanden finde, der weiß, wo sie gerade ist oder der sie nach mir noch gesehen hat, gebe ich mich zufrieden und lasse sie in Ruhe. Aber irgendwie glaube ich nicht, dass sie einfach allein sein wollte«, erwiderte er leise. »Ich möchte sie finden, um ihr dafür zu danken, dass sie mir Mut gemacht hat. Durch sie habe ich wieder Hoffnung geschöpft, und diese Hoffnung hat mir zu der Erkenntnis verholfen, dass ich sie auch finden kann.«

»Warum glauben Sie eigentlich, dass sie verschwunden ist?«

»Das sagt mir mein Herz, und in dieser Sache höre ich auf mein Herz.«

Mit einem grimmigen Lächeln nahm Dr. Burton das Zitat zur Kenntnis.

»Und falls mein Herz Ihnen als Beweis nicht genügt, hab ich auch noch das hier.« Jack fasste in die Hosentasche, holte Sandys Uhr heraus und legte sie sachte auf den Schreibtisch.

Einunddreißig

Es waren drei Jahre vergangen, seit ich Dr. Burton das letzte Mal gesehen hatte. Schon von ferne konnte ich erkennen, dass ihm das Älterwerden gut zu Gesicht stand. Genau genommen sah es aus, als wären wir beide überhaupt nicht älter geworden. Aus der Ferne war alles perfekt, und nichts hatte sich verändert.

Ich hatte mich sechsmal umgezogen, bevor ich mein Zimmer verließ. Als ich mit meiner äußeren Erscheinung mehr oder weniger zufrieden war, machte ich mich zum vierten Mal in diesem Monat auf den Weg in die Leeson Street. An diesem Montagmorgen hüpfte ich die Treppe hinunter wie eine Vierzehnjährige, so sehr freute ich mich auf das, was vor mir lag. Ich rannte von Harold's Cross zur Leeson Street, hinauf zu der schicken schwarzen Tür, immer zwei Stufen auf einmal nehmend, aber auf dem Weg zur Klingel erstarrte meine Hand. Aus der Nähe sah auf einmal alles ganz anders aus.

Ich war nicht mehr das Schulmädchen, das zu ihm kam und Hilfe suchte. Jetzt, wo ich wusste, wer ich war, suchte ich das Weite, wenn jemand mir Hilfe anbot. Schon zweimal hatte ich auf der gegenüberliegenden Straßenseite gewartet, unfähig, die Straße zu überqueren, und beobachtet, wie er morgens zur Arbeit kam und abends wieder ging.

Beim vierten Besuch setzte ich mich auf die Steintreppe, stützte die Ellbogen auf die Knie, das Kinn auf die Fäuste und starrte auf den Boden und die vorbeieilenden Füße und Beine. Ein Paar braune Schuhe und eine Jeans näherten sich. Ich erwartete, sie würden an mir vorbeigehen und durch die Tür in meinem Rücken verschwinden, aber nein. Ein Schritt, zwei Schritte, drei Schritte, dann blieben sie stehen, und ihr Besitzer ließ sich neben mir nieder.

»Hi«, sagte die Stimme leise.

Ich hatte Angst aufzublicken, tat es aber trotzdem. Sein Gesicht war direkt vor meinem, die blauen Augen so strahlend wie an dem Tag, als ich sie zum ersten Mal gesehen hatte.

»Mr. Burton«, sagte ich und lächelte.

Er schüttelte den Kopf. »Wie oft muss ich dir noch sagen, du sollst mich nicht so nennen?«

Gerade wollte ich mich zu seinem Vornamen bekennen, da fügte er hinzu: »Übrigens heißt es jetzt *Doktor* Burton.«

»Herzlichen Glückwunsch, *Doktor* Burton«, grinste ich, während ich ihn aufmerksam musterte und mir jedes Detail einzuprägen versuchte.

»Meinst du, diese Woche könntest du dich losreißen und mit ins Haus kommen? Ich habe genug davon, dich immer nur aus der Ferne zu bewundern.«

»Komisch, ich hab gerade gedacht, wie viel leichter es ist, die Dinge von fern zu sehen.«

»Ja, aber man hört nichts.«

Ich lachte.

»Mir gefällt der Name«, stellte ich mit einem Blick auf das Messingschild fest. »Scathach House.«

»Es stand bei den Vermietungen in der Zeitung, und ich fand es perfekt. Vielleicht ist der Name ein gutes Omen.«

»Vielleicht. Bist du der Brücke, über die wir damals gesprochen haben, schon näher gekommen?«

Er lächelte und studierte mein Gesicht so intensiv, dass ich eine Gänsehaut bekam.

»Wenn ich dich zum Essen ausführen darf, sehen wir, wo wir stehen. Falls dein Freund nichts dagegen hat.«

»Mein Freund?«, fragte ich verwirrt.

»Der pelzige junge Mann, der mir vor ein paar Wochen die Tür aufgemacht hat.«

»Ach der«, winkte ich ab. »Das war bloß …« Ich stockte, weil ich mich nicht mehr an seinen Namen erinnern konnte. »Thomas«, improvisierte ich. »Wir sind nicht zusammen.«

Mr. Burton lachte, stand auf und streckte mir die Hände entgegen, um mich hochzuziehen. »Meine liebe Sandy, ich glaube, sein Name war Steve! Aber egal – je eher du die Namen vergisst, desto besser für mich.« Er legte die Hand leicht auf mein Kreuz, und ich spürte seine Berührung wie einen Stromschlag. So führte er mich die Treppe hinauf. »Können wir einen kurzen Umweg über meine Praxis machen? Ich möchte dir etwas geben.«

Stolz stellte er mich seiner Assistentin Carol vor und brachte mich in sein Sprechzimmer. Es roch nach ihm, es sah nach ihm aus, alles hier war Mr. Burton, Mr. Burton. Oh, Mr. Burton! Als ich eintrat und mich auf die Couch setzte, fühlte ich mich, als würde er mich in die Arme schließen.

»Das hier ist ein bisschen besser als das Kabuff von früher, was?«, meinte er lächelnd, während er etwas aus einer Schreibtischschublade holte.

»Es ist toll hier.« Ich konnte mich gar nicht satt sehen und atmete seinen Geruch in vollen Zügen ein.

Als er sich mir gegenüber niederließ, merkte ich, wie nervös er war. »Ich wollte dir das eigentlich schon letzte Woche geben, als ich dich besucht habe, zu deinem Geburtstag«, erklärte er und schob die Schachtel über den Tisch aus Kirschbaumholz. Sie war lang, rot und samtig. Vorsichtig nahm ich sie in die Hand und strich mit dem Finger über die weiche Oberfläche. Ich sah ihn an. Er beäugte die Schachtel. Langsam und mit angehaltenem Atem machte ich sie auf. Darin lag eine glänzende silberne Uhr.

»Oh, Mr. Bur …«, begann ich, aber er packte meine Hand und unterbrach mich.

»*Bitte*, Sandy! Jetzt heißt das Gregory, okay?«

Jetzt heißt das Gregory. Jetzt heißt das *Gregory*. *Jetzt* heißt das Gregory. Es klang wie Musik in meinen Ohren.

Lächelnd nickte ich, nahm die Uhr aus der Schachtel, legte sie um mein linkes Handgelenk und begann am Verschluss herumzufingern, immer noch ganz benommen von dem unerwarteten Geschenk.

»Auf der Rückseite ist dein Name eingraviert«, sagte er und half mir mit zitternden Fingern, die Uhr umzudrehen. Tatsächlich: *Sandy Shortt*. »Damit sie nicht verloren geht.«

Wir lächelten uns an.

»Immer mit der Ruhe«, warnte er, während er mir zusah, wie ich mich mit dem Verschluss abmühte. »Warte, ich helfe dir«, rief er, aber im gleichen Augenblick hörte ich ein Knacken, als wäre etwas zerbrochen.

Ich erstarrte. »Hab ich sie kaputtgemacht?«

Er kam neben mich auf die Couch. Während er an dem Verschluss herumfummelte, berührte seine Haut meine, und alles, *alles* in mir schmolz dahin.

»Nein, sie ist nicht kaputt, nur der Verschluss ist ein bisschen locker. Ich bringe sie zurück und lass ihn reparieren«, schlug er vor und versuchte, sich die Enttäuschung nicht anmerken zu lassen. Was ihm allerdings nicht gelang.

»Nein!« Ich wollte die Uhr um keinen Preis wieder hergeben.

»Sie ist zu locker, Sandy, womöglich geht der Verschluss auf und du verlierst sie.«

»Nein, ich passe auf, ich verliere sie bestimmt nicht.«

Unsicher sah er mich an.

»Wenigstens heute will ich sie anhaben.«

»Na gut.« Endlich saßen wir beide still und sahen uns an.

»Ich wollte dir die Uhr schenken, damit du besser mit deiner Zeit zurechtkommst und nie wieder für drei Jahre den Kontakt zu mir abbrichst.«

Ich sah auf mein Handgelenk, bewunderte das silberne Armband, das Ziffernblatt aus Perlmutt. »Danke, Gregory«, sagte ich, und sein Name fühlte sich wunderbar an in meinem Mund. »Gregory, Gregory«, wiederholte ich ein paar Mal, und er lachte und freute sich darüber.

Wir gingen zusammen essen. Danach wussten wir, wo wir standen.

Die Veranstaltung kam einer Katastrophe verdächtig nahe. Eine Lektion fürs Leben. Falls wir zuvor irgendwelche Wahnvorstellungen gehegt hatten – und das hatten wir beide –, dieser Abend könnte der Beginn von etwas sein, brachte uns die Erkenntnis, dass wir uns noch genau dort befanden, wo wir uns vor drei Jahren getrennt hatten, unsanft auf den Boden der Tatsachen zurück. Oder vielleicht dorthin, wo Gregory sich durch rasierklingenscharfes Gras kämpfen musste. Ich war Scathach, so extrem wie eh und je. Genau genommen war ich in den vergangenen Jahren sogar noch schlimmer geworden.

Trotzdem nahm ich die Uhr nie ab, ich trug sie Tag für Tag. Gelegentlich fiel sie herunter, aber wir haben alle unsere schlechten Momente. Dann befestigte ich sie wieder an meinem Handgelenk – dort gehörte sie hin, das fühlte ich. Die Uhr war ein Symbol für sehr viele Dinge.

Das Positive an unserem gemeinsamen Essen war, dass es uns erneut unsere Verbundenheit vor Augen führte. Es war, als gäbe es zwischen uns eine unsichtbare Nabelschnur, die es uns erlaubte, voneinander zu zehren, zu wachsen und einander Lebenskraft zu geben.

Aber es gab eben auch die Kehrseite der Medaille: An dieser Nabelschnur konnten wir rücksichtslos ziehen, wir konnten sie verdrehen und verknoten und uns nicht darum kümmern, dass dieses Verdrehen und Verknoten auch dem jeweils anderen langsam, aber sicher die Luft abschnitt.

Aus der Ferne war alles wunderbar, aber in der Nähe sah es ganz anders aus. Wir konnten uns nicht gegen die Zeit wehren, die uns unbarmherzig veränderte, die mit jedem Jahr, das verging, eine weitere Lackschicht auftrug und unserer Persönlichkeit Tag für Tag eine Nuance hinzufügte – oder wegnahm. Und leider ließ sich nicht leugnen, dass ich nicht nur nicht mehr die Gleiche war wie früher, sondern viel, viel weniger.

Zweiunddreißig

Bobby schloss die Ladentür ganz leise hinter uns, als wollte er um jeden Preis vermeiden, dass die Standbesitzer draußen etwas davon mitkriegten, und zerrte mich hinter sich her. Ich überlegte, ob dieses Verhalten zu seiner typischen Clownerie gehörte, aber irgendwie spürte ich, dass es nicht so war, was mich in milde Panik versetzte. Schließlich ließ er meine verschwitzte Hand los, hastete ohne ein Wort der Erklärung in den Nebenraum und zog die Tür zu. Durch den Schlitz konnte ich nur sehen, wie sich sein Schatten hin und her bewegte. Anscheinend suchte er etwas: Ich hörte, wie er Kisten herumschob, Möbelstücke rückte, mit Gläsern hantierte. Jedes Geräusch ließ in meinem misstrauischen Kopf eine neue Verschwörungstheorie entstehen, aber schließlich schaffte ich es doch, mich loszureißen und mich ein wenig in dem Raum umzuschauen, in dem er mich hatte stehenlassen.

Ich war umgeben von Regalen, die wie in den alten Lebensmittellädchen aus dem letzten Jahrhundert bis zur Decke hinaufreichten. Darauf standen vollgestopfte Körbe mit allen möglichen Kleinigkeiten: Klebeband, Handschuhe, Stifte, Marker und Feuerzeuge. Es gab auch Körbe mit Socken, und an ihnen hing ein handgeschriebenes Schild, auf dem ausdrücklich der Verkauf von zusammenpassenden *Paaren* angepriesen wurde. In der Mitte des Raums standen Dutzende von Kleiderständern, getrennt nach Frauen- und Männersachen, Stil und Zeit – 1950, 1960, 1970 und so weiter. Es gab Kostüme, traditionelle Kleidung und Brautkleider (unwillkürlich fragte ich mich, wie um

Himmels willen ein Brautkleid verloren gehen konnte), an der anderen Wand eine Büchersammlung und davor eine Theke mit Schmuck. Ohrringverschlüsse, einzelne Ohrringe, annähernd zusammenpassende Paare.

Es roch muffig, denn die Gegenstände waren ja allesamt gebraucht und hatten ihre eigene Geschichte. Wie das oft in Secondhandläden der Fall ist, herrschte auch hier eine ganz andere Atmosphäre als in einem Geschäft mit neuen Sachen, die ahnungslos darauf warten, ihre ersten Erfahrungen in der großen weiten Welt machen zu dürfen. Hier gab es keine ungelesenen Bücher, keine ungetragenen Hüte, keine unberührten Stifte. Mancher Handschuh hatte an der Hand seines Besitzers die Nähe einer geliebten Person gespürt, jeder Schuh eine gewisse Entfernung zurückgelegt, Schals hatten sich an Hälse gekuschelt, Schirme ihre Besitzer vor unerwarteten Regengüssen geschützt. Diese Dinge kannten ihre Bestimmung, sie wussten, was sie zu tun hatten, sie besaßen Lebenserfahrung, und jetzt ruhten sie in diesen Körben, lagen säuberlich zusammengefaltet auf den Regalen oder hingen an den Kleiderstangen, bereit, ihre neuen Besitzer an ihrem Wissensschatz teilhaben zu lassen. Wie die meisten Menschen, die hier wohnten, hatten auch diese Dinge vom Leben gekostet, und wie die meisten der Menschen hier warteten auch sie darauf, wieder Kontakt zu finden.

Unwillkürlich stellte ich mir die Leute vor, die das suchten, was sich hier stapelte, die sich die Haare rauften, weil einer ihrer Lieblingsohrringe oder sonst etwas, was ihnen am Herzen lag, verschwunden war. Wer murrte und knurrte und durchwühlte seine Tasche zum hundertsten Mal, weil er schon wieder einen Stift verloren hatte? Wer merkte bei der Zigarettenpause plötzlich, dass das Feuerzeug fehlte? Wer war heute Morgen sowieso schon zu spät dran für die Arbeit und konnte seinen Autoschlüssel nicht finden? Wer versuchte vor seinem Ehepartner zu verheimlichen, dass der Ehering verschwunden war? Sie alle konnten ihre Augen anstrengen, so viel sie wollten, sie würden trotzdem nichts finden. Was für eine Offenbarung für mich! Hier in Aladins Wunderhöhle der verlorenen Dinge, weit weg von zu Hause. *There's no place like home* ... schon wieder dieser Satz. Es ist nirgends so schön wie zu Hause.

»Bobby!«, rief ich, verdrängte die Stimme in meinem Kopf und näherte mich der Tür.

»Sekunde!«, hörte ich seine halberstickte Antwort, gefolgt von einem Fluch.

Trotz meiner Nervosität konnte ich mir ein Lächeln nicht verkneifen. Ich strich mit der Hand über eine Vitrine aus Walnussholz, die aussah, als würde man in ihr das gute Besteck und Porzellan aufbewahren. Aber hier enthielt sie Hunderte von Fotos lächelnder Gesichter von überall auf der Welt, aus unterschiedlicher Zeit in den letzten Jahrzehnten. Ich nahm eines von einem Paar an den Niagarafällen zur Hand und betrachtete es. Es musste ungefähr aus den siebziger Jahren des letzten Jahrhunderts stammen, und die Zeit hatte ihre gelbliche Verfärbung hinterlassen. Zwei um die vierzigjährige Leute in Schlaghosen, eine Sekunde aus ihrem Leben. Wenn sie noch lebten, waren sie jetzt um die siebzig. Vielleicht sahen ihnen ihre Enkelkinder geduldig über die Schulter, wenn sie in ihren Fotoalben blätterten und das Bild von ihrer Reise an die Niagarafälle suchten. Vielleicht fragten sie sich insgeheim, ob sie sich nur einbildeten, dieses Foto gemacht zu haben, ob es diese Sekunde überhaupt gegeben hatte, und brummten vor sich hin: »Ich weiß doch, dass es hier irgendwo war ...«

»Hübsche Idee, nicht wahr?«

Als ich aufsah, stand Bobby unter der Tür und beobachtete mich. Aber trotz seines Gewühls im Nebenzimmer hatte er nichts in der Hand.

»Letzte Woche hat Mrs. Harper ein Hochzeitsfoto von ihrer Cousine Nadine gefunden, die sie seit fünf Jahren nicht gesehen hat. Sie glauben gar nicht, was das bei ihr ausgelöst hat. Den ganzen Tag saß sie hier und hat es angestarrt. Es war ein Gruppenbild, wissen Sie, die ganze Familie war drauf zu sehen. Stellen Sie sich vor, Sie hätten Ihre Familie fünf Jahre nicht gesehen, und auf einmal stoßen Sie auf so ein Bild. Es war ziemlich neu. Dabei war sie eigentlich nur vorbeigekommen, weil sie Socken brauchte«, fügte er achselzuckend hinzu. »Wenn so was passiert, dann kommt mir das, was ich hier tue, echt sinnvoll vor.«

Ich legte das Bild von dem Schlaghosen-Pärchen beiseite. »Sie haben vorhin gesagt, Sie hätten mich schon erwartet«, sagte ich barscher, als ich wollte. Aber ich hatte Angst.

Er steckte die Hände in die Taschen, und ich dachte schon, er würde jetzt endlich etwas herausholen und mir geben, aber ich irrte mich erneut. »Ich bin jetzt seit drei Jahren hier.« Mit dem gleichen gehetzten Blick, den hier alle bekamen, wenn sie von ihrer Ankunft erzählten, fuhr er fort. »Ich war sechzehn. Noch zwei Jahre, dann wäre ich mit der Schule fertig gewesen, noch zehn Jahre, bis ich erwachsen zu werden plante. Ich hatte keine Ahnung, was ich mit meinem Leben anfangen wollte. Irgendwie stellte ich mir vor, ich würde meiner Mutter noch eine Weile auf die Nerven gehen, bis sie mich irgendwann aus dem Nest werfen und mich zwingen würde, mir einen anständigen Job zu suchen. In der Zwischenzeit hatte ich meinen Spaß als Klassenclown und genoss es, dass meine Boxershorts regelmäßig gewaschen und gebügelt wurden. Ich hab das meiste nicht so ernst genommen. Ich war erst sechzehn«, endete er achselzuckend.

Ich nickte. Worauf wollte er hinaus? Und warum in aller Welt hatte er mich erwartet?

»Als ich hier ankam, wusste ich erst überhaupt nicht, wohin mit mir. Die meiste Zeit hab ich auf der anderen Seite des Walds verbracht und einen Weg hinaus gesucht. Aber es gibt keinen.« Er zog die Hände aus den Taschen und hob hilflos die Hände, um seine Worte zu bekräftigen. »Ich sag es Ihnen gleich, Sandy, es gibt keinen Weg hier raus, und ich hab Leute gesehen, die der Versuch, einen zu finden, komplett in den Wahnsinn getrieben hat.« Er schüttelte den Kopf. »Aber bald ist mir klar geworden, dass ich hier ein Leben beginnen musste. Zum ersten Mal, seit ich denken kann, war ich gezwungen, etwas richtig ernst zu nehmen.« Unbehaglich trat er von einem Fuß auf den anderen. »Es ist passiert, als ich nach Klamotten gesucht habe. Ich hab in dem ganzen Zeug da draußen rumgewühlt und mich dabei wie ein Obdachloser auf der Müllkippe gefühlt, und da bin ich auf eine grellorange Socke gestoßen, die unter einer Akte lag und mich angrinste. Wahrscheinlich wurde am gleichen Morgen irgendwo ein armer Mensch entlassen, weil er die Akte verloren hat, sie sah sehr wichtig aus. Aber die Socke leuchtete so, dass ich mir gar nicht vorstellen konnte, wie man so etwas Auffälliges verlieren kann, etwas, was einem so ins Auge sticht. Aber je länger ich sie anstarrte, desto besser fühlte ich mich. Vorher hatte ich nämlich gedacht, es wäre meine Schuld, dass ich hier gelandet bin, ich dachte, es läge daran, dass ich so selbstzufrieden und antriebslos war, und wenn ich in der Schule besser aufgepasst und nicht so viel rumgehangen hätte, wäre mir das nicht passiert.«

Ich nickte. Solche Empfindungen kannte ich nur zu gut.

»Die Socke hat mir sofort ein besseres Gefühl gemacht, weil sie das grellste, auffälligste Ding war, das ich je gesehen hatte«, lachte er. »Sie trug sogar ein Namensschildchen! Da wusste ich, es war weiter nichts als Pech. Weder die Socke noch ich konnten was dafür, dass wir hier gelandet waren. Ich hätte meinem Schicksal nicht entgehen können, und die Socke auch nicht. Die Person, die sie gekennzeichnet hatte, tat mir leid, denn sie hatte sich solche Mühe gegeben. Deswegen habe ich die Socke aufgehoben – um mich immer an dieses Gefühl zu erinnern, an den Tag, als ich aufhörte, mir und allen anderen einen Vorwurf zu machen. Eine *Socke* hat mir zu dieser Erkenntnis verholfen!« Er grinste wieder. »Kommen Sie mit«, sagte er dann und ging voraus ins Nebenzimmer. Ich folgte ihm und fragte mich, wo er hinwollte.

Das nächste Zimmer sah sehr ähnlich aus wie das andere. Zwar war es viel kleiner, aber es gab auch Regale und vor allem jede Menge Pappkartons, die sich an der Wand stapelten und in denen offenbar alles Mögliche verstaut wurde.

»Hier ist die Socke«, rief er und überreichte sie mir. Eine Kindersocke aus Frotté. Falls Bobby dachte, sie würde den gleichen Effekt auf mich ausüben wie auf ihn, hatte er sich geirrt. Ich wollte immer noch weg, und ich gab mir und allen anderen die Schuld für das, was mit mir geschehen war.

»Als ich eine Woche hier war, hab ich mich dabei erwischt, wie ich Neuankömmlingen dabei half, Kleider zu finden oder was sie bei ihrer Ankunft sonst so brauchten. Deshalb hab ich dann irgendwann den Laden eröffnet und ihn ›Fundbüro‹ genannt. Zur Erinnerung an zu Hause. Es ist das einzige Geschäft in diesem Dorf, in dem man alles unter einem Dach kriegen kann, was das Herz begehrt«, verkündete er mit stolzgeschwellter Brust. Doch mein Mangel an Begeisterung vertrieb sein Lächeln rasch, und er erzählte weiter: »Zu meiner Arbeit hier gehört es, dass ich jeden Tag losziehe und möglichst viele nützliche Dinge aufsammle. In keinem anderen Laden bekommt man vollständige Paare von Schuhen, Socken und so weiter, und außerdem stelle ich noch kombinierbare Outfits zusammen. Andere Leute lesen einfach irgendwas auf, was ihnen grade vor der Nase rumliegt, und bieten es feil. Aber ich suche immer die andere Hälfte, die dazugehört, wie ein Heiratsvermittler.« Das Lächeln erschien wieder.

»Weiter«, drängte ich. Inzwischen hatte ich mich auf einem alten verschlissenen Sessel niedergelassen, der mich stark an meine ersten Sitzungen bei Mr. Burton erinnerte.

»Erst mal war die orange Socke an sich nichts Weltbewegendes – bis ich eines Tages das hier gefunden habe.« Er beugte sich vor und zog ein T-Shirt aus einer Schachtel. In Kindergröße, wie es schien. »Und das war auch noch nicht so toll, bis das hier auftauchte.« Damit legte er eine weitere Socke vor mich auf den Boden und beobachtete mein Gesicht.

»Ich verstehe nicht ganz.« Achselzuckend ließ ich die orange Socke auf den Boden fallen.

Aber Bobby fischte schweigend weitere Gegenstände aus der Kiste und legte sie vor mich, während ich mir den Kopf zermarterte, was die geheime Botschaft sein mochte, die es zu entziffern galt.

»Ich dachte, es wäre noch mehr hier drin, aber das ist alles«, sagte Bobby schließlich.

Unterdessen war der Boden fast mit Klamotten und allen möglichen anderen Sachen bedeckt. Aber gerade als ich aufstehen und Bobby dazu bringen wollte, endlich Klartext zu reden, erkannte ich ein T-Shirt. Und dann eine Socke, ein Federmäppchen ... und die Handschrift auf einem Zettel, der dazwischenlag.

Bobby stand neben der leeren Schachtel, und seine Augen funkelten aufgeregt. »Haben Sie es jetzt kapiert?«

Ich war sprachlos.

»Die Sachen haben allesamt Schildchen. Auf jedem einzelnen Ding, das vor Ihnen liegt, steht der Name Sandy Shortt.«

Mir stockte der Atem, und ich blickte wie gebannt von einem Gegenstand zum anderen.

»Und das ist nur *eine* Kiste. Die da sind auch alle von Ihnen.« Aufgeregt deutete er in die Ecke des Zimmers, wo sich fünf weitere Kisten stapelten. »Jedes Mal, wenn ich irgendwo auf Ihren Namen gestoßen bin, hab ich die Sachen eingesammelt und aufgehoben. Je mehr Zeug von Ihnen hier aufgetaucht ist, desto sicherer wurde ich, dass es nur eine Frage der Zeit war, bis Sie selbst kommen würden, um sie sich zu holen. Und hier sind Sie.«

»Ja, hier bin ich«, wiederholte ich und sah fasziniert auf die Dinge vor mir. Schließlich kniete ich nieder und berührte die orange Socke. Sie war klein und musste mir als Kind gehört haben. Aber obwohl ich mich nicht an sie erinnerte, konnte ich mir lebhaft die fieberhafte Suche vorstellen, die ich vor den besorgten Augen meiner Eltern veranstaltet hatte. Damals hatte alles angefangen. Ich nahm mein T-Shirt und sah das Schildchen, auf dem in der Handschrift meiner Mutter mein Name prangte. Vorsichtig berührte ich das Etikett mit den Fingerspitzen und hoffte, dass ich auf diese Weise eine Verbindung zu ihr herstellen konnte. Dann holte ich mir den Zettel mit meiner unordentlichen Teenagerschrift. Ein Text über Shakespeares Romeo und Julia. Ich erinnerte mich noch an diese Hausaufgabe und dass ich meinen Text am nächsten Tag in der Schule nicht mehr finden konnte. Der Lehrer wollte mir nicht glauben, und es war totenstill in der Klasse, während er mir zusah, wie ich mit wachsender Verzweiflung meine Schultasche durchwühlte, mit dem einzigen Erfolg, dass ich am Ende doch eine dicke Strafarbeit bekam. Am liebsten hätte ich das Blatt gepackt, wäre nach Leitrim gerannt, hätte es ihm unter die Nase gehalten und gesagt: »Hier, sehen Sie! Ich hab Ihnen doch gesagt, dass ich sie gemacht hab!«

So berührte ich nacheinander alle Dinge auf dem Boden und erinnerte mich, wie ich sie benutzt, verloren und vergeblich gesucht hatte. Als ich jeden Gegenstand aus der ersten Kiste gesehen hatte, rannte ich zu dem Stapel in der Ecke und öffnete mit zitternden Fingern die oberste Schachtel. Mit einem Auge starrte mich mein lieber Freund Mr. Pobbs an.

Ich nahm ihn aus der Schachtel, schnupperte an ihm und versuchte den vertrauten Geruch von zu Hause an ihm zu erkennen. Aber den hatte er längst verloren. Wie der Rest meiner Habseligkeiten roch er nur muffig, doch ich drückte ihn fest an mein Herz. Auf seinem Etikett waren noch mein Name und meine Telefonnummer zu erkennen, auch wenn die Schrift meiner Mutter etwas verblasst war. »Ich hab dir doch gesagt, dass ich dich wiederfinde, Mr. Pobbs«, flüsterte ich in sein Ohr. Dann hörte ich, wie sich leise die Tür hinter mir schloss. Bobby war aus dem Zimmer gegangen, um mich bei meinen Erinnerungen nicht zu stören.

Dreiunddreißig

Ich weiß nicht, wie lange ich im Lagerraum blieb. Eine Flut von Erinnerungen hatte mich in eine andere Welt gespült und jedes Zeitgefühl mit sich gerissen. Irgendwann blickte ich aus dem Fenster und merkte, dass ich vor Müdigkeit kaum noch aus den Augen sehen konnte. So lange hatte ich auf meine Habseligkeiten gestarrt. Aber seit ich wusste, dass sie hier waren – etwas, was mir gehörte! –, fühlte ich mich wieder viel näher an zu Hause, denn es war, als hätten die beiden Welten sich miteinander verbunden. Wenn ich diese Dinge berührte, die ich einmal in der Nähe meiner Lieben berührt hatte, kam ich mir nicht mehr ganz so verloren vor. Vor allem Mr. Pobbs. So viel war geschehen, seit ich ihn verloren hatte. Johnny Nugent und ungezählte ähnlich bedeutungslose Beziehungen waren gekommen und gegangen. Seit Mr. Pobbs aus meinem Bett verschwunden war, hatte eine ganze Serie von Mr. Wrongs seinen Platz okkupiert.

Als ich aufblickte, entdeckte ich Joseph, der draußen in seinem weißen Leinenhemd und seiner über den Sandalen hochgekrempelten Hose selbstbewusst die Straße entlangspazierte. Er fiel überall auf, egal in welcher Gesellschaft er sich befand, denn man sah ihm seine Persönlichkeit an, die Dominanz und Energie, die er verströmte. Zwar redete er nicht viel, aber wenn er etwas sagte, hatte das immer Hand und Fuß, und jedes Thema, zu dem er sich äußerte, bekam sofort ein anderes Gewicht, und wer ihm zuhörte, spitzte unwillkürlich die Ohren. Trotz seiner Größe war seine Stimme leise, manchmal fast nur ein Flüstern, er trat auch nie aggressiv oder einschüchternd auf – und wirkte dadurch umso überlegener.

Dann hörte ich die Glocke an der Eingangstür, die Tür quietschte und fiel wieder ins Schloss.

»Hallo Joseph!«, rief Bobby fröhlich. »Wollte Wanda mich heute nicht besuchen?«

Joseph lachte leise, vermutlich weil Bobby mal wieder irgendeine witzige Grimasse gezogen hatte. »Oh, wenn die Kleine wüsste, dass ich hier bin, wäre sie garantiert nicht zu Hause geblieben. Sie ist ja regelrecht in dich verschossen.«

Jetzt lachte Bobby. »Wie kann ich dir helfen?«

Joseph senkte die Stimme, als wüsste er, dass ich im Nebenzimmer saß und lauschte. Schnell presste ich das Ohr an die Tür.

»Eine Uhr?«, hörte ich Bobby laut wiederholen. »Ich hab jede Menge Uhren da.«

Josephs Erwiderung war wieder sehr schwer zu verstehen, aber ich konnte mir denken, worum es ging. Um *meine* Uhr.

»Eine silberne Uhr mit einem Ziffernblatt aus Perlmutt«, wiederholte Bobby geflissentlich, und ich war ihm sehr dankbar für seine Angewohnheit, alles noch einmal zu sagen. Dann näherten sich Schritte über den knarrenden Holzfußboden, und ich machte mich bereit, von der Tür wegzuspringen.

»Wie wäre es mit dieser hier?«, fragte Bobby.

»Nein, es müsste eine sein, die du gestern oder heute Morgen gefunden hast«, entgegnete Joseph.

»Woher weißt du das so genau?«

»Weil sie gestern verschwunden ist.«

»Hmm, woher willst du das denn wissen?«, wandte Bobby mit einem seltsam verlegenen Lachen ein. »Da müsstest du ja mit jemandem aus der anderen Welt gesprochen haben, was ich doch sehr bezweifeln würde.«

Schweigen.

»Joseph, diese Uhr hier sieht genauso aus, wie du sie beschrieben hast«, sagte Bobby schließlich, und ich hörte die Verwirrung in seiner Stimme.

»Aber es ist nicht die, die ich will«, entgegnete Joseph.

»Hast du sie denn irgendwo gesehen? Kennst du jemanden, der so eine trägt? Vielleicht könntest du den Betreffenden fragen, ob er mal bei mir vorbeischaut, dann kann ich sie mir ansehen und für dich zurücklegen, falls ich sie finde.«

»Ja, ich hab sie an jemandem gesehen.«

»An jemandem aus Kenia? Ist es schon lange her?«

»Nein. An jemandem von hier.«

»Hier?«, wiederholte Bobby.

»Ja, von hier.«

»Hat jemand von hier sie zu mir gebracht?«

»Nein, sie ist verschwunden.«

Schweigen.

»Das kann nicht sein. Wahrscheinlich ist sie einfach nur verlegt worden.«

»Nein, ist sie nicht. Ich hab's mit eigenen Augen gesehen.«

»Du hast gesehen, wie sie verschwunden ist?«

»Ich hab sie am Arm einer Frau gesehen. Und ohne dass sie sich von der Stelle bewegt hat, war die Uhr plötzlich weg.«

»Dann ist sie wohl runtergefallen.«

»Ja.«

»Und liegt jetzt dort auf dem Boden.«

»Nein, das ist ja das Komische«, sagte Joseph trocken, und ich wusste, dass er es ganz und gar nicht komisch fand.

»Das kann nicht sein.«

»Es ist aber so.«

»Und du hast gedacht, die Uhr würde hier wieder auftauchen?«

»Ich hab gedacht, du hättest sie vielleicht gefunden.«

»Hab ich aber nicht.«

»Das sehe ich. Danke, Bobby. Bitte erzähl keinem davon«, setzte er warnend hinzu, und ich bekam eine Gänsehaut. Dann hörte ich, wie Schritte sich entfernten.

»Warte, Joseph! Wer hat die Uhr denn verloren?«

»Du kennst sie nicht.«

»Wo hat sie die Uhr verloren?«

»Auf halbem Weg zwischen hier und dem nächsten Dorf.«

»Nein«, flüsterte Bobby.

»Doch.«

»Ich werde sie finden«, verkündete Bobby entschlossen. »Sie muss da sein.«

»Nein.« Jetzt sprach Joseph in normaler Lautstärke, aber für ihn war das sehr laut.

»Na gut, na gut«, lenkte Bobby ein, aber es klang nicht danach, als würde er Joseph wirklich glauben. »Weiß die Frau, die die Uhr verloren hat, dass sie verschwunden ist? Kann es nicht sein, dass sie weiß, wo ihre Uhr ist?«

»Sie ist neu hier.« Das sagte alles. Es bedeutete: *Sie hat von nichts eine Ahnung.* Und Joseph hatte recht. Ich hatte keine Ahnung, aber ich lernte schnell.

»Sie ist neu?« Jetzt hatte sich Bobbys Ton verändert. Ich hätte meine Hand dafür ins Feuer gelegt, dass auch Joseph es merkte. »Vielleicht kann ich mit ihr sprechen und mir die Uhr beschreiben lassen.«

»Ich habe dir die vollständige Beschreibung gegeben.« Ja, er hatte die Veränderung ebenfalls wahrgenommen. Dann quietschte die Tür, und das Glöckchen bimmelte.

»Stand ein Name auf der Uhr?«, rief Bobby in letzter Sekunde. Das Quietschen verstummte, die Schritte kamen wieder näher.

»Warum fragst du das?«

»Weil die Leute manchmal ihren Namen eingravieren lassen«, antwortete Bobby aufgeregt, und seine Stimme klang plötzlich eine Oktave höher. »Mit so was kenne ich mich aus.« Ein Klopfen wie auf Glas, vermutlich die Schmuckvitrine.

Mir gefiel die Atmosphäre da draußen überhaupt nicht.

»Sag mir einfach Bescheid, wenn du die Uhr findest. Aber erzähl es nicht weiter, du weißt, wie die Leute reagieren würden, wenn sie hören, dass auch hier Dinge verloren gehen.«

»Natürlich, womöglich würden sie sich Hoffnungen machen.«

»Bobby«, sagte Joseph nur, aber in einem Ton, dass mir ganz kalt wurde.

»Jawoll, Sir«, antwortete dieser zackig.

Dann quietschte wieder die Tür, die Glocke klingelte, die Tür fiel endgültig ins Schloss. Ich wartete eine Weile, bis ich sicher sein konnte, dass Joseph nicht noch einmal zurückkam. Bobby war ganz still. Gerade wollte ich aufstehen, als Joseph wieder am Fenster vorbeiging, diesmal viel näher, und seinen Blick misstrauisch über das Gebäude wandern ließ. Schnell duckte ich mich und legte mich flach auf den Boden. Allerdings fragte ich mich gleichzeitig, warum ich mich vor Joseph versteckte.

In diesem Moment kam Bobby herein. »Was machen Sie denn da?«

»Bobby Stanley!«, rief ich, setzte mich auf und klopfte mir den Staub aus den Kleidern. »Sie haben mir eine Menge zu erklären.«

Seine Antwort überraschte mich. Er kreuzte die Arme vor der Brust und meinte kühl: »Und Sie auch. Wollen Sie wissen, warum ich nicht zum Vorsprechen gekommen bin? Weil mir niemand Bescheid gesagt hat. Wollen Sie auch wissen, warum? Weil ich hier unter dem Namen Bobby Duke bekannt bin. Ich habe niemandem verraten, dass ich in Wirklichkeit Bobby Stanley heiße. Also – woher wissen Sie das?«

Vierunddreißig

»Mr. Le Bon, nehme ich an?«, sagte Dr. Burton, lehnte sich zurück und schlug die Arme übereinander.

Jack wurde rot, war aber wild entschlossen, nicht klein beizugeben und sich auch nicht als Irrer abstempeln zu lassen. Er beugte sich vor. »Dr. Burton, es gibt eine ganze Menge Leute, die Sandy finden wollen …«

»Mehr brauche ich nicht zu hören«, unterbrach Burton, schob seinen Stuhl zurück, schnappte sich Jacks Akte vom Tisch und stand auf. »Unsere Sitzung ist vorbei, Mr. Ruttle, Sie können sich draußen mit Carol über das Honorar unterhalten.« Er wandte Jack den Rücken zu und ging zurück an seinen Schreibtisch.

»Dr. Burton …«

»Leben Sie wohl, Mr. Ruttle.« Seine Stimme wurde lauter.

Jack nahm die silberne Uhr und erhob sich. Dann ergriff er die letzte Chance und sagte leise: »Ich möchte gern noch sagen, dass ein Polizist namens Graham Turner Sie eventuell kontaktieren …«

»Es reicht!«, brüllte Burton und knallte die Akte auf den Tisch. Sein Gesicht war knallrot, seine Nasenflügel bebten. Jack zuckte zusammen und schwieg.

»Offensichtlich kennen Sie Sandy weder sehr lange noch sehr genau, und Sie sollten Ihre Nase nicht in Angelegenheiten stecken, die Sie absolut nichts angehen.«

Jack öffnete den Mund, um zu widersprechen, aber Dr. Burton ließ ihn nicht zu Wort kommen.

»Aber ich glaube, dass Sie und Ihre seltsame Hilfstruppe es ehrlich meinen«, fuhr er fort, »und deshalb will ich Ihnen etwas sagen, bevor Sie die Polizei womöglich noch weiter unnötig mit reinziehen.« Er strengte sich sichtlich an, seine Wut unter Kontrolle zu bekommen. »Ich kann Ihnen verraten, was die Polizei Ihnen erzählen wird, wenn sie Erkundigungen über Sandy einzieht, und ich kann Ihnen auch verraten, was Sandys Familie sagen wird.« Wieder flammte die Wut auf. »Und jeder Mensch, der Sandy kennt, wird Ihnen das Gleiche erklären. Nämlich, dass es typisch für Sandy ist, einfach mir nichts dir nichts zu verschwinden!« Er warf hilflos die Hände in die Luft.

Jack holte tief Luft, um etwas einzuwerfen, kam aber nicht zu Wort.

»Das macht sie nämlich die ganze Zeit«, schrie Dr. Burton. »Sie schwebt herein und hinaus, lässt Dinge zurück, sammelt sie manchmal wieder ein, manchmal aber auch nicht.« Er stemmte die Hände in die Hüften, und seine Brust hob und senkte sich krampfhaft. »Aber der Punkt ist, dass sie zurückkommen wird. Sie kommt immer zurück.«

Jack nickte und blickte zu Boden. Dann drehte er sich um und ging zur Tür.

»Sie können das Zeug ruhig hier lassen«, rief Dr. Burton ihm nach. »Ich sorge dafür, dass sie es kriegt und sich bei Ihnen bedankt, wenn sie wieder da ist.«

Langsam ließ Jack den Rucksack mit Sandys Habseligkeiten auf den Boden neben der Tür sinken und ging leise hinaus. Er fühlte sich wie ein Schuljunge, der sich gerade eine Strafpredigt von seinem Direktor angehört hat, dabei aber Mitleid mit diesem empfindet. Jack wusste, dass die ganze Wut nicht ihm galt. Nein, es war Sandy, gegen die Dr. Burton wütete, Sandy, die kam und ging wie eine unstete Brise, mal warm, mal kalt, mal sanft, mal stürmisch, ganz wie es ihr beliebte. Die Luftküsse verteilte, süß duftend und verführerisch, und alles mit einem Fingerschnippen wieder zurücknahm, gerade dann, wenn man am wenigsten damit rechnete. Sie war es, auf die er so zornig war. Und auf sich selbst, auf sich und seine ewige geduldige Warterei.

Leise schloss Jack die Tür und ließ Dr. Burton allein, der zähneknirschend am Fenster stand und hinausstarrte. Jack wollte nicht, dass die Atmosphäre, die jetzt im Sprechzimmer herrschte, in den Empfangsbereich drang, denn es kam ihm vor, als wäre gerade etwas ganz Besonderes geschehen. Wenn Dr. Burton sich dieser Erfahrung stellte, wenn er seine Wut abkühlen ließ, sie in Ruhe betrachtete, verarbeitete und ihr schließlich erlaubte, sich aufzulösen, entwickelte sich vielleicht etwas Neues, Außergewöhnliches.

Carol, die Assistentin, sah Jack besorgt an, unsicher, ob nach dem ganzen Geschrei, das aus dem Zimmer ihres Chefs gedrungen war, Angst oder Mitleid die angemessene Reaktion war. Aber Jack legte ruhig das Geld für die Therapiestunde auf die Theke und schob Carol einen Zettel über den Schreibtisch.

»Könnten Sie Dr. Burton bitte sagen, dass er mich gern anrufen kann, falls er seine Meinung ändert? Hier ist meine Nummer und die Adresse, wo später das Treffen stattfindet.«

Sie überflog die Notiz und nickte, immer noch etwas argwöhnisch.

»Ach ja, und geben Sie ihm bitte auch das hier«, fügte er hinzu und legte neben das Geld eine silberne Uhr. Erstaunt kniff Carol die Augen zusammen, doch Jack hatte sich bereits abgewandt.

»Mr. Le Bon?«, hörte er sie rufen, als er bereits an der Tür war. Ein Mann, der im Wartebereich eine Autozeitschrift studierte, blickte auf, als er den ungewöhnlichen Namen hörte.

Jack blieb stehen. »Ja?«

»Bestimmt wird Dr. Burton sich bald bei Ihnen melden.«

»Oh, da bin ich mir nicht so sicher«, entgegnete Jack mit einem leisen Lachen und wollte weitergehen, aber Carol räusperte sich so laut und demonstrativ, dass er noch einmal zu ihr zurückkehrte.

Sie beugte sich vertraulich über ihren Schreibtisch. Zum Glück verstand der wartende Mann den Wink mit dem Zaunpfahl und vertiefte sich wieder in seine Zeitschrift.

»Es dauert gewöhnlich nur ein paar Tage«, erklärte sie leise. »Das Längste waren ganz am Anfang mal zwei Wochen. So lange wie jetzt war es seit einer Weile nicht mehr. Wenn Sie sie finden, sagen Sie ihr bitte, sie soll zurückkommen, damit …« Sie zögerte und warf einen traurigen, besorgten Blick zur Tür des Sprechzimmers. »Ach, sagen Sie ihr einfach, sie soll zurückkommen.«

Dann nahm sie mit einer raschen Bewegung die Uhr vom Tresen, verstaute sie in einer Schublade und tippte weiter, als wäre nichts geschehen. »Kenneth!«, rief sie, ohne weiter auf Jack zu achten. »Sie können jetzt zu Dr. Burton reingehen.«

* * *

Es ist schwierig, eine Beziehung mit jemandem zu beginnen, über den man nie etwas wissen durfte.

Bisher hatte sich diese Beziehung ausschließlich um mich gedreht, und ich fand es schwierig, mich daran zu gewöhnen, dass es auf einmal um uns beide ging, nicht mehr nur darum, wie *ich* mich fühlte, was *ich* die Woche über getan hatte, was *ich* dachte, was für Erfahrungen *ich* gemacht hatte. Ihm einmal wöchentlich Zugang zu meinen Gedanken zu verschaffen, war der einzige Grund für unsere Beziehung gewesen – er versuchte herauszufinden, wie ich tickte, und mich nebenbei daran zu hindern, *seinem* Innenleben auf die Schliche zu kommen.

Bei einer ernsteren, einer *intimeren* Beziehung war es umgekehrt, wie sich herausstellte. Ich musste mich immer wieder daran erinnern, ihn nach sich selbst zu fragen, und daran, dass er nicht alles wissen konnte, was in meinem Kopf vorging. Manche Dinge mussten aus reinem Selbsterhaltungstrieb zurückgehalten werden, und in gewisser Weise hatte ich meinen engsten Vertrauten verloren. Je näher wir uns kamen, desto weniger wusste er über mich, und desto mehr erfuhr ich über ihn.

Aus der wöchentlichen Stunde war mehr geworden, wir hatten unsere Rollen getauscht. Wer hätte gedacht, dass Mr. Burton jenseits der Mauern unserer Schule ein Leben hatte? Er kannte Leute und tat Dinge, von denen ich keine Ahnung hatte. Dinge, die ich jetzt auf einmal wissen durfte, ohne dass ich mir sicher war, ob ich sie überhaupt wissen *wollte*. Wie konnte ein Mensch wie ich, die ich unfähig war, das Bett *und* die Gedanken mit jemandem zu teilen, da nicht das Bedürfnis verspüren, vor all dem die Flucht zu ergreifen? Es war nur natürlich, dass ich hin und wieder für ein paar Tage von der Bildfläche verschwand.

Nein, der Altersunterschied spielte keine Rolle, das war nie der Fall gewesen. Doch so wenig die Jahre zwischen uns ins Gewicht fielen, so sehr tat es die Zeit: Unsere neue Beziehung existierte, ohne dass die Uhr tickte! Kein großer Zeiger diktierte das Ende eines Gesprächs, keine Glocke rettete mich. Er hatte jederzeit Zugang zu mir. Logisch, dass ich gelegentlich eine Auszeit brauchte!

Die Grenze zwischen Liebe und Hass ist extrem schmal. Liebe macht die Seele frei, und gleichzeitig kann sie sie gnadenlos ersticken. Mit der Anmut eines Elefanten balancierte ich auf diesem dünnen Seil – mein Kopf zog mich auf die Seite des Hasses, mein Herz auf die Seite der Liebe. Es war eine wacklige Angelegenheit, und manchmal stürzte ich ab. Manchmal stürzte ich sehr lange ab, aber nie *zu* lange.

Nie so lange wie dieses Mal.

Ich bin kein Mensch, der um jeden Preis gemocht werden will, dieses Bedürfnis hatte ich nie, genauso wenig wie den Wunsch, verstanden zu werden. Doch wenn ich mich für eine Weile mit unbekanntem Ziel verkrümelte, wenn ich ihn allein in seinem Bett liegen ließ, seine Hand wegschob, das Telefon herauszog und die Tür hinter mir schloss, hatte sogar ich selbst Schwierigkeiten damit, mich zu mögen und zu verstehen. Aber so war es nun mal.

Und genau das ist der Punkt. So war *ich* nun mal.

Fünfunddreißig

Bobby stand in der Tür zum Lagerraum, die Arme vor der Brust verschränkt, und machte ein böses Gesicht.

»Was?« Ich richtete mich auf und stellte mich vor ihn. Jetzt, da ich mit meinen einsfünfundachtzig vor ihm aufragte, wirkte er gleich etwas weniger selbstbewusst, ließ schließlich die Hände sinken und sah zu mir auf, als ich fragte: »Sie heißen also nicht Bobby Stanley?«

»Nein, alle hier glauben, ich heiße Bobby Duke«, erwiderte er abwehrend, vorwurfsvoll, kindisch.

»Bobby *Duke*?«, wiederholte ich und rieb mir frustriert das Gesicht. »Was soll das denn?«, wiederholte ich. »Wie der Typ aus den Cowboyfilmen? Warum?«

»Das spielt doch keine Rolle«, antwortete er errötend. »Das Problem hier ist doch, dass Sie als Einzige meinen richtigen Namen wissen. Woher?«

»Ich kenne Ihre Mutter, Bobby«, erklärte ich leise. »Ganz einfach, kein großes Wunder.« Die ganzen letzten Tage hatten aus Geheimnissen, Rätseln und kleinen Notlügen bestanden. Das musste jetzt aufhören. Schließlich wollte ich die Leute kennenlernen, nach denen ich gesucht hatte, ihnen sagen, was ich wusste, und sie nach Hause führen. Das war mein Plan. Während mir das alles durch den Kopf ging, merkte ich auf einmal, dass Bobby ganz still und auch ein bisschen blass geworden war.

»Bobby?«, fragte ich besorgt.

Er sagte nichts, sondern wich nur ein wenig von der Tür zurück.

»Bobby, ist alles okay?«, erkundigte ich mich noch ein bisschen sanfter.

»Ja«, antwortete er, obwohl er gar nicht so aussah.

»Sicher?«

»Irgendwie hab ich es geahnt«, sagte er leise.

»Was?«

»Ich hab mir schon gedacht, dass Sie meine Mum kennen. Nicht erst, als ich heute Morgen die Tür aufgemacht habe und Sie mich Mr. Stanley genannt haben, und nicht erst, als alle, die vom Vorsprechen kamen, mir erzählt haben, dass Sie so viel wissen. Ich hab's gewusst, weil dauernd irgendwelche Sachen von Ihnen aufgetaucht sind.« Er sah auf die Gegenstände, die im anderen Zimmer auf dem Boden lagen. »Wenn man allein ist, hält man Ausschau nach Hinweisen. Manchmal denkt man sie sich aus, manchmal sind sie wirklich da, aber meistens kann man den Unterschied nicht erkennen. Aber bei Ihnen war ich mir so gut wie sicher.«

»Wissen Sie was? Sie sind genau so, wie Ihre Mutter Sie beschrieben hat.«

Seine Unterlippe fing an zu zittern, und er bemühte sich krampfhaft, dagegen anzugehen. »Geht es ihr gut?«

»Abgesehen davon, dass sie ihren Sohn vermisst, geht es ihr gut, ja.«

»Nachdem mein Dad weggegangen war, hatte sie nur noch mich. Jetzt ist sie ganz allein, das finde ich schrecklich.« Seine Stimme schwankte, er konnte seine Gefühle nicht völlig in Schach halten.

»Sie ist fast nie allein, Bobby, sie nimmt oft und gern Leute mit nach Hause, die bereit sind, ihr zuzuhören, mit ihr Fotoalben und Videos anzuschauen. Ich glaube, in ganz Baldoyle gibt es keinen Menschen, der nicht gesehen hat, wie Sie im Endspiel den Punkt gegen St. Kevin's geholt haben.«

Er grinste. »Das Spiel hätten wir gewonnen, wenn nicht …« Er ließ den Satz unvollendet.

Ich setzte ihn für ihn fort: »Wenn Gerald Fitzwilliam sich in der zweiten Hälfte nicht verletzt hätte.«

Sofort hob er den Kopf und sah mich mit strahlenden Augen an. »Es war Adam McCabes Schuld«, meinte er und schüttelte den Kopf.

»Man hätte ihn nicht im Mittelfeld spielen lassen dürfen«, fügte ich hinzu, und er lachte wieder, dieses schallende, ansteckende Lachen, das ich auf den Videos so oft gehört hatte, das Lachen, über das in seiner Familie so viel gesprochen wurde, und das mich auch jetzt sofort zum Kichern brachte.

»Wow«, stieß er unter seinem Lachen hervor. »Sie kennen meine Mum aber gut.«

»Bobby, glauben Sie mir, um das zu wissen, muss man Ihre Mutter nicht sehr gut kennen. Das ist ihre absolute Lieblingsgeschichte.«

* * *

Jack saß bei Mary Stanley zu Hause, trank Kaffee und sah sich Videos von ihrem Sohn Bobby an.

»Jetzt – passen Sie gut auf!«, rief Mary und rutschte auf die Stuhlkante, sodass ihr Kaffee aus der Tasse schwappte und auf ihre Jeans tropfte. »Ah!« Sie verzog das Gesicht, und Jack wollte schon zu ihr stürzen, weil er dachte, sie hätte sich verbrannt. »Ab hier ist alles schiefgegangen«, verkündete sie wütend.

Endlich begriff Jack, dass sie das Video meinte, und lehnte sich wieder zurück.

»Haben Sie das gesehen?«, fragte Mary und verschüttete noch ein bisschen Kaffee.

»Vorsicht!«, mahnte Jack.

»Schon gut!«, winkte sie ab und rieb sich, ohne hinzusehen, das Bein. »Von da an ging alles den Bach runter. Wir hätten gewinnen können, wenn Gerald Fitzwilliam« – sie deutete wieder auf den Bildschirm – »sich in der zweiten Halbzeit nicht verletzt hätte.«

»Hmmm«, antwortete Jack und nahm einen Schluck Kaffee, während das Amateurvideo weiter unruhig über die Mattscheibe flackerte. Die meiste Zeit konnte er nur ein verschwommenes Grün und gelegentlich eine Nahaufnahme von Bobby erkennen.

»Adam McCabe war schuld«, erklärte seine Mutter kopfschüttelnd. »Die hätten ihn niemals im Mittelfeld spielen lassen dürfen.«

* * *

Bobby führte mich eine schmale Wendeltreppe hinauf, die zu seiner Wohnung über dem Laden führte. Ich setzte mich auf die große Ledercouch im Wohnzimmer, auf die wahrscheinlich irgendjemand länger als die üblichen vier bis sechs Wochen gewartet hatte, und Bobby brachte mir ein Glas Orangensaft und ein Croissant. Mein heißhungriger Magen gurgelte ihm ein lautes Danke entgegen.

»Ich dachte, alle essen immer im Speisehaus«, bemerkte ich, während ich das frische Croissant attackierte und mir gnadenlos die Hand vollkrümelte.

»Sagen wir es mal so: Die Köchin hat eine Schwäche für mich. Sie hat zu Hause in Tokio einen Sohn in meinem Alter, deshalb steckt sie mir immer mal wieder ein bisschen was zu, und ich ärgere sie dafür gelegentlich, veranstalte irgendeinen Blödsinn oder mache ihr mit anderen sohnmäßigen Aktionen eine Freude.«

»Das ist ja bezaubernd«, murmelte ich, das Gesicht voller Krümel.

Bobby starrte mich an. Sein eigenes Essen hatte er bisher nicht angerührt.

»Wapft?«, fragte ich mit vollem Mund. Er starrte weiter, und ich schluckte angestrengt. »Hab ich irgendwas im Gesicht?«

»Ich möchte gern noch mehr erfahren«, antwortete er ernst.

Traurig sah ich auf meinen Teller. Ich hätte zu gerne weitergemampft, aber Bobbys Gesichtsausdruck zeigte mir unmissverständlich, dass ich es seiner Mutter schuldete, auf der Stelle weiterzuerzählen.

»Sie wollen also etwas über Ihre Mum wissen?« Hastig spülte ich die noch verbleibenden Krümel mit Orangensaft hinunter.

»Nein«, antwortete er kopfschüttelnd. »Ich möchte etwas über Sie wissen.«

Fast hätte ich den Saft ins Glas zurückgespuckt.

»Über mich?«

Er nickte ungerührt und machte es sich auf der Couch bequem. Mit offenem Mund sah ich ihn an und fühlte mich auf einmal sehr unbehaglich.

»Man hat mir erzählt, dass Sie eine Schauspielagentur leiten. Haben Sie sich da mit meiner Mutter angefreundet?«

»Nein, nicht wirklich.«

»Das wundert mich nicht.«

»Wie meinen Sie das?«

»Sie haben gar keine Schauspielagentur, oder? Dafür sind Sie nicht der Typ.«

Ich staunte, und irgendwie war ich auch ein bisschen gekränkt. »Warum? Was für ein Typ muss man denn sein, um eine Schauspielagentur zu haben?«

»Jedenfalls anders als Sie«, grinste er. »Was machen Sie in Wirklichkeit?«

»Ich suche«, antwortete ich und grinste ebenfalls.

»Nach Talenten?«

»Nein, nach Menschen.«

»Nach talentierten Menschen?«

»Vermutlich haben die Leute, nach denen ich suche, auch jede Menge Talent – obwohl ich mir bei Ihnen da gar nicht so sicher bin.« Als Bobby mich verwirrt ansah, beschloss ich, die Witzchen lieber zu lassen und ihm stattdessen mein Vertrauen zu schenken. »Ich habe eine Agentur für Personensuche, Bobby.«

Zuerst sah er schockiert aus, aber dann nickte er langsam, begann zu lächeln, zu grinsen und schließlich zu lachen. Und da dieses Lachen ebenso vertraut wie ansteckend war, lachte ich mit.

Aber auf einmal hielt Bobby inne. »Sind Sie hier, um uns alle nach Hause zu bringen, oder nur zu Besuch?«

Ich musterte sein hoffnungsvolles Gesicht und wurde traurig. »Weder noch. Ich sitze hier fest wie alle anderen.«

In den schlimmsten Augenblicken des Lebens bleiben einem meistens zwei Dinge zu tun: Man kann 1) zusammenbrechen, mit den Fäusten auf den Boden trommeln, mit den Beinen strampeln und sich schlicht weigern weiterzumachen, oder man kann 2) lachen. Bobby und ich entschieden uns für Letzteres.

»Okay, verraten Sie das bloß keinem.«

»Ich hab mit niemandem darüber gesprochen, und außer Helena und Joseph weiß es niemand.«

»Gut, denen können wir trauen. War die Idee mit dem Theaterstück von Helena?«

Ich nickte.

»Schlauer Schachzug«, lobte er, und seine Augen funkelten schelmisch. »Sandy, Sie müssen echt vorsichtig sein, heute Morgen haben die Leute im Speisehaus schon ziemlich viel geredet.«

»Reden die Leute im Speisehaus für gewöhnlich nicht?«, scherzte ich und biss endlich in den Rest meines Croissants.

»Kommen Sie, das ist eine ernste Sache. Die Leute haben natürlich über Sie geredet. Jeder aus dem Ensemble hat Freunden und Familien erzählt, was Sie gesagt haben, und die haben es ein paar anderen weitergesagt, und inzwischen sind Sie in aller Munde.«

»Ist das denn so schlimm? Ich meine, was schadet es, wenn alle wissen, dass ich vermisste Menschen gesucht habe?«

Bobby riss die Augen auf. »Sind Sie verrückt? Die meisten Leute hier haben sich eingewöhnt und würden nicht mal in ihr altes Leben zurückwollen, wenn man ihnen Geld dafür gibt –

und das nicht nur deshalb, weil Geld hier überhaupt keinen Nutzen hätte. Aber es gibt auch eine Anzahl von Menschen, die so drauf sind wie ich, als ich angekommen bin. Sie haben hier keine Wurzeln geschlagen, weil sie immer noch nach einem Ausweg suchen. Und diese Leute werden sich so fest an Ihren Rockzipfel klammern, dass Sie sich wünschen, Sie hätten nie den Mund aufgemacht.«

»Genau das hat Helena auch gesagt. Ist so was Ähnliches schon mal passiert?«

»Ob es schon mal passiert ist? Das kann man wohl sagen. Na ja, es waren nicht genau die gleichen Bedingungen«, erklärte er, wedelte wegwerfend mit der Hand und legte jede Theatralik ab. »Einige Jahre, bevor ich herkam, hat irgendein älterer Typ behauptet, dass im Gegensatz zur allgemeinen Überzeugung sehr wohl immer wieder Dinge verloren gehen. Wenn Sie mich fragen, hatte er vor allem den Verstand verloren. Aber sobald die Leute das hörten, konnte er nicht mal mehr alleine pissen gehen. Überallhin folgte ihm ein Kometenschweif von Menschen. Wenn er ins Speisehaus ging, scharten sie sich um seinen Tisch, sie folgten ihm in die Geschäfte, sie belagerten sein Haus. Es war fürchterlich. Schließlich musste er seinen Job aufgeben, weil ihm ständig eine ganze Meute auf den Fersen war.«

»Was hatte er denn für einen Job?«

»Er war Postbote.«

»Postbote? Hier?« Ich verzog verwundert das Gesicht.

»Was ist so komisch daran? Hier wird so was mehr gebraucht als sonst irgendwo. Briefe, Nachrichten, Pakete – alles muss in die verschiedenen Dörfer geliefert werden, denn wir haben zwar Telefone, Fernseher und Computer, aber sie funktionieren nicht, man kriegt bloß Schneegestöber. Jedenfalls konnte der Mann nicht mehr ungestört über die Dörfer radeln. Die Dorfbewohner haben geschimpft, aber die Leute, die ihm folgten, waren fest überzeugt, er würde wie durch ein Wunder plötzlich den Weg hier raus finden.«

»Und was ist dann passiert?«, fragte ich, gespannt auf der Sofakante kauernd.

»Das hat ihn verrückt gemacht, noch verrückter, als er schon war. Er hatte ja nirgends seine Ruhe.«

»Wo ist er jetzt?«

»Keine Ahnung«, antwortete Bobby achselzuckend, und auf einmal schien ihn die Geschichte zu langweilen. »Er ist verschwunden. Wahrscheinlich ist er in ein anderes Dorf gezogen oder so. Joseph müsste es wissen, die beiden waren eng befreundet. Sie können ihn ja mal fragen.«

Auf einmal bekam ich eine Gänsehaut.

»Ist Ihnen kalt?«, fragte Bobby erstaunt. »Ich finde es hier oben immer so warm, ständig bin ich verschwitzt.« Kopfschüttelnd sammelte er unser Geschirr ein.

Er wirkte ganz gelassen, aber ich beobachtete ihn aus dem Augenwinkel und sah, wie er mich anstarrte, ehe er das Zimmer verließ. Er wollte wissen, ob ich angebissen hatte. Aber da hätte er sich keine Sorgen zu machen brauchen. Ich hatte den Köder längst geschnappt.

Sechsunddreißig

»Kommen Sie, wir können uns unterwegs weiter unterhalten«, sagte Bobby und packte meine Hand, um mich hochzuziehen.

»Wohin gehen wir?«

»Zu den Proben natürlich. Sie müssen die Sache mit dem Theaterstück unbedingt durchziehen, das ist jetzt wichtiger denn je. Die Leute werden Sie im Auge behalten.«

Wieder überlief mich eine Gänsehaut, und ich fröstelte. Als wir unten waren, begann Bobby, mir Klamotten hinzuwerfen.

»Was machen Sie denn da?«

»Die Leute werden Sie eher ernst nehmen, wenn Sie nicht aussehen wie Sindbad der Seefahrer.« Er drückte mir eine graue Nadelstreifenhose und eine blaue Bluse in die Hand.

»Die haben ja tatsächlich die richtige Größe«, staunte ich, nachdem ich sie prüfend angesehen hatte.

»Ja, aber ich hab vergessen, dass Sie so lange Beine haben«, meinte er, während er an mir heruntersah und nachdenklich auf der Unterlippe kaute.

»Der Fluch meines Lebens«, stellte ich fest, verdrehte die Augen und gab die Hose zurück.

»Kein Problem, ich hab das Richtige für Sie!«, rief er und sauste zum anderen Ende des Geschäfts. »Dieser ganze Ständer ist für Leute mit extrem langen Beinen.« Während ich mich umschaute wie ein Kind im Bonbonladen, schob er eifrig Bügel hin und her. Noch nie in meinem Leben war ich einer solchen Auswahl begegnet.

»Meine Güte, womöglich werde ich hier doch noch glücklich.« Versonnen fuhr ich mit der Hand über die Stoffe.

»Hier, bitte.« Bobby reichte mir eine Hose, die genau aussah wie die andere, nur länger. »Beeilen Sie sich, wir wollen ja nicht zu spät kommen.«

Kurz darauf traten wir hinaus in den sonnigen Tag, und mir taten nach dem langen Aufenthalt in der Dunkelheit des Ladens die Augen weh. Sofort waren wir umringt von emsiger Geschäftigkeit. Menschen riefen, feilschten, lachten und unterhielten sich in allen möglichen Sprachen. Ein Schmelztiegel der Kulturen. Während ich in meinen neuen Klamotten für alle gut sichtbar auf der Veranda stand und auf Bobby wartete, der erst noch den Laden abschließen musste, merkte ich, dass mich ein paar Frauen unverwandt anstarrten und aufgeregt miteinander tuschelten.

»Da ist sie«, hörte ich eine von ihnen flüstern, so laut, dass ich mich fragte, wie sie sich einbilden konnte, ich würde sie nicht hören. Dann schubste die Gruppe eine Frau nach vorn, und sie stolperte auf uns zu, als wir die Treppe herunterstiegen.

»Hi«, sagte sie und stellte sich uns in den Weg.

Bobby wollte um sie herumgehen, aber sie machte schnell einen Schritt nach links.

»Hi«, wiederholte die Frau und glotzte mich an, während sie Bobby geflissentlich ignorierte.

»Hi«, antwortete ich. Der Rest der Gruppe ließ uns keine Sekunde aus den Augen.

»Mein Name ist Christine Taylor?«

War das eine Frage?

»Hi, Christine.«

Schweigen.

»Ich bin Sandy«, fügte ich hinzu.

Ihre Augen wurden schmal, während sie in meinem Gesicht nach Anzeichen suchte, ob ich sie erkannte.

»Kann ich Ihnen helfen?«, fragte ich höflich.

»Ich bin seit zweieinhalb Jahren hier?« Wieder in diesem fragenden Ton.

»Aha.« Ich sah Bobby an, der schweigend die Augen verdrehte. »Das ist ziemlich lange, oder nicht?«

Erneut nahm sie mich aufs Korn.

»Ich hab in Dublin gewohnt?«

»Ach wirklich? Dublin ist eine sehr schöne Stadt«, nickte ich.

»Ich hab drei Brüder und eine Schwester?« Anscheinend war sie fest entschlossen, nichts unversucht zu lassen, um meinem Gedächtnis auf die Sprünge zu helfen. »*Andrew* Taylor?« Sie musterte mich eindringlich. »*Roger* Taylor?« Erwartungsvolles Schweigen. »*Gavin* Taylor?« Erwartungsvolles Schweigen. »*Roisín* Taylor, meine Schwester?« Erneut eindringliches Mustern. »Sie ist Krankenschwester im Beaumont Hospital?«

»Soso.« Ich nickte langsam.

»Kennen Sie jemanden von ihnen?«, fragte sie hoffnungsvoll.

»Nein, tut mir leid.« Ich sagte die Wahrheit. »Aber es war nett, Sie kennenzulernen.« Wir wollten uns abwenden, aber sie packte mich am Arm. »Hey!«, jaulte ich und versuchte sie abzuschütteln. Doch ihr Griff wurde nur noch fester.

»Lassen Sie los!«, mischte Bobby sich ein.

»Sie kennen meine Familie, stimmt's?«, beharrte die Frau.

»Nein!«, rief ich und trat einen Schritt zurück, ohne jedoch ihren Klauen zu entkommen.

»Meine Mum und mein Dad sind Charles und Sandra Taylor.« Jetzt redete sie schneller. »Die kennen Sie wahrscheinlich auch. Sagen Sie mir nur, wie …«

»Lassen Sie mich endlich gehen!«, kreischte ich und riss mich los. Um uns herum wurde es totenstill, und überall drehten sich Köpfe nach uns um.

Endlich gab Christine auf und kehrte zu ihrer Gruppe zurück. Aber sie ließen mich nicht aus den Augen.

»Tut mir leid, wir müssen zu den Proben, sonst kommen wir zu spät«, rief Bobby den Umstehenden zu, nahm mich an meinem strapazierten Arm und zog mich weg. Wie unter Schock ließ ich mich wegführen, und wir durchquerten die Menschenmenge im Laufschritt, verfolgt von den Blicken, die sich in meinen Rücken bohrten. Schließlich erreichten wir die Gemeinschaftshalle. Vor der Tür stand bereits eine kleine Schlange.

»Sandy!«, rief einer der Wartenden. »Da ist sie! Sandy!«, stimmten ein paar andere ein und scharten sich um mich. Ich spürte, wie Bobby mich wieder packte und rückwärts durch die Tür zog, die sich mit einem Knall hinter uns schloss. Keuchend lehnten wir uns mit dem Rücken an das warme Holz, während uns die Schauspieler, die im Saal einen kleinen Kreis gebildet hatten, erstaunt anstarrten.

»Also wirklich!«, stieß ich atemlos hervor, und meine Stimme hallte durch den Saal. »Sind wir denn hier in der Twilight Zone oder was?«

Helena sprang auf. »... sagte Dorothy, als sie in Oz landete. Danke, Sandy, dass du uns Dorothys ersten Satz auf so dramatische Weise nahegebracht hast«, rief sie. Sofort entspannten sich die entsetzten Gesichter, und es wurde reihum genickt. »Eine moderne Note in einer altbekannten Geschichte«, setzte Helena noch eins drauf.

* * *

Nach der Theateraufführung in Bobbys erster Klasse drückte Mary endlich die Stopptaste und nahm die Videokassette aus dem Gerät. Jack kippte den Rest kalten Kaffee hinunter und hoffte, dass er ihm half, wach zu bleiben.

»Mary, ich muss heute Abend wirklich noch nach Limerick zurück«, verkündete er mit einem demonstrativen Blick zur Uhr. In der ganzen Zeit, die er hier verbracht hatte, war Sandys Name ein einziges Mal erwähnt worden. Er hatte das Gefühl, dass er erst einmal in Marys Leben eingeführt werden musste, ehe sie zu anderen Themen übergehen konnten. Überall im Wohnzimmer standen gerahmte Fotos von Bobby: als neugeborenes Baby, als Kleinkind, auf seinem ersten Fahrrad, am ersten Schultag, bei der Erstkommunion, bei der Firmung, beim Schmücken des Weihnachtsbaums, beim Sprung in den Pool, beim Sommerurlaub in der Sonne. Erst ein Kahlkopf, dann blond, dann hellbraun. Zahnlos, zahnlückig, mit Zahnspange. Im Zimmer gab es keine Uhr. Die Zeit war in jedes Bild eingeprägt, dann blieb sie stehen – als dürfte sie nach dem letzten Foto, Bobby und Mary an Bobbys sechzehntem Geburtstag, nicht weitergehen.

Inzwischen war Mary achtunddreißig. Sie wohnte über ihrem Secondhandladen, in dem man Kleider, Schuhe, Bücher, Nippes, Heimdekorationen und überhaupt alles kaufen konnte. Der Erlös kam wohltätigen Zwecken zugute. Die Klamotten aus zweiter oder oft auch dritter Hand, die verstaubten, eselsohrigen Bücher und abgelegten Spielsachen verbreiteten einen muffigen Geruch. Hier hatte Mary mit Bobby die ganzen sechzehn Jahre seines Lebens verbracht.

Jetzt stand sie auf. »Noch Kaffee?«

»Ja, gern.« Jack folgte ihr in die Küche, wo es noch mehr Fotos gab, an den Wänden, auf dem Fensterbrett. »Kommt denn von den anderen, die ich angerufen habe, niemand zum Treffen?« Eigentlich hatte Jack ein paar Leute mehr erwartet.

»So kurzfristig können die das nicht einrichten. Peter wohnt in Donegal und hat zwei kleine Kinder, Clara und Jim leben in Cork und sind seit kurzem geschieden, sodass die Chancen, beide in einen Raum zu locken, sowieso gering sind. Wirklich traurig. Ihre Tochter Orla ist seit sechs Jahren verschwunden. Ich glaube, das hat sie einander entfremdet.« Sie schenkte Kaffee ein. »Solche Veränderungen haben oft eine Art magnetischen Effekt – entweder treiben sie die Leute auseinander oder sie schweißen sie noch enger zusammen. Unglücklicherweise war es in diesem Fall das Erstere.«

Sofort musste Jack an Gloria denken. Auch auf sie beide hatte die Erfahrung distanzierend gewirkt.

»Aber ich bin sicher, wenn wir sie wirklich brauchen, sind sie sofort bei der Stelle.«

»Hat Sandy all diesen Menschen geholfen?«

»Sie hilft ihnen auch weiterhin, Jack. Sie ist nicht für immer verschwunden. Sie ist ein Arbeitstier. Ich weiß, Sie haben sie noch nie in Aktion gesehen, aber sie meldet sich jede Woche bei uns, nach all den Jahren. Sie möchte es gern als Erste erfahren, wenn es Neuigkeiten gibt. Aber in letzter Zeit waren die Anrufe hauptsächlich dafür da, um nachzufragen, wie es uns geht.«

»Hat diese Woche schon jemand von ihr gehört?«

»Nein, noch niemand.«

»Ist das nicht ungewöhnlich?«

»Nicht ganz.«

»Ein paar Leute haben mir gesagt, es sei typisch für Sandy, dass sie einfach eine Weile verschwindet, ohne jemandem Bescheid zu sagen.«

»Sie ist immer mal wieder weg gewesen, aber meistens hat sie dann von dort angerufen, wo sie grade war. Wenn es eins gibt, dem Sandy sich hundertprozentig verpflichtet fühlt, dann ist es ihre Arbeit.«

»Und das ist das Einzige?«

»Ja – würde mich jedenfalls nicht überraschen«, nickte Mary. »Sandy war …« sie korrigierte sich »… ich meine, Sandy ist nicht sehr mitteilsam. Sie ist ein Profi darin, nichts von sich preiszugeben. Familie und vor allem Freunde werden nie erwähnt. Nie. Dabei kenne ich sie jetzt schon seit drei Jahren.«

»Ich glaube, sie hat keine Freunde«, meinte Jack, der inzwischen mit einem frischen Kaffeebecher am Küchentisch saß.

»Na ja, dafür hat sie uns«, entgegnete Mary und setzte sich zu ihm. »Bei Graham Turner haben Sie wahrscheinlich nichts erreicht, oder?«

Jack schüttelte den Kopf. »Grade heute hab ich mit ihm gesprochen. Wenn Verwandte und Bekannte sagen, dass es für Sandy ganz normal ist, immer mal wieder zu verschwinden, dann kann er nichts machen. Sie stellt weder für sich noch für andere eine Gefahr dar, und es gibt nichts Verdächtiges an ihrem Verschwinden.«

»Ein verlassenes Auto mit ihren ganzen Habseligkeiten drin ist nicht verdächtig?«, fragte Mary verwundert.

»Nicht, wenn so was öfter vorkommt.«

»Aber was ist mit der Uhr, die Sie gefunden haben?«

»Der Verschluss war kaputt, anscheinend verliert sie die Uhr immer mal wieder.«

Mary schüttelte besorgt den Kopf. »Sieht aus, als würde die Arme jetzt für ihre ganzen ungewöhnlichen Verhaltensweisen bestraft.«

»Ich möchte schrecklich gern mit ihren Eltern sprechen und sehen, was sie von der ganzen Sache halten. Es fällt mir schwer zu akzeptieren, dass man sich keine Sorgen machen soll, wenn man von jemandem fünf Tage lang nichts gehört hat.« Im tiefsten Innern wusste er natürlich, dass das durchaus möglich war. Auch er stand weder Donal noch dem Rest der Familie sehr nahe. Außer von Judith hörte er oft wochenlang nichts. Nur seine Mutter hatte spätestens nach drei Tagen Alarm geschlagen.

»Ich hab die Adresse, falls Sie sie wollen.« Mary stand auf und kramte in einer Küchenschublade. »Manchmal hat Sandy mich gebeten, ihren Eltern was zu schicken.«

»Aber ich kann doch da nicht unangemeldet reinschneien«, meinte Jack.

»Warum nicht? Schlimmstenfalls reden sie nicht mit Ihnen, aber den Versuch ist es allemal wert.« Sie gab ihm die Adresse. »Wenn Sie wollen, können Sie heute hier übernachten. Es ist viel zu spät, um noch nach Leitrim oder zurück nach Limerick zu fahren.«

»Danke für das Angebot. Vielleicht bleibe ich dann morgen sogar noch ein bisschen länger in Dublin, um zu sehen, ob Sandy zu dem nächsten Termin auftaucht, den sie vereinbart hat.« Lächelnd betrachtete Jack ein Foto, auf dem Bobby als Dinosau-

rier zu sehen war. Wahrscheinlich eine Halloween-Verkleidung.
»Wird es leichter mit der Zeit?«

Mary seufzte. »Nicht wirklich leichter, aber vielleicht ein bisschen weniger schwer. Es ist mir immer bewusst, egal ob ich schlafe oder wache. Die Wunde beginnt zu … na ja, nicht wirklich zu verheilen, aber der Schmerz verändert sich irgendwie, und dann treten neue Gefühle an seine Stelle. Beispielsweise Wut oder Einsamkeit oder Sehnsucht oder manchmal sogar Freude. Jedes verlorene Gefühl wird durch ein anderes ersetzt – was bei verlorenen Söhnen leider nicht der Fall ist.« Sie lächelte wehmütig. »Ich hatte immer was übrig für die Geheimnisse des Lebens, es hat mir gefallen, dass immer ein Rest Unsicherheit bleibt, dass wir nicht alles wissen. Ich war immer der Meinung, das gehört zu unserer Reise.« Wieder ein trauriges Lächeln. »Aber inzwischen hält sich meine Begeisterung in Grenzen.«

Jack nickte, und eine Weile schwiegen sie nachdenklich.

»Auf alle Fälle ist es nicht nur Kummer und Schmerz«, brach Mary schließlich das Schweigen und versuchte, etwas munterer zu klingen. »Hoffentlich macht Sandy es wie immer und kommt morgen früh nach Hause.«

»Mit Bobby und Donal im Schlepptau«, fügte Jack hinzu.

»Komisch, dass Sie das sagen«, entgegnete Mary mit einem seltsamen Lächeln. »Genau davon hab ich nämlich letzte Nacht geträumt.«

»Ich auch«, lachte Jack leise.

»Tja, dann auf die Hoffnung!« Mary hob ihren Kaffeebecher, und sie stießen miteinander an.

Siebenunddreißig

Jack übernachtete in Bobbys winzigem Schlafzimmer, umgeben von Postern, auf denen Sportwagen und halbnackte Blondinen prangten. An der Decke klebten kleine Sterne und Raumschiffe, die einst bei Nacht geleuchtet hatten, jetzt aber nur noch einen schwachen Glanz verbreiteten. Auf der Tür und der verschossenen Tapete pappten halb abgepulte Aufkleber – He-Man ohne Schwert, Bobby Duke ohne Cowboyhut, Darth Vader ohne Helm –, und auf dem dunkelblauen Bettzeug konnte man das gesamte Sonnensystem mit allen Planeten bewundern. Nur der Ort, an dem Bobby sich aufhielt, fehlte.

Auf dem Schreibtisch stapelten sich CDs, ein CD-Player, Lautsprecher und Zeitschriften mit weiteren Autos und noch mehr hübschen Frauen. In einer Ecke lagen ein paar Schulbücher; ihrem Aufenthaltsort nach zu urteilen, besaßen sie eher geringe Bedeutung, während auch die Regale von CDs, DVDs, Zeitschriften und Fußballpokalen überquollen. Vermutlich war hier seit dem Tag, an dem Bobby das Zimmer verlassen hatte, nichts verändert worden, und Jack fasste so wenig wie möglich an und ging auf Zehenspitzen umher, denn er wollte keine Spuren hinterlassen. Der Raum erinnerte stark an ein Museum.

Unter den Postern von den Autos und Glamourfrauen lugte eine Tapete mit Motiven von *Thomas and the Tank Engine* hervor, ein Überbleibsel aus Bobbys Kindertagen, nur notdürftig von der Pubertät und ihren Symbolen überdeckt. Das Zimmer hatte einem Menschen gehört, der kein kleiner Junge mehr war, aber auch noch kein Mann, hin und her gerissen zwischen Unschuld und Erkenntnis, im Aufbruch zu neuen Entdeckungen.

Schon vorhin hatte Jack ein ähnliches Gefühl gehabt. Er fühlte sich wie gefangen, steckengeblieben in einer Zeit, die nicht weiter voranschreiten durfte. Die Tür mit dem Schild »Bobbys Zimmer – ZUTRITT VERBOTEN!« hatte die Warnung verstanden, sich allen Veränderungen verschlossen und die Dinge hier drin bewacht wie in einer Schatzkammer. Jack fragte sich, ob Bobby jetzt wohl irgendwo sein Leben lebte und sich längst himmelweit von dem Bild entfernt hatte, das Mary von ihm konservierte. Oder ob seine Reise zu Ende gegangen war. Würde er für immer als jemand weiterexistieren, der kein Junge mehr und noch kein Mann war, eine Zwischenperson in einem Zwischenreich, unvollständig, unausgegoren, auf ewig ein Halbwüchsiger?

Er dachte über sich selbst nach, über seine Weigerung, Donal loszulassen, über das, was Dr. Burton ihm gesagt hatte – dass die Suche nach seinem Bruder in einer Sackgasse gelandet war und er sie durch eine andere Suche zu ersetzen versuchte. Theoretisch hatte der Psychologe vielleicht sogar recht, aber Jack hielt eisern an seiner Überzeugung fest, dass ihm Sandy nicht deshalb so wichtig war, weil er unwillig und unfähig war, den nächsten Schritt zu tun. Entschlossen schüttelte er den Gedanken ab, dass er Mary in gewisser Weise ähnelte, dass auch er sich an Erinnerungen klammerte und einen Moment festhielt, der längst der Vergangenheit angehörte. Wie sollte seine Suche nach Sandy ihm helfen, Donal zu finden? Hing das eine überhaupt mit dem anderen zusammen? Schließlich zog er sich die Decke über den Kopf und versteckte sich vor den Sternen und Galaxien über ihm. Realistisch gesehen half es ihm nicht, wenn er Sandy suchte, aber irgendetwas in seinem Herzen, in seinem Kopf trieb ihn dennoch vorwärts.

Morgen war Freitag, dann war Sandy, falls sie nicht auftauchte, schon sechs Tage verschwunden. Er musste einen Entschluss fassen. War es Zeit, sich auszuklinken, Zeit, die Tür zu öffnen und die gefangene Zeit, die konservierten Erinnerungen endlich freizulassen? Sollte er das Vergangene vergessen und nachholen, was er verpasst hatte? Oder sollte er die Suche fortsetzen, so seltsam sie auch anmuten mochte? Er dachte an Gloria, die jetzt zu Hause im Bett lag, an seine schwindenden Gefühle für sie, an sein Leben und ihre gemeinsame Zukunft. Und er beschloss, dass er sich, genau wie der halbwüchsige Bobby, der immer noch in diesem Zimmer hauste, auf Entdeckungsreise machen würde.

Am nächsten Morgen erwachte er um Viertel vor neun, weil sein Handy klingelte.

»Hallo?«, krächzte er, während er sich umschaute und eine Schrecksekunde lang dachte, er hätte eine Zeitreise zurück in seine Teenagerjahre unternommen und wäre im Haus seiner Mutter. Seine Mutter. Auf einmal sehnte er sich schrecklich nach ihr.

»Was zum Teufel machst du denn?«, fragte seine Schwester Judith ihn ärgerlich. Im Hintergrund hörte er Kindergeheul und Hundegebell.

»Ich versuche aufzuwachen«, ächzte er.

»Ach ja?«, gab sie sarkastisch zurück. »Neben wem denn?«

Jack drehte sich nach rechts und sah die Blondine an, die nicht viel mehr anhatte als einen Cowboyhut und Westernstiefel. »Candy aus Houston, Texas. Sie liebt Pferde und hausgemachte Limonade und geht gern mit ihrem Hund Charlie spazieren.«

»Was?«, kreischte Judith, und das Geheul wurde lauter.

Jack fing an zu lachen. »Entspann dich, Jude! Ich liege im winzigen Jugendzimmer eines Sechzehnjährigen, kein Grund zur Sorge.«

»*Wo* liegst du?«

Waren das Schüsse, die er da hörte?

»JAMES, STELL DEN FERNSEHER LEISE!«

»Autsch.« Jack hielt den Hörer ein Stück vom Ohr weg.

»Tut mir leid, hat dich dieses ferne Geräusch etwa gestört?«, spottete sie.

»Judith, warum bist du heute denn so fuchsig?«

Sie seufzte. »Ich dachte, du hättest in Dublin nur einen Arzttermin.«

»Hatte ich auch, aber dann dachte ich, ich frage noch ein bisschen rum, ehe ich wieder heimfahre.«

»Geht es immer noch um die Frau von der Personensuche?«

»Sandy Shortt, ja.«

»Was hast du bloß vor, Jack?«, fragte sie.

Er lehnte den Kopf an die unteren Regionen von Barbara aus Australien. »Ich bringe mein Leben in Ordnung.«

»Indem du es erst mal auseinander montierst?«

»Weißt du noch, wie wir immer an Weihnachten das Humpty-Dumpty-Puzzle gemacht haben?«

»Ojemine, jetzt hat er endgültig den Verstand verloren«, stöhnte sie.

»Sei nett. Weißt du es noch?«

»Wie könnte ich das jemals vergessen? Das erste Mal haben wir bis März gebraucht, und alles nur, weil Mum den Esstisch in Eile abgeräumt hat, als Father Keogh zu einem seiner Überraschungsbesuche aufgekreuzt ist.«

Sie lachten beide.

»Und erinnerst du dich, was Dad uns beigebracht hat? Wir sollten alle Teile erst mal einzeln richtig rum hinlegen und sie *dann* zusammensetzen.«

»Und da haben wir gesehen, dass ein Text draufstand, nach dem wir uns richten konnten.« Sie seufzte. »Dann suchst du also zurzeit die Einzelteile zusammen?«

»Genau.«

»Mein kleiner Bruder, der Philosoph. Was ist aus den Besäufnissen und Furzwitzen geworden?«

»Irgendwo in mir drin existieren die immer noch!«, lachte er.

Judith wurde wieder ernst. »Ich verstehe, was du durchmachst, und ich verstehe auch, was du tust, aber musst du es denn wirklich alleine angehen, ohne jemandem ein Sterbenswörtchen davon zu erzählen? Kannst du nicht wenigstens zum Festival dieses Wochenende heimkommen? Ich gehe heute Abend mit Willie und den Kids hin, da gibt's eine gute Band, Spiele für die Kinder und das übliche sonntägliche Feuerwerk. Das hast du dir noch nie entgehen lassen.«

»Ich überleg es mir«, log Jack.

»Ich weiß gar nicht, woher Gloria ihre Gelassenheit nimmt. Man hat ihr nichts angemerkt – als würde es ihr überhaupt nichts ausmachen, dass du so lange weg bist. Aber du stellst ihre Geduld echt auf eine harte Probe. Bist du sicher, dass du nicht versuchst, sie loszuwerden?«

Schon wollte Jack sich rechtfertigen, aber im letzten Augenblick ließ er es bleiben und dachte lieber über die Bemerkung nach. »Ich weiß es nicht«, antwortete er schließlich. »Vielleicht. Ich weiß es wirklich nicht.«

»Guten Morgen!«, rief Mary und klopfte an die Tür.

»Kommen Sie rein!«, antwortete Jack und zog die Decke hoch.

Vor der Tür klapperte und rappelte es, dann wurde die Klinke heruntergedrückt, und endlich tauchte Mary mit einem Frühstückstablett auf.

»Wow!«, rief Jack und beäugte es hungrig. Mary stellte das Tablett auf dem Schreibtisch ab, ohne die Zeitschriften und CDs zur Seite zu schieben, was Jacks Frühstück in eine gefährliche Schräglage brachte. Aber es durfte nichts verändert werden. Eigentlich ein Wunder, dass Mary ihn überhaupt hier hatte schlafen lassen.

»Danke, Mary, das sieht super aus.«

»Gern geschehen. Ich hab Bobby auch manchmal ein bisschen verwöhnt und ihm das Frühstück ans Bett gebracht«, erzählte sie, während sie sich im Zimmer umsah. »Haben Sie gut geschlafen?«

»Ja, danke«, antwortete er höflich.

»Lügner«, widersprach Mary. »Ich hab keine Nacht mehr durchgeschlafen, seit Bobby verschwunden ist, und ich wette, bei Ihnen ist es genauso.«

Jack lächelte nur, dankbar, dass er nicht der Einzige war, dem es so ging.

»Ich muss runter und den Laden aufmachen, aber lassen Sie sich ruhig Zeit. Ich hab ein Handtuch für Sie ins Bad gelegt.« Sie lächelte ihn an, sah sich noch einmal um und verschwand.

Jack war froh, dass er sich Sandys Termine notiert hatte, ehe er Dr. Burton ihren Terminkalender überlassen hatte. Für heute hatte er eingetragen: *YMCA Aungier Street, 12 Uhr, Raum 4.* Eine nähere Erklärung hatte es nicht gegeben, aber ihm war aufgefallen, dass es diesen Termin jeden Monat gab. Nach dem Desaster mit seinem Anruf in Dr. Burtons Praxis war er zu dem Schluss gekommen, dass es besser war, nicht erst zu telefonieren, sondern lieber gleich hinzugehen.

Dank Dublins üblichem Verkehrschaos, das er noch nicht in seine Zeitplanung einzubeziehen gelernt hatte, war er erst zehn nach zwölf am Ziel. Der Empfangstresen war nicht besetzt, und auch auf sein Rufen tauchte niemand auf. Aber es gab eine Menge Türen und ein großes Schwarzes Brett mit verschiedensten Anzeigen: Fitnesstraining, Kinderbetreuung, Computerkurse, Beratungsangebote und Jugendarbeit. Was verbarg sich wohl hinter der Tür von Raum 4? Hoffentlich nicht wieder irgendein Psychokram oder womöglich ein Fitnesskurs! Am liebsten wäre ihm etwas mit Computern gewesen, da konnte er wenigstens nebenbei ein bisschen aufholen. Er klopfte leise und schickte ein Stoßgebet zum Himmel, dass Sandy dort drin war.

Die Tür ging auf, und eine Frau mit einem freundlichen Gesicht erschien.

»Hallo«, begrüßte sie ihn lächelnd und mit gedämpfter Stimme.

»Entschuldigen Sie die Störung«, flüsterte Jack. Was immer hier stattfand, es geschah jedenfalls leise. Yoga? Hoffentlich nicht!

»Keine Sorge, hier ist man jederzeit willkommen. Wollen Sie sich uns anschließen?«

»Hmm, ja … Eigentlich suche ich Sandy Shortt.«

»Oh, hat sie Ihnen unser Treffen empfohlen?«

»Ja«, antwortete er und nickte heftig.

Sofort öffnete die Frau die Tür noch ein Stück weiter, und die Menschen, die drinnen in einer Runde zusammensaßen, wandten die Köpfe. Keine Matten auf dem Boden, stellte er erleichtert fest, also kein Yoga. Mit klopfendem Herzen schaute er sich nach Sandy um und fragte sich, ob sie ihn womöglich schon entdeckt hatte. Und wenn ja, ob sie ihn überhaupt erkannte. Würde sie sich ärgern, dass er ihr Versteck gefunden hatte, oder würde sie ihm dankbar sein, womöglich sogar erleichtert, dass er ihr Verschwinden bemerkt hatte?

»Herzlich willkommen. Nehmen Sie doch Platz«, sagte die Frau, während jemand einen Stuhl von einem Stapel an der Wand des kleinen Raums holte. Jack musterte die Gesichter. Als er näher kam, erweiterte sich der Kreis, um seinem Stuhl Platz zu machen, wie das rhythmische Pulsieren einer Qualle, wie ein Schirm, der langsam aufgespannt wird. Enttäuscht reihte er sich ein. Sandy war nicht da.

»Wie Sie sehen, ist Sandy heute leider nicht bei uns«, bestätigte die freundliche Frau seine Enttäuschung.

»Ja, das sehe ich«, antwortete er und biss die Zähne zusammen. Sofort stellte sich der vertraute Schmerz ein.

»Ich bin Tracey«, stellte die Frau sich vor.

»Hallo.« Nervös erwiderte er die prüfenden Blicke der anderen, die jede seiner ungeschickten Bewegungen zu taxieren schienen. »Ich bin Jack.«

»Hallo, Jack«, erwiderten alle im Chor, und er stutzte. Die Stimmen klangen seltsam, ein bisschen wie hypnotisiert. Dann trat ein langes Schweigen ein, und Jack rutschte unbehaglich auf seinem Stuhl herum, plötzlich unsicher, was er hier eigentlich zu suchen hatte.

»Jack, wäre es Ihnen lieber, wenn diese Woche die anderen den Anfang machen und Sie uns dann nächste Woche Ihre Geschichte erzählen?«

Was für eine Geschichte? Er blickte in die Runde. Ein paar der Anwesenden hatten Blocks und Stifte auf dem Schoß, und auf der Tafel standen in einem Kreis die Worte *Schriftliche Aufgabe*. Von dem Kreis zweigten andere Worte ab: Gefühle, Gedanken, Sorgen, Ideen, Sprache, Ausdruck, Ton und noch viele andere, so viele, dass er gar nicht alle aufnehmen konnte und zu den Schluss kam, dass er sich allem Anschein nach in einen Kurs für kreatives Schreiben verirrt hatte.

»Ja«, antwortete er erleichtert. »Ich möchte mir gern zuerst die anderen anhören.«

»Okay, Richard, dann können Sie anfangen und uns sagen, was Sie diesen Monat für uns haben.«

»Hier, das ist vielleicht ganz hilfreich«, flüsterte eine Frau neben Jack und drückte ihm eine kleine Broschüre in die Hand.

»Danke«, flüsterte er zurück, legte das Heftchen auf seinen Schoß und beschloss, es zu lesen, sobald er die erste Geschichte gehört hatte. Richard trug eine ziemlich absurde Erzählung vor, in der es um einen extrem unsympathischen Mann ging, der furchtbare Angst hatte, von seinen heftigen Impulsen überwältigt zu werden, sowie um einen weiteren, genauso unangenehmen Typen mit einem fast ins Lächerliche übersteigerten Verantwortungsgefühl. Er hatte solche Panik davor, jemanden zu überfahren, dass er sich nicht mehr ans Steuer seines Autos setzen wollte. Ein paar Mal konnte sich Jack ein Kopfschütteln nicht verkneifen und lachte laut auf, weil er fand, dass die Geschichte reichlich absurd klang und immer mehr an eine schwarze Komödie erinnerte. Nach einer Weile merkte er allerdings, dass ihm das von der Gruppe strafende Blicke einbrachte, und verkniff sich von da an jede spontane Reaktion.

Die Minuten zogen sich wie Stunden, und Richard fand kein Ende. Jedes Wort dröhnte doppelt in Jacks Ohren, die sich schon beim ersten Mal gelangweilt hatten. Als die Erzählung immer mehr in die depressive Richtung ging und der Typ aufgrund seines absonderlichen Verhaltens auch noch Frau und Kinder verlor, schaltete Jack schließlich ab und begann die Broschüre zu lesen, die schon etwas zerknittert unter seinen feuchtkalten Händen ruhte.

Doch dann sah er das Cover des Heftchens und erstarrte. Er wurde knallrot bis unter die rotblonden Haarwurzeln und der Schweiß brach ihm aus, denn da stand: *Willkommen in der Selbsthilfegruppe für Menschen mit Zwangsstörungen.*

Den Rest des Meetings über saß Jack ganz still da. Es war ihm peinlich, hier zu sein, und er schämte sich zutiefst, dass er über Richards Geschichte gelacht hatte. Als die Sitzung endlich vorüber war, versteckte er sich zwischen den anderen und wollte sich mit gesenktem Kopf so rasch wie möglich verdrücken.

»Jack!«, rief Tracey, und er blieb stehen. Die anderen verließen zögernd ihr monatliches Sicherheitsnetz, um sich wieder allein der Welt und ihren Dämonen zu stellen. Als Jack ihnen nachsah, entdeckte er Dr. Burton, der mit verschränkten Armen und wütendem Gesicht vor der Tür wartete. Unwillkürlich wich er ein paar Schritte zurück.

Aber Tracey kam unbeirrt auf ihn zu und streckte ihm die Hand entgegen. »Danke nochmal, dass Sie heute bei uns waren«, sagte sie lächelnd. »Wissen Sie, das ist der erste Schritt zum Gesundwerden. Sicher, der Weg ist steinig und schwer, aber wir sind alle da, um Sie zu unterstützen.« Jack hörte Dr. Burton lauthals lachen. »Das Zwölfschritteprogramm, das wir vorhin erwähnt haben, stammt ursprünglich von den Anonymen Alkoholikern und ist für unsere Zwecke nur leicht verändert worden. Ich habe oft erlebt, wie hilfreich es ist, und gelegentlich ist der Erfolg so durchschlagend, dass alle Zwänge spurlos verschwinden. Deshalb möchte ich Sie auch herzlich einladen, nächsten Monat wiederzukommen.« Aufmunternd tätschelte sie Jacks Arm.

»Danke«, antwortete er mit einem Hüsteln und kam sich vor wie ein Hochstapler.

»Kennen Sie Sandy gut?«, fragte sie unbeirrt.

Er zuckte innerlich zusammen. »Mehr oder weniger«, erwiderte er und räusperte sich verlegen, da ihm Dr. Burtons Gegenwart nur allzu bewusst war.

»Wenn Sie sie sehen, sagen Sie ihr doch bitte, sie soll das nächste Mal wiederkommen. Bisher hat sie unser Treffen nie verpasst.«

Jack nickte, und jetzt war er froh, dass Dr. Burton alles mithörte. »Ich werde mein Bestes tun.«

Sobald Tracey weg war, trat er auf den Psychologen zu. »Haben Sie das mitgekriegt?«, erkundigte er sich triumphierend. »Sie sagt, es ist ungewöhnlich für Sandy, dass sie heute nicht da war. Was sie wohl daran gehindert hat?«

Achtunddreißig

Jeden Monat ging ich zu der Selbsthilfegruppe. Ich ging hin, weil ich wusste, dass ich es mir damit verdiente, mit Gregory zusammen zu sein.

»Sandy!« Ich hörte, wie Gregory meinen Namen rief. Es war zehn nach zwei, mitten in der Nacht, und ich wühlte halbnackt in meiner Reisetasche, die ich wie üblich neben der Haustür abgestellt hatte.

»Sandy!«, rief er wieder.

Dann hörte ich das dumpfe Geräusch, mit dem seine Füße auf dem Boden aufkamen, die Dielen über mir knarrten, Schritte durchquerten das Schlafzimmer. Mein Herz schlug schneller, ich wurde hektisch. Dass Gregory unterwegs zu mir war, setzte mich mächtig unter Druck, und in meiner Verzweiflung kippte ich den Inhalt der Tasche kurzerhand auf den Boden, hob hastig Sachen auf, warf sie zur Seite, schüttelte Klamotten aus, durchwühlte sie, legte sie flach auf den Boden und fuhr mit der Handfläche darüber, ob sich vielleicht etwas in den Taschen verbarg.

»Was machst du denn da?«, fragte seine Stimme plötzlich dicht hinter mir, und ich fuhr vor Schreck in die Höhe. Mein Herz klopfte wild, und das Adrenalin schoss nur so durch meinen Körper, weil ich mich ertappt fühlte – als hätte ich ein Verbrechen begangen oder ihn betrogen. Ich hasste es, wenn er mir das Gefühl gab, dass ich etwas Falsches tat. Sein Gesicht hatte dann den gleichen Ausdruck, vor dem ich bei anderen Menschen schon so oft weggelaufen war. Seltsam, dass er mich bei ihm noch nicht dazu bewogen hatte. Jedenfalls nicht auf Dauer, zwischendurch war ich ja schon ein paar Mal geflohen.

Der Duft des Aftershaves, das ich ihm zu jedem unserer sechs gemeinsamen Weihnachtsfeste geschenkt hatte, erfüllte den Raum. Aber ich beantwortete seine Frage nicht, sondern legte nur stumm meine blaue Polizeiuniform auf den Teppich und tastete sie ab.

»Hallo!«, sagte er. »Ich hab dich gerufen.«

»Ich hab dich nicht gehört«, entgegnete ich.

»Was machst du denn?«

»Wonach sieht es denn aus?«, erwiderte ich ruhig, während ich mit den Händen über ein marineblaues Nylonhosenbein fuhr.

»Es sieht aus, als kriegen deine Klamotten eine Massage.« Ich spürte mehr als ich sah, wie er noch näher kam und sich schließlich vor mir auf die Couch setzte. Er trug den Bademantel, den ich ihm dieses Jahr zu Weihnachten gekauft hatte, und die karierten Pantoffeln, die er letztes Jahr von mir bekommen hatte. »Ich bin ziemlich eifersüchtig«, murmelte er, während er mir zusah, wie ich über die Taschen der Uniform strich.

»Ich suche meine Zahnbürste«, erklärte ich und schüttete schwungvoll den Inhalt meines Waschbeutels aus.

»Aha«, sagte er, ohne mich aus den Augen zu lassen. Ganz ruhig saß er da und beobachtete mich, aber ich fühlte mich trotzdem unbehaglich, denn unter seinen missbilligenden Blicken hatte ich das Gefühl, ich würde Drogen einwerfen und nicht ganz banal nach einer Zahnbürste suchen. Ein paar Minuten verstrichen, ohne dass meine Bemühungen von Erfolg gekrönt waren.

»Weißt du, dass oben im Bad eine Zahnbürste von dir steht?«

»Aber ich hab heute eine neue gekauft.«

»Und die alte genügt nicht für heute?«

»Nein, die Borsten sind zu weich.«

»Ich dachte, du magst weiche Borsten«, wandte er ein und fuhr sich mit der Hand über seinen gepflegten Bart.

»Nicht zwischen den Zähnen«, grinste ich.

Er sah mir noch eine Weile zu.

»Ich mache mir eine Tasse Tee. Möchtest du auch eine?« Jetzt wandte er die gleiche Methode an wie meine Eltern – auch sie redeten in solchen Fällen gern in einem Ton, als wäre alles in Butter, nur um mich nicht noch mehr in Panik zu versetzen. Jedenfalls hatte ich das gedacht, als ich klein war. Inzwischen hatte ich von Gregory erfahren, dass er die Atmosphäre nicht etwa für mich zu entspannen versuchte, sondern sich selbst zuliebe. Ich hörte auf zu suchen und beobachtete, wie er in der Küche herumwerkte, als würde er jeden Morgen um zwei Tee kochen. Ich beobachtete, wie er gute Miene zum bösen Spiel machte und so tat, als wäre es das Alltäglichste der Welt, dass seine Freundin – die mal seine Freundin war und dann mal wieder nicht – halbnackt auf dem Teppich hockte und ihren Waschbeutel auskippte, um eine Zahnbürste zu suchen, obwohl im Badezimmer ein durchaus funktionstüchtiges Exemplar auf sie wartete. Ich beobachtete, wie er sich selbst gezielt etwas vormachte, und mit einem Lächeln verliebte ich mich plötzlich aufs Neue in ihn, in diese kleine Schwäche, die mir bisher vollkommen entgangen war.

»Vielleicht ist sie unterwegs aus dem Auto gefallen«, sagte ich, mehr zu mir selbst als zu ihm.

»Es regnet, Sandy, du willst doch jetzt nicht raus, oder?«

Er hätte gar nicht fragen müssen, denn er kannte die Antwort. Aber er spielte immer noch mit. Jetzt ging es darum, so zu tun, als würde seine auf ewig treue Vollzeitfreundin in die dunkle Regennacht hinausrennen, um etwas zu suchen. Wie außergewöhnlich, wie wundersam wahnsinnig, wie verführerisch verrückt. Was für ein Spaß!

Ich sah mich im Wohnzimmer nach einer Jacke oder einer Decke um, die ich überwerfen konnte. Nichts Brauchbares, so weit das Auge reichte. In diesem Zustand wirkte ich äußerlich oft ganz ruhig, während ich innerlich hektisch hin und her rannte, schreiend, rufend, nervös nach einer Chance Ausschau haltend, endlich aktiv zu werden. Die Treppe hinaufzulaufen und mir etwas überzuziehen dauerte mir zu lange, denn es verschlang kostbare Zeit von meiner Suche. Ich sah Gregory an, der Wasser in den witzigen Becher goss, den ich ihm vorige Weihnachten geschenkt hatte. Offensichtlich sah er die Verzweiflung in meinen Augen, den stummen Hilferuf. Aber er blieb cool, wie üblich.

»Okay, okay«, sagte er und warf resigniert die Hände in die Luft. »Du kannst meinen Bademantel haben.«

Eigentlich hatte ich gar nicht an diese Möglichkeit gedacht.

»Danke.« Ich stand auf und ging in die Küche.

Unterdessen öffnete er den Gürtel, ließ den Bademantel lässig von den Schultern rutschen und gab ihn mir. Jetzt hatte er nur noch seine karierten Pantoffeln und die silberne Kette an, die ich ihm im vorigen Jahr zu seinem vierzigsten Geburtstag geschenkt hatte. Ich lachte und wollte den Bademantel nehmen, aber er hielt ihn fest. Dann wurde er ernst.

»Bitte geh nicht raus, Sandy.«

»Ach Gregory, tu das nicht«, murmelte ich und zerrte an dem Bademantel. Auf diese Diskussion hatte ich überhaupt keine Lust, ich wollte nicht noch einmal alles durchkauen. Wir hatten uns dabei schon so oft im Kreis gedreht, nichts gelöst und uns am Ende nur für die Beleidigungen entschuldigt, die wir uns an den Kopf geworfen hatten, statt uns den wirklichen Problemen zu stellen.

Er machte ein trauriges Gesicht. »Bitte, Sandy, *bitte* lass uns wieder ins Bett gehen. In vier Stunden muss ich schon wieder raus.«

Ich hörte auf zu zerren und sah ihn an, wie er da nackt vor mir stand. Aber sein Gesichtsausdruck enthüllte viel mehr. Was immer es war in diesem Gesicht, an der Art, wie er mich ansah, wie sehr er sich wünschte, dass ich nicht wegging, wie wichtig es für ihn zu sein schien, dass ich bei ihm war – irgendetwas in mir streckte bei diesem Anblick jedenfalls die Waffen.

Ich ließ den Bademantel los. »Okay.« Ich gab nach. *Ich gab nach!* »Okay«, wiederholte ich, diesmal mehr zu mir selbst. »Ich gehe wieder ins Bett.«

Gregory sah gleichzeitig überrascht, erleichtert und verwirrt aus, aber er drängte nicht, er fragte nicht, er wollte den Augenblick nicht kaputtmachen, den Traum nicht zerstören, er wollte nicht riskieren, mich wieder in die Flucht zu jagen. Stattdessen nahm er meine Hand, wir gingen stumm hinauf ins Schlafzimmer und ließen meine Klamotten und den Inhalt meines Waschbeutels auf dem Boden verstreut hinter uns zurück. Zum ersten Mal hatte ich einer derartigen Situation den Rücken gewandt und war einfach in die andere Richtung marschiert. Da war es nur angemessen, dass Gregory mich führte.

Im Bett legte ich den Kopf auf seine warme Brust, spürte, wie sie sich in seinem Atemrhythmus sanft hob und senkte, hörte sein Herz schlagen und spürte seinen Atem in meinen Haaren. Ich fühlte mich geborgen und geliebt und dachte, mein Leben könnte gar nicht vollkommener und wundervoller sein. Bevor Gregory einschlief, flüsterte er mir zu, ich solle mich an dieses Gefühl erinnern. Ich dachte, er meinte uns, das Gefühl, wie wir hier zusammen lagen, aber als die Nacht fortschritt und die nörgelnden Gedanken zurückkamen, wusste ich plötzlich, dass er gemeint hatte, ich solle mich daran erinnern, wie es sich anfühlte wegzugehen, und daran, was der Grund dafür war. Das sollte ich im Gedächtnis behalten, damit ich die Erinnerung wachrufen konnte, wenn das Gefühl wieder auftauchte.

In dieser Nacht schlief ich sehr schlecht. Ich wollte eigentlich bloß nach unten gehen und meine Sachen aufräumen. Und als ich das erledigt hatte, schlich ich hinaus in die nasse kalte Nacht und wollte eigentlich nur mein Auto durchsuchen. Doch das Gefühl, das ich in Gregorys Armen festzuhalten versucht hatte, war nicht mehr da, und ich hatte es sofort vergessen.

Am nächsten Morgen erwachte Gregory allein in seinem Bett, und es tut mir weh, mir vorzustellen, was er wohl dachte, als er die Hand ausstreckte und nur das kalte Laken spürte. Während er geschlafen und geträumt hatte, dass ich neben ihm lag, war ich in meine möblierte Bude zurückgekehrt und hatte dort auf dem Tisch die Zahnbürste gefunden, noch in der Packung. Aber das Finden hatte nichts Tröstliches wie sonst immer, ich fühlte mich nur noch leerer. Wenn ich mit Gregory zusammen war, schien ich innerlich umso mehr zu verlieren, je mehr ich äußerlich fand. Nachdem ich das warme Bett des Mannes, den ich liebte und der mich liebte, verlassen hatte, lag ich um fünf Uhr früh allein in meinem kalten Zimmer. Nach diesem Vorfall erwiderte Gregory meine Anrufe nicht mehr. Dreizehn Jahre lang hatte er alles erfahren wollen, was es über mich zu erfahren gab, aber jetzt hatte er aufgegeben und wollte nichts mehr mit mir zu tun haben.

Eine Weile gab auch ich ihn auf, aber irgendwann war ich so einsam, so müde, und mein Herz schmerzte so sehr, weil ich mir ständig einreden musste, eine Serie leerer Erfahrungen mit gesichtslosen Partnern wäre wichtiger als die Fülle dessen, was ich mit diesem einen Mann teilte. An diesem Morgen nahm ich mir vor, dieses Gefühl festzuhalten und nie wieder zu vergessen, wie töricht es ist, die Wärme zu verlassen, um allein durch die Kälte zu stolzieren. Ich beschloss, mir die lächerliche Einsamkeit ins Gedächtnis zu rufen, die sich einstellt, wenn man etwas aufgibt, um nichts dafür zu bekommen.

Ich wollte zu ihm zurück, aber er stellte mir eine Bedingung. Nämlich, dass ich meine Probleme erkannte und zu einem monatlichen Treffen mit einer Gruppe von Menschen mit sogenannten Zwangsstörungen ging. Das Erste, was ich dort lernte, war, dass man nicht einem anderen Menschen zuliebe an der Gruppe teilnehmen kann – man kann es nur für sich selbst tun. Von Anfang an war es eine Lüge. Jedes Mal, wenn ich an einem Treffen teilnahm, bedeutete das für mich nur, dass ich wieder einen Monat mit Gregory zusammen sein durfte, mit einem Gregory, der glücklicher war als früher und zufrieden, dass ich endlich Schritte unternahm, um gesund zu werden – zwölf Schritte, um genau zu sein. Wieder log er sich in die Tasche, denn für jeden anderen war es offensichtlich, dass ich mich in Wahrheit kein bisschen verändert hatte. Tief in meinem Herzen war mir klar, dass ich anders war als die anderen in der Gruppe, und es erschien mir absurd, dass Gregory dachte, ich wäre unter meinesgleichen bei Leuten, die sich abends vor dem Zubettgehen und morgens vor der Arbeit stundenlang wuschen und schrubbten, bis die Haut blutete. Oder dass die Frau, die sich mit einer Rasierklinge in den Arm ritzte, mir irgendwie ähnlich war. Oder der Mann, der jedes winzige Objekt, das ihm in die Finger kam, berührte, zählte, arrangierte und hortete. Mit diesen Menschen hatte ich nichts gemeinsam. Er verwechselte mein Engagement mit Zwanghaftigkeit. Aber das war etwas anderes. *Ich* war anders.

Mehrere Jahre besuchte ich diese Treffen, und ich war immer noch die Einundzwanzigjährige, die jede Woche auf den Steinstufen gegenüber von Dr. Burtons Praxis hockte, die Ellbogen auf die Knie gestützt, das Kinn in den Händen, die wartete und zusah, wie die Welt an ihr vorüberzog.

Jedes Mal kam Gregory auf meine Seite, um mich abzuholen. Erst jetzt fällt mir ein, dass ich ihm nie entgegengegangen bin. Und ich glaube, ich habe mich kein einziges Mal bei ihm bedankt.

Aber jetzt möchte ich es ihm sagen. Es tut es mir leid, schreie ich tausendmal am Tag, an diesem Ort, wo er mich nicht hören kann. Ich sage danke, ich sage, es tut mir leid, ich rufe es durch die Bäume, über die Berge, ich gieße meine Liebe in die Seen und blase Küsse in den Wind, in der Hoffnung, dass sie ihn erreichen.

Jeden Monat habe ich an der Gruppe teilgenommen. Ich bin hingegangen, weil ich wusste, dass ich mir damit einen weiteren Monat mit Gregory verdiente.

Aber in diesem Monat verpasste ich den Termin.

Neununddreißig

Nach den nachmittäglichen Proben in der Gemeinschaftshalle saßen Helena, Joseph, Bobby und ich noch eine Weile um den Holztisch in ihrem Haus herum. Auf dem Platz mir gegenüber bemühte sich Wanda, deren wilder schwarzer Wuschelkopf gerade über die Tischplatte reichte, ihre Arme auf den Tisch zu legen und die Hände zu falten, weil sie mich unbedingt imitieren wollte. Joseph hatte uns gerade informiert, dass der Dorfrat für morgen Abend eine Sitzung einberufen hatte, was die anderen am Tisch aus mir unerfindlichen Gründen dazu brachte, in angespanntes Schweigen zu versinken.

Ich weiß nicht, warum, aber ich fand die spontane Regierungsform, die hier herrschte, ziemlich lustig. Ich konnte und wollte diese Welt und ihre Probleme nicht ernst nehmen. Während ich in die Runde besorgter Gesichter blickte, hielt ich mir die Hand vor den Mund, um mein Grinsen zu verbergen. Mich ging das Problem ja nichts an, und ich war dankbar, dass das, worüber sie sich sorgten, nichts mit mir zu tun hatte. Wie bei jeder Krise im Freundes- oder Familienkreis empfand ich Mitgefühl für ihre Zwangslage, konnte mich aber genauso darüber freuen, dass ich nicht in ihrer Haut steckte. Ich war hier nur eine Außenseiterin – diese Position hatte ich mir selbst gewählt und würde alles tun, um sie zu erhalten, denn so brauchte ich nicht der unangenehmen Tatsache ins Gesicht zu sehen, dass auch ich mich damit abfinden musste, hier zu sein. Am Ende hatte ich wohl keine andere Wahl, aber während wir so um den Tisch herumsaßen, klammerte ich mich an die Hoffnung, dass mein Aufenthalt viel zu kurz sein würde, ich konnte mich gar nicht um die hiesigen Probleme kümmern. Es war *ihre* Welt, nicht meine. Als mir das betretene Schweigen zu lange dauerte, versuchte ich, die Stimmung etwas aufzulockern.

»Was ist denn der Grund für dieses Meeting? Scheint ja eine große Sache zu sein.«

»Ja, nämlich du«, antwortete Wanda munter, und ich konnte sehen, dass sie unter dem Tisch mit den Beinen baumelte, denn ihre Schultern bewegten sich.

Jetzt bekam ich doch eine Gänsehaut. Aber ich beschloss, die Bemerkung zu ignorieren, denn ich ärgerte mich sowieso, dass ein Kind bei unserem Gespräch geduldet wurde, und das auch noch ohne die strikte Anweisung, sich im Hintergrund zu halten und still zu sein.

»Wie kommst du darauf?«, fragte ich Wanda. Inzwischen war ich zu dem Schluss gekommen, dass sie entweder deshalb nicht zurechtgewiesen wurde, weil das zum allgemeinen Erziehungskonzept gehörte, oder weil sie sowieso nicht ganz zurechnungsfähig war. Ich hoffte auf das Letztere.

»Weil alle dich so angestarrt haben, als wir von der Gemeinschaftshalle hierhergelaufen sind.«

»Das reicht jetzt, Schätzchen«, schaltete sich Helena nun doch ein.

»Warum?« Fragend sah Wanda zu ihrer Großmutter empor. »Hast du nicht gesehen, wie alle plötzlich ganz still geworden sind und Platz für sie gemacht haben? Als wäre sie eine Märchenprinzessin oder so was«, grinste sie und entblößte ihre Zahnlücke. Aha, das klang ganz nach mangelnder Zurechnungsfähigkeit.

»Okay«, beschwichtigte Helena und tätschelte beschwichtigend ihren Arm. Tatsächlich brachte das Wanda zum Schweigen, und ich sah, dass sie auch aufhörte, mit den Beinen zu zappeln.

»Die Versammlung findet also meinetwegen statt«, fasste ich zusammen. »Stimmt das, Joseph?« Ich wurde nur äußerst selten nervös, und auch jetzt war Neugier die einzige Reaktion, die sich in mir regte. Doch sie war wieder einmal mit diesem grotesken Gefühl vermischt, dass hier wirklich alles schrecklich niedlich war. Ein komisches kleines Ereignis an einem komischen kleinen Ort.

»Wir wissen nicht, ob es wirklich um Sie geht«, kam Bobby mir zu Hilfe. Aber dann sah er unsicher zu Joseph hinüber. »Oder?«

»Man hat mir nichts darüber gesagt.«

»Gibt es für Neuankömmlinge denn immer so ein Meeting? Ist das normal?«, fragte ich. Man musste Joseph wirklich jeden Wurm einzeln aus der Nase ziehen.

»Normal?«, wiederholte er und warf die Hände in die Luft. »Was wissen wir denn schon von Normalität? Was verstehen wir in unserer Welt von Normalität? Wahrscheinlich haben wir hier genauso wenig eine Ahnung davon wie die Menschen in der alten Welt, obwohl die ja gerne meinen, dass sie alles wissen.« Er stand auf und sah auf uns herab.

»Tja, muss ich mir dann Sorgen machen?« Vielleicht konnte er mich wenigstens ein bisschen beruhigen.

»Kipepeo, man *muss* sich nie Sorgen machen«, antwortete er und legte mir die Hand auf den Kopf. Sofort spürte ich, wie ihre Wärme meine Kopfschmerzen linderte. »Wir kommen morgen um neunzehn Uhr in der Gemeinschaftshalle zusammen. Dann können wir unsere Vorstellungen von dem überprüfen, was normal ist.« Mit einem kleinen Lächeln verließ er den Raum. Helena folgte ihm.

»Wie hat er Sie gerade genannt, Sandy?«, erkundigte sich Bobby verwirrt.

»Kipepeo«, zwitscherte Wanda, und jetzt waren ihre Beine wieder heftig am Schaukeln.

Ich beugte mich über den Tisch zu ihr, und einen Augenblick

sah sie erschrocken aus. »Was bedeutet dieses Wort?«, fragte ich sie ziemlich aggressiv, denn ich hatte genug vom Rätselraten.

»Sag ich dir nicht«, schmollte sie und verschränkte trotzig die Arme vor der Brust. »Weil du mich nicht magst.«

»Ach, sei doch nicht so albern, natürlich mag Sandy dich«, mischte Bobby sich ein.

»Sie hat mir aber *gesagt*, dass sie mich nicht mag.«

»Bestimmt hast du sie nicht richtig verstanden.«

»O doch«, erklärte ich. Bobby sah so schockiert aus, dass ich doch lieber die Friedensfahne hisste. »Na ja, wenn du mir sagst, was Kipepeo heißt, mag ich dich vielleicht.«

»Also Sandy!«, rief Bobby empört.

Ich brachte ihn mit einer Geste zum Schweigen, während Wanda sich das Angebot durch den Kopf gehen ließ. Langsam, aber sicher verzog sich ihr Gesicht. Bobby trat mich gegen das Schienbein. »Wanda, mach dir keine Sorgen«, ruderte ich so freundlich wie möglich zurück. »Es ist ja nicht deine Schuld, dass ich dich nicht mag.« Hier konnte sich Bobby ein Stöhnen nicht verkneifen. »Wenn du zehn Jahre älter wärst, könnte ich dich wahrscheinlich leiden.«

Ihre Augen leuchteten auf, und Bobby schüttelte erneut den Kopf über mich. »Wie alt bin ich dann?«, wollte sie wissen, kniete sich aufgeregt auf ihren Stuhl und lehnte sich auf den Ellbogen über den Tisch, um mir näher zu kommen.

»Fünfzehn.«

»Fast so alt wie Bobby?«, fragte sie hoffnungsvoll.

»Bobby ist neunzehn.«

»Und das ist vier Jahre älter als fünfzehn«, erklärte Bobby zuvorkommend.

Das schien Wanda sehr zu freuen, und sie schenkte ihm ihr zahnlückiges Grinsen.

»Aber wenn du fünfzehn bist, bin ich schon neunundzwanzig«, ergänzte Bobby, und Wanda machte ein langes Gesicht. »Jedes Mal, wenn du älter wirst, werde ich auch älter«, lachte er. Offensichtlich interpretierte er ihren Gesichtsausdruck als mangelndes Verständnis. »Ich bleibe immer vierzehn Jahre älter als du, weißt du«, meinte er belehrend. Wanda wurde immer betretener, und ich signalisierte Bobby, es dabei bewenden zu lassen.

»Oh«, flüsterte Wanda nur.

In jedem Alter kann einem das Herz brechen. Ich glaube, das war der Moment, in dem ich anfing, Wanda gernzuhaben.

Ich hasste es, an diesem Ort einzuschlafen, den alle nur »Hier« nannten. Ich hasste die Geräusche, die von zu Hause in die Atmosphäre eindrangen. Ich hasste es, das vergessene Lachen zu hören, ich wollte mir die Nase zuhalten, um nichts von den Gerüchen zu bemerken, und hätte am liebsten die Augen zugekniffen, damit ich die Leute nicht sah, die völlig orientierungslos aus dem Wald gestolpert kamen. Bei jedem Geräusch hatte ich Angst, es könnte ein Teil von mir sein, der gerade vergessen worden war. Bobby und ich teilten diese Angst. Deshalb blieben wir bis spät in die Nacht auf und unterhielten uns über die Welt, die wir zurückgelassen hatten, über Musik, Sport, Politik und alles mögliche andere, aber hauptsächlich sprachen wir über seine Mutter.

* * *

Nachdem Jack Dr. Burton im YMCA-Zentrum zurückgelassen hatte, fuhr er wieder zu Mary Stanleys Haus. Die beiden Männer hatten kein freundliches Gespräch geführt – um ihn von der Suche nach Sandy abzubringen, hatte Dr. Burton gedroht, Jack wegen Belästigung und noch allerlei anderen Dingen anzuzeigen. Danach lief Jack noch eine Weile durch Dublin und sprach Gloria eine Nachricht aufs Band, dass er noch ein paar Tage unterwegs sein würde und dass die Sache kompliziert, aber sehr wichtig war. Er wusste, dass sie ihn verstehen würde. Dr. Burtons Drohungen hatten ihn dazu veranlasst, den geplanten

Besuch bei Sandys Eltern in Leitrim erst einmal zu verschieben, und jetzt hoffte er, seine Gedanken und Ideen mit Mary teilen zu können. Er war unsicher, ob er mit der Suche weitermachen sollte. Wenn die Leute, die Sandy gut kannten, sich keine Sorgen machten, jagte er vielleicht doch nur seinen eigenen Schatten. Mary lud Jack sofort ein, noch eine Nacht in Bobbys Zimmer zu verbringen, und jetzt saßen sie zusammen im Wohnzimmer und sahen sich ein Video von einer Theateraufführung in Bobbys sechster Klasse an. Dabei fiel ihm auf, dass der Junge ein sehr ungewöhnliches Lachen hatte, ein lautes Kichern, das tief aus dem Bauch kam und allen in seiner Nähe mindestens ein Lächeln abrang. Als Mary das Video ausschaltete, merkte auch Jack, dass er unwillkürlich grinste.

»Er macht so einen fröhlichen Eindruck«, bemerkte Jack.

»O ja!« Sie nippte an ihrem Kaffee und nickte enthusiastisch. »Und so war er auch. Ständig hat er Witze gemacht, immer den Klassenclown gespielt. Wenn sein loses Mundwerk ihn in Schwierigkeiten gebracht hat, hat sein Lachen ihn wieder rausgeholt. Die Leute haben ihn geliebt.« Lächelnd sah sie zu dem Foto auf dem Kaminsims – Bobby, der mit weit offenem Mund herzlich lachte. »Es war ansteckend, genau wie bei seinem Großvater.«

Auch Jack lächelte, und gemeinsam betrachteten sie das Bild.

Schließlich wurde Mary wieder ernst. »Ich muss Ihnen aber etwas gestehen.«

Jack schwieg und war nicht sicher, ob er wissen wollte, was sie ihm zu sagen hatte.

»Ich kann sein Lachen nicht mehr hören«, sagte sie fast flüsternd, als würde es umso wahrer, je lauter sie es aussprach. »Früher hat es das ganze Haus erfüllt, mein Herz, meinen Kopf, jeden Tag, von früh bis spät. Wie kann es sein, dass ich es nicht mehr höre?«

Sie sah Jack an, aber an dem verlorenen Blick in ihren Augen erkannte er, dass sie keine Antwort von ihm erwartete. Dann schüttelte sie den Kopf, als hätte sie gerade vergeblich auf das Lachen gelauscht.

»Ich erinnere mich noch, wie ich mich *gefühlt* habe, wenn Bobby lachte. Ich erinnere mich, welche Atmosphäre ein einziges kurzes Kichern von ihm im Raum geschaffen hat. Ich erinnere mich daran, wie andere Leute reagiert haben. Ich kann ihre Gesichter sehen und die Wirkung, die es auf sie ausübte. Ich kann sein Lachen auf den Videos hören, ich kann es auf den Fotos sehen, vermutlich höre ich sogar manchmal ein Echo davon im Lachen anderer Menschen. Aber ohne all das, ohne Fotos und Videos und Echos, zum Beispiel wenn ich nachts im Bett liege, kann ich mich nicht mehr daran erinnern. Sosehr ich mich auch anstrenge, es funktioniert nicht, in meinem Kopf entsteht nur ein Klangbrei, den ich mir aus dem Gedächtnis zusammenmische. Aber ich kann suchen, so viel ich will, ich habe die Erinnerung verloren …« Ihre Stimme erstarb. Wieder sah sie zu dem Foto auf dem Kamin und legte den Kopf schief, als horchte sie. Dann schüttelte sie den Kopf und sank resigniert in sich zusammen.

* * *

Bobby und ich saßen auf der Couch in Helenas Haus. Die anderen waren alle schon ins Bett gegangen, nur Wanda hatte sich zu uns geschlichen und versteckte sich hinter dem Sofa, völlig aufgedreht, weil ihr geliebter Bobby heute im gleichen Haus übernachtete wie sie. So weit es ging, ignorierten wir sie, in der Hoffnung, dass es ihr irgendwann langweilig wurde und sie endlich einschlief.

»Machst du dir Sorgen wegen der Versammlung morgen Abend?«, fragte Bobby. Inzwischen waren wir so vertraut miteinander, dass ich ihm das Du angeboten hatte.

Ich schüttelte den Kopf. »Ich weiß ja nicht mal, was für einen Grund ich haben könnte. Schließlich hab ich nichts Falsches getan.«

»Du hast nichts Falsches getan, aber du weißt so viel, und das macht manche Leute unruhig. Sie wollen wissen, woher und warum du das alles weißt.«

»Dann sage ich ihnen eben, dass ich eine sehr gesellige Person bin. Ich reise in Irland herum und unterhalte mich mit Freunden und Familien von vermissten Menschen«, erwiderte ich trocken. »Komm schon, was wollen die mir denn tun? Mir vorwerfen, ich bin eine Hexe, und mich auf dem Scheiterhaufen verbrennen?«

Bobby lächelte schwach. »Nein, das nicht, aber du willst ja auch nicht, dass sie dir das Leben schwermachen, oder?«

»Sie könnten mir mein Leben kaum schwerer machen. Ich lebe im Land der verlorenen Dinge. Wie grotesk ist das denn?« Müde rieb ich mir das Gesicht und brummte: »Wenn ich zurückkomme, brauche ich echt eine Therapie.«

Bobby räusperte sich. »Du kommst aber nicht zurück. Als Erstes musst du dir diesen Gedanken aus dem Kopf schlagen. Wenn du so was bei der Versammlung sagst, sorgst du jedenfalls gleich dafür, dass du Ärger kriegst.«

Ich winkte ab, denn das wollte ich nicht schon wieder hören.

»Vielleicht solltest du wieder Tagebuch schreiben. Ich hab den Eindruck, das hast du immer gern gemacht.«

»Woher weißt du, dass ich Tagebuch geschrieben habe?«

»Na ja, wegen dem Tagebuch in einer von den Kisten bei mir im Laden. Das hab ich am Fluss direkt hinter dem Haus gefunden. Dreckig und feucht, aber als ich gesehen habe, dass dein Name draufsteht, hab ich es gleich mitgenommen und mir viel Mühe gegeben, es wieder auf Vordermann zu bringen«, erzählte er stolz. Als ich keine Reaktion zeigte, fügte er schnell hinzu: »Ich hab's aber nicht gelesen, das schwöre ich.« Ich sah ihm allerdings an, dass er log.

»Du musst mich mit jemandem verwechseln«, entgegnete ich und tat, als müsste ich gähnen. »Da war kein Tagebuch in der Schachtel.«

»Doch«, beharrte er und setzte sich auf. »Es war lila und …«
Er vollendete den Satz nicht, wahrscheinlich weil er sich doch nicht mehr so genau daran erinnern konnte.

Ich zupfte einen losen Faden aus meinem Hosensaum.

Auf einmal schnippte er so laut mit den Fingern, dass ich vor Schreck in die Höhe fuhr und spürte, wie auch Wanda hinter der Couch zusammenzuckte. »Genau! Es war lila, so eine Art Wildleder, das in der Feuchtigkeit ziemlich gelitten hatte, aber ich hab es so gut wie möglich gereinigt. Wie gesagt hab ich nichts gelesen, aber die ersten paar Seiten hab ich aufgeschlagen, und da waren überall Herzchen reingekritzelt.« Er dachte wieder nach. »Sandy liebt …«

Ich zog heftiger an dem Faden.

»Gareth«, rief Bobby, korrigierte sich aber sofort. »Nein, es war nicht Gareth.«

Ich wickelte mir den Faden eng um den kleinen Finger und sah zu, wie das Blut sich staute.

»Gavin? Graham? Komm schon, Sandy, du erinnerst dich doch bestimmt. Es waren so viele Herzchen, den Typen kannst du gar nicht vergessen haben!« Er grübelte weiter, während ich den Faden immer weiterzerrte und immer enger um den Finger wickelte.

Da schnippte er erneut mit den Fingern. »Gregory! Das war es! Sandy liebt Gregory. Das stand überall. Jetzt fällt es dir bestimmt wieder ein.«

»Das war nicht in der Schachtel, Bobby«, sagte ich leise.

»Doch, war es wohl.«

Aber ich schüttelte den Kopf. »Ich hab mir alles angesehen, stundenlang. Da ist garantiert kein Tagebuch, daran würde ich mich erinnern«, beharrte ich.

Verwirrt und irritiert gab Bobby zurück: »Aber es war da, verdammt.«

Auf einmal schnappte Wanda hörbar nach Luft und kam hinter dem Sofa hervor.

»Was ist los mit dir?«, fragte ich, als ihr Kopf zwischen mir und Bobby auftauchte.

»Hast du schon wieder was verloren?«, flüsterte sie.

»Nein«, leugnete ich, bekam aber gleich wieder eine Gänsehaut.

»Ich verrat es auch niemand«, flüsterte sie mit großen Augen. »Versprochen!«

Schweigen trat ein, und ich fixierte den schwarzen Faden, der sich immer weiter aus dem Saum herausziehen ließ. Plötzlich und unerwartet hörte ich Bobby laut auflachen, so wunderschön und schallend wie noch nie.

»Danke, Bobby, die Lage ist alles andere als komisch.«

Aber Bobby antwortete nicht.

»Bobby«, sagte Wanda nur, und ihr kindlich bestürztes Flüstern jagte mir einen Schauder über den Rücken.

Da sah ich, dass Bobby totenbleich geworden war. Sein Mund stand offen, aber kein Laut kam heraus, als hätten die Worte im letzten Augenblick Angst bekommen und sich zurückgezogen. Tränen standen in seinen Augen, seine Unterlippe zitterte, und endlich begriff ich, dass das Lachen keineswegs aus seinem Mund gekommen war.

Es war von dort nach Hier geschwebt, vom Wind über die Baumwipfel getragen, und schließlich hier, mitten unter uns gelandet.

Während ich noch dabei war, das zu verdauen, wurde die Tür zum Wohnzimmer aufgerissen und Helena erschien, im Bademantel, völlig verschlafen, mit zerzausten Haaren und zutiefst betroffenem Gesicht. An der Tür blieb sie stehen und musterte Bobby, um sich zu vergewissern, dass sie richtig gehört hatte. Seine Miene sagte alles, und sie lief mit ausgestreckten Armen zu ihm, setzte sich neben ihn auf die Couch, drückte seinen Kopf an ihre Brust und wiegte ihn wie ein Baby, während er weinte und schluchzend immer wieder hervorstieß, dass man ihn vergessen hatte.

Ich aber saß auf der anderen Seite des Sofas und zupfte an meinem Faden. Mit jeder Minute, die ich hier war, wurde er länger, und ich konnte nichts dagegen tun, dass sich alles immer weiter aufdröselte.

Vierzig

Meine Erfahrung hat mir gezeigt, dass viele Turbulenzen in unserem individuellen Leben zu einer größeren Ausgewogenheit in der Welt insgesamt führen. Das heißt, ganz egal, wie unfair ich etwas finde, merke ich, wenn ich mir das größere Ganze ansehe, dass es irgendwie hineinpasst. Mein Vater hatte ganz recht, wenn er sagte, dass man keine Mahlzeit wirklich umsonst bekommt, denn für *alles* muss man bezahlen. Wenn man etwas dazubekommt, muss es zuvor an anderer Stelle weggenommen werden. Wenn man etwas verliert, wird es irgendwo anders gefunden. Natürlich kann man endlos über letztlich unlösbare Fragen diskutieren wie zum Beispiel, warum guten Menschen etwas Schlechtes widerfährt. Aber ich sehe in allem Schlechten auch etwas Gutes, und umgekehrt in allem Guten auch etwas Schlechtes, selbst wenn es zunächst nicht zu erkennen oder schlicht unverständlich ist. Als Menschen sind wir die Verkörperung des Lebens, und das Leben besteht aus Gegensätzen, die ein Gleichgewicht bilden. Leben und Tod, Männlich und Weiblich, Gut und Schlecht, Schön und Hässlich, Gewinn und Verlust, Liebe und Hass. Verlieren und Finden.

Abgesehen von dem Weihnachtstruthahn, den es immer als Siegespreis beim Pub-Quiz im Leitrim Arms gab, hat mein Vater sein Leben lang nie etwas gewonnen. Aber an dem Tag, als Jenny-May Butler verschwand, gewann er fünfhundert Pfund im Lotto. Vielleicht hatte er etwas Gutes verdient.

Es war an einem Sonntagabend in den Sommerferien, eine

Woche vor Schulbeginn. Mir graute bei dem Gedanken, wieder in die Schule zu müssen, denn ich genoss es in vollen Zügen, morgens ausschlafen und den Tag über tun und lassen zu können, was mir beliebte. In dieser wundervollen, zeitlosen Zeit waren die sonst so gefürchteten Sonntagabende nicht von Freitag oder Samstag zu unterscheiden, aber obwohl ich noch Ferien hatte, war mir an diesem Abend äußerst unbehaglich zumute. Um zwanzig vor sieben war es noch hell draußen, auf der Straße spielten die Nachbarskinder und dachten nicht daran, welcher Tag heute war, denn es war sowieso klar, dass der nächste mindestens genauso schön werden würde wie der letzte. Meine Mutter und meine Großeltern saßen im Garten und genossen die letzten warmen Strahlen der Abendsonne, während ich mir am Küchentisch nervös ein Glas Milch einverleibte und darauf wartete, dass es endlich an der Tür klingelte. Um mich abzulenken, beobachtete ich die Wäsche, die sich in der Waschmaschine drehte, und versuchte als Ablenkung, die einzelnen Kleidungsstücke im Vorbeihuschen zu erkennen.

In unregelmäßigen Abständen kam mein Dad aus dem Fernsehzimmer zu mir in die Küche, um seiner neuen Diät zum Trotz an der Keksdose zu naschen. Ich wusste nicht, ob es ihm nebenbei auch darum ging, mich im Auge zu behalten, oder ob er nur feststellen wollte, ob ich seine Klauerei bemerkte. Auf alle Fälle hatte er mich schon dreimal gefragt, was mit mir los sei. Ich hatte nur die Achseln gezuckt und behauptet, mit mir sei gar nichts los. Ich wusste, dass es nichts genutzt hätte, ihm von meinem Problem zu erzählen. Wahrscheinlich hatte es ihn argwöhnisch gemacht, dass ich vorhin, als es geklingelt hatte, so hektisch aufgesprungen war (meine Mum hatte aus Versehen die Tür hinter sich zugezogen), und jetzt versuchte er mich aufzuheitern, indem er Grimassen schnitt, während er sich die Kekse in den Mund stopfte. Ich grinste ihm zuliebe, was ihn so weit zufriedenzustellen schien, dass er wieder im Fernsehzimmer verschwand, diesmal mit einem Jaffa Cake in der Jackentasche.

Tja, wisst ihr, ich wartete nämlich darauf, dass Jenny-May vorbeikam.

Sie hatte mich zu einer Runde King/Queen herausgefordert, einem Spiel, das wir immer mit einem Tennisball auf der Straße spielten. Dabei wurden mit Kreide Kästchen auf den Asphalt gemalt, jeder Spieler bekam eins davon zugewiesen, und es ging darum, den Ball ins eigene Kästchen zu manövrieren, bevor ihn sich ein anderer schnappte. Wenn man das nicht schaffte oder wenn der Ball außerhalb der Linien landete, schied man aus. Ziel des Spiels war, es zu dem Kästchen ganz oben zu schaffen, dem Königskästchen, das Jenny-May für die gesamte Dauer des Spiels innehatte. Ständig sagten alle, wie wundervoll sie spielte, wie talentiert, flink, geschickt und würg kotz spei sie war. Meine Freundin Emer und ich sahen uns die Spiele immer von unserer Gartenmauer aus an, denn wir durften nicht mitmachen, weil Jenny-May uns nicht dabeihaben wollte. Eines Tages hatte ich zu Emer gesagt, dass Jenny-May nur deshalb immer gewann, weil sie gleich im obersten Kästchen anfing und sich nicht wie alle anderen hocharbeiten musste.

Na ja, das hatte wohl jemand mitgehört, und so kam mein kritischer Ausspruch auch Jenny-May zu Ohren. Als Emer und ich am nächsten Tag wieder auf der Mauer saßen, mit den Beinen baumelten und Marienkäfer von den Pfosten schnippten – um zu sehen, wie weit sie flogen –, kam plötzlich Jenny-May anmarschiert, die Hände in den Hüften, umringt von ihren Jüngern, und verlangte, ich sollte ihr erklären, was ich bitte schön mit meinem Kommentar gemeint hatte. Das tat ich, worauf sie mich mit rotem Gesicht und bebender Stimme zu einer Entscheidungsrunde King/Queen herausforderte. Wie gesagt hatte ich das Spiel noch nie gespielt, und ich kannte Jenny-Mays Favoritenstatus. Mir war es nur darum gegangen, klarzustellen, dass sie vielleicht nicht ganz so gut war, wie alle immer behaupteten. Jenny-May hatte irgendetwas an sich, was andere Leute dazu brachte, mehr in ihr zu sehen, als tatsächlich da war. In meinem

Leben bin ich gelegentlich auf solche Menschen gestoßen, und sie haben mich immer an Jenny-May erinnert.

Schlauerweise ließ sie jeden wissen, dass sie automatisch zur Siegerin gekürt wurde, wenn ich nicht auftauchte. Trotzdem wünschte ich mir, mein Pflichtbesuch bei Tante Lila, vor dem mir eigentlich immer grauste, wäre einen Tag früher.

Die Nachricht, dass Jenny-May mich herausgefordert hatte, verbreitete sich in unserer Straße wie ein Lauffeuer. Alle würden kommen, sich auf den Bordstein setzen und zuschauen, einschließlich Colin Fitzpatrick, der normalerweise viel zu cool war, bei uns rumzuhängen, weil er lieber zusammen mit den Jungs um die Ecke – die keinem außer ihm dieses Privileg gewährten – auf dem Skateboard durch die Gegend brauste. Gerüchte besagten, dass heute sogar die Skateboard-Gang kommen und zusehen würde.

In der Nacht vor dem großen Showdown konnte ich nicht einschlafen. Schließlich stand ich wieder auf, zog meine Turnschuhe an und ging hinaus, um an der Gartenmauer King/Queen zu üben. Es nutzte mir nicht viel, denn der Ball prallte völlig unkontrollierbar in alle möglichen unerwünschten Richtungen ab, und außerdem war es so dunkel, dass ich ihn kaum sehen konnte. Nach einer Weile riss dann auch noch Mrs. Smith von nebenan ihr Schlafzimmerfenster auf und streckte ihren Kopf heraus, der voller Lockenwickler war – was mich wunderte, denn morgens waren ihre Haare immer ganz glatt –, und verlangte mit verschlafener Stimme, ich sollte gefälligst mit dem Krawall aufhören. Also kroch ich zurück ins Bett, und als ich endlich in einen unruhigen Schlaf verfiel, träumte ich, dass die Menge eine gekrönte Jenny-May Butler auf den Schultern trug, während Stephen Spencer auf einem Skateboard mit seinem lackierten Fingernagel auf mich zeigte und höhnisch lachte. Ach ja, und ich war nackt.

Meine Verabredung mit Jenny-May war es, die ihre Eltern irgendwann darauf aufmerksam machte, dass ihre Tochter verschwunden war. In den Sommerferien genossen wir Kinder absolute Freiheit. Wir spielten den ganzen Tag draußen und bekamen reihum in den Nachbarhäusern etwas zu essen, deshalb machte ich Mrs. und Mr. Butler überhaupt keinen Vorwurf daraus, dass ihnen Jenny-Mays Verschwinden zunächst gar nicht auffiel. Niemand machte ihnen Vorwürfe, alle hatten Verständnis und wussten im Herzen, dass ihnen das Gleiche hätte passieren können. Auch ihre eigenen Kinder hätten unbemerkt verschwinden können.

Jenny-Mays Haus war direkt gegenüber von unserem. Als die Sonne an diesem Sonntagabend untergegangen war, kamen Mum und meine Großeltern wieder ins Haus. Ich wusste, dass sich jetzt alle Kinder am Straßenrand versammelten und auf Jenny-May und mich warteten. Als mein Vater zufällig aus dem Fenster sah, merkte er wohl, was los war, denn er schenkte mir ein halbherziges Lächeln. Dann stellte er die Keksdose auf den Küchentisch, setzte sich zu mir und mampfte.

Um sieben begannen draußen alle nach uns zu rufen. Das heißt, man hörte zwar hin und wieder auch meinen Namen, aber meist wurde er von Jenny-Mays Anhängern übertönt. Mein Leben lang hat sich ihr Name in meinen Ohren lauter angehört als mein eigener. Plötzlich brandete lauter Jubel auf, und ich nahm an, dass Jenny-May gerade das Haus verlassen hatte. Doch dann erstarb der Jubel, man hörte Stimmen, die sich unterhielten, und schließlich wurde es totenstill. Dad sah mich an und zuckte die Achseln. Es klingelte an der Haustür. Diesmal sprang ich nicht auf, denn ich hatte sofort das Gefühl, dass irgendetwas nicht stimmte. Dad tätschelte meine Hand. Ich hörte, wie meine Mutter an die Tür ging und freundlich jemanden begrüßte. Dann hörte ich Mrs. Butlers Stimme, die allerdings nicht so munter klang. Auch Dad merkte es, stand auf und ging hinaus in die Halle. Auf einmal hörten sich alle Stimmen besorgt an.

Ich weiß nicht warum, aber ich blieb sitzen, ich konnte einfach nicht vom Tisch weg. Ich saß da und überlegte zwar noch, wie ich dem von Jenny-May angesetzten Wettkampf entgehen könnte, aber gleichzeitig hatte ich das absurde Gefühl, dass ich keine Ausrede brauchen würde. Die Atmosphäre hatte sich vollkommen verändert, zum Schlechten, das spürte ich, aber ich empfand die gleiche Erleichterung, wie wenn man in die Schule kommt und erfährt, dass der Lehrer krank ist. Keine Sekunde lang macht man sich Sorgen um den Lehrer.

Nach einer Weile ging die Küchentür auf, und Dad, Mum und Mrs. Butler kamen herein.

»Schätzchen«, begann Mum leise. »Weißt du vielleicht, wo Jenny-May ist?«

Die Frage verwirrte mich, obwohl sie doch ziemlich einfach war. Stirnrunzelnd sah ich von einem Gesicht zum anderen. Dad musterte mich besorgt, Mum nickte mir aufmunternd zu, Mrs. Butler machte den Eindruck, als würde sie gleich in Tränen ausbrechen und als hinge ihr Leben von meiner Antwort ab. Vermutlich war es ja auch so.

Als ich nicht sofort antwortete, erklärte Mrs. Butler hastig: »Die Kinder draußen haben sie den ganzen Tag nicht gesehen, deshalb dachte ich, sie ist vielleicht bei dir.«

Urplötzlich verspürte ich den Drang, laut loszulachen. Was für eine groteske Idee, dass Jenny-May den Tag mit mir verbracht haben könnte! Aber irgendwie ahnte ich, dass diese Reaktion nicht gut angekommen wäre, und schüttelte stattdessen nur stumm den Kopf.

So ging Mrs. Butler von einem Haus zum anderen und fragte nach ihrer Tochter. An je mehr Türen sie klopfte, desto mehr wandelte sich die Ratlosigkeit in ihrem Gesicht zu stählerner Entschlossenheit. Und dann zu Angst.

Ich habe im Einkaufszentrum oft beobachtet, wie eine Mutter sich umdrehte und merkte, dass ihr Kind nicht da war. Solche Gesichter faszinierten mich, und ich studierte sie eindringlich, denn bei meiner Mum habe ich, soweit ich mich erinnere, einen solchen Ausdruck nie gesehen. Nicht etwa, weil sie mich nicht liebte, sondern weil ich immer so groß und auffallend war, dass sie mich gar nicht verlieren *konnte*. Manchmal versuchte ich es, nur um ihr Gesicht zu beobachten. Ich schloss schnell die Augen, drehte mich im Kreis, wählte eine Richtung und machte mich davon. Oder ich wartete, bis sie im Supermarkt in den nächsten Gang einbog. Fröstelnd stand ich dann an der Gefriertruhe und zählte bis zwanzig, damit sie weit genug weg war, aber wenn ich zurückkam, studierte sie meistens in aller Seelenruhe den Kaloriengehalt auf irgendeiner Packung und hatte meine Abwesenheit gar nicht bemerkt. Wenn ihr die Abwesenheit meiner schlaksigen, unbeholfen hinter ihr herschlurfenden Person doch einmal auffiel, dauerte es keine fünf Minuten, bis sie mich wieder ausfindig gemacht hatte. Sie brauchte sich ja nur umzuschauen, schon entdeckte sie meinen Kopf über den Kleiderständern oder sah meine übergroßen Füße unter einem Regal hervorlugen.

Bei anderen Müttern habe ich beobachtet, wie der erste beiläufige Blick über die Schulter sich in Panik verwandelte, wie die Bewegungen hektischer wurden, wie Kopf, Augen, Gliedmaßen zuckten, bis dann der Einkaufswagen im Stich gelassen wurde, um dem Einzigen nachzujagen, was ihnen wirklich am Herzen lag. Ich erkannte die Angst, die Panik, das Grauen, den Mutterinstinkt in Aktion. Man sagt, eine Mutter kann ein Auto hochheben, um ihr Kind zu retten. Ich glaube, Mrs. Butler hätte in dieser Woche einen ganzen Bus gestemmt, wenn es ihr geholfen hätte, Jenny-May zu finden. Aber als ihre Tochter auch den zweiten Monat verschwunden blieb, wurde sie immer schwächer und konnte schließlich kaum noch die Augen vom Boden heben. Nicht nur Jenny-May war verschwunden, sie hatte auch einen großen Teil ihrer Mutter mitgenommen.

Wie sich herausstellte, war ich die Letzte, die Jenny-May gesehen hatte. Als Grandma und Granddad an diesem Mittag eintrafen, öffnete ich ihnen die Tür, und genau in diesem Moment radelte Jenny-May an unserem Haus vorüber. Sie drehte sich nach mir um und warf mir einen Blick zu, einen jener Blicke, die ich abgrundtief hasste. »Ich bin viel toller als du, du wirst heute jämmerlich verlieren, und Stephen Spencer wird merken, was für eine blöde Bohnenstange du bist«, sagte der Blick. Während ich meine Großmutter umarmte, beobachtete ich über ihre Schulter, wie Jenny-May hocherhobenen Hauptes, Nase und Kinn in die Luft gereckt, die blonden Haare im Wind wehend, in die Pedale trat. Da wünschte ich mir, was sich wahrscheinlich jeder Mensch in meiner Lage gewünscht hätte. Nämlich, sie würde verschwinden.

An diesem Tag gewann mein Dad fünfhundert Pfund im Lotto. Er freute sich wie ein Schneekönig, das sah ich ihm an. Zwar versuchte er, sich das Lächeln zu verkneifen, als er sich zu mir an den Küchentisch setzte, aber seine Mundwinkel gehorchten ihm nicht, sie zogen sich unwiderstehlich nach oben. Nebenan saß Mrs. Butler bei meiner Mutter und weinte. Mein Dad legte seine Hand auf meine, und ich wusste, was er dachte: Warum hab ich so viel Glück? Er hatte nicht nur im Lotto gewonnen, er hatte auch seine Tochter nicht verloren, während Menschen wie Mr. und Mrs. Butler so leiden mussten. Ich meinerseits war froh, weil ich dadurch, dass Jenny-May nicht aufgetaucht war, nun als unumstrittene Siegerin galt. Und weil Jenny-May nicht mehr da war, um einzugreifen, hatte ich sogar ein paar neue Freundschaften geschlossen. Alles lief gut für meine Familie, doch für die Butlers hätte es gar nicht schlimmer sein können. In der folgenden Zeit blieben meine Eltern abends oft lange auf und dankten Gott für seine unermessliche Gnade.

Aber in mir hatte sich irgendetwas verändert. Jenny-Mays letzter verstohlener Blick hatte auch mir etwas genommen. Die Butlers waren nicht die einzigen Eltern, die an diesem Tag ein Kind verloren.

Wie gesagt, es gibt im Leben immer ein Gleichgewicht.

Einundvierzig

Trotz Mr. Burtons Drohungen und Protesten beschloss Jack, mit seinen Nachforschungen weiterzumachen und doch nach Leitrim zu fahren. Nachdem er eine weitere Nacht in Bobbys Zimmer verbracht hatte, war der Drang, Donal zu suchen, von neuem in ihm erwacht. Nicht dass er wirklich geschlafen hätte – er war stets präsent und wollte mit jedem Herzschlag neue Antworten, Hinweise und Erklärungen. Noch immer klammerte sich Jack an den Gedanken, dass es sein Ausweg war, Sandy zu finden. Sie war die Medizin, die sein überarbeiteter Kopf brauchte, um endlich zur Ruhe zu kommen. Warum genau das so war, wusste er selbst nicht recht, aber er hatte nur selten in seinem Leben einen so starken Instinkt für etwas gespürt. Fast so, als wäre der Teil von ihm, der zusammen mit Donal verloren gegangen war, durch eine stärkere intuitive Wahrnehmung ersetzt worden. Er kam sich vor wie ein Blinder, bei dem sich die Sinne verfeinern. Als Jack seinen Bruder verloren hatte, war sozusagen sein Augenlicht erloschen, aber dafür hatte er einen besseren Orientierungssinn erhalten – er wusste auf einmal viel besser, wo es in seinem Leben langging.

Allerdings hatte er keine Ahnung, was er Sandys Eltern sagen würde, wenn er sie besuchte. Vorausgesetzt, sie waren überhaupt zu Hause und bereit, sich Zeit für ihn zu nehmen. Er folgte einfach diesem inneren Kompass, und um die Mittagszeit parkte er tatsächlich direkt um die Ecke von Sandys ehemaliger Wohnstätte. Sogar jetzt am Samstag war es ganz still in der kleinen Straße mit den Zweifamilienhäuschen. Er atmete ein paar Mal tief durch, stieg aus und schlenderte den Gehweg hinunter. Sosehr er sich auch bemühte, nicht aufzufallen, war ihm doch deutlich, wie fehl am Platz er war in dieser stillen Straße, wie die einzige Figur in Bewegung auf einem Schachbrett.

Vor Nummer vier blieb er stehen. In der Auffahrt stand ein kleines blitzblankes Auto, silbern, mit zwei Türen. Der Vorgarten war makellos, ein fröhlicher Tummelplatz für Bienen, Vögel und was sonst noch kreucht und fleucht. Sommerblumen blühten prächtig und in jeder Farbe, es duftete nach Honig, Jasmin und Lavendel. Das Gras war einheitlich zweieinhalb Zentimeter hoch, der Rasenrand so scharf, dass es aussah, als würde er ein Blatt, das herunterzufallen wagte, sofort entzweischneiden. Vor der Verandatür hing eine große Blumenampel mit Petunien und Geranien, dahinter sah man einen Schirmständer, Gummistiefel und Angelgerät. Neben der Tür versteckte sich ein Gartenzwerg unter einer Weide und hielt ein Schild mit der Aufschrift »Willkommen« in die Höhe. Jack seufzte erleichtert, und die Horrorphantasien, die er sich von verrammelten Fenstern, bellenden Hunden und ausgebrannten Autos ausgemalt hatte, lösten sich in Luft auf.

Er öffnete das zitronengelbe Gartentor, das perfekt mit der Haustür und den Fensterrahmen des Knusperhäuschens harmonierte. Wie nicht anders zu erwarten, war das Tor gut geölt und gab keinen Laut von sich. Zwischen den Steinplatten des Gartenwegs lugte nicht das kleinste Unkrautblättchen hervor. Jack räusperte sich und drückte auf die Klingel. Auch das Klingeln war hell und freundlich. Kurz darauf hörte er Schritte, und sah, etwas verschwommen durch das gemusterte Glas, wie sich ein Schatten näherte. Dann erschien eine Frau – vermutlich Sandys Mutter –, die zwar freundlich wirkte, aber angesichts des wildfremden Besuchers die Schiebetür an der Veranda zunächst lieber geschlossen ließ.

»Mrs. Shortt?«, fragte Jack, lächelte und versuchte ein möglichst vertrauenerweckendes Gesicht zu machen.

Die Frau schien sich tatsächlich ein wenig zu entspannen und trat einen Schritt auf die Veranda, blieb allerdings immer noch hinter der Schiebetür. »Ja?«

»Mein Name ist Jack Ruttle. Entschuldigen Sie die Störung, aber ich wollte fragen, ob Sandy da ist.«

Sie musterte ihn mit einem schnellen Blick und schob dann langsam die Verandatür auf. »Sind Sie ein Freund von Sandy?«

Da ihm ein Nein sicher nicht weitergeholfen hätte und er um jeden Preis verhindern wollte, dass die Tür wieder geschlossen wurde, antwortete er: »Ja. Ist sie da?«

Sie erwiderte sein Lächeln. »Nein, leider nicht. Kann ich Ihnen irgendwie helfen?«

»Vermutlich können Sie mir nicht sagen, wo Sandy ist, oder?« Ihm war klar, dass diese Frage das Potenzial in sich trug, die Situation zu verschärfen – welche Mutter lässt sich gern von einem Wildfremden bedrängen, den Verbleib ihrer Tochter zu offenbaren. Aber er lächelte tapfer weiter und hoffte das Beste.

»Wo sie ist?«, wiederholte Mrs. Shortt nachdenklich. »Nein, das weiß ich nicht, Jack. Würde Sandy wollen, dass ich es Ihnen sage?«

Sie lachten beide, und Jack trat unbehaglich von einem Fuß auf den anderen. »Na ja, ich weiß nicht recht, wie ich Sie davon überzeugen könnte«, meinte er und machte eine Gebärde, die ihr zeigen sollte, dass er die Waffen von vornherein streckte. »Sehen Sie, ich weiß nicht genau, was ich erwartet habe, aber ich wollte es wenigstens versuchen. Es tut mir sehr leid, dass ich Sie gestört habe. Wären Sie vielleicht so nett, Sandy auszurichten, dass ich sie gesucht habe und dass ...« Er unterbrach sich und überlegte, was Sandy wohl dazu bewegen könnte, aus ihrem Versteck zu kommen, falls sie sich in diesem Puppenhaus befand und ihn hörte. »Könnten Sie ihr sagen, dass ich ohne sie nicht weiterkomme. Sie wird wissen, was ich meine.«

Mrs. Shortt nickte, ohne ihn eine Sekunde aus den Augen zu lassen. »Ich sage es ihr.«

»Danke.« Dann schwiegen sie beide, und Jack machte sich bereit zu gehen.

»Sie kommen nicht aus Leitrim, stimmt's?«, fragte Sandys Mutter unvermittelt.

»Nein, aus Limerick.«

Sie ließ sich seine Antwort durch den Kopf gehen. »Sandy wollte Sie letzte Woche besuchen, richtig?«

»Ja!« Er nickte heftig.

»Das Einzige, was ich über meine Tochter weiß, ist, dass sie mich unterwegs nach Glin angerufen hat. Es war doch Glin, oder?« Sie lächelte, wurde aber gleich wieder ernst. »Hat Sandy jemanden für Sie gesucht?«

Wieder nickte er und kam sich vor wie ein Teenager, der einen Türsteher davon überzeugen will, ihn gegen die Vorschriften in einen Nachtclub zu lassen.

Mrs. Shortt überlegte schweigend, was sie tun wollte. Von gegenüber winkte ihr ein Nachbar zu, die Hand in einem Gartenhandschuh. Vielleicht fühlte sie sich dadurch sicherer, jedenfalls fällte sie eine Entscheidung. »Kommen Sie doch rein«, sagte sie, winkte Jack zu sich und trat von der Tür zurück.

Auch Jack sah sich um und betrat unter den aufmerksamen Blicken des Nachbars zögernd und mit einem verlegenen Lächeln das Haus. Drinnen hörte er, wie Mrs. Shortt mit Tellern und Tassen in der Küche herumklapperte und den Wasserkocher anstellte. Auch das Innere des Hauses war makellos. Von der Haustür kam man direkt ins Wohnzimmer. Es roch nach Möbelpolitur und Lufterfrischer, als hätte man die Fenster offen gelassen und die Düfte aus dem Garten hereinströmen lassen. Keine Unordnung, der Teppich sauber gesaugt, das Silber poliert, die Messingbeschläge gewienert, das Holz glänzend gewachst.

»Ich bin hier, Jack«, rief Mrs. Shortt aus der Küche, als wären sie alte Freunde.

Dass die Küche ebenso vor Sauberkeit strahlte wie das übrige Haus, wunderte Jack nicht. Die Waschmaschine lief, im Hintergrund spielte das Radio, und das Wasser im Kocher näherte sich dem Siedepunkt. Aus der Küche führte eine Glastür in den Garten hinter dem Haus, der ebenso gepflegt war wie der Vorgarten. Mittendrin stand ein großes Vogelhäuschen, in dem gerade ein gierig aussehendes Rotkehlchen Körner pickte und zwischendurch ein Lied schmetterte.

»Ihr Haus ist wunderschön, Mrs. Shortt«, sagte Jack und folgte ihrer Aufforderung, am Küchentisch Platz zu nehmen. »Vielen Dank für die nette Einladung.«

»Gern geschehen – Sie können gern Susan zu mir sagen«, antwortete sie, während sie Wasser in die Teekanne füllte und einen Teewärmer darüberzog. Das letzte Mal hatte Jack diese Art der Zubereitung bei seiner Mutter gesehen. Eine Hand auf dem Teewärmer, blieb sie an der Küchentheke stehen, und trotz ihrer Herzlichkeit wirkte sie nach wie vor sehr wachsam. »Seit der Zeit, als Sandy ein Teenager war, sind Sie der erste ihrer Freunde, der hier vorbeikommt«, bemerkte sie nachdenklich.

Darauf wusste Jack keine Antwort.

»Danach haben sie es lieber sein lassen«, fuhr Susan fort. »Wie gut kennen Sie Sandy denn?«

»Längst nicht gut genug.«

»Nein«, sagte sie, mehr zu sich selbst. »Das hab ich mir gedacht.«

»Seit ich sie suche, erfahre ich jeden Tag etwas Neues über sie«, erklärte er.

»Sie suchen Sandy?« Susan hob die Augenbrauen.

»Deshalb bin ich hier, Mrs. Shortt …«

»Susan, bitte«, unterbrach sie ihn. »Wenn ich den Namen Mrs. Shortt höre, sehe ich unwillkürlich meine Schwiegermutter vor mir, und mir steigt der Geruch von Kohl in die Nase. Bei dieser Frau gab es nur Kohl, Kohl und nochmal Kohl.« Sie schüttelte den Kopf und lachte.

»Deshalb bin ich hier, Susan«, verbesserte sich Jack. »Ich will Ihnen auf gar keinen Fall Sorgen machen, aber ich war, wie Sie ja wissen, letzte Woche mit Sandy verabredet, aber sie ist nicht aufgetaucht. Seither versuche ich, Kontakt mit ihr aufzunehmen.« Dass er ihr Auto und ihr Telefon gefunden hatte, erwähnte er absichtlich nicht. »Bestimmt ist alles in Ordnung«, fuhr er beschwichtigend fort, »aber ich möchte, nein, ich *muss* sie wirklich unbedingt finden.« Er hielt den Atem an. Würde Sandys Mutter jetzt in Panik ausbrechen? Erleichtert und auch ein wenig schockiert sah er, wie ein müdes Lächeln auf ihrem Gesicht erschien, ohne jedoch die Augen zu erreichen.

»Sie haben recht, Jack, Sie kennen Sandy wirklich nicht gut genug.« Einen Moment wandte sie ihm den Rücken zu, um den Tee abzugießen. »Ich möchte Ihnen gern etwas über meine Tochter sagen, die ich übrigens von Herzen liebe. Sandy hat die Fähigkeit, sich so gut zu verstecken wie eine Socke in der Waschmaschine. Niemand weiß, wo die Socke ist, und genauso wenig weiß man manchmal, wo Sandy ist. Aber wenn sie wieder auftaucht, dann sind wir alle für sie da, bereit, sie willkommen zu heißen.«

»Das hab ich von allen gehört, die ich gefragt habe.«

»Mit wem haben Sie denn noch gesprochen?«, fragte Susan.

»Mit ihrem Vermieter, ihren Klienten, ihrem Arzt ...« Schuldbewusst brach er ab. »Ich bin erst jetzt zu Ihnen gekommen, weil ich Sie nicht unnötig belästigen wollte.«

»Mit ihrem Arzt?«, hakte Susan nach, ohne darauf einzugehen, dass Jack sie als Letzte befragt hatte. Anscheinend war sie nicht gekränkt, sondern interessierte sich viel mehr für die Erwähnung von Sandys Arzt.

»Ja, Dr. Burton«, antwortete Jack langsam, denn er war unsicher, ob Sandy wollte, dass ihre Mutter von ihm erfuhr.

»Oh!«, rief Susan und versuchte, sich ein Lächeln zu verkneifen.

»Sie kennen ihn?«

»Wissen Sie denn, ob es sich um *Gregory* Burton handelt?« Sie konnte ihre Aufregung kaum verbergen.

»Ja, das ist er. Aber er kann mich nicht besonders leiden. Falls Sie mit ihm sprechen sollten.«

»Ach wirklich!«, erwiderte Susan nachdenklich, ohne ihm richtig zuzuhören. »Ach wirklich!«, wiederholte sie mit leuchtenden Augen, als beantwortete sie eine Frage, die Jack nicht kannte. Offensichtlich freute sie sich, aber als ihr Jacks Anwesenheit wieder einfiel, wurde sie plötzlich sehr neugierig. »Warum wollen Sie Sandy eigentlich unbedingt finden?«

»Ich habe mir schon Sorgen um sie gemacht, weil sie nicht zu unserer Verabredung in Glin erschienen ist. Als ich sie dann auch nirgends sonst erreichen konnte, hat mich das noch mehr beunruhigt.« Das war nur ein Teil der Wahrheit, und Jack wusste, dass seine Begründung reichlich lahm klang.

Auch Susan schien es zu merken, denn sie zog wieder die Augenbrauen hoch und meinte ziemlich spitz: »Ich warte seit drei Wochen auf Barney, den Klempner, der meine Spüle reparieren soll, aber bisher bin ich nicht auf die Idee gekommen, deshalb seine Mutter zu besuchen.«

Jack schaute abwesend auf die Spüle. »Na ja, Sandy sucht meinen Bruder. Ich habe sogar die Polizei in Limerick wegen ihr angerufen; mit einem Graham Turner habe ich dort gesprochen, falls er sich hier meldet.«

Susan lächelte. »Am Anfang haben wir auch die Polizei benachrichtigt, drei Mal, aber jetzt machen wir das nicht mehr. Wenn Herr Turner sich erkundigt, wird ihm klarwerden, dass Nachforschungen in diesem Fall keinen Sinn haben.«

»Das ist ihm schon klargeworden«, brummte Jack und legte die Stirn in Falten. »Ich versteh das alles nicht, Susan, wo soll sie denn hin sein? Ich verstehe einfach nicht, wie sie verschwinden kann, ohne dass jemand weiß, wo sie ist, und ohne dass jemand auch nur wissen *will*, wo sie ist.«

»Wir haben doch alle unsere kleinen Verstecke, und wir finden uns mit den Marotten der Menschen ab, die wir lieben«, wandte sie ein, stützte das Kinn auf die Hand und musterte ihn aufmerksam.

»Und das war's dann?« Er seufzte.

»Wie meinen Sie das?«

»Das ist alles? Wir nehmen es einfach hin, wenn jemand verschwindet? Keine weiteren Fragen? Jeder kann kommen und gehen, wie es ihm beliebt? Reinschneien und wieder abdampfen? Leute kennenlernen, Leute sitzenlassen, Leute lieben, alles ganz unverbindlich? Verschwinden, auftauchen, wieder verschwinden und so weiter? Alles kein Problem!« Er lachte ärgerlich. »Dass sich bloß keiner Sorgen macht! Was kümmern mich die Menschen zu Hause, die mich lieben und sich Gedanken um mich machen?«

Schweigen.

»Sie lieben Sandy?«

»Wie bitte?« Er verzog das Gesicht.

»Sie haben gesagt …« Sie brach ab. »Na, egal.« Sie trank einen Schluck Tee.

»Ich kenne Sandy nur vom Telefon«, erklärte Jack langsam. »Es gab … wir hatten keine Beziehung.«

»Dann finden Sie Ihren Bruder, indem Sie meine Tochter finden?« Er hatte keine Zeit zu antworten, denn sie fuhr fort: »Glauben Sie, dass Ihr Bruder sich am selben Ort aufhält wie Sandy?«, fragte sie kühn.

Da war es heraus. Eine wildfremde Frau hatte es ausgesprochen. Eine Frau, die ihn gerade mal zehn Minuten kannte, hatte die lächerliche Idee auf den Punkt gebracht, die seine fieberhafte Suche vorantrieb. Susan schwieg ein paar Augenblicke, ehe sie leise hinzufügte: »Ich weiß nicht, unter welchen Umständen Ihr Bruder verschwunden ist, aber ich weiß, dass er nicht am selben Ort ist wie Sandy. Ich hab noch eine Lektion für Sie, eine, die mein Mann Harold und ich im Lauf der Jahre gelernt haben. Man findet die andere Socke in der Waschmaschine nicht, jedenfalls nicht, indem man aktiv danach sucht.« Sie machte eine wegwerfende Handbewegung. »Dinge tauchen einfach wieder auf. Man kann sich verrückt machen, indem man sie sucht. Es spielt keine Rolle, wie sauber und ordentlich man sein Leben organisiert, es spielt keine Rolle, wie systematisch man sich alles einrichtet ...« Wieder unterbrach sie sich und lachte traurig. »Ich halte mich selbst nicht daran, ich tue nämlich so, als würde Sandy öfter heimkommen, wenn ich das Haus supersauber halte. Ich denke, wenn sie merkt, wie übersichtlich alles ist, dann muss sie keine Angst haben, dass etwas verschwindet.« Sie blickte in der makellosen Küche umher. »Aber es spielt überhaupt keine Rolle, wie viel, wie oft oder wie aufmerksam man die Dinge im Auge behält, man kann sie nicht kontrollieren. Manchmal verschwinden Dinge eben – und Menschen auch. Einfach so.« Sie legte ihre Hand auf die von Jack. »Zerstören Sie nicht Ihr eigenes Leben, um sie zu finden.«

An der Haustür verabschiedeten sie sich voneinander, und Susan überbrückte das verlegene Schweigen, indem sie sagte: »Da wir gerade davon sprechen – falls Sandy bei Ihnen auftaucht, bevor wir sie sehen, sagen Sie ihr doch bitte, dass wir ihr lila Tagebuch mit den Schmetterlingen gefunden haben. Es lag in ihrem alten Zimmer. Eigentlich seltsam, denn ich hab den Schrank schon hundertmal aufgeräumt, ohne dass es mir je in die Hände gefallen ist«, erklärte sie stirnrunzelnd. »Aber es ist bestimmt wichtig für sie, davon zu erfahren.«

Dann schaute sie auf und winkte wieder jemandem zu. Als Jack sich umwandte, sah er eine Frau, etwa im gleichen Alter wie Susan. »Das ist Mrs. Butler«, erklärte sie, als sie Jacks fragenden Blick sah. »Ihre Tochter Jenny-May ist mit zehn Jahren verschwunden, sie war genauso alt wie Sandy. So ein liebes Mädchen, alle fanden, sie ist ein Engel.«

Plötzlich erwachte Jacks Interesse, und er musterte die Frau genauer. »Hat man das Mädchen gefunden?«

»Nein«, antwortete Susan traurig. »Sie ist nie wieder aufgetaucht.«

Langsam schlenderte Jack zurück zu seinem Auto. Er fühlte sich seltsam, irgendwie anders, fast so, als hätte er beim Betreten von Sandys Elternhaus eine andere Persönlichkeit angenommen. Nach einer Weile blieb er stehen, sah zum Himmel hinauf und ließ sich alles noch einmal durch den Kopf gehen, was er von Sandys Mutter erfahren hatte. Auf einmal lächelte er. Dann begann er zu weinen, und die Erleichterung überflutete ihn wie ein Wasserfall, der auf ihn herabregnete. Denn zum ersten Mal seit einem ganzen Jahr hatte er das Gefühl, er könnte aufhören zu suchen.

Und wieder anfangen zu leben.

Zweiundvierzig

Bobby war nicht in der Stimmung, über die Ereignisse der letzten Nacht zu reden, aber er brauchte auch gar nichts zu erklären, denn selbst ein Blinder hätte ihm angesehen, wie niedergeschlagen er war. Im krassen Gegensatz zu seiner sonstigen witzig-aufgekratzten Art wirkte er, als hätte man die Luft aus einem Ballon abgelassen. Mir brach sein Anblick fast das Herz, und ich musste unwillkürlich an einen Vogel denken, der mit einem gebrochenen Flügel traurig hilflos am Boden liegt. Ein paar Mal hatte ich versucht, das Thema anzusprechen, mit dem Erfolg, dass er sich nur noch schlechter fühlte. Er jammerte nicht, er weinte nicht, aber sein Schweigen sagte mehr als tausend Worte. In diesem Zustand konnte er sich auch nicht um meine Probleme kümmern, und ich würde warten müssen, bis er sich imstande fühlte, mit seinen eigenen umzugehen. Für mich war das eine durchaus vertraute Methode, das Leben zu meistern.

»Warum lässt du deine Tasche eigentlich immer neben der Tür stehen?« Als wir das Fundbüro betraten, sprach Bobby zum ersten Mal wieder.

Ich sah in die Richtung, wo meine – beziehungsweise Barbara Langleys – Tasche stand, die ich anscheinend ganz in Gedanken neben der Tür geparkt hatte. Die Erklärung für meine Gewohnheit war einfach: Es ging mir wie dem Cowboy, der sein Pferd direkt neben der Saloontür anbindet, um sich bei Bedarf schnell vom Acker machen zu können. Dadurch hielt ich das klaustrophobische Gefühl in Schach, das sich in den Be-

335

hausungen und in der Gegenwart von Menschen, bei denen ich mich nicht hundertprozentig wohl fühlte, unweigerlich einstellte. Meine Eltern inbegriffen. Und Gregory. Und meine eigene Wohnung. Bei Licht betrachtet gab es kaum einen Ort, an dem es anders war. Solange ich meine Tasche an der Tür stehen sah, fühlte ich mich einigermaßen sicher, weil ich wusste, dass ich bei Bedarf die Flucht ergreifen konnte. Sie war sozusagen der Beweis dafür, dass mir der Weg in die Freiheit jederzeit offen stand.

»Aus Gewohnheit«, beantwortete ich Bobbys Frage also achselzuckend. Wie leicht es war, mein kompliziertes Leben und meine persönlichen Marotten auf ein Schulterzucken und ein paar Worte zu reduzieren. Wie inhaltsleer Worte manchmal sein konnten.

Aber Bobby hatte sowieso keine Lust, mich weiter auszuhorchen, und wir gingen stumm in den Lagerraum, wo meine Kisten standen.

»Also«, brach ich schließlich das Schweigen und sah Bobby an, der sich umsah, als hätte er sich verirrt und dieses Zimmer nie zuvor gesehen. »Was machen wir hier?«, fragte ich.

»Wir werden deine Schachteln ausräumen.«

»Warum?«

Er antwortete nicht, aber nicht etwa, weil er mich ignorierte, sondern vermutlich, weil er mich gar nicht hörte. Er lauschte auf ganz andere Dinge. Langsam räumte er die oberste Kiste aus. Als Erstes legte er Mr. Pobbs behutsam auf den Boden, dann reihte er die restlichen Gegenstände an der Wand auf, ging zur nächsten Kiste über und verfuhr mit ihr auf die gleiche Weise. Zwar verstand ich immer noch nicht, was er eigentlich vorhatte, aber ich ging ihm zur Hand, so gut ich konnte. Zwanzig Minuten später lagen meine gesamten Habseligkeiten, die sich hier eingefunden hatten, in sechs ordentlichen langen Reihen auf dem Holzfußboden. Unwillkürlich lächelte ich, denn jeder Gegenstand, von der eher unpersönlichen Heftmaschine bis zu meinem geliebten

Mr. Pobbs, öffnete für mich eine Tür zu bisher verschlossenen und verdrängten Erinnerungen.

Bobby sah mich an.

»Was?«

»Fällt dir nichts auf?«

Ich ließ den Blick über die Reihen schweifen. Mr. Pobbs, Heftmaschine, T-Shirt, etwa zwanzig einzelne Socken, ein Stift mit eingraviertem Namen, die Akte, wegen deren Verschwinden ich Ärger gekriegt hatte ... Übersah ich vielleicht etwas? Ich warf Bobby einen verständnislosen Blick zu.

»Was ist mit dem Pass?«, fragte er ausdruckslos.

Schon wieder eine Erinnerung, die mir ein Lächeln auf die Lippen zauberte. Als ich fünfzehn war, planten meine Eltern einen Wanderurlaub in Österreich, aber am Abend vor unserer Abreise war plötzlich mein Pass verschwunden. Ich wollte ohnehin nicht wegfahren und hatte in den vorhergegangenen Monaten ständig über die Reise gejammert. Wenn ich eine Woche nicht da war, versäumte ich zwei Sitzungen bei Mr. Burton. Aber das war nicht der einzige Grund, weshalb ich nicht wegwollte. Jede Phobie beeinträchtigt das Leben des Betroffenen, und weil ich solche Angst hatte, etwas zu verlieren, verreiste ich nicht mehr gern. Denn was sollte ich tun, wenn mir in Österreich etwas verloren ging? An einem unbekannten Ort, an den ich womöglich nie mehr zurückkehren würde! Doch als mein Pass verschwand, war plötzlich alles anders: Die zwei Sitzungen bei Mr. Burton waren vergessen, und ich wollte nur noch meinen Pass finden und verreisen, alles, nur nicht noch etwas verlieren.

Die Reise wurde abgeblasen, weil es zu spät war, einen neuen oder auch nur einen vorläufigen Ausweis für mich ausstellen zu lassen, aber in diesem einen Fall waren meine Eltern genauso aufgeregt und suchten genauso fieberhaft. Den Ausweis nach all den Jahren hier zu entdecken, zerfleddert und abgewetzt, mit einem einfältigen Foto von mir als Elfjähriger – das war schlicht sensationell. Aber als ich wieder auf den Boden sah, erstarb mein Lächeln. Der Ausweis war nicht mehr da!

So schnell ich konnte, stieg ich über die aufgereihten Gegenstände hinweg, stolpernd, weil ich schnellstens zu den Kartons gelangen wollte, um sie zu durchsuchen. Bobby hatte wortlos den Raum verlassen. Zuerst dachte ich, er hätte es aus Rücksicht auf mich getan, doch dann kehrte er im Handumdrehen mit einer Polaroidkamera zurück und forderte mich auf, zur Seite zu gehen. Wortlos machte ich Platz, er richtete die Kamera auf den Boden, drückte ab, zog das quadratische Bild heraus, schüttelte es, inspizierte es und verstaute es schließlich ordentlich in einer Plastikhülle.

»Ich hab diese Kamera vor Jahren gefunden«, erklärte er, und ich hörte einen traurigen Unterton in seiner Stimme. »Aber es ist schwierig, den richtigen Film dafür zu kriegen, ich weiß nicht mal, ob er überhaupt noch hergestellt wird. Zum Glück hab ich hin und wieder mal eine Packung davon gefunden, und ich achte darauf, die Fotos nicht zu verschwenden. Das einzig Schwierige daran ist nur, dass man oft zu spät merkt, wenn eine von den vielen Millionen Sekunden im Leben wirklich wichtig ist. Wenn einem klarwird, wie kostbar ein Augenblick ist, ist er meistens schon vorbei.« Er schwieg erschöpft. Behutsam berührte ich ihn am Arm, und er blickte überrascht auf, als hätte er mich und die Kamera vollkommen vergessen. Aber dann kehrte das Licht in seine Augen zurück, und er fuhr fort: »So legt man den neuen Film ein. Ab heute fotografierst du bitte jeden Morgen diese Sachen.« Damit drückte er mir die Kamera in die Hand, aber bevor er ging, fügte er noch hinzu: »Und dann schlage ich vor, du fängst mit den anderen Fotos an.«

»Mit welchen anderen Fotos?«

Er blieb an der Tür stehen, und auf einmal sah er viel jünger aus als neunzehn, ein verlorener kleiner Junge. »Ich weiß nicht, was hier vorgeht, Sandy. Ich weiß nicht, warum wir alle hier sind, wie wir hergekommen sind und schon gar nicht, was wir tun sollen. Andererseits wusste ich das zu Hause bei meiner Mum auch nicht«, fügte er grinsend hinzu. »Aber soweit ich es verstehe, bist du deinen Habseligkeiten hierhergefolgt, und jetzt verschwindet Tag für Tag ein Gegenstand, der dir gehört. Ich weiß nicht, wohin, aber wo es auch sein mag – ich finde, du solltest einen Beweis dafür haben, dass du hier warst. Einen Beweis, dass es uns gibt.« Sein Lächeln verblasste. »Ich bin hundemüde, Sandy, ich gehe jetzt ins Bett. Dann bis morgen um sieben bei der Ratsversammlung.«

Dreiundvierzig

In Barbara Langleys Gepäck gab es nicht viel, was sich als Kleidung für eine Gemeindeversammlung eignete, wahrscheinlich weil sie nicht damit gerechnet hatte, auf ihrer Urlaubsreise nach New York, bei der sie vor über zwanzig Jahren ihre Tasche verloren hatte, vor Gericht erscheinen zu müssen. Woran man mal wieder sehen kann, dass man nie weiß, was einem bevorsteht.

Von den Theaterproben hielt ich mich lieber fern. Es genügte ja auch, wenn ich später dazustieß, denn Helena hatte das Stück unter Kontrolle, während ich mich ehrlich gesagt nicht sonderlich dafür interessierte. Ich verbrachte den Tag, indem ich für Bobby, der sich aus absolut verständlichen Gründen ins Bett zurückgezogen hatte, im Fundbüro aufpasste. Um mich zu beschäftigen, und auch, weil es mir Spaß machte, sah ich mich in der Abteilung für Überlängen um und stürzte mich mit dem Engagement eines Bären, der auf einen prall gefüllten Picknickkorb gestoßen ist, auf die Sonderangebote. Aufgeregt zog ich Sachen aus den Körben, die ich mir zu Hause schon immer gewünscht hatte, und hätte vor Wonne am liebsten geschnurrt wie eine Katze, während ich Blusen anprobierte, deren Ärmel mir tatsächlich bis zu den Handgelenken reichten, T-Shirts, die meinen Bauchnabel bedeckten, und Hosen, die nicht nach Hochwasser aussahen. Jedes Mal, wenn Stoff einen Bereich meiner Haut berührte, der sonst meist bloßlag, rieselte ein wohliger Schauer durch meinen Körper. Was diese paar Zentimeter ausmachen! Vor allem wenn man an einem kalten Wintermorgen an der Bushaltestelle steht und verzweifelt die Ärmel seines Lieblingspullis in die Länge zu ziehen versucht, damit sie wenigstens den wütend rasenden Puls ein bisschen wärmen. Zwei mickrige Zentimeter, die für die meisten Leute keine Rolle spielten, stellten für mich den Unterschied zwischen einem guten und einem schlechten Tag dar, zwischen innerem Frieden und äußerem Hass, zwischen Leugnen und der Erkenntnis eines überwältigenden, wenn auch temporären Wunschs, endlich einmal genauso zu sein wie alle anderen. Ein paar Zentimeter kleiner, glücklicher, reicher, zufriedener, wärmer.

Hin und wieder klingelte das Glöckchen über der Tür, und genau wie am Ende der Schulpause fand meine Hochstimmung dann ein abruptes Ende. An diesem Tag kam die Mehrzahl der Kunden aus einem einzigen Grund ins Fundbüro, nämlich um mich in Augenschein zu nehmen – die Frau, von der man sprach, die Frau, die zu viel wusste. Menschen aller Nationen blickten mir erwartungsvoll in die Augen, hofften auf einen Funken des Erkennens, und wenn nichts dergleichen geschah, verließen sie den Laden wieder, gebeugt unter der Last der Enttäuschung. Jedes Mal, wenn das Glöckchen ertönte und mich wieder ein Augenpaar durchbohrte, machte mich der Gedanke an den bevorstehenden Abend noch ein bisschen nervöser, und so sehr ich mich innerlich dagegen stemmte, rasten die Zeiger dennoch unaufhaltsam vorwärts, und ehe ich es mich versah, war der Abend zu Stelle.

Anscheinend hatte das gesamte Dorf beschlossen, an der Versammlung in der Gemeinschaftshalle teilzunehmen. Bobby und ich bahnten uns einen Weg durch die Menge, die sich langsam auf die große Eichentür zu bewegte. Die Neuigkeit, dass jemand aufgetaucht war, der möglicherweise etwas über die Familie zu Hause wusste, hatte Menschen aller Nationalitäten, Rassen und Religionen zu Tausenden in die Halle gelockt. Die warme orange Sonne versank gerade hinter den Bäumen und produzierte eine Art zuckendes Discolicht, während wir mit zügigen Schritten durch den Wald marschierten. Über uns kreisten Falken am

Himmel, gefährlich nah an den Baumwipfeln, als wollten sie gleich herabstoßen, um dann im letzten Moment doch lieber weiterzuschweben. Spottdrosseln ahmten gekonnt die Lieder der anderen Vögel nach, und statt auf Futtersuche zu gehen, beäugten sie misstrauisch die Dorfbewohner, die sich vor den riesigen Türen der Gemeinschaftshalle versammelten. Um mich herum spürte ich ähnliche Blicke, wachsam, abwartend, um sich gegebenenfalls auf mich zu stürzen.

Die Flügeltüren öffneten sich, und die geschnitzten Menschen, die Schulter an Schulter gestanden hatten, wichen auseinander. Der Saal hatte sich verwandelt. Fast fühlte ich mich betrogen, dass so viel mehr in diesen vier Wänden steckte, als sich mir bei meinem letzten Aufenthalt offenbart hatte. Der Saal erinnerte mich an einen Menschen, den man für einen bescheidenen Dienstboten gehalten hat und der sich in eleganter Kleidung, aufrecht und stolz, in eine wahrhaft königliche Erscheinung verwandelt. Hunderte Sitzreihen erstreckten sich vor mir bis zur Bühne, deren rote Samtvorhänge noch immer von dicken Goldkordeln zur Seite gehalten wurden. Auf der Bühne saßen die Vertreter der verschiedenen Nationen, alle entsprechend gekleidet, einige in traditionellen Gewändern, andere in moderner Aufmachung. Da gab es dreiteilige Anzüge neben bestickten Dishdashs, perlenverzierte Jalabiyas, Seidenkimonos, Kippas, Turbane und Jilbab, Schmuck aus Perlen, Knochen, Gold und Silber, Frauen in kunstvoll gemusterten, mit mir leider unverständlichen Kisuaheli-Sprichwörtern bemalten Khanga und Männer im feinen koreanischen Hanbok. Es gab alles von indischen Khussa-Schuhen bis zu Jimmy Choo, Sandalen und Flip-Flops von Thousand Mile ebenso wie glänzende Lederhalbschuhe. Der Anblick war umwerfend, die Mischung eine Augenweide. Obwohl mir vor dem Abend graute, zückte ich meine Polaroidkamera und machte rasch ein spontanes Foto.

»Hey!«, rief Bobby entsetzt und riss mir die Kamera aus der Hand. »Hör auf, den Film zu verschwenden!«

»Verschwenden?«, konterte ich ebenso entsetzt. »Sieh dir das doch mal an!« Ich deutete auf die Bühne, wo die Repräsentanten unterschiedlichster Völker und Kulturen in all ihrer Pracht auf die Dorfbewohner herabschauten, die es ihrerseits gar nicht erwarten konnten, endlich Nachrichten aus ihrer alten Welt zu hören. Wir suchten uns Plätze in der Mitte des Auditoriums, damit ich nicht direkt in der Schusslinie war. Ziemlich weit vorn entdeckten wir Helena, die sich hektisch im Saal umsah, ob besorgt oder ängstlich, war nicht zu erkennen. In der Annahme, dass sie nach uns Ausschau hielt, winkte Bobby ihr zu. Ich konnte mich nicht rühren, sondern saß stocksteif da und spürte eine völlig neue Angst in mir, während sich der Saal rasch mit Menschen füllte, deren Lärm in meinen Ohren stetig zunahm. Als ich einen raschen Blick über die Schulter warf, sah ich, dass viele keinen Sitzplatz gefunden hatten und nun ganz hinten in der Halle die Ausgänge blockierten. Mit einem lauten Knall, der überall im Raum widerhallte, wurden die gigantischen Türen geschlossen, und der Krawall verstummte sofort. Dafür hörte ich jetzt den Atem des Mannes hinter mir und das Flüstern des Pärchens vor mir so laut wie über einen Lautsprecher. Mein Herz begann heftig zu pochen. Ich sah Bobby an, dessen Anblick mich nicht beruhigte. Im harschen Licht von oben konnte niemand sich verstecken, jede Reaktion, jede kleinste Gemütsregung wurde gnadenlos offenbart.

Als die Türen sich schlossen und Ruhe einkehrte, war auch Helena gezwungen, ihren Platz einzunehmen. Ich gab mir alle Mühe, mir ins Gedächtnis zu rufen, dass ich hier fern der Realität in einem albernen kleinen Land weilte, einer Ausgeburt meiner Phantasie, einem völlig unwichtigen, an den Haaren herbeigezogenen Traum. Aber gleichgültig, wie sehr ich mich zwickte und abzulenken versuchte, holte mich die Atmosphäre unweigerlich wieder ein und füllte mich mit dem unheimlichen Gefühl, dass hier alles ebenso real war wie das Klopfen meines Herzens.

Eine Frau trabte mit einem Korb voller Kopfhörer den äußeren Gang entlang. Die Person, die am Rand saß, nahm eine Anzahl davon entgegen und reichte sie weiter wie den Klingelbeutel in der Kirche. Fragend sah ich Bobby an. Er zeigte mir, dass man die Kopfhörer in eine Steckdose im Vordersitz einstöpseln konnte, und setzte seine gleich auf, da auf der Bühne jetzt ein Mann ans Mikrofon trat und auf Japanisch zu reden begann. Natürlich verstand ich kein Wort, war aber so fasziniert, dass ich erst wieder an meine Kopfhörer dachte, als Bobby mir einen Rippenstoß versetzte. Hastig kam ich seiner unsanften Aufforderung nach und hörte prompt eine mit starkem Akzent gesprochene englische Übersetzung. Leider hatte ich den Anfang der Ansprache bereits verpasst.

»… diesen Sonntagabend. Es kommt selten vor, dass wir alle zusammen sind – danke für euer Engagement. Heute Abend haben wir uns aus mehreren Gründen versammelt …«

Wieder spürte ich Bobbys Ellbogen in den Rippen, und ich nahm meine Kopfhörer wieder ab. »Das ist Ichiro Takase«, flüsterte er. »Er ist der Präsident der Volksvertreter. Alle paar Monate rotiert das Amt.«

Ich nickte und setzte die Kopfhörer wieder auf.

»… Hans Liveen möchte euch die Pläne für das neue Mühlensystem vorstellen, aber bevor wir uns seinen Ausführungen widmen, wenden wir uns dem Thema zu, das die meisten der zahlreichen Gäste heute hergelockt hat. Die irische Repräsentantin Grace Burns wird euch ein paar Worte dazu erläutern.«

Eine Frau um die fünfzig stand auf und ging zum Mikrophon. Sie hatte lange, wellige rote Haare, ihre Gesichtszüge waren spitz wie aus Stein gehauen, und sie trug einen eleganten schwarzen Business-Anzug.

Ich nahm die Kopfhörer ab.

»Guten Abend allerseits«, sagte sie mit einem deutlichen nordirischen Akzent. Donegal. Viele von den nicht-irischen englischsprachigen Teilnehmern setzten die Kopfhörer wieder auf, weil sie Schwierigkeiten hatten, sie zu verstehen. »Ich will mich kurz fassen«, begann Grace Burns. »Im Lauf der Woche sind zahlreiche Angehörige der irischen Gemeinschaft zu mir gekommen und haben mir von einer Person berichtet, die gerade angekommen ist und anscheinend Informationen über verschiedene Familien unserer Dorfbewohner mitgebracht hat. Trotz der Gerüchte ist dies für irische Verhältnisse nichts Ungewöhnliches, da Irland ein sehr kleines Land ist. Außerdem hat man mir erzählt, dass ein Gegenstand, der dieser Person gehört – so weit ich verstanden habe, war es eine Armbanduhr – verschwunden ist«, erklärte sie in nüchternem Ton.

Von den Leuten, die das irische Englisch verstanden, erhob sich ein kollektiver Laut der Überraschung, obgleich die meisten garantiert schon längst von den Gerüchten gehört hatten. Mit ein paar Sekunden Verzögerung brachten auch die Leute, die auf die Übersetzung angewiesen waren, ihr Erstaunen zum Ausdruck. Ein Murmeln breitete sich im Saal aus, und die irische Repräsentantin hob die Hand, bis wieder Ruhe einkehrte. »Anscheinend haben die Gerüchte im ganzen Dorf Unruhe ausgelöst. Damit wir möglichst bald wieder unser normales Leben aufnehmen können, wollen wir die Gerüchte so rasch wie möglich ausräumen.«

Mein Herzschlag beruhigte sich etwas.

»Wir haben die Versammlung heute Abend einberufen, um euch zu versichern, dass wir die Angelegenheit voll im Griff haben. Sobald uns schlüssige Ergebnisse vorliegen, werden wir die Gemeinschaft wie immer umgehend über diese informieren. Ich glaube, die Person, um die es geht, befindet sich im Publikum«, verkündete sie, »und ich wende mich hiermit an sie.« Mein Herz klopfte wieder schneller. Um mich herum sahen sich die Leute um, murmelten und flüsterten aufgeregt in allen möglichen fremden Sprachen, beäugten einander teils argwöhnisch, teils vorwurfsvoll. Auch Bobby und ich wechselten schockierte Blicke.

»Was soll ich tun?«, wisperte ich. »Woher wissen die von meiner Uhr?«

Mein neunzehnjähriger Nachbar machte nur große Augen und zuckte ratlos die Achseln.

»Wir alle glauben, dass es das Beste ist, wenn wir die Sache vertraulich behandeln, damit die fragliche Person anonym bleiben kann …«

Aus dem Publikum erhoben sich vereinzelte Buhrufe, ein paar andere lachten, und ich bekam eine Gänsehaut.

»Ich sehe absolut keinen Grund zur Aufregung«, fuhr Grace in ihrem sachlich-nüchternen Ton fort. »Wenn die bewusste Person uns den angeblich verlorenen Gegenstand einfach zeigen könnte, wäre die ganze Geschichte hinfällig und ein für alle Male vom Tisch, und wir könnten unsere kostbare Zeit wieder auf die übliche produktive Weise nutzen.« Sie grinste, und aus dem Saal hörte man vereinzeltes Kichern.

»Wenn die fragliche Person sich morgen früh in meinem Büro meldet und die Uhr mitbringt, ist die Sache erledigt.«

Wieder buhten ein paar Zuhörer.

»Ich nehme jetzt ein paar Fragen zu diesem Thema entgegen, dann machen wir mit dem nächsten Punkt weiter, dem Ausbau des Mühlensystems, was für uns ja weit wichtiger ist.« Mir war klar, dass sie meine Geschichte absichtlich auf die leichte Schulter zu nehmen versuchte. Das ganze Dorf war gekommen, um etwas über mich zu erfahren, sie wollten wissen, woher ich solche intimen Details über die Leute hier und ihre Familien wusste. Das hatte Grace Burns nun mit ein paar Sätzen elegant unter den Teppich gekehrt. Überall sahen sich die Leute unzufrieden an, und ich spürte, dass sich ein Unwetter zusammenbraute.

Mehrere Hände schossen in die Luft, und die Repräsentantin nickte einem Mann zu. Er stand auf. »Ms. Burns, ich finde es nicht fair, dass die Sache vertraulich behandelt wird. An der Menge von Leuten, die heute Abend hergekommen sind, sieht man doch, dass das Thema für uns alle von großem Interesse ist, das hier meiner Ansicht nach gezielt heruntergespielt werden soll.« Schwacher Applaus. »Ich möchte beantragen, dass die Person, um die es hier geht, uns die Uhr hier und jetzt präsentiert, damit wir sie mit eigenen Augen sehen. Dann sind alle beruhigt, und wir brauchen uns keine Gedanken mehr zu machen.«

Für seinen Vorschlag erntete er kräftigen Beifall.

Grace Burns machte ein etwas unbehagliches Gesicht, wandte sich zu ihren Kollegen um, von denen einige nickten, einige den Kopf schüttelten, andere gelangweilt aussahen oder die Achseln zuckten und die Entscheidung ihr überließen.

»Mir geht es um das Wohl der Frau, Mr. O'Mara«, sprach sie den Mann direkt an, der den Wortbeitrag geleistet hatte. »Ich finde es nicht fair, sie mit so etwas zu konfrontieren, wo sie gerade erst hier angekommen ist. Wir sollten unbedingt ihre Anonymität wahren. Das sehen Sie doch sicherlich genauso.«

Ihr Einwand fand nicht sehr viel Unterstützung, nur ein paar Dutzend Leute klatschten, und ich dankte ihnen im Stillen, während ich Grace verfluchte, dass sie mein Geschlecht verraten hatte.

Neben Mr. O'Mara sprang eine ältere Frau auf und rief: »Ms. Burns, unser Wohl, das Wohl des gesamten Dorfs, wiegt doch wohl schwerer! Ist es nicht wichtiger, dass wir das Recht haben zu erfahren, ob die Gerüchte stimmen, dass wieder jemand etwas verloren hat?«

Die Zustimmungsäußerungen wurden lauter, es wurde aufgeregt getuschelt und diskutiert. Grace Burns legte die Hand schützend über die Augen, um die Frau, der die Stimme gehörte, im grellen Scheinwerferlicht zu erkennen. »Aber Catherine, morgen erfahrt ihr es doch, sobald die Person sich bei mir gemeldet hat. Ganz gleich, wie das Ergebnis ausfällt, wir kümmern uns darum.«

»Die Sache betrifft nicht nur die irische Gemeinschaft«, meldete sich jetzt von ganz hinten eine Männerstimme mit amerikanischem Südstaatenakzent. Alle sahen sich um. »Habt ihr vergessen, was das letzte Mal passiert ist, als solche Gerüchte in Umlauf kamen?«

Zustimmendes Gemurmel und heftiges Nicken.

»Erinnert ihr euch alle an diesen Typen namens James Ferrett?«, rief er in den Saal.

Laute Ja-Rufe und noch heftigeres Nicken waren die Antwort.

»Vor ein paar Jahren hat er uns erzählt, dass ihm das Gleiche passiert ist. Und die Repräsentanten haben genauso darauf reagiert wie heute.« Für die Anwesenden, die mit dem Ereignis nicht vertraut waren, fügte er erklärend hinzu: »Mr. Ferrett wurde auch aufgefordert, den angeblich verlorenen Gegenstand vertraulich einem Vertreter der Dorfverwaltung zu zeigen. Aber stattdessen ist er verschwunden. Ob er sich zu seinen Habseligkeiten gesellt hat oder ob unsere ehrbaren Vertreter dahinterstecken, werden wir wahrscheinlich nie erfahren.«

Unruhe machte sich breit, aber der Mann übertönte den Krach. »Also lasst uns wenigstens diese Sache sofort regeln, ehe die fragliche Person verschwinden kann, ohne dass wir erfahren, was los ist. Wir tun ihr nichts, aber es ist unser gutes Recht, Bescheid zu wissen!«

Donnernder Applaus erhob sich, die ganze Gemeinschaft klatschte wie verrückt, niemand wollte mehr zurück. Grace Burns schwieg eine Weile, während die Menge tobte. Dann hob sie wieder die Hand, und der Lärm verebbte langsam.

»Nun gut«, sagte sie laut ins Mikrofon, und die beiden Worte versetzten mein Herz so in Wallung, dass ich nicht mehr wusste, ob ich in Ohnmacht fallen oder laut loslachen sollte.

Ich sah Bobby an. »Bitte zwick mich«, grinste ich. »Das ist ja dermaßen albern. Ich komme mir vor, als hätte ich einen von diesen Albträumen, über die man sich am nächsten Tag schieflacht.«

»Das ist aber nicht komisch, Sandy«, warnte er mich. »Sag denen bloß nichts.«

Ich versuchte mein Lächeln zu verbergen, aber das Herzklopfen blieb.

»Sandy Shortt«, verkündete die Repräsentantin jetzt. »Wären Sie bitte so nett aufzustehen?«

Vierundvierzig

Nach dem Besuch bei Sandys Mutter fuhr Jack zur Dorfkneipe, dem Leitrim Arms. Trotz der frühen Stunde war es dunkel im Pub, da das meiste Tageslicht von den dunkelroten Glasfenstern abgeblockt wurde. Ein paar staubige Wandlampen brannten, der Boden bestand aus unregelmäßigen Steinplatten, die Holzbänke waren liebevoll mit Kissen im Paisleymuster bestückt, an deren Rändern der Schaumgummi hervorquoll. Drei Männer bevölkerten das Lokal. Zwei standen am Tresen, hielten ihre Pintgläser fest in den Händen und reckten die Hälse, um jede Kleinigkeit des Pferderennens auf dem kleinen Fernseher mitzukriegen, der an einem Gestell von der Decke hing. Der Barmann stand untätig hinter der Theke, die Arme auf die Zapfhähne gestützt, den Kopf in den Nacken gelegt, die Augen auf den Bildschirm gerichtet. Auf allen drei Gesichtern sah man die bange Erwartung, die aller Wahrscheinlichkeit nach auf ein finanzielles Interesse am Ausgang des Rennens zurückzuführen war. Der offensichtlich aus Cork stammende Kommentator stolperte mit heftigem Akzent und in rasendem Tempo durch seine Livereportage, sodass man unwillkürlich auch beim Zuhören den Atem anhielt, was die Anspannung noch erhöhte.

Nachdem es Jack gelungen war, die Aufmerksamkeit des Barmanns auf sich zu ziehen, bestellte er ein Pint Guinness und beschloss, sich in ein stilles Eckchen zurückzuziehen, weit weg von den anderen. Er hatte etwas Wichtiges zu erledigen.

Der Barmann wandte seine Aufmerksamkeit vom Bier zum

Zapfhahn und widmete sich mit voller Konzentration der Aufgabe, das perfekte Pint zu kreieren. Er hielt das Glas in einem Winkel von fünfundvierzig Grad an die Spitze des Zapfhahns, sodass sich im Schaum keine großen Blasen bilden konnten. Dann drückte er den Hebel vollständig herunter, füllte das Glas zu drei Vierteln und stellte es dann auf die Theke, damit das Bier sich setzen konnte.

Unterdessen holte Jack Donals Polizeiakte aus seiner Tasche und ging sie ein letztes Mal durch. Zum Abschied sozusagen. Ein letzter Blick auf das, was er im letzten Jahr Tag für Tag durchgeackert hatte. Dann war Schluss mit der Suche, und der Rest seines Lebens würde beginnen. Noch ein letztes Mal wollte er aufs Wohl seines Bruders trinken, ein gemeinsames Glas Bier. Jede Seite des Polizeiberichts erinnerte ihn an die endlosen Stunden, die die Beamten mit Suchen verbracht hatten, an das ständige Auf und Ab, all die Hoffnungen und Enttäuschungen des vergangenen Jahres. Es war lang und hart gewesen. Dann legte er die Zeugenaussagen in eine Reihe, die Berichte von Donals Freunden, die in der bewussten Nacht bei ihm gewesen waren. Die Angst, die Tränen, der Schlafmangel und die Verzweiflung, das angestrengte Bemühen, sich auch wirklich an jedes noch so kleine und verschwommene Detail jener Nacht zu erinnern.

Er legte Donals Foto auf den Hocker ihm gegenüber. Ein letztes Pint auf seinen Bruder. Er lächelte ihn an. *Ich hab mein Bestes gegeben, Donal, ich schwöre dir, mehr hätte ich nicht tun können*. Zum ersten Mal glaubte er es. Er konnte nichts mehr tun, und der Gedanke erfüllte ihn mit großer Erleichterung. Er sah auf den Bericht, der vor ihm lag. Von dem Passbild, das an eine Ecke geheftet war, starrte ihm Alan O'Connors Gesicht entgegen. Auch ein gebrochener Mann, ein beinahe zerstörtes Leben. Alan war noch lange nicht an dem Punkt, den Jack heute erreicht hatte. Jack hatte einen Bruder verloren, den er nicht sonderlich gut kannte, aber für Alan war es der beste Freund. Wieder wanderten seine Augen über den Bericht, den er bestimmt schon tausendmal gelesen hatte. Alans Aussage deckte sich genau mit dem, was Andrew, Paul und Gavin zu Protokoll gegeben hatten, und auch die drei Mädchen, die sie im Fish-and-Chips-Shop kennengelernt hatten, bestätigten sie.

Der Bericht war in einer unbeholfenen, gestelzten und fremd anmutenden Sprache abgefasst, ohne jedes Gefühl, nur Fakten – wer zu welcher Zeit an welchem Ort gewesen war, wer was wann gesagt hatte. Kein Sterbenswörtchen darüber, was es für sie alle bedeutete, dass ihre Freundesclique von den Ereignissen der Nacht so erbarmungslos auseinandergerissen worden war und dass diese Nacht alle anderen Nächte für immer verändert hatte.

Andrew, Paul, Gavin, Shane, Donal und ich haben das Dog House in der Thomas Street verlassen, als der Pub zumachte, ungefähr um halb eins Freitagnacht. Dann gingen wir zusammen zu einem Nachtclub namens The Last Stand ... Die Einzelheiten darüber, was in dem Club passiert war, ließ Jack aus. *Als der Club gegen zwei Uhr früh auch dichtmachte, sind Andrew, Paul, Gavin, Donal und ich rüber zum Hungry Knight, einem Fish-and-Chips-Shop. Shane hatte in dem Nachtclub ein Mädchen kennengelernt, das sonst keiner von uns kannte, und war mit ihr nach Hause gegangen ...* Wieder übersprang Jack ein paar Zeilen. *Wir haben uns alle an einen Tisch auf der rechten Seite des Ladens gesetzt, direkt an der Theke, und Burger und Pommes bestellt. Dann sind wir mit drei Mädchen ins Gespräch gekommen, die auch da gegessen haben, und haben sie gefragt, ob sie sich zu uns setzen. Das haben die auch gemacht. Da waren wir zu acht: ich, Andrew, Paul, Gavin, Donal, Lucy, Samantha und Fiona. Donal saß ganz außen, am Rand der Bank, neben Fiona, gegenüber von mir. Wir haben uns überlegt, noch zu einer Party in Fionas Haus zu gehen ...* Jack ging weiter zum wichtigsten Teil der Aussage. *Ich hab Donal gefragt, ob er mitkommt zur Party, und er hat gesagt, ja, und das war das letzte Mal, dass wir miteinander gesprochen haben. Er hat mir nicht Bescheid gesagt, als er gegangen ist. Ich hab mich mit Lucy unterhalten, und als ich mich umgedreht habe, war Donal weg. Das war so ungefähr gegen drei.*

Alle hatten die gleiche Geschichte erzählt. Eine ganz normale Freitagnacht auf Achse mit den Kumpels. Pub, Nachtclub, Schnellimbiss, nichts Außergewöhnliches, an das man sich erinnern würde – abgesehen davon, dass einer der Freunde spurlos verschwunden war. Natürlich berichteten alle von einem anderen letzten Gespräch, das sie mit ihm geführt hatten, aber niemand hatte bemerkt, dass er den Fish-and-Chips-Shop verlassen hatte. Außer Fiona, die neben ihm gesessen und sich nach ihm umgedreht hatte, als er aufstand. Sie berichtete, dass er beim Hinausgehen gegen den Türrahmen gestoßen war und dass ein paar Mädchen, die an der Tür standen, darüber gelacht hatten. Bei der Befragung bestätigten die Mädchen, was Fiona gesehen hatte, mehr wussten sie nicht. Da viele Leute gleichzeitig in den Fish-and-Chips-Shop gekommen waren, als der Nachtclub zumachte, konnte man Donal mit seinen Freunden auf dem Überwachungsvideo des Ladens nicht sehen, denn die Schlange, die sich vor der Theke gebildet hatte, und die Grüppchen, die überall herumstanden, versperrten die Sicht auf die Tische. Man sah nur, wie Donal beim Verlassen des Imbissschuppens mit der Schulter den Türrahmen rammte, wie es Fiona und die anderen Mädchen beschrieben hatten. Die Kamera am Geldautomaten hatte ihn gefilmt, wie er dreißig Euro abhob, dann sah man ihn noch einmal, wie er Harvey's Quay hinunterstolperte, und danach war er wie vom Erdboden verschwunden.

Jack dachte an seine letzte Begegnung mit Alan und bekam plötzlich ein schlechtes Gewissen, weil er ihn so bedrängt hatte. Dabei hatte die Polizei doch schon das kleinste Detail aus ihm herausgekitzelt. Irgendwie hatte Jack das Gefühl gehabt, dass er schuld an Donals Verschwinden war, weil er sich nicht genügend um seinen kleinen Bruder gekümmert hatte. Seine Mutter war an ihrem vagen Schuldgefühl gestorben, alle machten sich Vorwürfe, aus unterschiedlichen Gründen – auch Alan, wie er Jack bei ihrem Gespräch vor ein paar Tagen gestanden hatte.

Ich hoffe, du findest ihn, Jack. Ständig geht mir diese Nacht durch den Kopf, und ich wünsche mir so, ich wäre mit ihm weggegangen.

Inzwischen begann sich der cremige Schaum des Guinness auf dem Tresen von der dunklen Flüssigkeit abzusetzen.

Ständig geht mir diese Nacht durch den Kopf, und ich wünsche mir so, ich wäre mit ihm weggegangen.

Jack blieb fast das Herz stehen, und mit fliegenden Fingern blätterte er die Seiten durch, um Alans Aussage noch einmal anzusehen. *Wir haben uns überlegt, noch zu einer Party in Fionas Haus zu gehen. Ich hab Donal gefragt, ob er mitkommt zur Party, und er hat gesagt, ja, und das war das letzte Mal, dass wir miteinander gesprochen haben. Er hat mir nicht Bescheid gesagt, als er gegangen ist.*

Der Barmann füllte das Pint auf, indem er den Hebel leicht nach vorn drückte und den Schaum gerade bis über den Rand aufsteigen ließ.

Jack richtete sich auf und konzentrierte sich. Nur nicht den Kopf verlieren. Er hatte das Gefühl, ganz nahe an etwas dran zu sein. Während er den Polizeibericht noch einmal las, ging er in Gedanken simultan sein Gespräch mit Alan noch einmal durch.

Das Bier floss nicht über.

Jack zwang sich, ruhig zu atmen und hielt seine Angst im Zaum.

Bedächtig trug der Barmann das perfekte Pint in Jacks Eckchen, zögerte aber, denn der ganze Tisch war mit Papieren übersät. Wo sollte er das Glas absetzen?

»Stellen Sie es einfach irgendwohin«, meinte Jack. Der Mann vollführte mit dem Pint in der Hand eine kreisförmige Bewegung und setzte es schließlich mitten auf dem Tisch ab. Dann eilte er zurück hinter den Tresen, wo die beiden Männer ihre Pferde im Fernseher anfeuerten. Jacks Blick glitt über die dunkelbraune

Flüssigkeit, ganz hinunter zum Boden des Glases. Der Barmann hatte es mitten auf Alans Aussage gestellt, direkt neben den Satz, den Jack immer wieder las. Alles zog ihn zurück zu diesem Satz. *Wir haben uns überlegt, noch zu einer Party in Fionas Haus zu gehen. Ich hab Donal gefragt, ob er mitkommt zur Party, und er hat gesagt, ja, und das war das letzte Mal, dass wir miteinander gesprochen haben. Er hat mir nicht Bescheid gesagt, als er gegangen ist.*

Auf einmal merkte Jack, dass er zitterte, aber er hob das Glas trotzdem, lächelte dem Foto seines Bruders wacklig zu, setzte das Glas an die Lippen und trank einen großen Schluck. Im gleichen Moment, als das Guinness durch seine Kehle rann, überfiel ihn die Erinnerung an Alans nächsten Satz.

Ich dachte wirklich, alles ist in Butter, wenn er sich da unten ein Taxi nimmt, weißt du.

Das Guinness blieb ihm im Hals stecken, er verschluckte sich und bekam einen heftigen Hustenanfall.

»Alles okay?«, rief der Barmann vom Tresen herüber.

»Ja! Weiter so, Junge!« Die beiden Männer an der Bar feierten den Sieg ihres Pferds, klatschten und jubelten so laut, dass Jack zusammenzuckte.

Eine Million Entschuldigungen, Ausreden und Fehler gingen ihm durch den Kopf. Vielleicht hatte er sich verhört. Er dachte daran, dass Sandy den Besuch bei Alan mit großen roten Buchstaben in ihren Terminkalender eingetragen hatte, er dachte an das besorgte Gesicht von Mrs. O'Connor. *Glaubst du, er hat Mist gebaut?* Sie wusste Bescheid. Sie hatte die ganze Zeit Bescheid gewusst. Kalte Schauer liefen ihm über den Rücken. Wut stieg in ihm auf, und er knallte sein Pintglas auf den Tisch. Innen blieb ein weißer Ring zurück. Seine Knie wurden weich vor Angst und Zorn. Später erinnerte er sich nicht mehr daran, wie er den Pub verließ, Alan anrief und in Rekordzeit nach Limerick fuhr, um sich mit ihm zu treffen. Er erinnerte sich überhaupt an kaum etwas von diesem Abend. Nur Alans verlorene Stimme hallte in seinem Kopf: *Ständig geht mir diese Nacht durch den Kopf, und ich wünsche mir so, ich wäre mit ihm weggegangen. Ich dachte wirklich, alles ist in Butter, wenn er sich da unten ein Taxi nimmt, weißt du.* Doch noch lauter hörte er den Widerspruch in Alans Aussage: *Ich hab Donal gefragt, ob er mitkommt zur Party, und er hat gesagt, ja, und das war das letzte Mal, dass wir miteinander gesprochen haben.*

Das war das letzte Mal, dass wir miteinander gesprochen haben.

Er hatte gelogen. Aber warum?

Fünfundvierzig

Ich stand auf, und Tausende Augen ruhten auf mir, musterten mich, bildeten sich eine Meinung über mich, beurteilten mich, wollten mich hängen und auf dem Scheiterhaufen brennen sehen. In der ersten Reihe entdeckte ich Helena, ganz offensichtlich nicht erbaut darüber, wie die Dinge sich entwickelten. Sie hatte die Hände vor der Brust verschränkt, als wollte sie beten, und in ihren Augen glitzerten Tränen. Ich lächelte ihr zu, weil sie mir leidtat – *sie*! –, und sie nickte aufmunternd. Von Joseph, der ja auf der Bühne saß, kam die gleiche Reaktion. Weil ich keine Ahnung hatte, was mich erwartete, wusste ich natürlich auch nicht, wovor ich mich fürchten musste. Ich verstand überhaupt nicht, was los war, und warum etwas, was mir so positiv erschien, für die Leute hier so negativ sein konnte. Das Einzige, was ich begriff, war, dass die Menschen, die länger als ich hier waren, Angst um mich hatten. Das reichte. Schon im Lauf der letzten Tage war das Leben für mich anstrengend gewesen, weil mir ständig irgendwelche Leute folgten und mich mit Fragen über ihre Familien löcherten, und ich hatte beileibe nicht das Bedürfnis, dass es noch schlimmer wurde.

Grace Burns, unsere Repräsentantin, sah mich an. »Willkommen, Sandy. Ich weiß, es scheint vielleicht nicht fair, die Sache so öffentlich zu verhandeln, aber Sie haben ja selbst gesehen, wie es dazu gekommen ist.«

Ich nickte.

»Ich muss Sie fragen, ob das Gerücht, dass etwas aus Ihrem

Besitz verschwunden ist …« Sie zögerte und scheute offensichtlich vor dem springenden Punkt zurück. »Können Sie bitte bestätigen, dass dieses Gerücht nicht stimmt?«

»Sie legen ihr Worte in den Mund«, rief ein Mann, aber die anderen brachten ihn zu Schweigen.

»Wir sind hier nicht vor Gericht«, ermahnte Grace Burns den Zwischenrufer ärgerlich. »Bitte lassen Sie Ms. Shortt sprechen.«

»Das Gerücht«, begann ich und sah in die vielen Gesichter der Menschen vor mir, von denen manche meine Worte nur per Kopfhörer in der Übersetzung hörten, »das Gerücht entspricht ganz eindeutig nicht der Wahrheit.« Aufgeregtes Gemurmel erhob sich, und ich redete lauter. »Allerdings verstehe ich, wie es entstanden ist. Ich habe jemandem zugewinkt, dabei ist mir meine Uhr vom Handgelenk gerutscht und in einem Feld gelandet. Ich habe ein paar Leute gebeten, mir beim Suchen zu helfen. Es ist wirklich keine große Sache.«

»Und diese Leute haben die Uhr gefunden?«, erkundigte sich Grace, der ihre Erleichterung deutlich anzusehen war.

»Ja«, log ich.

»Dann zeigen Sie sie her!«, rief eine Männerstimme, und ein paar weitere pflichteten ihm bei.

Grace seufzte. »Haben Sie die Uhr dabei?«

Ich erstarrte und blickte auf mein nacktes Handgelenk. »Hmm, nein. Der Verschluss ist kaputtgegangen, als sie runtergefallen ist, und noch nicht repariert.«

»Bringen Sie die Uhr her!«, rief eine Stimme auf Englisch mit starkem Akzent.

»Nein!«, rief ich zurück, und alle wurden still. Ich spürte, dass Bobby mich überrascht anschaute. »Bei allem Respekt – ich habe das Gefühl, dass diese ganze Sache weiter nichts ist als eine absurde Hexenjagd. Ich gebe Ihnen mein Wort, dass meine Uhr nicht verschwunden ist, und ich weigere mich, diese Scharade weiter mitzumachen, indem ich sie herbringe und im Saal herumzeige. Ich bin noch nicht lange genug hier, um genau zu verstehen, warum Sie alle sich so verhalten, aber wenn Sie mich so bei sich willkommen heißen möchten, wie es angemessen wäre, dann lassen Sie mein Wort bitte genügen.«

Leider kam meine moralische Entrüstung nicht gut an.

»Bitte, Ms. Shortt«, sagte Grace besorgt. »Ich denke, das Beste wäre, wenn Sie den Saal jetzt verlassen und die Uhr holen. Jason wird Sie begleiten.« Ein Mann im schwarzen Anzug, schlank und mit einer Haltung, als wäre er beim Militär, erschien am Ende meiner Reihe und deutete in Richtung Tür.

»Ich kenne diesen Mann nicht!«, rief ich und klammerte mich an den letzten Strohhalm. »Ich gehe nicht mit ihm!«

Grace wirkte erst verwirrt, dann argwöhnisch. »Nun, Sie müssen die Uhr herbringen, ob Sie es wollen oder nicht. Von wem würden Sie sich denn begleiten lassen?«

Ich dachte blitzschnell nach. »Von dem Mann, der hier neben mir sitzt.«

Bobby sprang auf.

Grace strengte die Augen an, und als sie Bobby erkannte, nickte sie: »Na gut, dann gehen eben beide mit Ihnen. Wir setzen die Versammlung fort, während Sie weg sind.« Wie aufs Stichwort erschien der Vertreter der Niederlande am Mikrofon, der über die Pläne für die neuen Mühlen referieren sollte, aber kein Mensch achtete auf ihn. Zu dritt wanderten wir den langen Gang entlang, die Menschenmenge am Ausgang teilte sich vor uns, dann hatten uns die großen Flügeltüren verschluckt. Draußen sah Bobby mich mit großen Augen an, aber offensichtlich hinderte ihn die Gegenwart des Schwarzgekleideten daran zu sagen, was er dachte.

»Wir müssen meine Uhr in Bobbys Geschäft holen«, erklärte ich unserem Begleiter unterdessen möglichst ruhig. »Er sollte den Verschluss für mich reparieren.«

Bobby nickte. Anscheinend hatte er meinen Plan jetzt verstanden.

Als wir zu dem mit bunten Socken dekorierten Fundbüro kamen, war es dunkel geworden. Das Dorf war wie ausgestorben, alle Einwohner hatten sich im Gemeinschaftshaus zusammengefunden.

»Ich möchte gerne hier auf Bobby warten«, sagte ich und blieb, den Blick auf den dunklen Wald gerichtet, auf der Veranda stehen, während Bobby den Laden aufschloss. Jason antwortete nicht, trat jedoch einen Schritt zurück, verschränkte die Arme und baute sich neben mir auf.

»Wer sind Sie eigentlich?«, versuchte ich ihn zu necken, während ich ihn von oben bis unten taxierte. Er schaute weg. »Der Bösewicht aus Matrix? Ein Man in Black? Oder vielleicht ein überkandidelter Fan von Johnny Cash?«

Keine Antwort. Ich seufzte. »Sollen Sie aufpassen, dass ich nicht weglaufe?«

Wieder keine Antwort.

»Würden Sie mich erschießen, wenn ich es versuche?« hakte ich nach. »Was denken die sich eigentlich dabei, mir so eine Begleitung aufzuzwingen – hält man mich für kriminell oder was? Nur damit das klar ist«, fuhr ich fort, »ich finde Ihre Anwesenheit alles andere als angenehm.«

Aber Jason ließ sich nicht aus der Reserve locken und starrte stumm und stur weiter geradeaus.

Endlich erschien Bobby wieder und knallte die Tür hinter sich zu. »Alles klar, ich hab sie.«

Ich nahm die Uhr aus seiner Hand und inspizierte sie.

»Ist das Ihre?« Zum ersten Mal brach Jason sein Schweigen und blickte mir tief in die Augen.

Die Uhr, die Bobby mitgebracht hatte, war aus Silber und hatte ein Zifferblatt aus Perlmutt wie meine, aber da hörten die Ähnlichkeiten auch schon auf. Statt eines feingliedrigen Silberarmbands wurde sie von einem breiten Riemen gehalten, außerdem war sie nicht rechteckig, sondern rund.

»Jawohl«, antwortete ich selbstbewusst. »Das ist meine Uhr.«

Jason nahm sie und machte Anstalten, sie mir umzulegen. Leider zeigte sich schnell, dass sie für mein schmales Handgelenk viel zu groß war. »Bobby«, meinte er und rieb sich müde die Augen. »Hol Sandy eine andere Uhr. Diesmal aber bitte eine, die passt.«

Überrascht sahen wir ihn an.

»*Deshalb* bin ich mitgekommen«, erklärte er und kehrte unbeirrt an seinem Platz auf der Veranda zurück.

Bobby war schon unterwegs in seinen Laden, als Jason sich noch einmal umdrehte und ihm nachrief: »Ach ja, Bobby – sorg dafür, dass der Verschluss kaputt ist. Sandy hat in der Versammlung behauptet, dass sie die Uhr deshalb nicht anhat, richtig?«

Ich nickte, immer noch sprachlos.

»Tja, jetzt fällt Ihnen wohl endlich nichts mehr zu sagen ein, was?«, war sein trockener Kommentar, ehe er seine Aufmerksamkeit wieder ganz dem Wald zuwandte.

Schweigend wanderten Jason, Bobby und ich zur Gemeinschaftshalle zurück, ich die Uhr fest in den Händen. An der Tür fragte ich Jason: »Was soll ich denn jetzt tun?«

»Na ja, ich denke mal, Sie gehen da rein und …« Er dachte einen Moment nach und zuckte die Schultern. »… und lügen«, vollendete er den Satz. Dann öffnete er die Tür, und sofort drehten sich alle Köpfe zu uns um.

Der Holländer unterbrach seine Rede, und Grace Burns trat ans Mikrofon. Sie wirkte nervös. Bobby nickte mir ermutigend zu, blieb aber mit Jason an der Tür stehen, während ich gemessenen Schrittes zur Bühne ging. Wenn mir nicht so unbehaglich zumute gewesen wäre, hätte ich über die Ironie des Schicksals gelacht: Gregory hätte sich gefreut, wenn sein Geschenk mich dazu gebracht hätte, mit ihm vor den Altar zu treten. Und nun marschierte ich ähnlich feierlich mit einer ganz anderen Uhr einen ganz anderen Gang entlang. Vorn angekommen, überreichte ich Grace die Uhr. Sie inspizierte sie, aber plötzlich fragte ich mich, wie um alles in der Welt sie eigentlich beurteilen wollte, ob das meine Uhr war. Das war doch vollkommen lächerlich, absurdes Theater, weiter nichts! Inszeniert, um den Menschen hier Sicherheit vorzugaukeln, damit sie nicht aufmuckten und anfingen, ernsthaft den Weg nach Hause zu suchen.

»Woher wissen wir, dass es ihre Uhr ist?«, rief auch prompt eine Stimme.

»Wie soll sie das denn beweisen?«, erwiderte Grace, ebenfalls verärgert. Die Frau, der die Stimme gehörte, zog schnell den Kopf ein.

Doch da rief jemand: »Ihr Name ist hinten eingraviert!«, und mir blieb fast das Herz stehen. Nur ganz wenige Menschen wussten von der Gravur. Wütend sah ich zu Joseph hinüber, aber an seinem Gesicht erkannte ich sofort, dass er nicht derjenige gewesen sein konnte, der dieses Detail ausgeplaudert hatte, denn er sah seinerseits wütend zu Helena, die noch viel wütender woandershin starrte … und zwar zu Joan. Mit rotem Kopf saß unsere Freundin in der ersten Reihe, neben dem Mann, der eben den Zwischenruf gemacht hatte. Sie musste uns belauscht haben. Schuldbewusst schielte sie zu Helena und mir herüber. Jetzt war ich wirklich mit meinem Latein am Ende und wusste nicht mal mehr, was ich denken oder fühlen sollte.

»Ist das wahr?« Grace schaute mich fragend an.

»Natürlich ist das wahr!«, meldete sich der Mann schon wieder zu Wort.

Vermutlich stand mir die Wahrheit auch ins Gesicht geschrieben.

Grace drehte die Uhr um, warf einen Blick auf die Rückseite, machte ein zufriedenes Gesicht und verkündete: »Ja, hier steht es: Sandy Shortt.«

Ein lautes Seufzen ging durchs Publikum.

»Sandy, ich danke Ihnen für Ihr kooperatives Verhalten. Sie können jetzt gehen, und ich wünsche Ihnen ein gutes Leben hier bei uns. Hoffentlich sind die Menschen von jetzt an etwas netter zu Ihnen«, fügte sie mit einem Lächeln hinzu.

Verblüfft nahm ich die Uhr wieder in Empfang. Ich konnte nicht glauben, dass Bobby in so kurzer Zeit meinen Namen eingraviert hatte, und ich hatte überhaupt nicht an die Gravur gedacht. So rasch ich konnte, eilte ich zurück, begleitet vom Beifall der Menge. Die Menschen lächelten mir zu, einige entschuldigten sich, andere wirkten noch nicht ganz überzeugt und würden sich wahrscheinlich auch nie überzeugen lassen. Als ich bei Bobby angelangt war, nahm ich ihn bei der Hand und verließ mit ihm den Saal.

In sicherer Entfernung von der Gemeinschaftshalle fragte ich ihn: »Wie zum Teufel hast du das angestellt?«

»Was hab ich denn angestellt?«, fragte er entsetzt.

»Du hast noch schnell meinen Namen in die Uhr eingraviert!«

»Nein, hab ich nicht«, entgegnete er schockiert.

»Was?« Ich drehte die Uhr um. Nichts, kein Schriftzug, kein Name, nur eine glatte metallische Oberfläche.

»Komm, gehen wir rein«, sagte Bobby, schloss die Tür zum Fundbüro auf und sah sich argwöhnisch um.

Ein Rascheln kam aus der Dunkelheit, und wir fuhren erschrocken herum.

Aus dem Schatten trat Jason.

»Tut mir leid, dass ich Sie erschreckt habe«, sagte er mit seiner Roboterstimme. »Sandy, ich …« – jetzt klang er schon weniger mechanisch – »… ich wollte nur fragen, ob Sie vielleicht meine Frau Alison kennen?«, sagte er unsicher. »Alison Rice. Wir sind aus Galway, aus Spidil.« Er schluckte und wirkte nicht mehr bedrohlich, sondern besorgt und verletzlich.

Immer noch überrascht über sein plötzliches Auftauchen, ließ ich mir den Namen durch den Kopf gehen. Er sagte mir nichts, und langsam schüttelte ich den Kopf. »Es tut mir leid, nein.«

»Okay.« Jason räusperte sich und richtete sich auf. So hart und unantastbar, als hätte er die Frage nie gestellt, sagte er: »Ich soll Ihnen von Grace Burns noch ausrichten, dass Sie morgen so früh wie möglich zu ihr ins Büro kommen sollen.«

Sechsundvierzig

Jack spürte die Wut überall im ganzen Körper, die Muskeln in seinem Gesicht zuckten, als bereiteten sie sich auf eine große Auseinandersetzung vor, sein Herz pochte wild. Angestrengt versuchte er, seine Atmung zu kontrollieren und nicht endgültig die Beherrschung zu verlieren. Auf der Fahrt hierher hatte er die Backenzähne so fest zusammengebissen, dass sie sich anfühlten, als hätte er sie bis auf die Knochen abgeschliffen. Obwohl er sie immer wieder zu entspannen versuchte, ballten sich seine Fäuste fast wie von selbst, während er den Pub im Zentrum von Limerick City durchquerte. Er entdeckte Alan allein an einem kleinen Tisch, vor sich ein Pint. Auf der anderen Seite des Tischs stand ein Hocker, der auf Jack zu warten schien. Als Alan ihn sah, winkte er ihm zu, und ein Lächeln erschien auf seinem Gesicht, diesem Gesicht, in dem Jack immer noch den Zehnjährigen erkannte, der jeden Tag bei ihnen zu Hause gewesen war. Schon wollte er zu ihm stürzen, aber im letzten Moment hielt er inne und bog zur Toilette ab. Dort stellte er sich ans Waschbecken und spritzte sich Wasser ins Gesicht, keuchend, als wäre er einen Marathon gelaufen. Am liebsten hätte er Alan mit bloßen Händen erwürgt. Was hatte er getan? Was um Himmels willen hatte Alan getan?

Siebenundvierzig

In der Woche nach Jenny-May Butlers Verschwinden kam die Polizei zu uns in die Leitrim National School. Für besondere Aufregung sorgte dabei die Tatsache, dass unser Direktor seine demütigen Untertanen mit seiner Anwesenheit beehrte, was äußerst selten vorkam. Immer wenn wir sein strenges, leicht vorwurfsvolles Gesicht sahen, hatten wir sofort Flugzeuge im Magen, und selbst wenn wir ganz genau wussten, dass wir nichts verbrochen hatten, hofften wir inständig, keinen Ärger zu bekommen – so immens war seine Macht über uns. An diesem Tag tauchte er mitten in der Religionsstunde auf und flüsterte laut etwas in Ms. Sullivans Ohr. Wenn sich Lehrer im Klassenraum etwas zuflüsterten, bedeutete das immer, dass etwas äußerst Wichtiges im Gange war. Wir bekamen die Erlaubnis, unsere Studien für den Vormittag zu unterbrechen, und wurden angewiesen, uns in einer Reihe an der Tür aufzustellen und die Zeigefinger auf die Lippen zu legen. Normalerweise hatte der Finger auf den Lippen nicht die vom Lehrer erhoffte Wirkung, denn ein Finger ist eben nur ein Finger und kein Reißverschluss. Obendrein waren es auch noch unsere eigenen Finger, die wir jederzeit von den Lippen entfernen konnten, wenn uns danach war. So schlau waren wir allerdings erst seit kurzem, denn in jüngeren Jahren hatten wir uns noch einen Bären aufbinden lassen und den Lehrern tatsächlich geglaubt, dass der Finger auf den Lippen uns der Sprache beraubte. In der vierten Klasse waren wir jedoch auf diesem Gebiet bereits erfahrene alte Hasen und gegen Ammenmärchen immun – allen voran James Maybury, der immer Ärger kriegte und sich überhaupt nicht darum scherte. Es kursierte das Gerücht, sein Bruder sei im Gefängnis, deshalb wagte niemand, sich ihm zu widersetzen. Im Fall des Fingers war das eine vertrackte Sache: Wenn man von ihm angesprochen wurde und ihm antwortete, bekam man Ärger mit dem Lehrer, aber wenn man James ignorierte, bekam man Ärger mit ihm, und das war manchmal das größere Risiko. Unter normalen Umständen ging ich bei ihm immer auf Nummer sicher. Wenn er sich beispielsweise einen Stift von mir leihen wollte, gab ich ihm einen grünen, einen blauen, einen roten und einen schwarzen Kuli und dazu noch meinen Füller, damit er sich etwas aussuchen konnte. Ich glaube nicht, dass James jemals wirklich gewalttätig wurde – allein die Tatsache, dass über einen Bruder im Gefängnis gemunkelt wurde, war bedrohlich genug. Doch als wir jetzt die Schulaula betraten, war selbst James Maybury mucksmäuschenstill, weil vorn in dem ungewöhnlich ruhigen Saal zwei Polizisten standen, eine Frau und ein Mann, beide von Kopf bis Fuß in Marineblau.

Zusammen mit den anderen Viertklässlern hockten wir uns mitten in der Aula auf den Boden. Vor uns saßen die Kleineren, und je älter man war, desto weiter hinten durfte man sitzen. Die Sechstklässler thronten cool auf ihren Plätzen in der letzten Reihe. Der Saal füllte sich rasch. Die Lehrer hatten sich an der Wand aufgereiht wie Gefängniswärter. Hie und da schnippten sie mit den Fingern und sahen einen Schüler wütend an, weil er flüsterte oder es sich auf dem kalten und nicht ganz sauberen Turnhallenboden ein bisschen bequemer machen wollte, was als unnötiges Gezappel angesehen wurde.

Unser Direktor stellte uns die beiden Polizisten vor und erklärte, dass sie vom örtlichen Polizeirevier kamen und über ein sehr wichtiges Thema mit uns reden wollten. Danach würden die Lehrer in der Klasse überprüfen, ob wir aufgepasst hatten. Als er das erwähnte, sah ich zu den Lehrern hinüber und merkte, wie ein paar von ihnen sich plötzlich gerade hinstellten und angestrengt lauschten. Dann stellte sich der Mann als Garda Rogers und seine Kollegin als Garda Brannigan vor und erklärte uns, während er mit den Händen auf dem Rücken hin und her marschierte, dass wir keinem Fremden trauen und nie zu einem Unbekannten ins Auto steigen sollten, selbst wenn jemand behauptete, unsere Eltern hätten ihn geschickt, um uns abzuholen. Dabei fiel mir ein, wie ich mich einmal geweigert hatte, zu meinem Onkel Fred ins Auto zu steigen, und ich hätte fast laut gelacht. Garda Rogers schärfte uns ein, immer sofort einem Lehrer oder unseren Eltern Bescheid zu sagen, wenn sich ein Erwachsener uns auf eine Art näherte, die uns unangemessen oder aufdringlich erschien, und wenn wir so etwas bei einem unserer Mitschüler beobachteten. Ich war damals zehn, und ich weiß noch, dass mir sofort einfiel, wie ich mit sieben meiner Lehrerin gemeldet hatte, dass Joey Harrison nach der Schule von einem seltsamen Typen abgeholt worden war. Sie hatte mich ausgeschimpft, weil der komische Typ Joeys Vater war, und sie dachte, ich wäre nur ungezogen.

Mit zehn, fast elf Jahren war dieses ganze Sicherheitsgeschwafel ein alter Hut. Vermutlich war die heutige Warnung mehr für die Fünf- und Sechsjährigen gedacht, die in den ersten Reihen saßen, sich in der Nase bohrten, an die Decke starrten und vor Langeweile kaum noch stillsitzen konnten. Zu diesem Zeitpunkt spürte ich keinerlei Drang, später mal zur Polizei zu gehen – die Gratislektion in Sicherheit weckte in mir keine Ambitionen. Es waren die verschwundenen Socken, die den Ausschlag gaben. Außerdem wusste ich, dass die Veranstaltung wegen Jenny-May stattfand. Schon die ganze Woche über hatten sich alle äußerst seltsam benommen. Beispielsweise war unsere Lehrerin ein paar Mal in Tränen aufgelöst aus dem Klassenzimmer gelaufen, als ihr Blick auf Jenny-Mays leeren Platz fiel. Aber ich war insgeheim froh. Natürlich wusste ich, dass das falsch von mir war, aber zum ersten Mal in meinem Leben hatte ich in der Schule meinen Frieden. Keine Papierkügelchen mehr, die Jenny-May in Salven mit einem Strohhalm auf mich abfeuerte, kein Gekicher hinter meinem Rücken, wenn ich in der Klasse eine Frage beantwortete. Mir was klar, dass etwas Schreckliches und Trauriges passiert war, aber ich *fühlte* mich einfach nicht traurig.

In den ersten Wochen nach Jenny-Mays Verschwinden sprachen wir jeden Morgen im Klassenzimmer ein Gebet für sie und für ihre Familie. Doch je mehr die Zeit verstrich, desto kürzer wurden die Gebete, und als wir eines Montagmorgens vom Wochenende zurückkehrten, ließ Ms. Sullivan das Gebet einfach weg, ohne ein Wort darüber zu verlieren. Die Sitzordnung wurde verändert, die Tische verschoben, und peng – alles war wieder normal. Das fand ich seltsamer als Jenny-Mays Verschwinden. In den ersten Minuten dieses Montags starrte ich die anderen, die brav ihr Gedicht aufsagten, verdutzt an und fragte mich, ob jetzt alle übergeschnappt waren. Aber dann bekam ich von der Lehrerin eine Strafpredigt, weil ich angeblich das Gedicht nicht gelernt hatte – dabei hatte ich am Abend vorher zwei Stunden lang gepaukt –, und sie hackte den Rest des Tages erbarmungslos auf mir herum.

Nachdem Garda Rogers seinen Vortrag beendet hatte, war Garda Brannigan mit näheren Ausführungen zum Thema Jenny-May an der Reihe. Sie forderte uns noch einmal auf, falls wir irgendetwas wussten oder in den letzten Wochen und Monaten irgendetwas beobachtet hatten, bitte in Raum vier neben dem Lehrerzimmer zu erscheinen, wo sie und Garda Rogers den ganzen Tag über zu sprechen waren. Meine Wangen brannten, weil ich das Gefühl hatte, dass alles, was sie sagte, direkt an mich adressiert war – als wäre die ganze Veranstaltung nur meinetwegen inszeniert worden, um mich dazu zu bringen, alles zu gestehen, was ich wusste. Gehetzt blickte ich mich im Saal um, aber niemand sah mich komisch an, außer James Maybury, der sich einen Schorf vom Ellbogen kratzte und in meine Richtung schnippte. Sofort schnalzte unsere Lehrerin mit den Fingern unter seiner Nase herum, was allerdings wenig Wirkung zeitigte, da er mich bereits getroffen hatte. Außerdem hatte er keine Angst, weder vor der Lehrerin noch vor schnalzenden Fingern.

Als der Vortrag zu Ende war, ermunterten die Lehrer uns noch einmal, in Zimmer vier mit den beiden Polizisten zu sprechen, dann war Mittagspause, was eine blöde Maßnahme war, weil keiner von uns Lust hatte, wertvolle Freizeit damit zu vergeuden, dass wir mit der Polizei quatschten. Aber kaum waren wir wieder im Klassenzimmer und Ms. Sullivan ließ uns die Mathebücher hervorholen, da schossen die Hände nur so in die Luft. Auf einmal hatte eine ganze Reihe meiner Mitschüler den Polizisten in Zimmer vier lebenswichtige Informationen zu übermitteln. Aber was sollte Ms. Sullivan tun? Vor Zimmer vier bildete sich bald eine lange Schlange von Schülern aller Altersstufen, und notgedrungen mussten Garda Rogers und Garda Brannigan sie alle anhören, auch wenn manche Jenny-May Butler überhaupt nicht kannten.

Zimmer vier bekam umgehend den Spitznamen »Verhörraum«, und je mehr Schüler hineingingen, desto wilder wurden die Gerüchte, was man dort erlebte. Es gab eine solche Menge von angeblich wichtigen Informationen, dass die beiden Polizisten am nächsten Tag wiederkommen mussten, allerdings wurden die Schüler nun streng ermahnt, dass man zwar jede Hilfe sehr zu schätzen wisse, die Zeit der Polizei jedoch kostbar sei und deshalb nur diejenigen in Zimmer vier vorstellig werden sollten, die wirklich etwas zu sagen hatten. Am zweiten Tag war mir der Zutritt zu Zimmer vier von meiner Lehrerin bereits zweimal verweigert worden, weil ich mich beim ersten Mal in der Geschichtsstunde und beim zweiten Mal in Irisch meldete.

»Aber ich mag Irisch, Miss«, protestierte ich vergeblich.

»Gut, dann freu dich, dass du bleiben darfst«, fauchte sie und befahl mir, ein ganzes Kapitel aus dem Buch vorzulesen.

Mir blieb nichts anderes übrig, als es am Nachmittag in der Kunststunde noch einmal zu versuchen. *Alle* liebten Kunst. Überrascht sah Ms. Sullivan mich an.

»Darf ich rausgehen, Miss?«

»Zur Toilette?«

»Nein, ins Zimmer vier.«

Immer noch etwas verdutzt, nahm sie mich jetzt endlich ernst, und ich bekam unter einem kollektiven »Oooooh« meiner Mitschüler die Erlaubnis, den Kunstunterricht zu verlassen. Ich klopfte an die Tür von Zimmer vier, und Garda Rogers öffnete. Er musste ungefähr einsachtzig sein, denn er überragte mich, obwohl ich mit meinen zehn Jahren schon fast einssiebzig war. Es freute mich immer, wenn jemand größer war als ich, selbst wenn dieser Jemand mich einschüchterte, weil er eine Polizeiuniform trug und ich bei ihm ein Geständnis ablegen wollte.

»Na, schon wieder eine Mathestunde?«, grinste er.

»Nein«, antwortete ich so leise, dass ich mich selbst kaum hören konnte. »Kunst.«

»Oh.« Erstaunt hob er seine dicken, raupenartigen Augenbrauen.

»Ich hab ein schlechtes Gewissen«, verkündete ich hastig.

»Na schön. Obwohl ich eigentlich nicht glaube, dass man unbedingt ein schlechtes Gewissen haben muss, wenn man mal eine Mathestunde versäumt. Erzähl deinem Lehrer trotzdem lieber nicht, dass ich das gesagt habe«, meinte er und legte den Finger an die Nase.

»Das hab ich nicht gemeint«, entgegnete ich und holte tief Luft. »Ich hab ein schlechtes Gewissen, weil ich schuld daran bin, dass Jenny-May verschwunden ist.«

Diesmal grinste er nicht, sondern machte die Tür weit auf und sagte: »Dann komm mal rein.«

Ich sah mich um. Das Zimmer war ganz anders, als die anderen es beschrieben hatten. Jemima Hayes hatte erzählt, jemand hätte ihrer Freundin gesagt, sie hätte gehört, dass jemand den Raum nicht hätte verlassen dürfen, um zur Toilette zu gehen, worauf sich besagter Jemand in die Hose gepinkelt hätte. Aber das Zimmer wirkte kein bisschen bedrohlich. An der Wand stand eine

Couch, davor ein kleiner Tisch und auf der anderen Seite ein Plastikstuhl. Und der Stuhl war auch nicht nass.

»Setz dich doch«, sagte Garda Rogers und deutete auf die Couch. »Mach es dir bequem. Wie heißt du?«

»Sandy Shortt.«

»Du bist ziemlich groß für dein Alter, was, Miss Shortt?« Er lachte, und ich lächelte höflich, obwohl ich den Witz schon eine Million Mal gehört hatte. Garda Rogers wurde wieder ernst. »Dann erzähl doch mal, wie du auf die Idee kommst, du könntest, wie du es ausdrückst, schuld daran sein, dass Jenny-May verschwunden ist.«

Ich runzelte die Stirn. »Wie würden Sie es denn ausdrücken?«

»Nun, wir wissen nicht mit Sicherheit, ob … Ich meine, es deutet bisher nichts darauf hin, dass …« Er brach ab und seufzte. »Sag mir einfach, warum du glaubst, du bist schuld«, bat er mich und bedeutete mir fortzufahren.

»Na ja, Jenny-May konnte mich nicht leiden«, begann ich und wurde auf einmal nervös.

»Ach, da irrst du dich bestimmt«, erwiderte Garda Rogers freundlich. »Wie kommst du denn darauf?«

»Sie nennt mich Schlampe Langbein und wirft Steine nach mir.«

»Oh«, sagte Garda Rogers nur und verstummte.

Ich holte tief Luft. »Dann hat sie letzte Woche rausgefunden, dass ich zu meiner Freundin Emer gesagt habe, dass ich nicht glaube, dass sie bei King/Queen wirklich so gut ist, wie immer alle meinen, und da ist sie echt sauer geworden und hat uns zu einem Entscheidungsspiel herausgefordert, na ja, eigentlich nicht uns beide, von Emer hat sie nichts gesagt. Zwar kann sie Emer auch nicht leiden, aber ich hab das mit dem King/Queen gesagt, also sollte ich mit ihr am nächsten Tag einen Wettkampf machen, nur ich und Jenny-May, und der Gewinner sollte zur unumstrittenen Siegerin erklärt werden, und niemand sollte etwas dagegen sagen dürfen, weil es damit ein für alle Male bewiesen war. Sie wusste auch, dass ich Stephen Spencer toll finde, und hat mir immer extra irgendwelches Zeug nachgerufen, damit er mich blöd findet, aber ich wusste auch, dass sie ihn toll findet, na ja, das war ziemlich offensichtlich, weil sie ihm im Gebüsch am Ende der Straße ein paar Mal als Mutprobe einen Zungenkuss gegeben hat, aber ich glaube nicht, dass er sie wirklich mochte, und vielleicht ist er auch froh, dass sie weg ist, weil er jetzt endlich seine Ruhe hat, aber ich will damit nicht sagen, dass ich glaube, er hat irgendwas gemacht, damit sie verschwindet. Jedenfalls hab ich Jenny-May Butler an dem Tag, als das Entscheidungsspiel stattfinden sollte, auf dem Fahrrad an unserem Haus vorbeifahren sehen, und sie hat mich böse angestarrt, und ich wusste, sie würde mich besiegen und danach würde alles nur noch schlimmer werden, als es eh schon ist ...« Ich unterbrach mich, weil ich unsicher war, ob ich Garda Rogers sagen konnte, was ich als Nächstes empfunden hatte.

»Was ist dann passiert, Sandy?«

Ich schluckte schwer.

»Hast du irgendwas gemacht?«

Ich nickte, und Garda Rogers rutschte mit dem Hinterteil ein Stück näher an die Stuhlkante.

»Was hast du denn gemacht?«

»Ich ... ich ...«

»Es ist okay, du kannst es mir ruhig sagen.«

»Ich hab sie weggewünscht«, stieß ich hastig hervor, wie wenn man sich ganz schnell ein Pflaster abreißt, damit es nicht so weh-tut.

»Wie bitte? Was hast du getan?«

»Ich hab sie weggewünscht. Ich hab mir gewünscht, sie würde verschwinden.«

»Ah.« Garda Rogers lehnte sich langsam wieder zurück. »Jetzt versteh ich.«

»Nein, Sie sagen bloß, dass Sie es verstehen, aber eigentlich stimmt das gar nicht. Ich hab mir wirklich gewünscht, sie wäre weg, mehr, als ich mir in meinem ganzen Leben je was weggewünscht habe. Noch mehr als bei meinem Onkel Fred, der einen Monat bei uns gewohnt hat, weil er sich von Tante Isabel getrennt hatte, und der hat geraucht und gesoffen und das ganze Haus verstunken. Da wollte ich auch, dass er verschwindet, aber nicht so sehr wie bei Jenny-May. Und ein paar Stunden, nachdem ich es mir gewünscht hatte, ist Mrs. Butler zu uns gekommen und hat erzählt, dass sie nicht mehr da ist.«

Garda Rogers beugte sich wieder vor. »Du hast Jenny-May also gesehen, ein paar Stunden, bevor ihre Mutter zu dir nach Hause gekommen ist?«

Ich nickte.

»Um welche Uhrzeit war das?«

Ich zuckte mit den Schultern.

»Gibt es irgendwas, was dir helfen könnte, dich daran zu erinnern? Denk doch mal nach – was hast du da gerade gemacht? War sonst noch jemand da?«

»Ich hab die Tür für meine Grandma und meinen Granddad aufgemacht, die sind zum Mittagessen gekommen, und als Jenny-May vorbeigeradelt ist, hab ich grade meine Oma umarmt. Und da hab ich es mir gewünscht.« Ich zuckte innerlich zusammen.

»Dann war es also um die Mittagszeit. War jemand bei ihr?« Inzwischen kauerte er auf der Stuhlkante, kümmerte sich aber überhaupt nicht mehr um meine Sorgen wegen der Wegwünscherei. Stattdessen stellte er mir eine Frage nach der anderen – was Jenny-May gemacht hatte, mit wem sie zusammen war, wie sie aussah, was sie anhatte, wo sie meiner Meinung nach wohl hingefahren war. Jede Menge Fragen, noch und nöcher, immer wieder von vorn, bis mir der Kopf wehtat und ich kaum mehr wusste, was ich antworten sollte. Wie sich herausstellte, war ich, weil ich Jenny-May als Letzte gesehen hatte, so eine große Hilfe für die Polizei, dass ich an diesem Tag früher nach Hause gehen durfte. So hatte Jenny-Mays Verschwinden schon wieder eine gute Seite für mich.

Zum ersten Mal hatte ich wegen Jenny-Mays Verschwinden ein schlechtes Gewissen bekommen, als ich mir mit meinem Dad einen Dokumentarfilm angesehen hatte, in dem hundertfünfzigtausend Menschen in Washington D.C. zusammenkamen und gleichzeitig positive Gedanken dachten, worauf prompt die Verbrechensrate zurückging. Das war der Beweis, dass Gedanken tatsächlich etwas bewirkten. Aber von da an, als Garda Rogers mir sagte, es sei nicht meine Schuld, dass Jenny-May verschwunden war, und ein Wunsch könne nicht auf diese Art in Erfüllung gehen, wurde ich realistischer. Ich wurde erwachsen.

Aber vierundzwanzig Jahre später stand ich vor Grace Burns' Büro und fühlte mich wieder genauso wie als Zehnjährige. Genau das gleiche Gefühl, für etwas verantwortlich zu sein, was jenseits meiner Kontrolle lag, aber gleichzeitig die kindische Überzeugung, dass ich mir, seit ich zehn war, in meinem Unterbewusstsein heimlich gewünscht hatte, einen Ort wie diesen hier zu entdecken.

Achtundvierzig

»Ist was mit dir, Jack?«, fragte Alan, als Jack ihm gegenüber an dem niedrigen Bartisch Platz genommen hatte. Sein Gesicht war voller Sorge, und Jack begann wieder zu zweifeln.

»Nein, nein, mir geht's gut«, antwortete Jack so ruhig er konnte und nahm auf dem Hocker Platz.

»Du siehst aber beschissen aus«, entgegnete Alan und blickte auf Jacks Bein hinunter, das hektisch zuckte.

»Nein, nein, alles klar.«

»Sicher?« Alan kniff argwöhnisch die Augen zusammen.

»Ja.« Jack trank einen Schluck von seinem Guinness und musste sofort wieder an Alans Lüge denken.

»Also, was gibt's?«, fragte Alan, wieder ganz der Alte. »Am Telefon hast du dich angehört, als brennt es. Hast du mir was Wichtiges zu erzählen?«

»Nein, nein, es brennt nirgends«, antwortete er und sah sich um, vermied es aber, Alan anzuschauen, weil er Angst hatte, ihm würde die Hand ausrutschen. Wenn er die Sache richtig angehen wollte, musste er sich entspannen. Sein Bein hörte zu zucken auf, er beugte sich über sein Pint und fuhr fort: »Letzte Woche hab ich so intensiv nach Donal gesucht, dass alles zurückgekommen ist, verstehst du?«

Auch Alan starrte in sein Glas und seufzte. »Ja, das kenne ich genau. Ich denke jeden Tag darüber nach.«

»Worüber?«

Alan blickte auf. »Wie meinst du das?«

»Ich meine, was genau geht dir dann durch den Kopf?«, fragte Jack und gab sich alle Mühe, sich nicht anzuhören wie bei einem Verhör.

»Ich weiß nicht, was du damit sagen willst, aber ich denke einfach über die ganze Geschichte nach«, entgegnete Alan stirnrunzelnd und zuckte mit den Schultern.

»Hmm. *Ich* muss immer daran denken, wie sehr ich mir wünsche, dass ich in der Nacht bei ihm gewesen wäre, dass ich Donal besser gekannt hätte, weil ich dann vielleicht …« Er unterbrach sich und hielt resigniert die Hände in die Höhe. »Vielleicht, vielleicht, vielleicht. Vielleicht wüsste ich dann, wo ich noch suchen könnte, vielleicht wüsste ich dann, wo und bei wem er sich verkrochen hat, wenn er mal Geborgenheit und Ruhe brauchte. Lauter solche Dinge, weißt du. Vielleicht ist er vor jemandem weggelaufen, vor irgendwelchen Leuten, mit denen er sich zu weit eingelassen hat. Wir haben uns fast nie über private Dinge unterhalten, und jeden Tag grüble ich darüber nach, ob ich ihn finden würde, wenn ich ein besserer Bruder gewesen wäre. Vielleicht würde er dann jetzt neben uns sitzen und ein Pint mit uns trinken.«

Unwillkürlich sahen die beiden Männer zu dem leeren Hocker neben ihnen.

»So was solltest du nicht denken, Jack, du warst ein guter Bru-…«

»Nicht«, fiel Jack ihm mit lauter Stimme ins Wort.

»Was nicht?«, hakte Alan verdutzt nach.

Jack sah ihm in die Augen. »Lüg mich bitte nicht an.«

Angst und Unsicherheit erschienen auf Alans Gesicht, er blickte sich nervös im Zimmer um, und Jack wusste sofort, dass seine Intuition richtig gewesen war. »Du musst mir nicht sagen, dass ich ein guter Bruder war, weil ich weiß, dass das nicht stimmt«, fuhr er fort. »Lüg mich bitte nicht an, nur damit ich mich besser fühle.«

Die Antwort schien Alan zu erleichtern. »Okay, du warst ein beschissener Bruder«, grinste er, und sie lachten beide.

»Obwohl ich mir selbst bittere Vorwürfe gemacht habe, dass ich in dieser Nacht nicht bei ihm war, weiß ich andererseits, dass wahrscheinlich das Gleiche passiert wäre. Schließlich hast du ja auf ihn aufgepasst, wie immer.«

Traurig lächelte Alan in sein Pint.

»Als wir das letzte Mal miteinander geredet haben, hast du dir Vorwürfe gemacht, weil du damals nicht mit Donal weggegangen bist«, sagte Jack, nahm seinen durchnässten Bierdeckel in die Hand und begann langsam die äußere Schicht abzuknibbeln. »Ich weiß, wie es ist, wenn man sich Vorwürfe macht, das ist alles andere als angenehm. Ich hab ein paar Leute besucht, um meine Gedanken wieder ein bisschen klarzukriegen.« Er kratzte sich verlegen am Kopf. »Und die haben mir alle versichert, dass es ganz normal ist, dass man in so einer Situation die Schuld bei sich selbst sucht. Ich dachte, es ist wichtig, dir das auch zu sagen. Bei einem Pint.«

»Danke«, meinte Alan leise. »Das weiß ich sehr zu schätzen.«

»Tja … wenigstens konntest du noch mit ihm reden, ehe er verschwunden ist, richtig?«

Verwundert sah Alan ihn an. Worauf wollte er hinaus? Wenigstens hörte er sich inzwischen wieder völlig entspannt an.

»Da hattest du echt Glück«, fuhr Jack fort. »Die andern Jungs haben ihn ja nicht mal weggehen sehen.«

»Ich auch nicht«, antwortete Alan, und jetzt wurde er doch wieder nervös.

»Doch, doch«, verbesserte Jack ihn ganz beiläufig. »Das hast du mir jedenfalls letzte Woche erzählt.« Er nahm noch einen Schluck Guinness und sah sich angelegentlich um. »Ziemlich viel los hier, was? Hätte ich gar nicht erwartet, so früh am Abend.« Dann warf er einen Blick auf seine Uhr. Gerade mal sechs. Ihm kam es vor, als wären seit seinem Besuch bei Sandys Mutter mehrere Tage vergangen, nicht nur ein paar Stunden. »Letzte Woche hast du mir gesagt, du wünschst dir, dass du mit ihm gegangen wärst und dass du gedacht hast, es ist okay, wenn er sich da unten ein Taxi nimmt.«

Alan sah ihn unbehaglich an. »Ich hab doch nicht …«

»O doch, Mann«, unterbrach Jack ihn wieder und lachte. »Ich verliere vielleicht allmählich den Verstand, aber daran erinnere ich mich noch ganz genau. Auch weil ich so froh darüber war.«

»Ja?«

»Ja«, nickte Jack. »Weil es heißt, dass er nicht einfach so wegspaziert ist, sondern wenigstens dir Bescheid gesagt hat. Und ich hab auf einmal auch besser verstanden, warum man ihn da unten noch gesehen hat. Die anderen Jungs haben nicht mal gemerkt, wie Donal gegangen ist. Die machen sich Vorwürfe, weil sie nichts mitgekriegt haben, das hast du wenigstens nicht nötig.«

Inzwischen konnte Alan kaum noch stillsitzen. »Ja, vermutlich hast du recht«, räumte er ein. Dann zupfte er hektisch ein Päckchen Tabak aus seiner Hemdentasche. »Ich geh mal raus, eine rauchen. Bin gleich zurück.«

»Warte, ich komme mit«, meinte Jack ganz locker. »Lass mich nur schnell noch mein Bier austrinken.«

»Du rauchst doch gar nicht.«

»Ich hab wieder angefangen«, log er. Er wollte um jeden Preis verhindern, dass Alan jetzt verschwand, denn so eine Chance würde sich wahrscheinlich nicht mehr ergeben. »Warum ist heute Abend eigentlich so viel los?«, fragte er zur Ablenkung noch einmal mit einem Blick in die Runde.

Tatsächlich entspannte sich Alan etwas. »Keine Ahnung.« Er holte Zigarettenpapier heraus und begann Tabak daraufzustreuen. »Vermutlich weil heute Samstag ist.«

»Sollen wir uns heute am Harvey's Quay ein Taxi nehmen?«, fragte Jack. »Ich hab mein Auto daheimgelassen.«

»Wieso grade am Harvey's Quay?«

»Da wollte Donal doch auch hin, um sein Taxi zu kriegen, oder nicht?«

Alan schluckte und zog hörbar die Nase hoch, antwortete aber nicht. Langsam rollte er die Zigarette zwischen den Fingern, und Jack sah, dass er angestrengt nachdachte.

»Jetzt würdest du da wahrscheinlich keinen mehr hinschicken«, sagte Jack ein bisschen zu ärgerlich.

Sofort hörte Alan auf mit der Zigarette zu spielen und sah auf. »Was redest du da eigentlich, Jack?«

»Mir geht da einiges im Kopf herum«, antwortete er, kratzte sich mit dem Daumen an der Stirn und merkte plötzlich, dass seine Finger wieder vor Wut zitterten. Auch Alan bemerkte es, und er kniff argwöhnisch die Augen zusammen. »Ich hab den Kontakt zu der Frau verloren, die mir bei der Suche nach Donal geholfen hat«, erklärte Jack und hörte, dass auch seine Stimme zitterte, aber er konnte nichts dagegen machen. »Das hat mich ganz schön mitgenommen. Aber was mich noch viel mehr umtreibt«, fuhr er mit zusammengebissenen Zähnen fort, »das ist die Tatsache, dass du der Polizei und meiner Familie und überhaupt allen, die bereit waren, dir zuzuhören, gesagt hast, du hättest nicht gesehen, wie Donal weggegangen ist. Dann hast du mir letzte Woche plötzlich erzählt, dass du es sehr wohl mitgekriegt hast, ja, dass du sogar mit ihm gesprochen und ihm gesagt hast, wo er ein Taxi kriegt.«

Während Jack sprach, wurden Alans Augen immer größer, er bewegte nervös die Hände, rutschte auf dem Sitz herum, und auf seiner Stirn standen Schweißperlen.

»Das ergibt alles keinen Sinn, Alan. Vielleicht ist es ja keine große Sache, aber kannst du mir erklären, warum du mich ein ganzes Jahr lang angelogen und mir nicht erzählt hast, dass du meinem Bruder – deinem besten Freund! – gesagt hast, er soll sich ausgerechnet an der Stelle ein Taxi nehmen, wo er dann verschwunden ist?« Mit der Wut steigerte sich auch die Lautstärke seiner Stimme.

Inzwischen zitterte Alan am ganzen Leib. »Ich hab nichts damit zu tun.«

»Womit?«

»Damit, dass Donal verschwunden ist. Damit hab ich nichts zu tun.« Er wollte aufstehen, aber Jack packte ihn so unsanft an den Schultern, dass der Tabak aus dem Päckchen auf den Teppich spritzte, und drückte ihn auf den Sitz zurück.

»Wer denn dann?«

»Ich weiß es nicht.«

Jack grub den Finger in Alans Schulterblatt. Nur Haut und Knochen.

»Herrgott, müssen wir das denn unbedingt hier besprechen?«, keuchte Alan mit schmerzverzerrtem Gesicht, während er sich erfolglos aus Jacks Griff zu lösen versuchte.

»Was sollen wir nicht hier besprechen? Möchtest du woandershin? Vielleicht zur Polizei?«

»Ich hab nichts getan«, zischte Alan. »Das schwöre ich!«

»Warum hast du dann gelogen?«

»Ich hab nicht gelogen«, versicherte er mit weit aufgerissenen Augen, denen man ansah, dass er auch jetzt nicht die Wahrheit sagte. »Aber weil ich doch nicht gerade eine weiße Weste habe, hatte ich Angst, die Polizei könnte denken, ich hätte was mit Donals Verschwinden zu tun.«

Jetzt waren die Gesichter der beiden nur noch wenige Zentimeter voneinander entfernt. »Sag mir die Wahrheit!«, brüllte Jack.

»Das tu ich doch!«

»Donal ist dein bester Freund, Alan, er war immer für dich da.«

»Ich weiß, ich weiß«, ächzte Alan und fasste sich mit seinen zitternden, nikotinfleckigen Fingern an den Kopf. Dann traten ihm plötzlich Tränen in die Augen, er senkte den Blick, und sein ganzer Körper bebte.

»Entweder du erklärst mir die Geschichte jetzt so, dass ich sie verstehen kann, oder ich gehe zur Polizei«, drohte Jack unerbittlich.

Es dauerte lange, bis Alan wieder den Mut hatte zu sprechen.

»Donal hat sich da auf was eingelassen«, sagte er schließlich so leise, dass Jack sich unwillkürlich noch näher zu ihm beugte. Jetzt berührten sie sich praktisch.

»Du lügst!«

»Nein, ich lüge nicht«, protestierte Alan, und diesmal hatte Jack den Eindruck, dass er die Wahrheit sagte. »Ich hab auch für diese Jungs gearbeitet ...«

»Was denn für Jungs?«

»Das kann ich nicht sagen.«

Aber Jack ging ihm sofort an die Gurgel. »Wer sind diese Typen?«

»So kann ich nicht antworten, Jack«, krächzte Alan, dem das Blut ins Gesicht stieg.

Jack lockerte seinen Griff ein wenig, sodass Alan wenigstens Luft bekam und weitersprechen konnte.

»Die haben Donal geholt, damit er was für sie im Computer programmiert. Ich hab ihn empfohlen, weil er doch die Ausbildung gemacht hatte und so, aber dann ist er im Computer auf irgendwelche Dinge gestoßen und hat ein paar Sachen spitzgekriegt, die er nicht hätte spitzkriegen dürfen, und da sind die Jungs stinksauer geworden. Ich hab ihnen gesagt, Donal würde bestimmt nichts davon weitererzählen, aber da hat Donal gedroht, dass er auspackt.«

»Was wollte er auspacken?« Noch immer kochte Jack innerlich. Er konnte nicht glauben, dass sie ein Jahr lang gesucht hatten, obwohl die Antwort die ganze Zeit direkt vor ihrer Nase gelegen hatte, hier zu Hause in Limerick, bei Alan, Donals bestem Freund.

»Es ging um irgendwelche Projekte, die die Jungs geplant haben«, stieß Alan zwischen zusammengebissenen Zähnen hervor, und in seinen Mundwinkeln bildeten sich Spuckeblasen. »Ich hab Donal einfach nicht dazu gekriegt, den Mund zu halten, im Gegenteil, er wollte, dass ich auch was sage. Er hat nicht kapiert, dass die Jungs es ernst meinen. Er wollte partout nicht auf mich hören.« Er zitterte immer noch. Mit Tränen in den Augen wartete Jack, dass er weitermachte. »Sie wollten ihn bloß ein bisschen verprügeln, als Warnung und um ihm ein bisschen Angst einzujagen, damit er endlich die Finger davon lässt.« Alans Stimme versagte, aber obwohl man ihm ansah, wie sehr er sich schämte, sah Jack plötzlich rot. »Und du hast ihn direkt in die Falle geschickt!«, stieß er heiser hervor, während er aufsprang, Alan an der Kehle packte und ihn hochriss. Alan verlor das Gleichgewicht und taumelte gegen die Wand, so heftig, dass der Spiegel hinter ihm zerbrach. Im Pub wurde es totenstill, und die Gäste brachten sich so gut sie konnten vor den beiden Streithähnen in Sicherheit. Jack schlug Alans Kopf gegen die Wand. »Wo ist er?«, zischte er, die Nase direkt vor Alans Gesicht. »Wo ist mein Bruder?«

Obwohl Alan erstickte Laute von sich gab, drückte Jack nur noch fester zu. »Wo ist Donals Leiche?«, brüllte er, und erst als er endlich begriff, dass Alan etwas zu sagen versuchte, riss er sich zusammen und lockerte seinen Griff.

Als er die Antwort bekommen hatte, ließ er Alan wie einen schmutzigen Sack fallen und trat zurück. Graham Turner, der zufällig in der Nähe saß, ergriff sofort die Initiative und nahm die Sache in die Hand, während Jack den Pub verließ, um seinen Bruder zu suchen. Diesmal würde er sich richtig von ihm verabschieden. Diesmal konnten die beiden Brüder endlich zur Ruhe kommen.

Neunundvierzig

»Hallo, Sandy«, begrüßte Grace Burns mich lächelnd. Sie saß hinter ihrem Schreibtisch in einem winzigen Kabuff eines großen Planungsbüros. Vorne konnte man Modelle neuer Gebäude und Entwürfe für die Anbauflächen in der Umgebung bewundern.

Ich setzte mich auf die andere Seite des Schreibtischs. »Danke, dass Sie mich gestern Abend vor der wütenden Meute gerettet haben«, scherzte ich.

»Gern geschehen«, lachte sie, aber dann wurde sie ernst. »Sagen Sie mir bitte ganz ehrlich, was passiert ist, Sandy. Ist Ihre Uhr wirklich verschwunden?«

Ich hatte mich gestern bis spät in die Nacht mit Joseph, Helena und Bobby darüber unterhalten, wie ich mit der Situation umgehen sollte, und alle waren der Meinung gewesen, lügen wäre das beste.

»Ja, meine Uhr ist wirklich verschwunden«, antwortete ich. Denn ich war in punkto Lügen entschieden anderer Ansicht. Grace sah mich mit großen Augen an und setzte sich auf.

»Aber ich will die Sache ganz bestimmt nicht an die große Glocke hängen«, erklärte ich rasch, um Missverständnissen vorzubeugen. »Ich kann nicht erklären, wie die Uhr verschwunden ist, genauso wenig wie ich erklären kann, warum ich selbst hier gelandet bin. Ihre Kollegen und Wissenschaftler und Experten können fragen und spekulieren, so viel sie wollen, es wird die Situation nicht ändern. Ich möchte auch nicht, dass dieser Mann, der aussieht wie GI Joe, mir weiter nachläuft. Ich weiß nämlich

387

nichts, was ihn interessieren könnte. Sie müssen mir bitte Ihr Wort geben, dass Sie die Sache für sich behalten, denn ich werde mich ansonsten nicht kooperativ verhalten.«

Grace nickte. »Verstehe. In der Zeit, die ich hier lebe, haben schon ein paar Leute das Gleiche erlebt, aber wir sind einer Erklärung bisher nicht nähergekommen. Auch die ganzen Studien, die herausfinden sollten, wie wir alle hergekommen sind, waren letztlich für die Katz. Irgendwann sind die Leute, die etwas verloren hatten, dann umgezogen, weil sie es nicht mehr ausgehalten haben, dass das ganze Dorf sie ständig beobachtet. Oder es war falscher Alarm, und die Sachen, die angeblich verschwunden waren, sind irgendwann wieder aufgetaucht. Die beiden vor Ihnen, die in der Sache eng mit uns zusammengearbeitet haben, konnten uns leider auch nichts Handfestes liefern. Sie wussten nicht, warum und wie Dinge verschwinden, und die meisten von uns haben irgendwann eingesehen, dass es unmöglich ist, es zu verstehen.«

»Wo sind diese beiden jetzt?«

»Einer ist gestorben, der andere umgezogen. Sind Sie hundertprozentig sicher, dass Ihre Uhr weg ist?«

»Ja, sie ist weg«, versicherte ich.

»Ist außer ihr noch etwas verschwunden?«

Ich nickte. »Und glauben Sie mir, es gibt keinen Menschen, der besser suchen kann als ich.« Grace musterte mich interessiert, während ich mich im Raum umschaute.

»Was machen Sie eigentlich zu Hause, Sandy?«, fragte sie schließlich und stützte das Kinn in die Hand, während sie mich weiter nachdenklich anstarrte.

»Ich leite eine Agentur für Personensuche.«

Sie lachte auf, aber als sie merkte, dass ich den Witz nicht komisch fand, wurde sie rasch wieder ernst. »Sie leiten tatsächlich eine Agentur für Personensuche?«

Ich nickte.

»Sie suchen also nach verschwundenen Menschen?«

»Ja, ich bringe Familien wieder zusammen, lange verloren ge-glaubte Verwandte, Adoptiveltern, Adoptivkinder, all so was«, zählte ich auf.

Bei jedem Punkt wurden Graces Augen größer. »Dann liegt Ihr Fall aber vollkommen anders als bei den anderen, die ich vorhin erwähnt habe.«

»Oder es ist purer Zufall.«

Sie ließ sich den Einwand durch den Kopf gehen, sagte dazu aber nichts, sondern meinte nur: »Deshalb wissen Sie so viel über die Menschen hier.«

»Nur über ein paar von ihnen. Diejenigen, die bei dem Thea-terstück mitmachen. Oh, dabei fällt mir ein, dass heute Abend Kostümprobe ist. Helena wollte, dass ich Sie dazu einlade.« He-lena hatte mir heute früh, bevor ich das Haus verließ, mehrmals eingeschärft, die Einladung bloß nicht zu vergessen. »Der Zau-berer von Oz wird aufgeführt, aber nicht als Musical, sondern in einer Bearbeitung von Helena und Dennis Moon. Das betont sie immer.« Ich lachte. »Orla Keane spielt die Dorothy. Eigentlich freue ich mich darauf.« Bisher war mir das gar nicht bewusst gewesen. »Ursprünglich war die Idee mit dem Theaterstück für mich nur eine Methode, mit den Leuten ins Gespräch zu kom-men, ohne Argwohn zu erregen. Wir fanden das schlauer, als ein-fach bei ihnen reinzuschneien und Geschichten von zu Hause zu erzählen. Aber vielleicht hätten wir ein bisschen genauer darüber nachdenken sollen, denn mir war bis vor kurzem nicht klar, wie schnell hier die Gerüchteküche zu brodeln beginnt.«

»Ja, die Gerüchte verbreiten sich wie ein Lauffeuer«, bestä-tigte Grace noch immer etwas benommen. Dann beugte sie sich vertraulich über den Schreibtisch. »Haben Sie eigentlich jemand Bestimmtes gesucht, als Sie hergekommen sind?«

»Ja, Donal Ruttle«, antwortete ich frei heraus, denn ich hoffte ihn immer noch zu finden.

»Hm, den Namen hab ich noch nie gehört«, entgegnete Grace kopfschüttelnd.

»Er ist vierundzwanzig, kommt aus Limerick und hätte letztes Jahr hier eintreffen müssen.«

»Nein«, beharrte Grace, »in unserem Dorf ist er ganz sicher nicht.«

»Ich fürchte, er ist gar nicht hier«, sprach ich meine Gedanken laut aus und spürte sofort Mitleid mit Jack Ruttle.

»Ich stamme aus Killybeggs, einer kleinen Stadt in Donegal. Vielleicht kennen Sie sie?«

»Aber ja«, lächelte ich.

Ihre grünen Augen funkelten, und ihr Gesicht wurde weich. »Ich habe hier geheiratet, aber mein Mädchenname ist O'Donohue. Meine Eltern waren Tony und Margaret O'Donohue. Inzwischen sind sie gestorben, das weiß ich, weil ich den Namen meines Vaters bei den Nachrufen in einer Zeitung entdeckt habe, die vor sechs Jahren hier aufgetaucht ist. Ich hab sie aufgehoben«, fügte sie mit einem Blick zu einem kleinen Schränkchen an der Wand hinzu. »Sie kennen doch Mary Dempsey, richtig?«, fuhr sie dann fort. »Ich glaube, sie spielt in Ihrem Stück mit.«

Ich nickte.

»Sie stammt auch aus Donegal, wie Sie ja wissen, aber sie hat mir vom Tod meiner Mutter erzählt, als sie vor ein paar Jahren hierhergekommen ist.«

»Das tut mir leid.«

»Nun ja«, meinte sie leise, »ich bin ihr einziges Kind. Aber ich habe einen Onkel, Donie, der schon seit längerer Zeit in Dublin wohnt.«

Ich nickte wieder und wartete, dass sie weitererzählte, aber sie verstummte und sah mich gespannt an. Auf einmal begriff ich, dass sie nur meinem Gedächtnis auf die Sprünge helfen und testen wollte, ob ich Donie kannte. »Tut mir leid, Grace«, erklärte ich leise. »Vielleicht war das, bevor ich meine Agentur aufgemacht habe. Wie lange sind Sie denn schon hier?«

»Vierzehn Jahre«, antwortete sie. Anscheinend sah sie mir mein Mitgefühl an, denn sie fügte hastig hinzu: »Verstehen Sie mich nicht falsch, ich bin gern hier. Ich habe einen wundervollen Ehemann, drei tolle Kinder und denke nicht im Traum daran zurückzugehen. Ich hab mir nur überlegt ...« Sie ließ den Satz unvollendet. »Tut mir leid«, meinte sie dann abschließend, nahm sich sichtlich zusammen und setzte sich wieder kerzengerade auf ihren Stuhl.

»Schon in Ordnung«, beschwichtigte ich sie. »Aber ich kenne die Leute nicht, die Sie genannt haben, tut mir wirklich leid.«

Sie schwieg, und ich dachte schon, ich hätte sie traurig gemacht. Aber als sie weiterredete, machte sie schon wieder einen ganz munteren Eindruck.

»Wie sind Sie eigentlich auf die Idee gekommen, vermisste Leute zu suchen? Das ist doch ein ziemlich ungewöhnlicher Beruf.«

»Tolle Frage!«, lachte ich und dachte zurück, wie alles angefangen hatte. »Ein Name erklärt alles – Jenny-May Butler. Sie hat im Haus gegenüber gewohnt, in Leitrim, als ich klein war. Und als ich zehn war, ist sie verschwunden.«

»Ja«, bestätigte Grace und lächelte. »Warum sollte Jenny-May nicht der Grund für eine ausgefallene Berufswahl sein! Sie ist ja auch ein echtes Original.«

Es dauerte einen Moment, bis ich begriff, was sie da sagte. Aber dann begann mein Herz wie wild zu klopfen. »Wie bitte? Was haben Sie da gerade gesagt?«

Fünfzig

»Komm runter, Bobby, schnell!«, schrie ich durch die Ladentür.

»Was ist denn los?«, antwortete er von oben.

»Bring die Kamera und deinen Schlüssel, schließ ab und lass uns gehen. Wir müssen los!«, krakeelte ich. Die Tür fiel wieder zu, und ich wanderte auf der Veranda hin und her, Graces Worte noch lebhaft im Ohr. Sie kannte Jenny-May und hatte mir sofort eine Wegbeschreibung gegeben. Ich musste sie finden, sofort! Meine Aufregung hatte den Siedepunkt bereits überschritten, kochte über und überschwemmte mich, während ich tatenlos dastand und auf Bobby wartete. Er musste mir den Weg zu Jenny-Mays Haus im Wald zeigen. Aber ich hatte nicht einmal genug Geduld, um ihm richtig zu erklären, was ich wollte.

Mit völlig verwirrtem Gesicht erschien er jetzt an der Tür. »Was zum Teufel machst du denn …?« Als er mich sah, unterbrach er sich. »Was ist passiert?«

»Hol schnell deine Sachen, Bobby, bitte«, flehte ich und schob ihn zurück ins Fundbüro. »Ich erklär dir alles unterwegs. Und vergiss nicht die Kamera.« Während er unbeholfen alles zusammenklaubte und versuchte, meinen zusammenhanglosen Befehlen nachzukommen, hüpfte ich nervös um ihn herum. Endlich war er fertig, und schon eilte ich mit Riesenschritten die Straße hinunter, verfolgt von neugierigen Blicken, die nach der Versammlung gestern Abend nicht weniger geworden waren.

»Warte, Sandy!«, hörte ich Bobby hinter mir keuchen. »Was in aller Welt ist denn mit dir los? Du benimmst dich ja, als hättest du eine Rakete im Hintern!«

»Vielleicht hab ich das ja«, grinste ich und rannte weiter.

»Wohin gehen wir?«, fragte er, nachdem er mich mühsam eingeholt hatte.

»Da hin!«, antwortete ich knapp und drückte ihm den Zettel mit der Wegbeschreibung in die Hand, ohne anzuhalten.

»Warte, bleib doch mal kurz stehen«, bettelte er, während er aus der Beschreibung schlau zu werden und gleichzeitig mit mir Schritt zu halten versuchte. »Stopp!«, brüllte er schließlich mitten auf dem Markt, und unzählige Köpfe wandten sich nach uns um. Aber immerhin schaffte ich es jetzt, eine Pause einzulegen. »Wenn du willst, dass ich das richtig durchlese, musst du mir sagen, was los ist, verdammt nochmal.«

Noch nie in meinem ganzen Leben hatte ich so schnell geredet.

»Okay, ich glaube, ich hab alles kapiert«, meinte Bobby schließlich, obwohl er immer noch einen leicht konfusen Eindruck machte. »Wir müssen Helena oder Joseph fragen.«

»Nein! Dafür haben wir keine Zeit! Wir müssen los, jetzt sofort!«, heulte ich wie ein ungeduldiges Kind. »Bobby, ich hab fast fünfundzwanzig Jahre auf diesen Augenblick gewartet, also bitte halt mich jetzt nicht auf, wo ich so nahe dran bin!«

»Jawohl, aber dafür müssen wir ein bisschen mehr tun als nur dem gelben Steinweg folgen wie Dorothy und ihre Gefährten«, konterte er sarkastisch.

Trotz meiner Frustration musste ich über die Anspielung auf unser Theaterstück lachen.

»Ich verstehe ja, dass du es eilig hast, aber wenn ich einfach so versuche, dich da hinzubringen, musst du wahrscheinlich nochmal fünfundzwanzig Jahre warten, bis du ankommst. Ich kenne diesen Teil des Walds nicht, ich hab noch nie von dieser Jenny-May gehört, und ich hab auch keine Freunde, die in der

Gegend leben. Wenn wir uns verirren, wäre das also ganz schön blöd. Also lass uns erst mal zu Helena gehen, sie kann uns bestimmt helfen.«

Obwohl er wenig mehr als halb so alt wie ich war, klang seine Argumentation recht vernünftig, und ich ließ mich widerwillig auf den Umweg zu Helena und Joseph ein. Die beiden saßen auf der Bank vor ihrem Haus und genossen die entspannte Sonntagsatmosphäre. Bobby, der inzwischen begriffen hatte, wie dringlich mir die Angelegenheit war, rannte direkt zu ihnen, während Wanda, die auf der Wiese gespielt hatte, aufsprang und zu mir lief.

»Hi, Sandy!«, rief sie, packte meine Hand und hüpfte neben mir her zum Haus.

»Hi, Wanda«, erwiderte ich in neutralem Ton und versuchte mein Lächeln zu verbergen.

»Was hast du da in der Hand?«

»Ich glaube, das sind Wandas Finger.«

Sie verdrehte die Augen über meinen Witz. »Nein, ich meine die andere Hand!«

»Das ist eine Polaroidkamera.«

»Warum?«

»Warum das eine Kamera ist?«

»Nein, warum hast du sie?«

»Weil ich jemanden fotografieren will.«

»Wen?«

»Ein Mädchen, das ich von früher kenne.«

»Wen?«

»Sie heißt Jenny-May Butler.«

»War sie deine Freundin?«

»Nein, eigentlich nicht.«

»Warum willst du sie dann fotografieren?«

»Ich weiß nicht.«

»Weil du sie vermisst?«

Gerade wollte ich mit einem Nein antworten, aber im letzten

Moment merkte ich, dass das nicht stimmte. »Ja, ich vermisse sie, sehr sogar.«

»Und wirst du sie heute besuchen?«

»Ja!« Ich lächelte, packte Wanda unter den Achseln und schwenkte sie im Kreis herum, was sie mit vergnügten Quietschlauten quittierte. »Heute besuche ich Jenny-May Butler!«

Wanda schüttelte sich vor Lachen und stimmte ein Lied über ein Mädchen namens Jenny-May an. Angeblich hatte sie es irgendwo gelernt, aber ich war ziemlich sicher, dass sie es selbst gedichtet hatte, was mich kolossal amüsierte.

»Ich komme mit dir«, unterbrach Helena Wandas Gesang und gab der Kleinen schnell einen Kuss auf den Kopf. Ich machte ein Foto von den beiden, als sie gerade nicht hinschauten.

»Hör auf, die Bilder zu verschwenden«, blaffte Bobby mich an, und da fotografierte ich auch ihn.

»Aber Helena, du hast keine Zeit mitzukommen«, entgegnete ich, wedelte ein paar Mal mit den Fotos durch die Luft, damit sie trockneten, und steckte sie dann in meine Hemdentasche. »Heute ist Kostümprobe, die kannst du doch nicht versäumen. Erklär Bobby einfach, wie wir zu Jenny-May kommen.« Auf einmal war ich wieder total hibbelig.

Helena sah auf ihre Uhr, und mir fiel voller Wehmut ein, dass ich meine verloren hatte. »Es ist grade mal ein Uhr durch. Die Kostümprobe fängt erst um sieben an, da sind wir längst zurück. Und außerdem möchte ich euch so schrecklich gern begleiten«, fügte sie hinzu, legte den Finger unter mein Kinn und zwinkerte mir zu. »Erstens ist dieser Besuch wichtiger als die Probe, und zweitens weiß ich genau, wo wir hinmüssen. Die Lichtung ist ganz in der Nähe von der Stelle, wo wir uns vor genau einer Woche begegnet sind.«

Joseph streckte mir die Hand entgegen. »Gute Reise, Kipepeo-Mädchen.«

Verwirrt schüttelte ich seine Hand. »Ich komme zurück, Joseph.«

»Das hoffe ich sehr«, erwiderte er mit einem Lächeln und legte mir die andere Hand sanft auf den Kopf. »Wenn du zurückkommst, erkläre ich dir, was Kipepeo bedeutet.«

»Lügner!«, gab ich zurück.

»Los, gehen wir!«, rief Helena und warf sich diesmal einen limonengrünen Pashminaschal über die Schultern.

So machten wir uns unter Helenas Führung auf den Weg. Am Waldrand kam uns eine junge Frau entgegen, die benommen und verwirrt das Dorf betrachtete.

»Willkommen«, begrüßte Helena sie.

»Willkommen«, rief auch Bobby.

Verblüfft blickte die Frau erst die beiden, dann mich an. »Willkommen«, lächelte auch ich und deutete hinüber zur Registratur.

Der Weg, den Helena einschlug, war gepflegt und wurde offensichtlich häufig benutzt. Die Atmosphäre im Wald erinnerte mich an die ersten Tage, die ich allein hier umhergeirrt war. Der Duft der Kiefernnadeln vermischte sich mit dem von Moos, Baumrinde und feuchten Blättern, verrottendem Laub und allen möglichen Blumen. An manchen Stellen führten Mückenschwärme ihre Tänzchen auf, rote Eichhörnchen hüpften von Ast zu Ast, und gelegentlich blieb Bobby stehen, um etwas vom Waldboden aufzuheben. Aber für mich konnten wir gar nicht schnell genug vorankommen. Noch gestern hätte ich es für völlig undenkbar gehalten, Jenny-May zu finden, und heute war ich unterwegs zu ihr.

Grace Burns hatte mir erzählt, dass Jenny-May mit einem älteren Franzosen, der schon lange Zeit mitten im Wald lebte, in die Registratur gekommen war. Der Mann war in den vierzig Jahren, die er bereits hier verbracht hatte, nur sehr selten im Dorf gewesen, aber nun tauchte er mit einem zehnjährigen Mädchen auf, das hilfesuchend an seine Tür geklopft hatte. Jenny-May erklärte, er sei ihr Beschützer und der einzige Mensch, dem sie vertraute, und der Einzelgänger war bereit, sich um das

Mädchen zu kümmern. Zwar entschied er sich, in seinem Haus im Wald wohnen zu bleiben, aber er sorgte dafür, dass sie jeden Tag zur Schule ging, dass sie Freundschaften schloss und diese auch pflegte. Von ihm lernte sie fließend Französisch, und da sie im Dorf kaum einmal Englisch sprach, wussten nur sehr wenige Mitglieder der irischen Gemeinschaft, woher sie ursprünglich stammte. Als ihr Pflegevater alt wurde, versorgte ihn Jenny-May, bis er vor fünfzehn Jahren starb. Danach blieb sie weiterhin in dem Haus wohnen, das ihr Heim geworden war, weit weg vom Dorf, das auch sie nur selten aufsuchte.

Nach zwanzig Minuten gelangten wir zu der Lichtung, auf der ich Helena und ihren Freunden begegnet war, und sie bestand darauf, eine kurze Pause einzulegen. Sie trank aus der Wasserflasche, die sie mitgenommen hatte, und bot auch Bobby und mir etwas an. Aber ich spürte weder Hitze noch Durst, und das nicht etwa, weil die hohen Bäume uns vor den warmen Sonnenstrahlen schützten. Nein, ich war einfach so auf mein bevorstehendes Wiedersehen mit Jenny-May konzentriert, dass ich nur weiterwollte, immer weiter. Was passieren würde, wenn wir bei ihr ankamen, überstieg allerdings mein Vorstellungsvermögen.

»Himmel, so hab ich dich ja noch nie erlebt«, sagte Bobby und sah mich merkwürdig an. »Du kannst heute echt keine fünf Minuten stillstehen, was?«

»Ach, so ist sie doch immer«, widersprach Helena, schloss die Augen und fächelte sich Luft zu, um ihr verschwitztes Gesicht zu kühlen.

Aber ich konnte wirklich nicht stillstehen, sondern tigerte ruhelos hin und her, hüpfte herum, kickte Laub durch die Gegend und versuchte verzweifelt, das Adrenalin, das durch meine Adern brauste, irgendwie abzureagieren. Mit jeder Sekunde wurde ich nervöser, und endlich setzte mein Verhalten die anderen so unter Druck, dass sie sich wieder in Bewegung setzten. Ich war froh darüber, hatte aber irgendwie auch ein schlechtes Gewissen. Der nächste Teil unserer Wanderung war länger, als Helena gedacht hatte, und wir mussten eine halbe Stunde marschieren, ehe wir in der Ferne auf einer Lichtung eine kleine Hütte entdeckten. Rauch quoll aus dem Schornstein zu den hohen Kiefern empor und über sie hinaus, in den wolkenlosen Himmel hinein.

Wir blieben stehen. Helena war müde und knallrot im Gesicht, und meine Gewissensbisse verstärkten sich, weil ich ihr an so einem heißen Tag diese Wanderung zumutete. Bobby betrachtete die Hütte ziemlich enttäuscht, wahrscheinlich hatte er etwas Aufregenderes erwartet. Aber ich war noch gespannter als zuvor – falls das möglich war. Der Anblick des bescheidenen Häuschens raubte mir fast den Atem. Hier wohnte Jenny-May, die immer geprahlt hatte, dass sie hoch hinaus wollte. Für mich war es ein Traum, ein perfektes Bild. Genau wie Jenny-May.

Auf beiden Seiten des Hauses standen große Bäume, vorn war ein kleiner Garten mit Ziersträuchern, hübschen Blumen und ein paar kleinen Gemüse- oder Kräuterbeeten. Die umherschwirrenden Fliegen glänzten im Sonnenlicht, das durch die Bäume fiel und die Mitte der Lichtung wie mit einem Scheinwerfer erleuchtete.

»Oh, seht mal!«, rief Helena. Sie hatte Bobby gerade die Wasserflasche gereicht, als die Tür der Hütte sich öffnete und ein kleines Mädchen mit blonden Haaren herausgestürmt kam. Ihr Lachen hallte über die Lichtung und wurde von der warmen Brise zu uns herübergetragen. Ich schlug mir die Hand vor den Mund. Vermutlich gab ich auch irgendein Geräusch von mir, denn Bobby und Helena sahen mich erstaunt an. Tränen stiegen mir in die Augen, während ich die Kleine beobachtete, die nicht älter sein konnte als fünf Jahre und genauso aussah wie das kleine Mädchen, mit dem ich meinen ersten Schultag erlebt hatte. Dann ertönte aus dem Haus eine Frauenstimme, und mein Herz begann heftig zu pochen.

»Daisy!«

Dann eine Männerstimme: »Daisy!«

Aber die kleine Daisy rannte weiter durch den Garten, kichernd und hüpfend, und ihr zitronengelbes Kleid flatterte im Wind. Nach einer Weile kam ein Mann aus dem Haus und begann ihr nachzulaufen. Das Kichern wurde lauter und mischte sich mit lauten Freudenschreien. Der Mann knurrte und brummte drohend, und die Kleine wollte sich ausschütten vor Lachen. Schließlich erwischte er sie und schwang sie durch die Luft, während sie kreischte: »Nochmal, nochmal, nochmal!« Als sie beide so außer Atem waren, dass sie kaum noch Luft bekamen, hielt er inne und trug die Kleine ins Haus zurück. Aber kurz bevor er die Tür erreichte, blieb er stehen und drehte sich langsam nach uns um.

Er rief etwas ins Haus, und die Frauenstimme antwortete. Um sie zu verstehen, waren wir zu weit entfernt, aber der Mann sah uns immer noch an.

»Kann ich Ihnen helfen?«, erkundigte er sich schließlich und legte die Hand über die Augen, um uns im Gegenlicht besser sehen zu können.

Helena und Bobby schauten mich an. Sprachlos starrte ich zu dem Mann und dem Kind auf seinem Arm.

»O ja, danke. Wir suchen Jenny-May Butler«, antwortete Helena. »Ich bin nicht sicher, ob wir hier richtig sind.«

Aber eigentlich zweifelte ich keine Sekunde daran.

»Mit wem habe ich das Vergnügen?«, fragte der Mann höflich. »Tut mir leid, aber von hier kann ich Sie nicht richtig erkennen.« Er kam ein paar Schritte näher.

»Sandy Shortt möchte Jenny-May gern sprechen«, rief Helena.

Sofort erschien eine zweite Gestalt an der Tür.

Ich schnappte hörbar nach Luft.

Lange blonde Haare, schlank und hübsch. Sie sah aus wie immer, nur ein bisschen älter. In meinem Alter, genau genommen. Sie trug ein luftiges weißes Baumwollkleid und war barfuß. In der Hand hielt sie ein Geschirrtuch, das zu Boden fiel, als sie mich entdeckte.

»Sandy?« Auch ihre Stimme war älter, aber unverkennbar. Sie zitterte und war ein wenig unsicher, und ich hörte in ihr Angst und Freude zu gleichen Teilen.

»Jenny-May!«, rief ich zurück und merkte, dass meine Stimme genauso klang.

Schluchzend lief sie auf mich zu, und auch mir liefen Tränen über die Wangen, während ich ihr entgegeneilte. Ich sah, wie sie die Arme nach mir ausstreckte, und spürte, dass ich unwillkürlich dasselbe tat. Die Entfernung zwischen uns wurde immer kleiner, Jenny-May mit jedem Schritt realer. Weinend wie Kinder bewegten wir uns aufeinander zu, und während wir einander musterten, tauchten zahllose Erinnerungen in uns auf, gute wie schlechte. Und dann fielen wir uns in die Arme, weinten und hielten uns fest, traten zurück, um uns besser anschauen zu können, wischten uns gegenseitig die Tränen ab, umarmten uns von neuem und wollten uns nie wieder loslassen.

Einundfünfzig

»Jack«, sagte Garda Turner überrascht. »Was machst du denn hier? Ich hab dir doch gesagt, dass es ein paar Tage dauern wird, bis wir die Ergebnisse von der Gerichtsmedizin bekommen. Ich verspreche dir, dass wir dich sofort informieren.«

Als sie Donals Leiche gefunden hatten, hatte die Zeit ihr bereits unbarmherzig zugesetzt. Noch musste er offiziell identifiziert werden, aber im Herzen wussten Jack und seine Familie genau, dass er es war. An der Stelle, wo man ihn begraben hatte, fand man frische Blumen, denn Alan war jede Woche hier gewesen, das ganze Jahr über. Am Vorabend hatte er bei der Polizei ein umfassendes Geständnis abgelegt, sich jedoch geweigert, die Namen der Verantwortlichen preiszugeben. Nun stand ihm ein Prozess bevor. Jack war froh, dass seine eigene Mutter nicht mehr miterleben musste, wie der Mann, den sie mit großgezogen hatte, einen Teil der Schuld am Tod ihres Jüngsten auf sich nehmen musste.

Nachdem Jack seine Familie über die Ereignisse der Nacht informiert hatte, war er in den frühen Morgenstunden nach Foynes zurückgekehrt. Die Stadt feierte ihr Festival noch mit der gleichen Begeisterung wie am Eröffnungsabend. Doch Jack ignorierte Musik und Tanz und begab sich stattdessen so schnell wie möglich zu Gloria, die noch im Bett lag und schlief. Er setzte sich neben sie und betrachtete sie. Die langen dunklen Wimpern, die rosigen Wangen. Ihr Mund war leicht geöffnet, und ihre Brust hob und senkte sich sanft im Rhythmus ihres Atems.

Ihr Anblick war so hypnotisch, dass er etwas tat, was er seit einem Jahr nicht mehr getan hatte: Er streckte die Hand aus, legte sie auf Glorias Schulter und weckte sie sanft, denn plötzlich hatte er das Bedürfnis, sie an seiner Welt teilhaben zu lassen. Als sie ausführlich über das letzte Jahr und über alles, was er in der letzten Woche erfahren hatte, geredet hatten, war er todmüde und schlief neben ihr ein.

»Ich bin nicht wegen Donal hier«, erklärte Jack, als er dann am Sonntagabend im Polizeirevier aufkreuzte. »Wir müssen Sandy Shortt finden.«

»Ach Jack, fang doch nicht schon wieder damit an«, entgegnete Graham und rieb sich müde die Augen. Auf seinem Schreibtisch häufte sich der Papierkram genauso wie auf denen um ihn herum, die Telefone klingelten unermüdlich. »Ich dachte, damit sind wir durch.«

»Noch nicht in allen Einzelheiten. Hör mir bitte einen Moment zu. Vielleicht hat sie Kontakt mit Alan aufgenommen und er ist panisch geworden. Vielleicht wollten sie sich treffen, und er wurde nervös, weil sie der Wahrheit auf der Spur war, und dann hat er eine Dummheit gemacht. Ich weiß nicht, was für eine Dummheit, ich will damit auch nicht andeuten, dass er sie ermordet hat. Dazu wäre Alan nie fähig.« Er hielt einen Moment inne, und auf einmal weiteten sich seine Pupillen. »Oder vielleicht doch? Vielleicht war er so verzweifelt, dass er …«

»Nein, das ist ausgeschlossen«, fiel Graham ihm ins Wort. »Ich bin das ausführlich mit ihm durchgegangen. Er weiß nichts über Sandy, er kannte nicht mal ihren Namen und hatte keine Ahnung, wovon ich rede. Er wusste nur das, was du ihm erzählt hast, nämlich dass irgendeine Unbekannte dir hilft, Donal zu suchen. Weiter nichts.« Er sah Jack in die Augen und fügte sanfter hinzu: »Bitte, Jack, vergiss den Gedanken endlich.«

»Vergessen? Wie mir alle gesagt haben, ich soll Donal vergessen?«

Unbehaglich rutschte Graham auf seinem Stuhl herum.

»Alan war Donals bester Freund«, fuhr Jack unbeirrt fort, »und er hat ein ganzes Jahr lang abgestritten, was mit ihm passiert ist. Jetzt hat er jede Menge Ärger am Hals, glaubst du etwa, er ist bereit, uns zu erzählen, was er mit einer Frau gemacht hat, die ihn nicht im Geringsten interessiert? Hatte ich beim ersten Mal etwa nicht recht, was Alan angeht?« Jack war ziemlich laut geworden, und Graham musste ihn bitten, etwas leiser zu reden.

Graham schwieg lange und knabberte an seinen Nägeln, die sowieso schon fast nicht mehr existierten. Dann fasste er einen Entschluss. »Okay, okay«, sagte er, schloss kurz die müden Augen und konzentrierte sich. »Wir werden als Erstes nochmal die Stelle absuchen, an der sie ihr Auto gelassen hat.«

Zweiundfünfzig

Viele Stunden, Tage und Nächte habe ich angestrengt über diesen Moment mit Jenny-May Butler nachgedacht, aber ich finde keine Worte für unsere Begegnung. Die Zeit, die wir an diesem Tag zusammen verbrachten, lässt sich nicht in Worte fassen. Sie war wichtiger als alle Worte, sie hatte viel mehr Bedeutung für uns.

Wir stahlen uns weg von der Hütte und ließen Bobby, Helena, Daisy und Jenny-Mays Mann Luc zum Plaudern allein. Wir beide hatten uns so viel zu sagen. Doch es würde dem Augenblick nicht gerecht, von unserem Gespräch zu berichten, denn eigentlich unterhielten wir uns über nichts. Zu erklären, was ich dabei empfand, als das Foto des hübschen Mädchens in Gestalt einer inzwischen erwachsenen Frau vor meinen Augen lebendig wurde, könnte dem Ausmaß meiner Freude niemals gerecht werden. Auch das Wort Freude ist nicht genug. Erleichterung, Entzücken, pure Ekstase – nicht einmal das alles zusammen gibt mein Gefühl annähernd wieder.

Ich berichtete ihr von den Menschen, die sie gekannt hatte und deren Geschichten niemanden interessiert hätten außer uns. Sie erzählte mir von ihrer Familie hier, ihrem Leben, von allem, was sie getan hatte, seit wir uns das letzte Mal gesehen hatten. Und ich erzählte ihr von mir. Allerdings erwähnten wir beide mit keinem Wort, wie schlecht sie mich behandelt hatte, als wir Kinder waren. Klingt das seltsam? Uns kam es nicht so vor. Es war einfach nicht wichtig. Es ging nicht um damals, für uns ging es um jetzt, um die Gegenwart. Um diesen Moment, um heute. Unbemerkt verstrichen die Stunden, und wir merkten kaum, wie die Sonne hinter dem Horizont verschwand und der Mond aufging. Wir spürten nicht, wie die Wärme auf unserer Haut einer kühlen Brise Platz machte. Wir fühlten nichts, wir hörten nichts, wir sahen nur die Geschichten, die Klänge und Bilder in unseren eigenen Köpfen. Für alle anderen war es unbedeutend, aber für mich unendlich wertvoll.

Vielleicht genügt es zu sagen, dass an diesem Abend ein Teil von mir frei wurde, und ich ahnte, dass es Jenny-May ebenso erging. Natürlich sprachen wir nicht darüber. Nein, Worte genügten nicht.

Dreiundfünfzig

Schließlich rief uns Helena, weil sie zur Kostümprobe ins Dorf zurückmusste. Jenny-May und ich steckten noch einmal die Köpfe zusammen und lächelten in die Kamera, die ich in der Hand hielt. Das Foto steckte ich in meine Hemdentasche. Da Jenny-May lieber bei ihrer Familie bleiben wollte, schlug sie Helenas Einladung aus, sich das Theaterstück anzusehen. Zwar sprachen wir beide davon, dass wir uns wiedersehen wollten, aber wir vereinbarten keinen konkreten Termin. Nicht etwa, weil doch schlechte Gefühle zwischen uns zurückgeblieben waren, sondern weil ich das Gefühl hatte, dass alles gesagt worden war, oder wenn nicht gesagt, so doch verstanden. Ich ging fest davon aus, dass Jenny-May das Gleiche empfand. Zu wissen, dass die andere da war, reichte uns vollkommen. Manchmal brauchen Menschen nur das: zu wissen, dass der andere da ist.

Wir liehen uns von Jenny-May eine Taschenlampe, da die Sonne längst hinter dem Horizont verschwunden war, und Helena führte uns zurück ins Dorf. Der Weg erschien mir diesmal nicht so weit, und schon bald konnte ich in der Ferne Lichter sehen. Fast schwindlig vor Glück holte ich die Fotos aus meiner Tasche, um sie mir unterwegs noch einmal anzusehen. Zwei lagen sofort in meiner Hand, und ich tastete nach dem dritten.

»O nein«, stöhnte ich, blieb stehen und schaute suchend auf den Boden.

»Was ist?«, fragte Bobby, machte ebenfalls halt und rief Helena zu, sie solle auf uns warten.

»Das Foto von mir und Jenny-May ist weg«, erklärte ich und begann, den Weg zurückzugehen, den wir gekommen waren.

»Halt, Sandy«, rief Bobby und folgte mir, die Augen ebenfalls auf den Boden gerichtet. »Wir sind jetzt schon seit einer Stunde unterwegs, wer weiß, wo das Bild ist. Wir müssen zurück zur Gemeinschaftshalle, wir sind schon spät dran. Du kannst doch morgen bei Tageslicht ein neues Foto machen.«

»Nein, das kann ich nicht«, jammerte ich und strengte verzweifelt meine Augen an, das verbleibende Abendlicht zu durchdringen.

»Hast du es fallen lassen?«, meldete sich Helena zu Wort, die bisher nichts gesagt hatte.

Unwillkürlich hielt ich inne und sah sie an. Ihr Gesicht war ernst, ihr Ton ebenfalls.

»Vermutlich schon. Ich bezweifle jedenfalls stark, dass es aus meiner Tasche gehüpft und weggelaufen ist.«

»Du weißt, was ich meine.«

»Ja, ja, ich hab es bestimmt fallen lassen. Die Tasche hat keinen Verschluss, seht ihr?« Ich führte meine Hemdentasche vor. »Warum geht ihr zwei nicht schon mal vor, und ich sehe mich derweil noch ein bisschen um.«

Die beiden anderen schienen sich nicht recht entschließen zu können.

»Wir sind weniger als fünf Minuten vom Dorf entfernt, ich kann den Weg sehen«, versicherte ich lächelnd. »Ehrlich, ich finde mich zurecht. Aber ich muss dieses Foto finden. Wenn ich es habe, komme ich direkt in die Gemeinschaftshalle und sehe mir das Stück an. Versprochen.«

Helena blickte mich seltsam an, offensichtlich hin und her gerissen zwischen dem Wunsch, mir zu helfen, und der Verpflichtung, die Kostümprobe zu leiten.

»Ich lass dich nicht allein hier!«, rief Bobby spontan, aber Helena pfiff ihn zurück.

»Nimm die Taschenlampe, Sandy«, ordnete sie an. »Bobby

und ich schaffen es auch so zurück ins Dorf. Ich weiß, wie wichtig es für dich ist, dieses Foto zu finden.« Damit drückte sie mir die Lampe in die Hand, und ich glaubte Tränen in ihren Augen glitzern zu sehen.

»Helena, bitte mach dir keine Sorgen!«, beteuerte ich lachend. »Ich komm zurecht.«

»Das weiß ich, Süße«, erwiderte sie, beugte sich zu mir und drückte mir einen schnellen Kuss auf die Wange. »Aber pass gut auf dich auf.«

Bobby grinste mich über ihre Schulter hinweg an. »Sie wird es schon überleben, Helena.«

Helena versetzte ihm einen scherzhaften Schlag auf den Hinterkopf. »Na, dann komm. Du musst die ganzen Kostüme aus dem Fundbüro rüberbringen, und zwar pronto. Genau genommen hast du sie mir schon gestern versprochen.«

»Tja, das war aber, bevor dieser David Copperfield hier in die Gemeinschaftshalle beordert wurde!«, verteidigte er sich, ebenso im Scherz.

Helena sah ihn grimmig an.

»Okay, okay!«, rief er beschwichtigend und wich ein Stück zurück. »Hoffentlich findest du das Foto, Sandy!« Dann folgte er Helena zurück zum Dorf. Ich hörte sie noch eine Weile miteinander zanken, dann verhallten ihre Stimmen.

Ich drehte mich um und begann den Boden abzusuchen. Mir war noch deutlich im Gedächtnis, wie wir hergekommen waren, und wie es aussah, gab es eigentlich auch nur einen Hauptweg, von dem sehr selten ein schmalerer Pfad abzweigte. So wanderte ich tiefer in den Wald, die Augen aufmerksam auf den Boden vor mir gerichtet.

Unterdessen sausten Helena und Bobby geschäftig in den Kulissen herum, reparierten kaputte Reißverschlüsse, nähten Risse zusammen, gingen mit besonders nervösen Akteuren noch einmal schwierige Textstellen durch und munterten den einen oder anderen kräftig auf. Kurz vor Beginn der Probe eilte Helena zu ihrem Platz, setzte sich neben Joseph und konnte endlich entspannen.

»Ist Sandy nicht bei dir?«, fragte Joseph sofort und schaute sich suchend um.

»Nein«, antwortete Helena und starrte geradeaus, den Blick ihres Mannes meidend. »Sie ist im Wald geblieben.«

Joseph nahm ihre Hand und flüsterte: »An der kenianischen Küste, wo ich geboren bin, gibt es einen Wald namens Arabuko-Sokoke.«

»Ja, von dem hast du mir schon erzählt«, sagte Helena.

»Da gibt es Kipepeo-Mädchen, Schmetterlingsfarmerinnen, die helfen, den Wald am Leben zu erhalten.«

Das also war die Bedeutung von Sandys Spitznamen.

»Man nennt sie auch die Wächterinnen des Waldes«, fügte Joseph mit einem Lächeln hinzu.

»Sie ist im Wald geblieben, um ein Foto von sich und Jenny-May zu suchen, das sie anscheinend fallen lassen hat.« Helenas Augen füllten sich mit Tränen, und Joseph drückte ihre Hand.

In diesem Augenblick hob sich der Vorhang.

Ein paar Mal glaubte ich das Foto im Mondlicht schimmern zu sehen und verließ den Pfad, um im Unterholz danach zu forschen, wobei ich mit meiner Taschenlampe kleine Vögel und alle möglichen anderen Kreaturen aufscheuchte. Nach einer halben Stunde kam es mir vor, als müsste ich die erste Lichtung eigentlich längst erreicht haben, aber als ich das Licht der Lampe über meine Umgebung wandern ließ, konnte ich nichts Vertrautes entdecken, sondern nur Bäume, Bäume und noch einmal Bäume. Andererseits war ich viel langsamer gegangen, da war es kein Wunder, wenn ich länger brauchte. Ich beschloss, einfach weiterzugehen. Inzwischen war die Nacht hereingebrochen, die Eulen riefen, kleine Wesen sausten durch ihr gewohntes Revier und erschraken, jemanden vorzufinden, der nicht hierhergehörte. Aber ich hatte ja nicht vor, länger als nötig hier zu bleiben. Nach der Hitze des Tages und der Kühle des Abends war es inzwischen richtig kalt geworden, und ich fröstelte. Wieder richtete ich den Strahl der Taschenlampe auf den Weg vor mir. Anscheinend hatte ich das Foto doch näher bei Jenny-Mays Haus verloren, als ich gedacht hatte.

»Wo bin ich?« Orla Keane trat als Dorothy Gale auf die Bühne und sah sich verwundert in der Gemeinschaftshalle um, die sich heute Abend in einen Theatersaal verwandelt hatte. »Was ist das für ein seltsames Land?«

Dreißig Minuten später, nachdem ich alle vier Himmelsrichtungen durchprobiert hatte, erkannte ich schwitzend und keuchend vor mir die erste Lichtung. Ich blieb stehen und hielt mich an einem Baum fest, um ein bisschen zu verschnaufen. Dankbar atmete ich auf, und jetzt konnte ich mir eingestehen, dass ich mehr Angst hatte, mich zu verirren, als mir klar gewesen war.

»Ich brauch ein Herz«, rief Derek. »Ich brauch Verstand«, verkündete Bernard theatralisch. »Und ich Courage«, setzte Marcus in seinem typischen, leise-gelangweilten Ton hinzu. Helena und Joseph lachten, und die drei Männer gingen Arm in Arm mit Dorothy rechts von der Bühne ab.

In der Lichtung war es heller, da das Mondlicht besser durchkam. Der Boden war von dunkelblauen Schatten bedeckt, aber plötzlich sah ich in der Mitte ein kleines weißes Viereck glänzen. Obwohl ich völlig erschöpft war und mir die Brust vom Laufen wehtat, rannte ich auf das Foto zu. Mir war klar, dass ich schon viel länger unterwegs war, als ich vorgehabt und Helena versprochen hatte. Widerstrebende Gefühle überfielen mich – einerseits wollte ich unbedingt das Foto finden, andererseits war es mir wichtig, für Helena und meine neuen Freunde da zu sein. Zwischen meinen Wünschen hin und her gerissen, rannte ich unkonzentriert auf Barbara Langleys hochhackigen Schuhen durch die Dunkelheit, und wie nicht anders zu erwarten, stolperte ich, stieß ungeschickt gegen einen Stein und spürte, wie mein Knöchel umknickte. Der Schmerz war so heftig, dass ich das Gleichgewicht verlor, und plötzlich raste der Boden auf mich zu, so schnell, dass ich aufschlug, ehe ich einen einzigen klaren Gedanken fassen konnte. ·

»Sie meinen also, dass ich die ganze Zeit über in mir die Kraft hatte, nach Hause zurückzukehren?«, fragte Orla Keane alias Dorothy unschuldig.

»Ja, Dorothy«, antwortete Carol Dempsey als gute Hexe des Nordens mit ihrer sanften Stimme. »Du musst nur die Hacken deiner roten Schuhe zusammenschlagen und die Zauberworte sagen.«

Helena drückte Josephs Hand noch fester, und er erwiderte den Druck.

Orla Keane schloss die Augen und ließ die Fersen ihrer roten Schuhe klacken. »Es ist nirgends so schön wie zu Hause«, sagte sie, und alle fühlten sich mit in ihr Mantra eingeschlossen. »Es ist nirgends so schön wie zu Hause.«

Joseph sah, wie seiner Frau eine Träne über die Wange rollte. Behutsam wischte er sie weg, damit sie ihr nicht vom Kinn tropfte. »Unsere Kipepeo ist davongeflogen.«

Helena nickte, und eine weitere Träne machte sich auf die Reise.

Ich fühlte, wie der Boden unter mir nachgab und stieß mit dem Kopf gegen etwas Hartes. Ein stechender Schmerz durchzuckte mein Rückgrat von oben bis unten, dann wurde alles schwarz.

Auf der Bühne klackte Orla Keane noch einmal mit den roten Schuhen, ehe sie im Qualm des Feuerwerks verschwand, das Bobby inszeniert hatte. »Es ist nirgends so schön wie zu Hause.«

Vierundfünfzig

»Ich glaube wirklich nicht, dass sie hier ist«, meinte Graham, als er mit Jack auf das Wäldchen bei Glin zuschritt. In der Ferne stieg gerade das Feuerwerk in den Himmel, mit dem man in Foynes das Finale des Irish Coffee Festivals feierte. Die beiden jungen Männer blieben stehen und legten den Kopf in den Nacken.

»Ich hab das Gefühl, du könntest recht haben«, gab Jack schließlich zu. In den letzten paar Stunden hatten sie mit einem Suchtrupp ausführlich die Stelle abgesucht, wo Sandy ihr Auto abgestellt hatte, und selbst als es dunkel wurde, hatte Jack darauf bestanden weiterzumachen. Die Bedingungen waren alles andere als optimal, und Graham schaute immer wieder auf die Uhr. »Danke, dass du es mich wenigstens hast versuchen lassen«, sagte Jack, als sie jetzt zum Auto zurückwanderten.

Auf einmal hörten sie ein Krachen, als wäre ein Baum umgestürzt. Dann ein dumpfer Aufschlag und ein Schrei. Eine Frauenstimme. Jack und Graham erstarrten und sahen sich an.

»Was war denn das?«, rief Graham, wirbelte herum und leuchtete mit der Taschenlampe in die Richtung, aus der die Geräusche gekommen waren. Ein Stück weiter auf der linken Seite war jetzt ein Stöhnen zu hören, und sofort rannte der ganze Suchtrupp darauf zu. Das Licht von Jacks Taschenlampe erreichte Sandy zuerst. Sie lag auf dem Rücken, das eine Bein in einem äußerst ungesunden Winkel vom Körper abgespreizt, Hand und Kleidung blutbeschmiert.

»O mein Gott!«, rief Jack entsetzt, eilte zu ihr und kniete sich neben sie.

»Okay, geht zurück, lasst ihr ein bisschen Raum!«, rief Graham und alarmierte per Funk einen Krankenwagen.

»Ich möchte sie nicht bewegen, sie blutet stark am Kopf, und es sieht aus, als hätte sie sich auch das Bein gebrochen«, sagte Jack. »O Gott, Sandy, sagen Sie doch was, bitte!«

Ihre Augenlider öffneten sich. »Wer sind Sie?«

»Ich bin Jack Ruttle«, antwortete er erleichtert.

»Ja, rede weiter mit ihr, Jack«, drängte Graham.

»Jack«, wiederholte Sandy, und ihre Augen wurden groß vor Staunen. »Sind Sie etwa auch verschwunden?«

»Was? Nein, nein, ich bin nicht verschwunden«, antwortete er hastig und sah Graham besorgt an. Aber Graham signalisierte ihm weiterzureden.

»Wo bin ich denn?«, fragte Sandy und sah verwirrt um sich. Als sie den Kopf drehte, entfuhr ihr unwillkürlich ein Schmerzensschrei.

»Bewegen Sie sich nicht, der Notarzt ist schon unterwegs. Sie sind in Glin, in Limerick.«

»Glin?«, wiederholte sie ungläubig.

»Ja, hier wollten wir uns letzte Woche treffen, erinnern Sie sich?«

»Bin ich wieder zu Hause? In Irland?« Ihre Augen füllten sich mit Tränen. »Donal«, sagte sie plötzlich, »Donal war nicht da.«

»Donal war nicht wo?«

»Ich war weg, in einem ganz sonderbaren Land, Jack. O mein Gott, da waren alle verschwundenen Menschen. Helena, Bobby, Joseph, Jenny-May ... O mein Gott, jetzt verpasse ich Helenas Theaterstück!« Inzwischen liefen ihr die Tränen in Strömen über die schmutzigen Wangen. »Ich muss aufstehen«, schluchzte sie. »Ich muss zur Kostümprobe.«

»Sie müssen nirgendwohin, Sandy, wir warten auf den Notarzt, bewegen Sie sich bitte nicht.« Wieder sah Jack zu Graham. »Sie phantasiert. Wo zum Teufel bleibt denn der Notarzt?«

»Er ist unterwegs«, antwortete Graham, nachdem er Rücksprache gehalten hatte.

»Wer hat Ihnen das angetan, Sandy? Sagen Sie es mir, wir finden die Verantwortlichen, das verspreche ich.«

»Niemand«, wehrte sie verwirrt ab. »Ich bin gestürzt. Ich hab doch gesagt, ich war in diesem komischen Land … Wo ist das Foto? O Jack, ich muss Ihnen etwas sagen. Wegen Donal.«

»Ja?«

»Er war nicht da. Er war nicht … nicht dort, wo all die anderen waren. Er ist nicht verschwunden.«

»Ich weiß«, erwiderte Jack traurig. »Wir haben ihn heute Morgen gefunden.«

»Das tut mir so leid.«

»Woher wussten Sie es?«

»Er war nicht da, er war nicht bei den anderen verschwundenen Leuten«, murmelte sie, und ihre Augen schlossen sich wieder.

»Bleiben Sie bei uns, Sandy«, rief Jack eindringlich.

* * *

Als ich die Augen öffnete, blendete mich helles, weißes Licht, und meine Lider waren furchtbar schwer. Ich blickte mich um, aber es tat weh, die Augen zu bewegen. Mein Kopf dröhnte. Ich stöhnte.

»Mein Schatz!« Auf einmal erschien das Gesicht meiner Mutter über mir.

Sofort begann ich zu weinen, und sie nahm mich in den Arm. »Mum«, schluchzte ich.

»Schon gut, Schätzchen, jetzt ist alles in Ordnung«, beruhigte sie mich und strich mir sanft über die Haare.

»Ich hab dich so vermisst«, wimmerte ich an ihrer Schulter, ohne auf die Schmerzen überall in meinem Körper zu achten.

Anscheinend hatte sie nicht mit diesem Geständnis gerechnet, denn sie erstarrte einen Moment. Dann streichelte sie mich langsam weiter. Ich spürte, wie mein Dad mich auf den Kopf küsste.

»Ich hab dich vermisst, Dad«, schluchzte ich.

»Wir haben dich auch vermisst, Liebes«, antwortete er mit zitternder Stimme.

»Ich hab es gefunden«, platzte ich dann aufgeregt heraus, obwohl meine Stimme in meinen Ohren seltsam gedämpft klang und auch die anderen Geräusche wie von fern kamen und ich meine Umgebung nur verschwommen wahrnahm. »Ich hab das Land gefunden, wo all die verlorenen Dinge landen.«

»Ja, Schätzchen, Jack hat es uns schon erzählt«, sagte meine Mutter besorgt.

»Nein, Mum, ich bin nicht verrückt, ich hab mir das nicht eingebildet. Ich war wirklich dort.«

»Ja«, lenkte sie beschwichtigend ein. »Aber jetzt musst du dich erst mal ein bisschen ausruhen, Schätzchen.«

»Die Fotos sind in meiner Hemdentasche«, protestierte ich und wollte alles erklären, aber in meinem Kopf herrschte ein fürchterliches Chaos. »Nicht in meiner eigenen Tasche, sondern eigentlich in der von Barbara Langley aus Ohio. Aber ich hab sie alle eingesteckt.«

»Die Polizei hat nichts gefunden, Liebes«, sagte mein Dad leise, als wollte er nicht, dass jemand das mithörte. »Auch keine Fotos.«

»Dann müssen sie wohl rausgefallen sein«, murmelte ich und war es plötzlich müde, immer alles erklären zu müssen. »Ist Gregory hier?«, fragte ich stattdessen.

»Nein. Sollen wir ihn anrufen?« Meine Mutter war ganz aufgeregt. »Ich wollte ihm ja schon Bescheid sagen, aber Harold hat es mir verboten.«

»Ruf ihn an«, sagte ich, und danach konnte ich mich an nichts mehr erinnern.

Ich erwachte in meinem alten Zimmer und starrte auf die gleiche Blümchentapete, die ich meine ganze Teenagerzeit hindurch hatte ertragen müssen. Damals hatte ich sie gehasst und konnte sie gar nicht schnell genug hinter mir lassen, aber jetzt vermittelte sie mir ein seltsam tröstliches Gefühl. Ich lächelte, und zum ersten Mal in meinem Leben freute ich mich, zu Hause zu sein. An der Tür stand keine Tasche, ich spürte weder Klaustrophobie noch hatte ich Angst, etwas zu verlieren. Seit drei Tagen war ich jetzt schon hier, holte Schlaf nach und gönnte meinem erschöpften Körper ein wenig Ruhe. Mein Bein war gebrochen, der Knöchel verstaucht, und ich hatte eine Wunde am Hinterkopf, die mit zehn Stichen genäht worden war. Aber jetzt war ich zu Hause, und ich war glücklich. Ich dachte oft an Helena, Bobby, Joseph und Wanda, ich sehnte mich manchmal auch nach ihnen, aber ich wusste, dass sie verstehen würden, was mir passiert war. Vielleicht hatten sie es schon die ganze Zeit über verstanden.

Es klopfte.

»Herein!«, rief ich.

Gregory streckte den Kopf durch den Türspalt und kam dann mit einem vollbeladenen Tablett herein.

»O nein«, stöhnte ich, »nicht schon wieder! Ich glaube, ihr habt es alle darauf abgesehen, mich zu mästen.«

»Wir versuchen nur, dich gesund zu machen«, entgegnete er und stellte das Tablett auf mein Bett. »Ms. Butler hat dir Blumen gebracht.«

»Das ist aber nett von ihr«, sagte ich. »Hältst du mich immer noch für irre?« Sobald ich wieder einigermaßen zusammenhängend reden konnte, hatte ich ihm erzählt, wo ich gewesen war. Offensichtlich hatten meine Eltern ihn schon gebeten, mit mir darüber zu sprechen, aber er war auf die Rolle des Therapeuten ganz und gar nicht scharf. Nicht mehr. Das war vorbei. Jetzt war alles anders.

Er ignorierte meine Frage geflissentlich. »Ich hab heute mit Jack Ruttle gesprochen.«

»Gut, ich hoffe, du hast dich bei ihm entschuldigt.«

»Und wie.«

»Gut«, wiederholte ich. »Denn ohne ihn wäre ich wohl buchstäblich im Straßengraben verreckt. Mein eigener Freund hat es nämlich nicht für nötig gehalten, sich dem Suchtrupp anzuschließen«, schnaubte ich.

»Ehrlich, Sandy, wenn ich jedes Mal einen Suchtrupp angeheuert hätte, wenn du mal verschwunden bist …« Er vollendete den Satz nicht. Es sollte wohl ein Witz sein, aber er kam nicht an.

»Na ja, es wird nicht wieder vorkommen.«

Er sah mir in die Augen. »Ist das dein Ernst?«

»Ja, ich verspreche es. Ich habe gefunden, was ich gesucht habe.« Ich streckte meinen unverletzten Arm aus, um ihm die Wange zu streicheln.

Er lächelte, doch ich wusste, dass er einige Zeit brauchen würde, um mir wirklich zu glauben. Ich hatte mich die letzten Tage selbst gefragt, ob ich das alles glauben konnte.

»Was hat Jack sonst noch gesagt?«

»Dass er zu der Stelle zurückgegangen ist, wo er dich gefunden hat, um die Fotos zu suchen, von denen du gesprochen hast. Aber anscheinend hat er nichts gefunden.«

»Glaubt *er* denn, dass ich verrückt bin?«

»Wahrscheinlich. Aber er mag dich immer noch, weil er überzeugt ist, dass du und deine Mum ihm geholfen haben, seinen Bruder zu finden.«

»Er ist echt ein lieber Kerl. Wenn er nicht gewesen wäre …«, wiederholte ich, um Gregory zu ärgern.

»Wenn du dir das Bein nicht schon selbst gebrochen hättest, würde ich es jetzt für dich erledigen«, drohte er, wurde aber gleich wieder ernst. »Hast du mitbekommen, dass deine Mum einen Anruf von den Leuten gekriegt hat, die vor Jahren das Haus deiner Großeltern gekauft haben?«

»Ja.« Ich entfernte die Kruste von einer Scheibe Toast und

steckte sie in den Mund. »Ich fand das ziemlich merkwürdig. Warum sollten sie uns sagen, dass sie umziehen?«

»Eigentlich«, begann Gregory und räusperte sich umständlich, »eigentlich haben sie auch nicht deswegen angerufen. Das war eine Notlüge, die dein Vater sich ausgedacht hat.«

»Was? Warum??« Schlagartig war mir der Hunger vergangen, und ich legte den Toast weg.

»In Wirklichkeit wollten sie deiner Mutter sagen, dass sie einen Teddybär gefunden haben, der dir gehört. Einen gewissen Mr. Pobbs. Er lag im Gästezimmer unterm Bett.«

Mir blieb die Luft weg. »Alles kommt wieder zum Vorschein!«, stieß ich hervor.

»Die Leute haben sich gewundert, weil sie das Zimmer schon seit Jahren als Rumpelkammer benutzen und ihnen der Teddy nie in die Finger gekommen ist. Erst jetzt, beim Renovieren.«

»Warum hat mir das niemand gesagt?«

»Deine Eltern wollten nicht, dass du dich aufregst, wo du schon ständig über diesen verschwundenen Ort redest und …«

»Es ist kein verschwundener Ort, sondern ein Ort, wo Leute und Dinge hinkommen, die verschwunden sind«, verbesserte ich ihn, ärgerlich, wie dumm sich das schon wieder anhörte.

»Okay, okay, beruhige dich«, lenkte er ein, fuhr sich mit den Fingern durch die Haare und stützte die Ellbogen auf die Knie.

»Was ist los?«

»Nichts.«

»Gregory, ich weiß, wenn etwas mit dir los ist, das kannst du mir gern glauben. Also erzähl es mir.«

»Na ja«, begann er und schlang nervös die Finger ineinander. »Nach dem Anruf hab ich ein bisschen weiter nachgedacht, über deine … über deine Theorie.«

Frustriert verdrehte ich die Augen. »Was für eine Störung hab ich deiner Meinung nach jetzt?«

»Lass mich ausreden«, fuhr er mich an. Wir schwiegen beide einen Moment und schluckten unseren Ärger hinunter. Nach einer Weile sagte er: »Als ich die Tasche ausgepackt habe, die du im Krankenhaus mithattest, hab ich das hier in deiner Hemdentasche gefunden.«

Ich wagte nicht zu atmen, als er es herauszog.

Das Foto von mir und Jenny-May. Umrahmt von hohen Bäumen.

Ich nahm es entgegen, als wäre es der kostbarste Schatz der Welt.

»Glaubst du mir jetzt?«, flüsterte ich und fuhr mit dem Finger behutsam über Jenny-Mays Gesicht.

»Du weißt, wie mein Gehirn funktioniert, Sandy«, erwiderte er achselzuckend. »Für mich ist so etwas Unsinn.« Ich funkelte ihn wütend an. »Aber«, fuhr er mit fester Stimme fort, ehe ich die Chance hatte, ihn anzufauchen, »aber das hier ist wirklich schwer zu erklären.«

»Na gut, das reicht mir für den Moment«, antwortete ich und drückte das Foto an mich.

»Ich bin sicher, dass Mrs. Butler sich freuen würde, wenn sie das sieht«, meinte er.

»Wirklich?« Ich war unsicher. »Wie soll ich es ihr erklären?«

»Ich glaube, sie ist die Einzige, der du es zeigen kannst«, antwortete er nachdenklich. »Und die Einzige, der du es zeigen *solltest*.«

»Aber wie kann ich es ihr erklären?«

Er sah mich an, drehte die Handflächen nach oben und hob die Schultern. »Tja, das musst du dir selbst überlegen.«

Fünfundfünfzig

Manchmal verschwinden Menschen direkt vor unseren Augen. Manchmal entdeckt dich jemand, obwohl er dich schon die ganze Zeit angeschaut hat. Manchmal, wenn wir nicht aufpassen, verlieren wir uns selbst.

Ein paar Tage später, als ich mich fit genug fühlte, um auf meinen Krücken ein bisschen an die frische Luft zu gehen, hinkte ich mit dem Foto von Jenny-May in der Tasche über die Straße zu Mrs. Butler.

Vor der Tür holte ich tief Luft. Dann klopfte ich. Wieder fühlte ich die Verantwortung und wusste, dass ich auf diesen Augenblick mein ganzes Leben lang gewartet hatte.

Wir gehen alle von Zeit zu Zeit verloren, manchmal, weil wir es selbst wollen, manchmal, ohne dass wir die Kontrolle darüber haben. Wenn wir dann gelernt haben, was unsere Seele lernen musste, zeigt sich der Weg ganz von allein. Manchmal sehen wir den Weg, und wir gehen zu weit oder nicht weit genug, aus Angst, Wut oder Trauer. Manchmal wollen wir verschwinden und umherirren, manchmal nicht. Manchmal finden wir den Weg ganz allein. Aber was auch geschieht, wir werden immer gefunden.

Danke an
das Fischer-Krüger-Team für eure Leidenschaft und
euren Einsatz, Marianne Gunn O'Conner, dass du mich
immer wieder inspirierst und motivierst, an Pat Lynch und
Vicki Satlow für eure unglaubliche Unterstützung, an David,
Mimmie, Dad, Georgina, Nicki und die ganze Familie –
die Kellys, Aherns und Keoghans, und natürlich an Paula P,
Susana und SJ.

Lesen Sie mehr von Cecelia Ahern:

Cecelia Ahern
Ich hab dich im Gefühl

Roman
Aus dem Englischen von Christine Strüh
Krüger Verlag, September 2008
ISBN 978-3-8105-0144-8

Prolog

Schließ die Augen und schau in die Dunkelheit.

Das war immer der Rat meines Vaters, wenn ich als kleines Mädchen nicht schlafen konnte. Jetzt würde er das nicht von mir wollen, aber ich tue es trotzdem. Ich starre in die unermessliche Dunkelheit, die sich endlos hinter meinen geschlossenen Augenlidern erstreckt. Obwohl ich nach wie vor auf dem Boden liege, habe ich das Gefühl, dass ich auf dem allerhöchsten Punkt bin, den ich erreichen kann, mich an eine Treppe im Nachthimmel klammere und meine Beine über dem kalten schwarzen Nichts baumeln lasse. Ein letztes Mal blicke ich hinunter auf meine Finger, die das Licht umschließen, dann lasse ich los. Erst falle ich, dann treibe ich, dann falle ich wieder, und ich warte auf das Land meines Lebens.

Genau wie schon als kleines Mädchen, das gegen den Schlaf kämpfte, weiß ich auch heute, dass hinter dem dünnen Vorhang der geschlossenen Lider die Farben wohnen. Sie locken mich, fordern mich heraus, die Augen zu öffnen und den Schlaf abzuschütteln. Rote und bernsteinfarbene, gelbe und weiße Blitze durchflammen meine Dunkelheit. Ich weigere mich, die Augen aufzumachen. Aus reinem Trotz kneife ich die Lider noch fester zusammen, um die Lichtfunken abzuwehren – bloße Ablenkungen, die mich wach halten, aber Zeichen dafür, dass es jenseits davon Leben gibt.

Aber in mir ist kein Leben. Keins, das ich, hier am Fuß der Treppe liegend, fühlen kann. Nun schlägt mein Herz schneller, der letzte Einzelkämpfer, der im Ring zurückgeblieben ist, ein roter Boxhandschuh, der siegreich immer weiterpumpt und nicht aufgeben will. Das ist der einzige Teil von mir, dem es nicht egal ist, der einzige, dem es nie egal war. Er bemüht sich, das Blut in Umlauf zu halten, den heilenden Kreislauf, mit dessen Hilfe das ersetzt werden soll, was ich verliere. Aber es fließt genauso schnell aus meinem Körper, wie es herangepumpt wird, und bildet einen tiefen schwarzen Ozean um die Stelle, wo ich gestürzt bin.

Schnell, schnell, schnell. Immer haben wir es eilig. Nie haben wir hier genug Zeit, denn wir sind schon unterwegs nach dort. Weil wir bereits vor fünf Minuten hätten aufbrechen müssen, weil wir jetzt dort sein sollten. Wieder klingelt das Telefon, und ich nehme die Ironie des Schicksals zur Kenntnis. Wenn ich mir vorhin Zeit gelassen hätte, könnte ich jetzt drangehen.

Jetzt, nicht damals.

Ich hätte mir beim Hinuntergehen alle Zeit der Welt nehmen können. Aber wir haben es immer eilig. Alle sind in Hetze, alle, außer meinem Herzen. Das wird langsamer. Das stört mich nicht sonderlich. Ich lege die Hand auf meinen Bauch. Wenn mein Kind nicht mehr da ist, dann will ich auch gehen. Und es dort treffen. Wo auch immer »dort« ist. Dort werde ich es bemuttern und umsorgen, wie ich es hier hätte tun sollen.

Dort, nicht hier.

Es tut mir so leid, Schätzchen, werde ich ihm sagen, es tut mir leid, dass ich deine Chance vermasselt habe, deine und meine Chance – unsere Chance auf ein gemeinsames Leben. Aber schließ jetzt die Augen und schau in die Dunkelheit, wie deine Mummy, dann finden wir unseren Weg.

Plötzlich höre ich ein Geräusch im Zimmer und spüre, dass da jemand ist.

»O Gott, Joyce, o Gott! Kannst du mich hören, Liebes? O Gott. O Gott. O nein, bitte nicht, Gott. Nicht meine Joyce, nimm mir nicht meine Joyce. Halte durch, Liebes, ich bin hier. Dad ist bei dir.«

Ich möchte aber nicht durchhalten, und das möchte ich ihm auch gern sagen. Ich höre mich stöhnen, ein Wimmern, das klingt wie von einem Tier, erschreckend, Angst einflößend. Ich habe einen Plan, möchte ich ihm sagen. Ich möchte gehen, denn nur dann kann ich mit meinem Baby zusammen sein.

Dann, nicht jetzt.

Er hat meinen Sturz aufgehalten, aber ich bin noch nicht gelandet. Stattdessen hilft er mir zu balancieren, zu schwanken, dabei muss ich doch eine Entscheidung treffen. Ich möchte weiterfallen, aber er ruft einen Krankenwagen, und er packt meine Hand so fest, als wäre er es, dessen Leben am seidenen Faden hängt. Als wäre ich alles, was er hat. Jetzt streicht er mir die Haare aus der Stirn und weint laut. Ich habe ihn noch nie weinen hören. Nicht mal, als Mum gestorben ist. Mit einer Kraft, die ich seinem alten Körper gar nicht zugetraut hätte, umklammert er meine Hand, und ich erinnere mich plötzlich, dass ich tatsächlich alles bin, was er hat, und dass auch er wieder meine Welt geworden ist, genau wie früher. Ununterbrochen rauscht das Blut durch meine Adern. Schnell, schnell, schnell. Wir haben es immer eilig. Vielleicht bin auch ich nur in Hetze, vielleicht ist es noch nicht Zeit für mich zu gehen.

Ich fühle die raue Haut seiner alten Hände, die meine drücken, so dringlich und vertraut, dass ich mich zwinge, die Augen zu öffnen. Licht überflutet sie, und ich sehe sein Gesicht. Nie wieder möchte ich es so sehen müssen. Er klammert sich an sein Baby, ich habe meines verloren. Ich kann nicht zulassen, dass er seines ebenfalls verliert. Noch während ich diese Entscheidung treffe, beginne ich bereits zu trauern. Jetzt bin ich gelandet. Und mein Herz schlägt noch immer.

Unbeirrt pumpt es weiter, obwohl es gebrochen ist.

Einen Monat früher

Kapitel 1

»Eine Bluttransfusion«, verkündet Dr. Fields vom Podium des Vorlesungssaals im Geisteswissenschaftlichen Institut des Trinity College, »eine Bluttransfusion ist der Prozess, bei dem Blut oder Blutprodukte eines Menschen in den Kreislauf eines anderen übertragen werden. Mit einer Bluttransfusion kann ein massiver Blutverlust nach einem Unfall, einer Operation oder einem Schock ausgeglichen werden, mit einer Bluttransfusion kann einem Menschen geholfen werden, wenn die Produktion der roten Blutkörperchen zusammenbricht.

Hier die Fakten. Jede Woche werden in Irland dreitausend Blutspenden benötigt. Nur drei Prozent der irischen Bevölkerung spenden Blut, das für eine Bevölkerung von fast vier Millionen ausreichen muss. Einer von vier Menschen braucht irgendwann im Leben eine Transfusion. Sehen Sie sich bitte jetzt mal im Raum um.«

Fünfhundert Köpfe drehen sich nach links, nach rechts, nach vorn, nach hinten. Unbehagliches Lachen durchbricht die Stille.

Dr. Fields' Stimme übertönt die Unruhe. »Mindestens hundertfünfzig Leute in diesem Raum brauchen irgendwann in ihrem Leben eine Bluttransfusion.«

Sofort sind alle wieder still. Dann hebt sich eine Hand.

»Ja?«

»Wie viel Blut braucht ein Patient?«

»Wie lang ist ein Stück Schnur, Blödmann?«, spottet jemand

von weiter hinten, und ein Papierball fliegt dem jungen Frage-steller an den Kopf.

»Eine sehr gute Frage.« Stirnrunzelnd späht Dr. Fields in die Dunkelheit, aber sie kann die Studenten im Gegenlicht des Pro-jektors nicht sehen. »Wer hat sie gestellt?«

»Mr Dover«, meldet sich eine Stimme von der anderen Seite des Saals.

»Ich bin sicher, dass Mr Dover für sich selbst sprechen kann. Wie heißen Sie mit Vornamen?«

»Ben«, antwortet der Fragesteller in niedergeschlagenem Ton.

Gelächter brandet auf. Dr. Fields seufzt.

»Danke für die Frage, Ben. Den anderen möchte ich sagen, dass es keine dummen Fragen gibt. Darum geht es in der Blut-spendewoche. Es geht darum, alle Fragen zu stellen, die Ihnen einfallen, und alles über die Bluttransfusion zu erfahren, was Sie wissen sollten, ehe Sie sich entscheiden können, heute, morgen oder irgendwann im Lauf dieser Woche auf dem Campus und hoffentlich in Zukunft regelmäßig Blut zu spenden.«

In diesem Moment öffnet sich die Saaltür, Licht strömt in den dunklen Raum: Auftritt Justin Hitchcock, das Gesicht im weißen Licht des Projektors von Konzentration durchfurcht, unter dem linken Arm einen Stapel Aktenordner, die von Sekunde zu Se-kunde tiefer rutschen. In der rechten Hand trägt er eine voll ge-stopfte Mappe und einen Pappbecher mit Kaffee, was ihm einen ziemlich komplizierten Balanceakt abverlangt. Jetzt schießt ein Knie vor, um die Ordner wieder an Ort und Stelle zu bugsieren, danach senkt sich der Fuß des rettenden Beins langsam wieder zu Boden. Es sieht aus wie eine Tai-Chi-Übung, und als das Gleichgewicht so einigermaßen wiederhergestellt ist, breitet sich ein erleichtertes Lächeln über das Gesicht. Im Saal wird geki-chert, was die Balance erneut in Frage stellt.

Reiß den Blick von der Kaffeetasse los, Justin, und schau dich erst mal um. Verschaff dir einen Überblick: Frau auf dem Podium, fünfhundert junge Leute im Saal. Die dich allesamt anstarren. Sag was. Was Intelligentes.

»Ich bin verwirrt«, verkündet er aufs Geratewohl in die Dunkelheit hinein, hinter der er irgendeine Art intelligenten Lebens ahnt. Wieder ein paar Kicherer, und er spürt die Blicke auf sich ruhen, während er sich zur Tür zurückbewegt, um die Raumnummer zu prüfen.

Verschütte jetzt bloß nicht deinen Kaffee. Verschütte jetzt bloß nicht deinen blöden Kaffee!

Es gelingt ihm, unfallfrei die Tür zu öffnen. Wieder strömt das Licht vom Korridor herein, und die Studenten, auf die es fällt, halten sich schützend die Hand über die Augen.

Kicher, kicher. Es gibt doch nichts Komischeres als einen Menschen, der sich verlaufen hat.

Bepackt, wie er ist, schafft er es trotzdem, die Tür mit dem Bein aufzuhalten. Er wirft einen Blick auf die Raumnummer draußen und dann auf seinen Zettel, der, wenn er ihn nicht sofort und entschlossen festhält, auf den Boden segeln wird. Er packt zu. Aber mit der falschen Hand. Der volle Pappbecher platscht auf den Boden. Der Zettel segelt hinterher.

Verdammt! Da geht es schon wieder los, kicher, kicher. Es gibt doch nichts Komischeres als einen Menschen, der sich verlaufen hat, der seinen Kaffee verschüttet und dem sein Stundenplan runterfällt.

»Kann ich Ihnen helfen?« Die Frau steigt vom Podium.

Justin manövriert seinen Gesamtkörper zurück in den Saal, die Tür geht zu, und es wird wieder dunkel.

»Na ja, hier steht …«, mit Blick auf das durchweichte Blatt Papier auf dem Boden zögert er und korrigiert sich: »Na ja, hier *stand*, dass ich jetzt in diesem Raum eine Vorlesung habe.«

»Ausländische Studenten müssen sich in der Aula einschreiben.«

Justin runzelt die Stirn. »Nein, ich …«

»Entschuldigung«, sagt sie und tritt etwas näher, »aber ich

dachte, Sie hätten einen amerikanischen Akzent.« Dabei hebt sie den Pappbecher auf und wirft ihn in den Mülleimer, über dem ein Schild mit der Aufschrift »Getränke verboten« angebracht ist.

»Ah … oh … tut mir leid.«

»Die höheren Semester treffen sich nebenan.« Flüsternd fügt sie hinzu: »Glauben Sie mir, hier wollen Sie nicht bleiben.«

Justin räuspert sich, stellt sich einigermaßen gerade hin und stopft sich die Ordner enger unter den Arm. »Eigentlich soll ich hier eine Vorlesung über Kunstgeschichte und Architektur halten.«

»Sie halten die Vorlesung?«

»Ja, ich bin der Gastdozent. Ob Sie's glauben oder nicht.« Er versucht, sich die Haarsträhnen, die ihm an der Stirn kleben, aus dem Gesicht zu blasen. *Ich muss mir die Haare schneiden lassen, unbedingt. Da ist es schon wieder, das Gekicher. Der Gastdozent, der gerade seinen Kaffee verschüttet hat und demnächst seine Ordner fallen lassen wird, muss dringend zum Friseur. Also echt, kann man sich was Komischeres vorstellen?*

»Mr Hitchcock?«

»Ja, der bin ich«, antwortet er und merkt, wie ihm die Ordner wegrutschen.

»Oh, tut mir leid«, flüstert die Frau. »Ich wusste ja nicht …« Geistesgegenwärtig fängt sie einen der Ordner für ihn auf. »Ich bin Dr. Sarah Fields vom IBTS. Der Fachbereich hat mir gesagt, ich könnte vor Ihrer Vorlesung eine halbe Stunde mit den Studenten haben, natürlich nur, wenn Sie einverstanden sind.«

»Oh, davon wusste ich gar nichts, aber das ist natürlich null problemo.« *Null problemo?* Er schüttelt den Kopf und strebt zur Tür. *Starbucks, ich komme!*

»Mr Hitchcock?

Er bleibt an der Tür stehen. »Ja?«

»Haben Sie nicht vielleicht Lust dazubleiben?«

Ganz bestimmt nicht. Auf mich warten ein Capuccino und ein

Zimtmuffin, wie für mich gemacht. Nein. Ich muss einfach nur nein sagen.

»Äh … ne-ja.« *Ne-ja?* »Ich meine ja.«

Kicher, kicher, kicher. Dozent hat sich blamiert. Ist von einer attraktiven jungen Frau in einem weißen Kittel, die behauptet, eine Ärztin einer unbekannten Organisation zu sein, dazu gezwungen worden, etwas zu tun, was er eindeutig nicht wollte.

»Großartig. Willkommen.«

Sie schiebt die restlichen Ordner unter seinen Arm und kehrt aufs Podium zurück, um mit ihrem Vortrag weiterzumachen.

»Okay, dann bitte ich jetzt wieder um Aufmerksamkeit, und zwar für unsere Frage zur Blutmenge. Das Opfer eines Autounfalls kann bis zu dreißig Bluteinheiten benötigen, ein blutendes Magengeschwür braucht zwischen drei und dreißig Einheiten, eine Bypass-Operation zwischen einer und fünf Einheiten. Die Menge schwankt also, aber Sie sehen an den Beispielen, dass der Bedarf so hoch ist, dass wir *immer* Blutspender brauchen.«

Justin sucht sich einen Platz in der ersten Reihe, während ihm voller Entsetzen klar wird, in was er da hineingeraten ist.

»Sonst noch Fragen?«

Könnten wir vielleicht das Thema wechseln?

»Bekommt man Geld, wenn man Blut spendet?«

Gelächter.

»Nein, hier in Irland leider nicht.«

»Erfährt ein Mensch, der Blut bekommt, wer der Spender ist?«

»Im Normalfall sind Spenden anonym, aber die Produkte in einer Blutbank können durch den Zyklus von Spenden, Testen, Komponententrennung, Lagerung und Vergabe an den Empfänger immer zurückverfolgt werden.«

»Kann jeder Blut spenden?«

»Gute Frage. Ich habe hier eine Liste von Indikationen, die eine Blutspende ausschließen. Bitte lesen Sie diese alle aufmerksam durch und machen Sie sich ruhig auch Notizen, wenn Sie möchten.« Dr. Fields legt ein Blatt Papier unter den Projektor, und ihr weißer Kittel leuchtet auf der Leinwand auf, als wollte er ein besonders anschauliches Beispiel für jemanden abgeben, der dringend eine Blutspende braucht. Dann tritt sie zurück, und jetzt erscheint gehorsam das Bild – eines Unfallopfers.

Die Zuhörer stöhnen auf, und das Wort »krass« macht die Runde wie eine La-Ola-Welle. Zweimal kommt es an Justin vorbei. Ihm wird schwindlig, und er wendet die Augen ab.

»Uuups, falsche Folie«, stellt Dr. Fields ungerührt fest, tauscht sie bedächtig aus, und jetzt taucht die angekündigte Liste auf.

Hoffnungsvoll sucht Justin nach einem Punkt über Nadel- oder Blutphobie, denn dann käme er als Spender von vornherein nicht in Frage. Nichts dergleichen. Andererseits spielt das eigentlich auch keine Rolle, denn dass er auch nur einen einzigen Tropfen Blut spendet, ist ungefähr so unwahrscheinlich, wie dass er am frühen Morgen einen Geistesblitz hat.

»Schade, Dover.« Wieder saust ein Papierkügelchen von hinten auf Bens Kopf zu. »Schwule dürfen kein Blut spenden.«

Ben streckt gelassen einen Mittelfinger in die Luft.

»Das ist Diskriminierung«, ruft ein Mädchen.

»Diese Diskussion können wir hier und heute leider nicht führen«, erwidert Ms Fields und fährt fort: »Denken Sie daran, der Körper ersetzt den Flüssigkeitsanteil einer Blutspende innerhalb von vierundzwanzig Stunden. Eine Einheit ist knapp ein halber Liter, und da ein normaler Erwachsener durchschnittlich vier bis sechs Liter Blut im Körper hat, kann er gut eine Einheit entbehren.«

Hie und da wird wieder pubertär gekichert.

»Also, hören Sie«, fährt Dr. Fields fort und klatscht Aufmerksamkeit heischend die Hände. »Bei der Blutspendewoche geht es ebenso um Information wie ums eigentliche Blutspenden. Es ist gut und schön, dass wir über das Thema lachen können, aber ich finde, man sollte sich gelegentlich auch vor Augen führen, dass ein Leben, ein Mensch – sei es eine Frau, ein Mann oder ein Kind – in diesem Moment von Ihnen abhängt.«

Wie schnell das Schweigen sich im Saal ausbreitet. Sogar Justin hört auf, mit sich selbst zu sprechen.

© Cecelia Ahern 2008
für die deutsche Ausgabe:
© S. Fischer Verlag GmbH, Frankfurt am Main

Cecelia Ahern
P.S. Ich liebe Dich
Roman
Band 16133

Holly und Gerry hatten einen einfachen Plan: Sie wollten
für den Rest ihres Lebens zusammenbleiben. Doch nun ist
Gerry tot, ein Gehirntumor. Und Holly weiß nicht, wie sie
alleine weiterleben soll. Sie ist erst 29, und ihr Leben scheint
zu Ende. Doch dann entdeckt sie, dass Gerry ihr während
seiner letzten Tage Briefe geschrieben hat. Mit Aufgaben
für Holly, für jeden Monat eine ... Cecelia Ahern schreibt
so tief berührend über Liebe und Trauer und dabei so lebendig über das Glück, wie wir es noch nie gelesen haben.

Der Weltbestseller der jungen irischen Autorin

Fischer Taschenbuch Verlag

fi 16133 / 1

Cecelia Ahern
Für immer vielleicht
Roman
Band 16134

»Wir haben zweimal nebeneinander vor dem Altar gestanden, Rosie, zweimal! Und jedes Mal auf der falschen Seite!«
Rosie und Alex kennen sich, seit sie fünf Jahre alt sind. Das
Schicksal hat sie zu mehr als besten Freunden bestimmt, das
scheint jedem klar – nur dem Schicksal nicht ...

Mit »Für immer vielleicht« legt Cecelia Ahern ihren zweiten
großartigen Liebesroman vor: romantisch, witzig, spannend
und voller Gefühle.

»So viel Spaß beim Lesen.«
Brigitte

»Intensiv und einfühlsam.«
Hamburger Abendblatt

Fischer Taschenbuch Verlag

Cecelia Ahern
Zwischen Himmel und Liebe
Roman
Band 16734

Elizabeth hat ihr Leben fest im Griff. Und sie wird auf keinen
Fall loslassen, denn die Vergangenheit war viel zu schmerzhaft. Ivan ist nicht von dieser Welt. Aber deswegen ist er noch
lange nicht unsichtbar. Denn sehen, das muss man wollen ...

Die Geschichte einer magischen Liebe – und einer Familie auf
dem Weg zu sich selbst. Zum Freuen und Weinen schön, voller Hoffnung, Tiefe und Humor. Von der jungen Bestsellerau-
torin von ›P.S. Ich liebe Dich‹ und ›Für immer vielleicht‹.

»Eine wunderschöne
Geschichte voller Überraschungen und
mit einem Hauch von Magie.«
NDR

Fischer Taschenbuch Verlag

fi 16734 / 1